鎮魂《ちんこん》

Guardian

2

Priest
［著者］

柳ゆと
［Illustration］

許源源
［訳］

内野佳織
［監訳］

すばる舎
プレアデスプレス

鎮魂《ちんこん》

Guardian

2

Priest
［著者］

柳ゆと
［Illustration］

許源源
［訳］

内野佳織
［監訳］

すばる舎
プレアデスプレス

Illustration　柳 ゆと

第２巻　登場人物

◇趙雲瀾（チャオ・ユンラン）

特別調査所所長であり、鎮魂令《ちんこんれい》の所有者である鎮魂令主。愛想がよく、社交的で口達者。事件をきっかけに沈巍《シェン・ウェイ》の正体を知ることになる。さらに彼自身の前世は……。

◇沈巍（シェン・ウェイ）／斬魂使（ざんこんし）

趙雲瀾《チャオ・ユンラン》が思いを寄せる大学教授。あらゆる魂魄を斬ることができ、人間からも鬼からも恐れられる存在・斬魂使としての顔も持つ。

特別調査所のメンバー

・大慶（ダーチン）干し柿のような顔の太った黒猫。趙雲瀾《チャオ・ユンラン》とは長い付き合いで、よく彼の肩に乗っている。

・郭長城（グォ・チャンチェン）捜査課の新人所員。人と話すことが苦手な臆病者だが、その功徳《くどく》はとても厚い。

・祝紅（ジュー・ホン）捜査課所属。月に一度、下半身が大蛇のようになる。沈巍《シェン・ウェイ》に迫る趙雲瀾《チャオ・ユンラン》に思うところがある。

・林静（リン・ジン）捜査課所属。任務前に自撮りをする変わり者。趙雲瀾《チャオ・ユンラン》からはエセ和尚と称されている。

・楚恕之（チュー・スージー）捜査課所属。痩身でいつも険しい顔つき。所員たちからは「楚兄《チューにい》」と呼ばれている。

・汪徴（ワン・ジェン）人事担当。首に赤い縫い目がある。日の光に当たることができない。生前は瀚噶《ハンガ》族の首領の娘だった。

・桑賛（サンザン）生前は瀚噶《ハンガ》族を滅亡させた革命家。趙雲瀾《チャオ・ユンラン》により助け出され、今は愛しの汪徴《ワン・ジェン》と特調の霊鬼スタッフとして働いている。

鎮魂 Guardian 2

第三部　功《く》徳《どく》筆《ひつ》

一

郭長城《グオ・チャンチェン》が自閉症児療育センターを出た時、外はすっかり暗くなっていた。雪が降り止んだばかりで、龍城《ロンチェン》の道は運転しづらくなってきた。

郭長城《グオ・チャンチェン》は蝸牛《かたつむり》のようなスピードで車を走らせながら、営業時間終了まえになんとか郵便局にたどり着くことを祈るばかりだった。そのみすぼらしい車の中には多種多様な本が山積みになっていた。教科書やドリルがあれば、子供向けの読みものもある。すべてクラフト紙やビニールシートで丁寧に梱包されている。郭長城《グオ・チャンチェン》は年末までにこれらの書物を寄付先の小学校に送りたいのだ。

彼は運転技術が未熟で、肝も小さいため、滑りやすくなっている路面を亀のようにスピードを落として走っている。それでも今日はやはり出掛けるべきではない日だったようで、これほど気を付けて運転していたのに、危うく人にぶつかるところだった。

グレーの服を着た人が突然道を渡ろうと車道に進入し、あと少しで郭長城《グオ・チャンチェン》の車に轢《ひ》かれそうになったのだ。後続の車も同時に急ブレーキをかけ止まった。幸いなことに、雪道が滑りやすいため、みんなスピードを落として走っていた。それゆえ、追突事故にはならずに済んだ。

一台の車から粗暴なおじさんが車の窓を下げ、

「テメェ、頭いかれてんのか！　それとも当たり屋か！　当たり屋ならもっと辺鄙《へんぴ》なところでやれや！」

と物凄い剣幕で車道に進入してきた人を罵《ののし》る。

「大……大丈夫ですか？　ごめんなさい。本当にごめんなさい」

郭長城《グオ・チャンチェン》は急いで車を降り、地面に転がっている男に謝った。

その男は、あまりにも痩せこけて顔はみすぼらしい。憔悴《しょうすい》しきっており、肌は黄色くくすんで、帽子のつばが顔の半分くらいまで覆っている。一見すると、体に黒いガスを纏《まと》っているように見え、不気味に思えてしまう。

粗暴なおじさんが隣からまだ口汚く罵っている。

「相手にしなくてもいいんじゃねぇか？　そいつは轢かれて死んでも文句は言えないんだぞ」

郭長城《グオ・チャンチェン》は激高《げっこう》するおじさんに「落ち着いてください」と言わんばかりに手を振ると、地面に座り込んだ男に手を差し出した。

「立てますか？　どうしよう……やっぱり病院まで送りましょうか」

しかし、その男は郭長城《グオ・チャンチェン》の厚意を受け取るつもりはなさそうで、差し出された手を素早く振り払い、自力で立ち上がってそこを離れようとする。郭長城《グオ・チャンチェン》はふいに彼と目が合ったが、その死の気配が溢《あふ》れる目、陰険《いんけん》で恐ろしい眼差《まなざ》しを見て、思わず身を震わせてしまう。そしてすれ違った瞬間、郭長城《グオ・チャンチェン》はその人の耳の下になにか黒い痕があることに気が付いた。拇印《ぼいん》のような痕だった。

「本当に大丈夫ですか？　連絡先を渡しますので、なにか問題があれば、いつでも連絡してください。僕の名前は……」

郭長城《グオ・チャンチェン》はその人の後ろ姿に向かって大声で言ったが、男はすでに角を曲がって小道に入り、見えなくなっていた。

隣の車のおじさんも去っていった。冷たい風に吹かれながら大通りに突っ立っている郭長城《グオ・チャンチェン》に、「お兄ちゃん、人がよすぎるんじゃない？」という言葉だけを残して。

お人好し長城《チャンチェン》がため息をつき、ドアを開けて車に乗り込もうとした時、ふいに窓ガラスに映っている男の姿が見えた——間違いなくさっきの帽子の人だ。

その人が隠れるように道の曲がり角に立って、なにかこそこそしているのが見える。少しして、肩を並べて歩く二人の女性が帽子男の前を通った。通り過ぎた瞬間、帽子男が口から二十センチはあろうかというほど長い舌を伸ばし、通り過ぎた女性たちの後ろ姿に向かってなにかを吸い取るような仕草をすると、そのうちの一人が突然低血糖にでもなったように、よろめいて倒れかけた。幸い同行の女性が倒れるまえに彼女を支えた。その時、郭長城《グオ・チャンチェン》は確かに見た。気絶しそうな女の体から一塊《ひとかたまり》のなにかが飛び出し、大きく開かれた帽子男の口の中に吸い込まれていったのを！

郭長城《グオ・チャンチェン》は勢いよく振り返ったが、後ろには雪が積もった路面と足早に通り過ぎる通行人以外、なにもなかった。

慌てて車に乗った郭長城《グオ・チャンチェン》は今にも心臓が飛び出しそうになっている。彼は趙《チャオ》所長からもらったミニスタンガンをカバンから取り出し、いつでもすぐ手に取れるように胸の辺りの内ポケットに入れた。そして力を込めてポケットを叩くと、ようやく後ろ盾を見つけたように安心して、ゆっくりと車を発進させそこを離れた。

❖

翌日、郭長城《グォ・チャンチェン》が特別調査所の事務室に入ったとたん、祝紅《ジュー・ホン》のミールカードが彼の顔に向かって飛んできた。

「郭《グォ》くん、姉ちゃん今日は牛肉餅《ニューロービン》[1]が食べたいよ。サクサク焼きたての。ついでにヨーグルトもよろしくね！」

パシリ扱いに慣れた郭長城《グォ・チャンチェン》は「はい」と言って、カバンを下ろして食堂のほうに向かうと、ちょうど事務室の前で煎餅《ジェンビン》[2]を半分まで齧《かじ》った楚恕之《チュー・スージー》に鉢合わせた。郭長城《グォ・チャンチェン》は直《ただ》ちに気を付けのポーズをし、挨拶する。

「楚兄《チューにい》、おはようございます」

楚兄《チューにい》は不愛想な顔で視線を上げ、彼に目をやり、ただ「うん」とだけ返した。

しかし、何歩か前へ進むと、楚恕之《チュー・スージー》はなぜかまた戻ってきて勢いよく郭長城《グォ・チャンチェン》の襟を掴み、食堂に向かおうとするこの若造を引っ張って事務室の中に連れ込んだ。

「待て。お前、なにか穢《けが》れたやつにでも会ったのか」

郭長城《グォ・チャンチェン》はわけが分からないといった顔で彼を見ている。

楚恕之《チュー・スージー》はまだ煎餅の匂いがついている手で郭長城《グォ・チャンチェン》の両肩を掴み、そしてその体をくるっと回して後ろを向

1　訳注：「牛肉餅」とは小麦粉をこねて焼いたパンの一種「焼餅（シャオビン）」の中に、牛肉そぼろを詰めた食べもの。
2　訳注：「煎餅」とは中華風クレープ。焼きたてのクレープに甘辛い中国みそを塗り、卵、ネギ、中華揚げパンなど様々なトッピングを巻いて食べる。

かせ、まずは背中、続いて腰の両側を一回ずつ叩いた。一連の作法が終わると、ようやくティッシュで手を拭き、郭長城《グオ・チャンチェン》の背中を押して、

「どこでこんな穢れをつけてきたんだ。もう祓《はら》ったから大丈夫。行きな」と言った。

突然体を叩かれた郭長城《グオ・チャンチェン》が顔を真っ赤にして、ちょこちょこと食堂へ走っていくと、その後ろ姿を見て楚恕之《チュー・スージー》はパキッと煎餅を噛み、中に挟まれたカリカリの揚げパンのカスが床に落ちた。

「あいつはなにか修行でもしてるのか？　功徳《くどく》が厚すぎて溢れ出してるよ」

楚兄《チューにい》の呟《つぶや》きを聞いて、祝紅《ジュー・ホン》は思わずつばを呑んだ。まだ朝食を食べていない彼女には、楚兄《チューにい》の言葉はまるで功徳《くどく》の類《たぐい》の話ではなく、「牛肉餅が厚すぎて肉汁が溢れ出てるよ」みたいに聞こえたのだ。

「なにか食べるものないか」

その時、趙雲瀾《チャオ・ユンラン》が捜査課事務室のドアを押し開けて入ってきた。楚恕之《チュー・スージー》を見かけると、否応《いやおう》なしに彼を押さえてボディチェックのように全身を一通り探した。コートのポケットに入ったゆで卵を見つけると、遠慮なく奪い取って自分の朝食にしようとした。

いかんせん楚恕之《チュー・スージー》は趙雲瀾《チャオ・ユンラン》の下で働く身であり、そのため、不満があっても口にできない。楚恕之《チュー・スージー》の卵を奪ったうえに、趙雲瀾《チャオ・ユンラン》はさらに冷蔵庫から牛乳を一本取り出し、紙パックを破って飲み始めた。

それを見て、大慶《ダーチン》は「アウー」と鳴き声を上げ、

「それは俺様のだ！　猫の飯まで奪うなんて、どんだけ見下げ果てたやつだ！」と叫んだ。

「食堂に行けばいいのに」

祝紅《ジュー・ホン》が言った。

「俺は急いでるんだ」

趙雲瀾《チャオ・ユンラン》は素早く口の中に卵を放り込み、牛乳を飲み干すと、事務室の壁に向かって真っ直ぐ進んでいく。ちょうどそのタイミングで郭長城《グオ・チャンチェン》も牛肉餅を買って帰ってきた。超自然的なシーンを目のあたりにした郭長城《グオ・チャンチェン》が吃驚仰天《びっくりぎょうてん》した顔を見せるまえに、趙雲瀾《チャオ・ユンラン》はそのまま壁を通り抜け、姿を消してしまった。

「はいはい、口をそんなに大きく開けるほどのことじゃないから」

祝紅《ジュー・ホン》は郭長城《グオ・チャンチェン》から自分の朝食を受け取った。

「そこに見えない扉があるのよ。中は我が特調の図書室なんだ。あんたは凡人だもんね。修行が足りない人は入れたとしてもそこにある本は読めないし、そもそも扉も見えるはずがない」

楚恕之《チュー・スージー》は煎餅を食べ終わると、ゆで卵一つ奪われた分お腹が満たされないと感じて、祝紅《ジュー・ホン》の牛肉餅を素早くちぎって口の中に放り投げた。

「俺のような、扉が見えても中に入れない人もいるんだけどね——図書室には入らせてもらえないから」

「ど、どうしてですか」

郭長城《グオ・チャンチェン》が訊くと、楚恕之《チュー・スージー》は顔を引きつらせ、やや不気味な笑顔を作り、

「前科があるからさ」と答えた。

「……」

郭長城《グオ・チャンチェン》は黙ってそれ以上深掘りしなかった。彼は今でもやはり楚兄《チューにい》のことを恐れているようだ。

五分後、趙雲瀾《チャオ・ユンラン》はボロボロの古本を一冊持って「壁」の中から急いで出てきて、ついでに卵の殻と牛乳パックを郭長城《グオ・チャンチェン》のゴミ箱に投げ、祝紅《ジュー・ホン》の事務机に置いてあるティッシュを一枚抜くと、なにも言わずにあたふたと特調を後にした。

彼はそのまま丸一日みんなの前から姿を消した。

❖

大雪山から帰ってきてすでに半月が経った。あっという間に新暦の正月が明け、龍城《ロンチェン》は強い寒風に見舞われ気温がだいぶ下がってきた。人間界や冥界《めいかい》を問わず旧暦の年の瀬が押し迫るなか、趙雲瀾《チャオ・ユンラン》は猫の手も借りたいほど忙しくなっている――人間だけでなく、鬼やら妖怪からも忘年会の誘いがくるからだ。

そのせいで事務所の電話は毎日コールセンターのように鳴りっぱなし。各部署の事務机に置いたカレンダーはすでに新しいものに変えられている。真冬は日が暮れるのが早く、まだ日勤スタッフの退勤時間になっていないが、夜勤のスタッフたちはすでに姿を現した。

桑賛《サンザン》も捜査課事務室に飛んできた。

桑賛《サンザン》、この痛ましい運命を背負った男は生前、冷酷無情な策動家で死後はずっと山河錐《さんがすい》の中に閉じ込められていた。世の中がいかに移り変わったのかも知らずに。そして改心して真人間になろうとすると……いや、真鬼になろうとすると、かつて策動家だった自分が今の時代ではバカ同然になったと痛いほど思い知らされた――彼は人々の言葉を聞き取ることすらまともにできない。

世界中で彼と会話できるのは汪徴《ワン・ジェン》しかいない。しかし、瀚噶《ハンガ》族の方言は汪徴《ワン・ジェン》の母語とはいえ、彼女は十数年くらいしか喋っておらず、残りの三百年余りはずっと漢語圏で暮らしていた。汪徴《ワン・ジェン》が自分と喋る時よりも周りの人間や霊鬼《れいき》と喋る時のほうがずっとよどみなく話せることに気付くと、桑贊《サンザン》は絶対標準語を習得してみせると決心した。

やり方が徹底しているという点では桑贊《サンザン》は昔も今も変わっていない。なんといっても自分の妻や子供も毒殺できるくらいだから、一度決めたことは必ず全力で成し遂げる――この半月間、彼は一刻たりとも休まず汪徴《ワン・ジェン》の耳元でぶつぶつとピンイン[3]を練習してきた。鬼の身とはいえ、汪徴《ワン・ジェン》も神経衰弱になりそうなほど発音練習を聞かされていた。こうして桑贊《サンザン》は少しずつ標準語の発音規則を覚え、今では人の言うことを真似《まね》して簡単な会話ができるようになってきた。

「格蘭《グゥーラン》は、今年は年……年末『麻婆茄子』以外、特別『不利厚生費』もあると言っていました。み……みなさんに先に『漁師賞』を用意してほしいですって」

舌足らずな喋り方だが、桑贊《サンザン》は一文字一文字なるべく「標準語」で所員たちに連絡事項を伝えようとしている。

人の言うことを真似するといっても、今暗記したばかりの、よく分からない言葉をなんとか復唱するだけだ。

「阿弥陀仏《あみだぶつ》、漁師賞？　誰にあげるんだ？　正月の魚料理を作ってくれる人？」

林静《リン・ジン》が訊いた。

「そうじゃなくて、『漁師賞』です。できれば『通行費』のほうがいいですって……」

3　訳注：「ピンイン」とは中国語の発音をアルファベットの組み合わせで表したもの。

桑贇《サンザン》はジェスチャーを交えながら説明した。

「今年は年末ボーナス以外に、一人五千元ずつの『特別福利厚生費』を出しますって所長が言っていたので、週末までに人事部に取りに来てください。それと引き換えに来週請求書とともに領収書を出してください。できれば、交通費の領収書がいい。そのほうが請求書払いの審査に通りやすいから。なければ作業用品の領収書も大丈夫です」

汪徵《ワン・ジェン》は慌てて二階から飛んできて、

「伝言くらいちゃんと伝えてよ」と言って桑贇《サンザン》を睨《にら》みつける。

汪徵《ワン・ジェン》を見ると、桑贇《サンザン》はいつもの凶悪で重苦しい表情を和らげ、声を出さずににやにや笑い、そして恐る恐る彼女と手を繋ごうとした。

「邪魔しないで。今忙しいの」

汪徵《ワン・ジェン》が小声で叱り、

「所長はまたどっかの飲み友と合コンに行ったみたい。急いでサインしてもらわなきゃいけない書類があるのに」と続けた。

「ぼ……僕が送っていく……」

桑贇《サンザン》が即座に言ったが、汪徵《ワン・ジェン》はすぐに手を振って彼を押しのけ、

「いらないわ。あなたが行くと、絶対所長の飲み友を驚かせちゃうから」と返した。

桑贇《サンザン》はひどい言い方をされても怒らず、従順な大型犬のように彼女についていって、夜のうちに廊下に出てあちこち飛び回る彼女の忙しい姿を隣でずっと見ている。たまに汪徵《ワン・ジェン》が足を止め、誰も分からない言葉で

桑賛《サンザン》になにかを小さく言うたびに、彼の顔には安らかで満足しているような笑みが浮かぶ。

「人前で惚気《のろけ》るやつ大嫌い。わざと人が聞き取れない方言で惚気るやつは特に。最近色ボケ所長がやっと控えめになったのに、今度はあの二人かよ！」

祝紅《ジュー・ホン》が不満を漏らすと、

「善《よ》き哉《かな》善き哉。自分が独り身だからって、嫉妬はよくないよ」と林静《リン・ジン》が言った。

それを聞いてカッとなった祝紅《ジュー・ホン》が林静《リン・ジン》を殴ってやろうと手を上げた時、事務机に置いた電話が鳴り出したため、殴るのを先送りにしてその手で受話器を取り電話に出た。

「もしもし……そっか、分かった。どこなの？」

祝紅《ジュー・ホン》は手ぶりで退勤しようとする所員たちを引き留め、机に置いてある付箋《ふせん》を一枚剥がした。

「うん、いいよ……。黄岩《ホアン・イエン》通り……二十六号、黄岩寺《ホアン・イエン・スー》病院よね。うん、分かった。みんなにも伝えるから——そうだ。今夜暇があったら事務所に寄ってね。サインしてもらわなきゃいけない書類がたくさんあるって汪徴《ワン・ジェン》が言ってたから」

所員たちもここまで聞いて、それが趙雲瀾《チャオ・ユンラン》からの電話だと分かった。

祝紅《ジュー・ホン》は電話を切ると、

「みんな集まって。わが特別調査所の慣例通り——昼間仕事をサボって夜に激安残業代を稼ぐ、今日も退勤時間を五分過ぎて、クソボスから仕事が入ったって連絡が来たよ」と呼びかけた。

林静《リン・ジン》はその話を聞いたとたん、

「聞こえない。聞こえない。なにも聞こえない！」

とさっさとドアを開け、小走りで所員たちの前から姿を消した。

祝紅《ジュー・ホン》は病院の住所を書いた付箋を壁に貼ると、マフラーで顔を覆い、

「私は恒温動物じゃないから、寒いの苦手なの。じゃあね！」と林静《リン・ジン》の後についていく。

「俺様はまだ換毛できていないからね！」

と大慶《ダーチン》もドアの隙間を抜けて出ていった。

あっという間にがらんとなった事務室には、反応が遅れた楚恕之《チュー・スージー》と間抜け顔の郭長城《グォ・チャンチェン》しかもう残っていない。

「クソ野郎ども」

楚恕之《チュー・スージー》が悪態をついた。

十分後、彼は郭長城《グォ・チャンチェン》の車に乗り、黄岩寺病院《ホアン・イエン・スー》へ向かった。

二

郭長城《グォ・チャンチェン》の怖い人ランキングを作るとしたら、趙雲瀾《チャオ・ユンラン》を抜いて、楚恕之《チュー・スージー》がダントツの一位になるだろう。

郭長城《グォ・チャンチェン》にとって、趙雲瀾《チャオ・ユンラン》はもちろん怖いが、普段は大体親切だし、喋るときによく冗談を交えて人を笑わせるし、人間味があるから、どちらかというと厳しい父や兄に近い。だが、楚恕之《チュー・スージー》は違う。郭長城《グォ・チャンチェン》はなぜかいつも楚恕之《チュー・スージー》の身には陰気で謎めいたオーラが纏《まと》われているように感じる。彼にとって、楚恕之《チュー・スージー》は遠くか

ら覗《のぞ》くことしかできない「俗世を離れたカリスマ」のような存在だ。

郭長城《グォ・チャンチェン》は余計なことは一言も言わないように心掛け、小さな手帳を持って楚恕之《チュー・スージー》の後ろについて歩いている。


二人が病院の敷地内に入ると、若い警察官が病棟の入り口で待っているのが見えた。お互いに身分証を見せたあと、一緒に病室に向かった。

迎えに来た王《ワン》という地域警察官は歩きながら事情を説明し始めた。

「うちの長官も来ています。さっき長官が趙《チャオ》所長にも電話でお伝えしたことですが、今回の事件はあまりにも酷すぎますよ——食べものに毒を混ぜて売る人がいて、それを食べて中毒を起こした被害者が病院に運ばれ、未《いま》だにそれがどんな毒なのか見当《けんとう》がつかないんです」

「食中毒か。なにを食べたんですか？」

楚恕之《チュー・スージー》が尋ねた。

「果物です」

警察官の王《ワン》が答えた。

「被害者の家族によると、被害者は道端で買ったオレンジを食べ終わったとたん、昏睡状態になったんです。それで急いで病院に運んで警察にも通報したそうです」

そう言いながら、彼が病室のドアを押し開けると、中から甲高い悲鳴が聞こえた。郭長城《グォ・チャンチェン》は驚いて身震いしながらも、背伸びして楚恕之《チュー・スージー》の背後から病室の中を覗いてみた。

ベッドの上に見た感じ四十代くらいの男が横になって、ひたすら悶《もだ》え続けている。医者と看護師たち数人がかりでようやくその患者をベッドに押さえ付け、おとなしくさせることができた。ベッドの横で一人の女がずっと泣いている。恐らく被害者の家族だろう。


その男は必死に医者の手を掴み、身の毛もよだつほど凄《すさ》まじい声で、

「俺の太もも、俺の太ももが折れた……。俺の太もも！　あー！　あー！」と苦しそうに叫んでいる。

「太もも？」

楚恕之《チュー・スージー》は首を傾け警察官の王《ワン》に訊く。

「さっきは食中毒だと言ってませんでしたか？」

「そうなんです。実際には太ももになんの問題もないんです。あざ一つありません。X線検査もしたけど、なんの異常もありませんでした——だから謎なんですよ」

楚恕之《チュー・スージー》はベッドに近寄り、看護師の肩を叩いて場所を空けさせると、男の瞼《まぶた》を開け、その瞳孔をしばらくじっと観察し、耳の後ろも念入りに確認した。続いて、小声でなにかを呟《つぶや》くと、手を伸ばして空気を掴む形を作り、握り締めた拳を男の胸と腹の間に置いて力強くその体を押した——。

すると、悶えていた男は突然静かになった。

「まだ痛いか？」

楚恕之《チュー・スージー》は訊いた。

男はようやく痛みが鎮まったようで、ありがたいといった眼差《まなざ》しで楚恕之《チュー・スージー》を見ながら首を横に振った。

横にいる医者と看護師はカルト教団の教祖にでも出くわしたような顔で、いずれも楚恕之《チュー・スージー》に訝《いぶか》しげな視線

を投げかけた。

しかし、楚恕之《チュー・スージー》が患者を押さえていた手を離すと、その男はまた「ああ！」と転がりながら悲鳴を上げ始める。楚恕之《チュー・スージー》は次は聞こえないふりをして振り向き、郭長城《グォ・チャンチェン》に向かって指を鳴らした。

「状況が分かったから、帰ろう。報告書を書かないと」

「……」

（これで状況が分かったと？　さっきはいったいなにが起きたのだろうか？）

郭長城《グォ・チャンチェン》にはさっぱり分からない。

❖

最後の一限の選択授業を終え、学生たちが教室を出るまで待つと、沈巍《シェン・ウェイ》はようやく教案を片付け、人間界での住まいに向かった。道中、彼は何度も携帯を手に取り、画面を繰り返し確認していた――彼の携帯と言えば、ほぼ三つの機能しか使われていない――通話、メールの送受信、そして時刻の確認。

電子機器が苦手な沈巍《シェン・ウェイ》は、時代に合わないほど気が長く、メールより書簡のほうがずっと便利だと考えている。急用があれば、付箋《ふせん》に書いて伝えればいいし、急用でなければ、手紙でゆっくりと語ればいい。文章が少し長くなっても構わない。

電話の場合、時間単位で料金が徴収されるため、まるで誰かに見張られているなかで喋っているようで居心地が悪い。

また、手紙の封を切ること自体が期待を募らせる楽しい行為で、とりわけ自分にとって非常に重要な相手から手紙が届いたとき、まるで一文字一文字に魂が宿っているように感じられる。そういう書簡は彼にとって永久に収蔵する価値があるものである。

いかんせん、趙雲瀾《チャオ・ユンラン》は手紙を書かない。宅急便を受け取る時でさえ、いつも受け取りのサインをするのを面倒くさがり、名前の代わりに適当に丸をつけるだけだ。

沈巍《シェン・ウェイ》の携帯にはまだ趙雲瀾《チャオ・ユンラン》からのメッセージが残っており、一通も消されずに大切に保管されている。ところが、大雪山から帰ってきて以来、趙雲瀾《チャオ・ユンラン》から「迷惑メール」が送られてこなくなった。

（心の中にわだかまりを残してしまったのだろう。それもそうだ。自分は誰にとっても不吉な存在だと忌《い》まれる斬魂使《ざんこんし》だから。

それはそれでいいのかもしれない。数十年しかない人間の一生は、瞬く間に終わってしまう。命が尽きる時は灯りが吹き消される時のように、かつて人生に起きたありとあらゆることがパッと消えてしまう。その時、趙雲瀾《チャオ・ユンラン》も自分に出会ったこと、これまでの付き合いを、ただ人生の中で起きた一つの短いエピソードのようにまた忘れてしまうのだろう）

思いに耽《ふけ》りながら、住まいに戻った沈巍《シェン・ウェイ》がずっと閉めっぱなしの寝室のドアを開けると、照明が自動的についた。

彼の寝室にはベッドも、机も、椅子もなく、壁に数枚の肖像画が飾られているだけだ。表装から、その肖像画はずいぶん昔に描かれたものだと分かる。描かれているのはいずれも同じ男性で、正面像があれば、横顔も、後ろ姿もある……。

身なりは時代によって変わっているものの、描かれた人物は終始変わっていない。眉間《みけん》の極めて微《かす》かな表情でさえ、月日が経っても何一つ変わらず、隅々まで丹念に描き出されている。

そして、時が流れるにつれ、場所を取る肖像画の代わりに、写真が壁に掛けられた。少年時代から成年男子まで……笑った時や眉を顰《ひそ》めた時のものもあれば、誰かと喋ったり騒いだりしている時、猫が頭まで飛び跳ねてきた時のものもある……。

一枚一枚、すべて趙雲瀾《チャオ・ユンラン》だった。

（自分しかその秘密を知らなくても、自分しか覚えていなくても、それでいい。時機が来たら、自分は彼のそばから静かに消えてしまうのだろう。誰にも気付かれないままに。

自分は元々存在すべきではない者だから）

そして、その時が来るまでに沈巍《シェン・ウェイ》にできるのは、ただその人に気付かれないようにこっそりと彼の姿を目に焼き付けること。それが、沈巍《シェン・ウェイ》が唯一許せる自分のわがままだった。

これまで時々深夜に趙雲瀾《チャオ・ユンラン》の家に潜り込んだこともあったが、彼は警戒心が強いため、長くは居られなかった。幸いなことに、ここ最近の趙雲瀾《チャオ・ユンラン》は飲み会が多く、家に着いた時は大体酩酊《めいてい》状態のため、沈巍《シェン・ウェイ》はようやくちゃんと彼に近づいてそばにいることができている。

彼は沈巍《シェン・ウェイ》が全身全霊を傾けて守りながらも、髪一本でさえ触れる勇気がない人なのに……。

（やつらはどうして彼にあんなことができるのか……）

そんなことを考えているうちに一抹の邪気が沈巍《シェン・ウェイ》の眉間を掠《かす》め、次の瞬間、彼は黒い霧に包まれながら自分のマンションから姿を消した。

斬魂使が素早く黄泉路《よみじ》を掠めて通ると、幽冥《ゆうめい》の者たちはまた騒ぎ出した。奈何橋《なかきょう》[4]の端に、判官《はんがん》が白黒無常《しろくろむじょう》[5]をはじめ数多くの獄卒《ごくそつ》を連れて恐る恐る迎えに来た。沈巍《シェン・ウェイ》を見るなり判官は恭《うやうや》しく口を開く。

「大人《たいじん》、まさか大人《たいじん》がいらっしゃるとは……」

「昨今人間界に現れた山河錐《さんがすい》はすでに私が回収した。功徳筆《くどくひつ》も近いうちに現れるだろう」

斬魂使は視線を上げずに言った。

判官はその顔色を覗《うかが》って、今日は機嫌が悪そうなのを察し、愛想笑いを浮かべながら慎重に返す。

「左様ですか。豪腕の大人《たいじん》ならばきっと……」

「ここに来たのは、ただこれを伝えるためだ」

斬魂使は判官の話を遮り、凍《い》てつくような視線を投げかけた。

「そなたたちが信じようが信じまいが、私こそ大封《だいふう》の番人である。幽冥四聖《ゆうめいしせい》は一つ残らず回収し、なすべき責務は一つも欠かさず果たしていく。仮に私が誓いを破り、思うままに動こうとしたときは、そなたたちが崑崙君《こんろんくん》[6]を呼び覚まそうが、太古の大神を生き返らせようが、私を止める術《すべ》はない。だから汚い手は使わぬことだ――そなたたちも私を怒らせたくはないだろう」

4　訳注：「奈何橋」とは地獄の出入り口に架かっている橋。
5　訳注：「白黒無常」とは閻魔に仕える「白無常」と「黒無常」という二柱の獄卒の並称。
6　訳注：古代中国では「君」は神や君主などに対する敬称。

判官は顔を低く下げた。

「誠に恐縮ですが、大人《たいじん》はなにか誤解していらっしゃるかもしれません。生死簿《せいしぼ》に基づいて『因果冊《いんがさつ》』を作ったのは、実は令主《れいしゅ》に前々から頼まれていたことです。つい先日ようやく出来上がったので、急いで令主のところにお送りしましたが、まさかそれで大人《たいじん》の正体を見抜かれてしまうとは……。我々の配慮が足りず、誠に申し訳ありませんでした……」

斬魂使は皮肉な薄笑いを浮かべた。

「本当にその通りならいいんだがな、とにかく自重せよ。では」

言い終わると、斬魂使は黒い霧の中に巻き込まれながら消えていった。どのくらい経ったか、斬魂使がもたらした寒気と邪気が徐々に薄くなり、獄卒たちはようやく胸を撫で下ろし、判官も袖で顔の汗を拭き取った。


「大人《たいじん》」

獄卒が判官の横に来て、耳元で呟いた。

「斬魂使の話も一理あるのではないでしょうか。斬魂使こそ大封の番人ですから、四聖のうちの二つが斬魂使と混沌鬼王《こんとんきおう》に持っていかれた現在、たとえ崑崙君が蘇《よみがえ》ったとしても、所詮凡人でしょう。斬魂使をどうすることもできないのではないでしょうか。私が思うには、いっそのこと斬魂使を信じてみて、少し気楽に構えてもいいのでは……」

「いったん大封が破れてしまえば、封印し直すために番人がどんな代価を払わなければならないか知っているのか」

判官が小声で返した。

「その代価の大きさは太古の大神でさえ、命を捧げなければならないものだったのに、斬魂使のような半神《はんしん》はなおさらのことだ。何百世にもわたる修行、無数の苦難を経てようやく邪気から具現化できたのに。そのために数万年の心血を注いだ斬魂使がすべてを捨てて、大封に身を捧げられると思うのか？」

その言葉を聞くと、獄卒は身震いし、緩めた気を改めて引き締めた。


判官は低い声で続ける。

「虎の首の鈴は縛りつけた者しか解けない。大封の番人は大荒山聖《たいこうさんせい》である崑崙君が直に任命した者だから、崑崙君に最後の望みを賭けてみるしかないんだ。そろそろ崑崙君を蘇らせなければ……」

「でも崑崙君の魂――その神霊《しんれい》は数千年の間、輪廻転生を繰り返し、すでに凡人に生まれ変わり、神性もほぼなくなったのではないのですか……」

「ほぼな」

判官は視線を上げた。

「……天目《てんもく》というのを聞いたことはあるか」

三

「調査に出たら、いつもどおり概要報告書を書かなきゃならない。俺はタイピングが遅いから、お前が打ってくれ」

楚恕之《チュー・スージー》はお茶を淹《い》れ、のんびりと椅子に背を預けると、

「俺の言うとおり書けばいいから」とパソコンの前で端座《たんざ》している郭長城《グォ・チャンチェン》に指示した。

特別調査所の「人」たちはすでに退勤し、あちこち飛び回る霊鬼《れいき》スタッフしか残っていない。闇に包まれるなか、捜査課事務室だけランプが一台灯っている。

二人が椅子に腰掛けてまもなく、誰かがドアを叩いた。「どうぞ」と楚恕之《チュー・スージー》が言うと、宙に浮いたトレイが熱々《あつあつ》の料理を乗せて入ってきた。トレイには二人分の食器、惣菜四点、スープ一点、ごはん二杯が乗せられている。トレイに続いて一匹の無頭鬼《むとうき》が両足を地面から浮かせたままふわりと飛んできて、料理を机に並べてから猫の餌を探し出し、大慶《ダーチン》のキャットボウルに目一杯入れた。

大慶《ダーチン》はかしこまったふりで頷《うなず》いた。

「ありがとうな――あと、特濃ミルクもよろしく」

すっかり光明通《グァンミンどお》り四号の環境に慣れてきた郭長城《グォ・チャンチェン》は時を重ねるにつれ、人間と鬼の違いは意外と大きくないと感じ始めていた。

世の中にはとても優しい鬼もいる。例えば、報告書を書くために事務所に残って残業するたびに、この首のない優しいお兄ちゃんはいつも熱々の晩ごはんを運んできてくれる。

それを食べると、先日郵便局から帰ってきて以来財布に二十元しか入っていない郭長城《グォ・チャンチェン》は心まで温められたような気持ちになった。

「テンプレはまえのやつを参考に自分で調整すればいい。ちゃんと報告書らしい文章にアレンジするんだ。内容は大体こんな感じ……」

楚恕之《チュー・スージー》は食べながら語り始めた。

「あの人は毒に中《あた》ったんじゃなくて、死霊の怨呪《おんじゅ》をかけられたんだ……。そう、『怨念《おんねん》』の『怨』、『呪文』の『呪』。被害者が下半身に激痛を訴えていたことから、怨呪をかけた死霊は外傷で亡くなった可能性が高い。あと、被害者は眉間《みけん》が黒くて目が赤く、瞼《まぶた》の下に『因果線《いんがせん》』が引かれていたけど、濃くはなかった。耳の後ろに黒い『功徳印《くどくいん》』があった。それも極めて薄いことから、被害者は怨呪をかけた死霊と直接関係がない人だと考えられる。こんな目に遭うほどの罪は犯していないはずだから、一次調査の結論としては、当該死霊に重大な違法行為が認められる……」

郭長城《グオ・チャンチェン》は断念し、キーボードを打つ手を止めた——ちんぷんかんぷんすぎて、まったく楚恕之《チュー・スージー》の話についていけないのだ。

楚恕之《チュー・スージー》はため息をついた。

「どこが分からないんだ？」

「『因果線』とはなんですか」

郭長城《グオ・チャンチェン》は尋ねた。

その時、ミルクの皿に頭を埋めていた大慶《ダーチン》がぱっと顔を上げた。黒い毛についたミルクが白ひげのようになっている。

「趙雲瀾《チャオ・ユンラン》のやつなにやってんだ！　毎日お酒か色気に浸ってばかりで、仕事する気あるのか！　まさか新人教育はまだやってないなんて言わないよな。こいつまだなにも分かってねぇじゃねえか⁉」

猫に謗《そし》られるボスもかわいそうだと思い、楚恕之《チュー・スージー》は代わりに弁解してあげた。

「所長は事務所移転のことで忙しいんだ。それが決まったら、来年は大きな庭付きのところに移れるぞ。その時、君は木の枝に掛かっている広いキャットハウスに住めるよ。鳥の巣が眺められる絶景スポットだぞ」

それを聞くと、気性の荒い猫様も少し怒りを鎮め、しばらく経つと、広いキャットハウスに免じて趙雲瀾《チャオ・ユンラン》を許すことにした。

黒猫はひげを揺らしながら、さも軽蔑したような口調で話を本題に戻し、郭長城《グオ・チャンチェン》に説明し始める。

「『因果線』っていうのはつまり因と果を示す線。例を挙げてみよう。お前が道を歩いていて、突然暴徒が飛び出してきて、理由もなくお前を殺した。こういうのは、因果関係のない予期せぬ災いと言う。もし暴徒が飛び出してきた時、お前がちょうどそいつの前に立って道を塞いでいて、それで暴徒が刃物でお前を刺して殺したとする。つまり、お前は道を塞いでいたせいで殺されたことになる。運が悪かったとはいえ、因果関係が成り立つと言えないこともない。でもこういう場合にできた因果線は極めて薄く、基本的に手で簡単に拭き取れる。

もう一つ例を挙げよう。もし暴徒が飛び出してきた時、お前が彼の妻の不倫相手だって気付いて、カッとなってお前を殺したとしたら、それでできた因果線は手で拭き取れないけど、そんなに濃いものにはならない。なぜなら、因果関係が成り立つとはいえ、お前は死ぬほどの罪を犯してはいないから。つまり、因と果が釣り合わないってことだ。もし暴徒が飛び出してきた時……」

暴徒に何度も殺されてしまった郭長城《グオ・チャンチェン》はつい大慶《ダーチン》の話を遮り、

「つまり、僕が親の仇《かたき》、殺したいくらい憎い相手だと暴徒が気付いて刃物で僕を刺し殺した場合、それでできた因果線は濃くなるということですか」と確認した。

大慶《ダーチン》は頭で円を描きながら、

「そう。意外と教え甲斐があるな」と返した。

「じゃ……功徳印とは？」

「功徳を積んできた人間、あるいは罪を犯した人間は、耳の後ろに印《しるし》が付いている。例えば、ある人が誰にも気付かれずに人を殺したとする。誰にもバレていなくても、その人の耳の後ろには黒い印が残る。こういう悪行はつまり昔でいう『陰徳を損なう』[7]ってやつだ。悪行を行なったかどうかは、功徳印を見れば分かる。もちろん、修行していない普通の人間には見えないけど」

楚恕之《チュー・スージー》が答えた。

その時、楚恕之《チュー・スージー》が郭長城《グオ・チャンチェン》に目をやると、耳の後ろに際立って白い印が付いていることに気付いた。柔らかいが重厚感のある光を放っている。ただ、その光は誰でも見えるわけではない。陰陽眼《いんようがん》が開いた人でさえ、目に十分な意識を集中させないと気付かないだろう。

郭長城《グオ・チャンチェン》本人はまったく気付いていないようで、なにか考え込む様子で訊く。

「黒い印って、すすで汚れた拇印《ぼいん》みたいなものですか」

楚恕之《チュー・スージー》は驚いた。

「どこかで見たことあるのか？」

郭長城《グオ・チャンチェン》は頷き、先日の夜、危うく人を轢《ひ》きそうになったことを話した。

それを聞くと、大慶《ダーチン》はせせら笑った。

「たまたま通りがかった一般人の肉眼でも分かるような功徳印が付いてるなら、そいつは遅かれ早かれ天

7　訳注：「陰徳」とは死後、冥府で罪の清算をされる際に功徳として記録できる生前に行なった善行のこと。陰徳を損なうようなこと、つまり悪行を行なうと、その報いが自分または子孫の身に返ってくると言われる。

雷に打たれて死ぬだろう」

また困惑の表情を浮かべた郭長城《グオ・チャンチェン》を見て、楚恕之《チュー・スージー》は説明を続けた。

「人間の功徳印は、一般人の肉眼では見えないはずだ。君が出会ったやつはたぶん人間じゃないだろう。修行とかしている妖族の類《たぐい》は簡単に人を傷つけたりしないんだ。功徳印の制約を受けてるから。功徳印がある程度まで黒くなると、天雷を引き寄せてしまう。その威力ときたらシャレにならないぞ。その時は、天雷の裁きを受ける妖《あやかし》自体だけじゃなくて、同じ地域の低級妖族も一緒に巻き込まれてしまう。だからこういう疫病神の巻き添えを食わないために、毎年年末の妖族夜宴で、妖族の者たちは集まって一人ひとりの功徳と悪行を清算し、酷すぎるやつがいたら内部で処理しておくようにしているんだ」

「じゃ、普通の人は？　普通の人も悪事を働きすぎると、天雷に打たれてしまうんですか」

郭長城《グオ・チャンチェン》は分かったような、分からないような顔で尋ねた。

「そんなことはない」

大慶《ダーチン》はしっぽを立て床に飛び降りると、背中を丸くして体を縮め、毛糸玉のようにパソコンの放熱口の後ろに突っ伏して温かい風で体を温め始める。

「『善人ほど早死にして、悪人ほど長生きする』という言葉、聞いたことないか？　人間界には人間界の法則がある。人間は来世に再び人に生まれ変われるかも分からないし、人間の一生は短いから、善行を積んだとしても、悪行を犯したとしても、報いが返ってくるまえに、人生はとっくに終わってしまう。

みんな取るに足らないおけらやアリのような存在だから、そのうちの一人や二人が悪事を働いたって、お天道様はいちいち構ってられない。逆に言えば、凡人はいくら功徳を積んでも、大して意味がない……。善行を積んでいれば、たまには運がよくなることもあるだろうけど、みんながみんなそうじゃない。お前のようにそんなに厚い功徳を積んだって、不幸体質のままの人もいるだろう」

郭長城《グオ・チャンチェン》は幼い頃に両親を失い、これといった才能はなく、気も弱い。

「ああ見えて運がいいやつだ」とか「マスコットだと思って残してもいい」とか趙雲瀾《チャオ・ユンラン》がよく冗談で言ってくれるものの、実際のところ、郭長城《グオ・チャンチェン》は福運に恵まれるような人間ではなく、人相学から見ても、幸薄い顔をしている。

「そうなんですか？　僕にも功徳がありますか？」

郭長城《グオ・チャンチェン》は大慶《ダーチン》の話を聞いて訝《いぶか》っている。

「僕は自分が不幸体質なんて思ったことありません。むしろ運に恵まれているほうだと思いますよ。ただあまりにも意気地なしで……」

自分はこれといった特長も才能もない人間だと郭長城《グオ・チャンチェン》はずっとそう思っている。

幼い頃から親戚たちは彼のことを気の毒だと思い、自分の子供より彼のことを優先してきた。いかんせんこれほど豊かな環境で育っても、大人になった彼は依然としてポンコツのままである。それでも、親戚はコネを使って彼にこんなにいい仕事を紹介してくれた。それだけでなく、上司や同僚たちも彼を馬鹿にすることなく、みんな面倒を見てくれて、さらに正所員として残してくれた――。

（これは運に恵まれていると言うんじゃないのか）

郭長城《グォ・チャンチェン》の話を聞いて、黒猫が閉じかけた瞼を開けて彼を見つめると、碧《みどり》色の目に金色の光が閃《ひらめ》いた。なにかを言おうとした時、外の冷たい空気とともに酒臭い趙雲瀾《チャオ・ユンラン》が突然事務室に入ってきた。

「調査報告書はできたのか？」

趙雲瀾《チャオ・ユンラン》はかすれた声で訊いた。

「えっと……」

郭長城《グォ・チャンチェン》が報告しようとすると、趙雲瀾《チャオ・ユンラン》は彼に手を振り、よろめきながらトイレに飛び込んで嘔吐《おうと》した。

楚恕之《チュー・スージー》と郭長城《グォ・チャンチェン》は素早く趙雲瀾《チャオ・ユンラン》の様子を見に行ったが、大慶《ダーチン》は舌打ちしてゆっくりと太い足を踏み出し、「愚かな人間よ」と言って体を揺らしながらのそのそと歩いていった。

この愚かな人間は顔を真っ青にして胃を押さえ、壁の隅に凭《もた》れかかったまま立ち上がれない。楚恕之《チュー・スージー》は彼の背中を叩きながら、

「いったいどれだけ飲んだんだ――郭《グォ》くん、白湯《さゆ》を持ってきて」と言った。

一回吐いた趙雲瀾《チャオ・ユンラン》はうがいし、ようやくゆらゆらと立ち上がった。

「あのクソ野郎たちにむりやり飲まされてたんだ。仕方ないだろう」

「はいはい、言い訳はいいから。ボスが本気で飲みたくなかったなら、誰が飲ませようとしたってむだだったはずだろう」

楚恕之《チュー・スージー》が返した。

趙雲瀾《チャオ・ユンラン》は壁で体を支えながら立ち上がると、落ち込んだ顔でトイレを出ながら、

「失恋したばっかなんだ。憂さ晴らしのお酒も飲んじゃいけないのか」とはっきりしない声で言い返した。

「おや、また沈《シェン》教授に振られたのか？　さすが大学の教授！　男を見る目があるね。いいことだ、いいことだ」

趙雲瀾《チャオ・ユンラン》の太ももに体を擦りつけて通り過ぎた大慶《ダーチン》が口を挟んできた。

「ってか、まさか飲酒運転はしてないよね。春節前後は取り締まりが厳しいから、マジで刑務所に入れられちまうぞ」

「失せろ！」

趙雲瀾《チャオ・ユンラン》は不機嫌そうに怒鳴って、椅子に座り込むと、目を半開きにして、意気消沈した顔でみんなに仕事を指示し始める。

「郭《グオ》くん、汪徴《ワン・ジェン》を呼んできて。サインが要る書類を全部持ってきてって伝えて。楚《チュー》、病院の事件はいったいどういうことだったのか教えてくれ」

病院の件はさほど複雑な事件ではなかったため、楚恕之《チュー・スージー》は二言三言でその経緯をはっきりと伝えたが、趙雲瀾《チャオ・ユンラン》は視線を下に向けたまま、聞いているようでいないような様子だった。頭がきちんと回っているかどうかは分からないが、楚恕之《チュー・スージー》の説明を聞き終えると、酒臭い趙雲瀾《チャオ・ユンラン》はこう言いつけた。

「うちが片付けるべき事件で間違いないよな？　じゃあ、今夜は急いで報告書を作ってもらおう。俺はここで待ってる。明日中に引き渡し手続きが終わるように、報告書が出来上がったら俺が押印してスキャンしたやつをすぐに上層部に提出する。じゃなきゃまた一日待たされちまう」

一晩残業するくらい楚恕之《チュー・スージー》は特に異論はない。自分は先ほど胆嚢《たんのう》も飛び出そうな勢いで吐いた人のように調子が悪いわけでもないし、と思っていた。

その時、汪徴《ワン・ジェン》がはちみつ湯を持って階段を下りてきて、大量の署名待ちの書類を机に置いて広げた。一方で、趙雲瀾《チャオ・ユンラン》はじっくり読む余裕どころか、瞼を開ける余裕すらなく、ペンを手に取るなり闇雲《やみくも》にサインし始める。それが終わると、趙雲瀾《チャオ・ユンラン》は汪徴《ワン・ジェン》と背後霊のようにその後ろについている男に手を振り、

「独り身の俺の前で惚気《のろけ》るな。とっとと消えてくれ！」と叫んだ。

楚恕之《チュー・スージー》と郭長城《グオ・チャンチェン》が一次調査報告書を書き終える頃、趙雲瀾《チャオ・ユンラン》は机に突っ伏してぐっすり眠っていた。

「そうだ、訊き忘れた。俺様の超豪華キャットハウスは？　鳥の巣の隣に建ててくれるんだよね？」

大慶《ダーチン》は趙雲瀾《チャオ・ユンラン》の背中目掛けて一連の爪攻撃を発動した。

「……デブ猫め、猫鍋にして食ってやろうか」

趙雲瀾《チャオ・ユンラン》が寝ぼけ声で返したが、懲りない大慶《ダーチン》はさらに彼の肩に飛び上がり、その耳に向かって再び凄い剣幕で怒鳴る。

「ニャン！　俺様の豪華キャットハウスは⁉」

趙雲瀾《チャオ・ユンラン》は冷たくなったはちみつ湯を飲み干し、デブ猫の短い首を掴んで横へ放り投げた。

「大体決まった。早ければ、来年の秋には引っ越せる」

その話を聞くと、黒猫は即座にいつもの偉そうな態度を改め、媚びるように趙雲瀾《チャオ・ユンラン》の手に顔を擦りつける。

「そうかそうか。さすがは我らがボス！　えっと……鳥の巣はね、できれば鳥の卵が置いてあるのがいいな……」

趙雲瀾《チャオ・ユンラン》は大慶《ダーチン》の額にデコピンして退けさせると、机に何回か手を擦りつけた。

「クソ猫め」

趙雲瀾《チャオ・ユンラン》は冷たい口調で言った。

「ちょっと触れただけで毛が付いてくる」

言い終わると、大慶《ダーチン》が逆上するまえに素早く調査報告書にサインした。

「じゃ、俺は先に帰るね。今日はお疲れさん」

「おい、待て、さっきはどうやって来たんだ?」

楚恕之《チュー・スージー》が訊いた。

「タクシーで来たんだよ。帰りもタクシーを拾うつもりだけど」

「もう遅いですから、外は寒いし、この辺はタクシーを拾いにくいし、僕が送り……ああ!」

心優しい郭長城《グオ・チャンチェン》が提案しようとすると、楚恕之《チュー・スージー》は机の下で力強く彼の足を踏んでその話を止めさせた。そしてこのおせっかい焼きの楚兄《チューにい》は跳ね上がって、むりやり趙雲瀾《チャオ・ユンラン》を椅子に押さえ付け、素早くボスのポケットから携帯を取り出した。

「沈《シェン》教授は今冬休みだろう。迎えに来てもらうから、ここでじっとしてて」

「……」

絶句した趙雲瀾《チャオ・ユンラン》が携帯を取り返そうとしたが、機敏な楚恕之《チュー・スージー》は即座に躱《かわ》し、

「みんな早くボスを押さえ付けて」

と郭長城《グオ・チャンチェン》や大慶《ダーチン》を呼び寄せた。

「いいか。沈《シェン》教授がお前を見る時のあの目つき、絶対なんかあるぞ。ボスに気がないなんてありえない。きっとカミングアウトしたくないだけだろう。長年一緒に働いてきた仲だから、サポートしてあげるよ!」

趙雲瀾《チャオ・ユンラン》は郭長城《グォ・チャンチェン》と出しゃばりな大慶《ダーチン》に押さえ付けられた。大慶《ダーチン》にさらに全体重をかけてお腹の真ん中に勢いよく座られ、危うく卒倒するところだった。

「頼むからやめろ！　本当に迷惑だから！」

趙雲瀾《チャオ・ユンラン》が悲鳴を上げたと同時に、携帯から沈巍《シェン・ウェイ》の声が伝わってきた。

「もしもし、どうされましたか」

それを聞いて、楚恕之《チュー・スージー》は趙雲瀾《チャオ・ユンラン》に目くばせした——（ワンコール鳴ったらすぐ出てくれるなんて、こんなＶＩＰ待遇、どこにもないだろう——これのどこが失恋なんだ？）と言わんばかりの表情だった。

「もしもし、沈《シェン》教授ですか。あのう、趙雲瀾《チャオ・ユンラン》の同僚です。俺らのボスが飲みすぎて酔っぱらってしまって、誰彼構わずぎゅって抱きついてくるんですよ。事務所で暴れまくっててもう大変です。それでボスのアドレス帳を調べてみたんですけど、誰に連絡していいか分からなくて、沈《シェン》教授に電話を掛けてみました。あのう……大変申し訳ないんですが、うちのボスを迎えに来てやってくれませんか」

趙雲瀾《チャオ・ユンラン》が手元に置いてあるペン立てを取って楚恕之《チュー・スージー》の頭目掛けて放り投げたが、楚恕之《チュー・スージー》は仰け反って躱し、電話の向こうの人にこう言った。

「あ、大丈夫です。あの酔漢が暴れてものを投げてきただけです。うんうん……分かりました。沈《シェン》教授が来るまでしっかり見ておくので、早く来てくださいね。光明通《グァンミンどお》り四号、二階の捜査課で待っています。では、またのちほど！」

電話を切ると、楚恕之《チュー・スージー》はしなを作って趙雲瀾《チャオ・ユンラン》に投げキッスを飛ばした。

「来てほしいって言ったらすぐに駆けつけてくれるなんて、絶対落とせるに違いない。今度この仲人《なこうど》の俺にちゃんとごはんをおごるんだよ」

趙雲瀾《チャオ・ユンラン》は楚恕之《チュー・スージー》を指差す手を震わせながら、

「……このゲス野郎」と怒鳴った。


しばらく待つと、沈巍《シェン・ウェイ》が駆けつけてきた。

沈巍《シェン・ウェイ》が捜査課事務室のドアを一回叩くやいなや、中からドアが開けられると同時に、誰かが放り出されてきた。沈巍《シェン・ウェイ》が手で受け止めようとすると、趙雲瀾《チャオ・ユンラン》は勢いよくその懐《ふところ》にぶつかってしまった。立つことさえままならない状態なのに、趙雲瀾《チャオ・ユンラン》は戦う気満々で事務室の中にいる楚恕之《チュー・スージー》を指差しながら、

「ゲス野郎め、待ってろ」と言った。

「おっと、それは怖いな」

楚恕之《チュー・スージー》はいつもの仏頂面をやめ、慣れない笑顔を浮かべる。

沈巍《シェン・ウェイ》は笑っていいのか嘆いていいのか分からない顔で、「はいはい」と言ってまだわなわなと震えている趙雲瀾《チャオ・ユンラン》の手を下ろさせた。

「誰がボスなのか忘れられてしまったようだな。今日はしっかり俺様の実力を思い知らせてやらないと。覚悟しとけ」

そう言い放つと、趙雲瀾《チャオ・ユンラン》は沈巍《シェン・ウェイ》の手を振り切って、楚恕之《チュー・スージー》のほうへ飛びついていこうとする。

沈巍《シェン・ウェイ》はため息をつき、片手で趙雲瀾《チャオ・ユンラン》の腰を引き寄せ、もう片方の手で彼の手首を掴んでばたつかせないようにすると、事務室のみんなに頷いて、

「お邪魔しました。では趙《チャオ》所長のご自宅まで送らせてもらいます」と言った。
そして、沈巍《シェン・ウェイ》はむりやり趙雲瀾《チャオ・ユンラン》を引きずって特調を後にした。

四

趙雲瀾《チャオ・ユンラン》は確かに飲みすぎてしまい、未《いま》だにまともに歩けないのも事実だ。だが、散々吐いたうえに、仮眠もとれたため、徐々に酔いから醒《さ》めて頭がはっきりしてきた。

ただ、沈巍《シェン・ウェイ》……いや、斬魂使《ざんこんし》と二人きりでいるのは実に決まりが悪く、楚恕之《チュー・スージー》が自分が飲みすぎて前後不覚になったとか言っていたから、いっそのこと成り行きに従い泥酔したふりをしてこの場をやり過ごすことにした。

沈巍《シェン・ウェイ》が車を降りて捜査課の事務室に上がって趙雲瀾《チャオ・ユンラン》を迎えにくる間、車のエンジンは切られていなかった。言うまでもなく、暖房をつけっぱなしにして車内を温かくしておくためだ。趙雲瀾《チャオ・ユンラン》は車に乗るなりそのことに気付き、心まで温まった気がしたが、その気持ちから逃げたくて、彼はシートに凭《もた》れかかり、目を閉じて寝たふりをした。

「寝るのはお家に着いてからにしましょう。外で寝たら風邪を引きやすいから」

沈巍《シェン・ウェイ》が彼の体を軽く揺らして起こそうとしたが、趙雲瀾《チャオ・ユンラン》は依然として寝たふりをして黙っている。

すると、沈巍《シェン・ウェイ》は起こすのを諦めて助手席のほうに上半身を傾け、シートベルトを締めてあげた。趙雲瀾《チャオ・ユンラン》が沈巍《シェン・ウェイ》の体の匂いを感じられるほど二人の距離が近くなっていた。斬魂使の凍りつくような気配と違い、沈巍《シェン・ウェイ》の体は清々しい香りを纏《まと》っている。洗ったばかりの服に残る石鹸《せっけん》の香りだ――人と鬼を問わず誰もが怖じ恐れる斬魂使がその黒いマントを外すと、中にはこれほど凛としていながらもしなやかな人間がいるとは趙雲瀾《チャオ・ユンラン》は夢にも思わなかった。

隣の運転席から小さな物音が伝わってきた。沈巍《シェン・ウェイ》がミネラルウォーターを探し出し、コップに入れたのだ。そのコップを二回揺らすと、冷たかった水から温かい湯気が立ち昇った。沈巍《シェン・ウェイ》はコップの縁を趙雲瀾《チャオ・ユンラン》の唇まで持っていき、

「少し飲みましょう」と言った。

趙雲瀾《チャオ・ユンラン》は微《かす》かに目を開けた。車内は真っ暗で、まるで沈巍《シェン・ウェイ》の瞳だけが光を放っているように見える。ほどよい明るさで、暗すぎも眩《まぶ》しすぎもしない。その瞳を見た瞬間、趙雲瀾《チャオ・ユンラン》は自分の心臓が躍るように強く脈打ったのを感じた。沈巍《シェン・ウェイ》にコップを持ってもらったまま白湯《さゆ》を飲み終えると、シートの下から沈巍《シェン・ウェイ》がブランケットを探し出し体に掛け、さらにエアコンの温度を上げてくれた。

車が穏やかに発進すると、微かなため息が聞こえた。

「なんでちゃんと自分の世話ができないんだ」

隣の人はブランケットを整えてくれたあと、独り言のように呟《つぶや》いた。

趙雲瀾《チャオ・ユンラン》はただ目を閉じて休んでいる。窓の外を吹きすさぶ風の音を聞くと、思わず体を丸めた……。寒い夜に、このような温もりを感じるのは久々な気がする。

大雪山から帰ってきて半月も経ったが、彼は一度も沈巍《シェン・ウェイ》に連絡していなかった。これまでいろんな人が趙雲瀾《チャオ・ユンラン》に近づいては離れていった。恋人がいない時、趙雲瀾《チャオ・ユンラン》はいつも他の人と曖昧

な関係を維持することで満足感を得ている。そうすれば高いプライドも保つことができる。本来、沈巍《シェン・ウェイ》もその対象の一人にすぎなかったはずだ。しかし、不思議なことに、沈巍《シェン・ウェイ》の正体を知り、彼とのつかず離れずの絆《きずな》が突如切れてしまったとたん、趙雲瀾《チャオ・ユンラン》にとって、他の者や曖昧な関係などすべて味気ないものに変わってしまった。

趙雲瀾《チャオ・ユンラン》はまるで一晩のうちに欲のない老僧と化したようで、それ以来、深夜に目が覚め夢うつつの境を彷徨《さまよ》うたびに、彼はあの日――胃痛を起こした日に、厚かましくも沈巍《シェン・ウェイ》に自分の家に残ってもらったことを思い出してしまう――布団の中で身を屈《かが》めてうつらうつらしていた自分を、沈巍《シェン・ウェイ》がそばで本を読みながら静かに見守ってくれている。キッチンから病みつきになりそうな料理の香りが漂ってくる。

その瞬間、彼は沈巍《シェン・ウェイ》にばっちり心を掴まれてしまったのだ。

趙雲瀾《チャオ・ユンラン》はずっとそういう暮らしに憧れている――好きな人と一緒にいて、沈黙の時間すら心地いいと感じる。お互いに面倒をかけたり、しつこく付き纏ったり、相手の時間を邪魔したりせず、それでいて決して冷たくはない……。まるで遠い昔からずっとともに暮らしてきたように、一緒にいて気が楽に思える。そのような相手と二人で誰にも邪魔されない自分たちだけの「国」を作れたらさぞ幸せだろう。

そして、大雪山に行った時のことも思わず彼の脳裏に浮かんでくる。あの朽ち果てた山小屋で、夜中に目が覚めて沈巍《シェン・ウェイ》とふと視線がぶつかったこと……。

「手に入らないからこそ欲しくなる」というやつだろうか、趙雲瀾《チャオ・ユンラン》は沈巍《シェン・ウェイ》が掛けてくれたブランケットで顔を隠し、口角に自嘲《じちょう》気味の苦笑いを浮かべた。彼のことを忘れられない自分は、実にみっともないと。

❖

趙雲瀾《チャオ・ユンラン》の家は光明通り《グァンミンどお》り四号からそんなに離れておらず、乱れる気持ちを整理できるまえに家に着いてしまった。沈巍《シェン・ウェイ》は趙雲瀾《チャオ・ユンラン》を支えながら部屋に入ると、趙雲瀾《チャオ・ユンラン》のコートを脱がせてハンガーラックに掛けておき、彼をベッドに寝かせたあと、浴室にタオルを取りに行った。

趙雲瀾《チャオ・ユンラン》が泥酔しているように見えていても沈巍《シェン・ウェイ》は依然として礼儀正しく振る舞っている。濡れたタオルで趙雲瀾《チャオ・ユンラン》の顔や手足だけを拭き、他のところには一ミリも触れようとしない。

拭き終わると、布団を整えてしっかりと掛け直してあげた。ついでに部屋の片付けまでしてあげた。まるでそれが一つの習慣になったかのように。細心な彼はさらに趙雲瀾《チャオ・ユンラン》のナイトテーブルに置いてある、水が半分残ったコップを他のところに移した。夜中に寝返りを打った時、うっかり倒さないように。

沈巍《シェン・ウェイ》が自分のことを大切にしてくれていることを、趙雲瀾《チャオ・ユンラン》はよく分かっている。生まれてこのかた、自分の親と猫以外、そばにいてくれる人はいずれも自分に頼みがあるか、依存しているかのどちらかだった。

これほど自分のことを大事にしてくれる人は今まで一人もいなかった。沈巍《シェン・ウェイ》はなるべく物音を立てないように気を遣っているが、それでも微かな音が出てしまう。その僅《わず》かな物音を聞いて、趙雲瀾《チャオ・ユンラン》はますます心が千々《ちぢ》に乱れてきた。

片付けを終え沈巍《シェン・ウェイ》が振り向くと、趙雲瀾《チャオ・ユンラン》がベッドにおとなしく横になっているのが見える。その静かな寝顔を見て、沈巍《シェン・ウェイ》はしばらく迷った末に、やはり彼のそばから潔く去ることができず、いっそのこと欲望の赴くままに横に突っ立って、ベッドの上に寝ている人を心ゆくまで見つめることにした。貪《むさぼ》るような目つきで。

（神よ）

趙雲瀾《チャオ・ユンラン》は心の中で呟いた。体は寝たふりをしてじっとしているものの、心の中は荒波がたけり狂っているようだ。

（頼むからもう見ないでくれ。早く帰ってくれ。こんなの耐えられるわけがないだろう）

残念なことに、その心の声は沈巍《シェン・ウェイ》の耳に届かず、神様の耳にも届かなかった。

しばらくすると、沈巍《シェン・ウェイ》は惑わされたかのように、ゆっくりと体を前に傾け、趙雲瀾《チャオ・ユンラン》の細い呼吸音が聞こえるまで彼の顔に近づいていった。

趙雲瀾《チャオ・ユンラン》はまるで「死体」になったかのようにピクリとも動こうとしなかったが、いくらメンタルが強いとはいえ、さすがにこんな状況では崩壊寸前のところまで来ている。

沈巍《シェン・ウェイ》はとうとう我慢できなくなり、両手を趙雲瀾《チャオ・ユンラン》の体の両側に置くと、軽く唇で趙雲瀾《チャオ・ユンラン》の唇に触れてみた。トンボが水面を掠《かす》めて飛んでいくかのように、彼もその唇に触れた次の瞬間に離れていった。

そして沈巍《シェン・ウェイ》は目をつむった。この短い接吻からこのうえなく大きな慰めを得たらしい。自らの肉体から雷のような心拍音が伝わってくるのを感じると、その刹那、沈巍《シェン・ウェイ》はまるで自分が人間になったかのように感じた。薄暗い照明の下で愛する人の唇を密《ひそ》かに奪った彼は、心から甘い蜜の味が溢《あふ》れ出し、たとえ今この場で命を落としても何一つ文句はないと思えた。

一方で、寝たふりをする趙雲瀾《チャオ・ユンラン》は頭が真っ白になり、張り詰めていた神経が弓の弦のように極限まで引き絞られ、そして静かに切れてしまった。

沈巍《シェン・ウェイ》は気付かれずに軽く触れたかっただけで、そのまま離れるつもりだったが、立ち上がるまえに、ベッドにじっと横になっていた「死体」が突然両手を伸ばし、勢いよく彼の腕を掴んだ。

不意を突かれた沈巍《シェン・ウェイ》は驚くと同時に、引っ張られてベッドに倒れ込んでしまった。趙雲瀾《チャオ・ユンラン》は突如体をひねり、沈巍《シェン・ウェイ》をベッドに押し当てた。

趙雲瀾《チャオ・ユンラン》の吐いた息にはまだ微かにお酒の匂いが残っているものの、その瞳は清らかで、いかにも冷静にじっと沈巍《シェン・ウェイ》の目を見つめている。


「大人《たいじん》、なにをしているんですか」

その声は喉の奥に抑え込まれたように低く聞こえる。

沈巍《シェン・ウェイ》は驚きのあまり口を開け、分かりやすく慌てふためいている。

そんな沈巍《シェン・ウェイ》を趙雲瀾《チャオ・ユンラン》はしばらく見つめた。その複雑な心境は表情にも表れている。すると、彼は突然指で沈巍《シェン・ウェイ》の顎先《あご》を優しく摘まんで、

「大人《たいじん》は聖人君子《せいじんくんし》だと思っていたが、まさか夜中にこっそりキスしてくるなんて思わなかった。それに、ずいぶんアマチュアのキスですね」と言った。


「わ、私は……」

沈巍《シェン・ウェイ》の言葉がしどろもどろになってきた。

彼は頭の中が真っ白でなにも考えられなくなっていたが、趙雲瀾《チャオ・ユンラン》のキスが自分の唇に落ちてくると、快い夢を見ているかのような感覚になり、思わず趙雲瀾《チャオ・ユンラン》の背中に手を回し、彼を抱き寄せその接吻に応えようとした。

しかしその男はキスのテクニックが実に巧妙で、あからさまに沈巍《シェン・ウェイ》を焦らしている。あたかもさりげない舌の動きだけで沈巍《シェン・ウェイ》に心の鎧《よろい》を脱がせ、彼を虜《とりこ》にすることができるように。

二人は互いの鼻先で触れ合い、キスの合間に趙雲瀾《チャオ・ユンラン》が耳打ちするように囁《ささや》く。

「プロは少なくともこのくらいできないとな」と。

趙雲瀾《チャオ・ユンラン》の体温がまだ残る柔らかい掛け布団はまるで包囲網のようになり、その中にしっかり閉じ込められた沈巍《シェン・ウェイ》は声すら出せなくなってしまった。趙雲瀾《チャオ・ユンラン》のシャツは第二ボタンまで開いていて、細長くて綺麗《きれい》な鎖骨がくっきりと浮き出ている。そこにはまだオーデコロンの香りが残っている。趙雲瀾《チャオ・ユンラン》の微かな動きに伴って漂い出るその香りは、沈巍《シェン・ウェイ》の唇を封じ込めるとともに彼の呼吸も支配したようだ。果たして酔っているのは誰なのか、分からなくなった。

趙雲瀾《チャオ・ユンラン》は沈巍《シェン・ウェイ》の額に垂れ下がる乱れ髪をかき分け、彼の耳元で訊く。

「訊かせてくれないか。こんなに長い間、俺のことをずっと避けてて、なのに遠くへ離れようとしなかったよな。それは昔俺になにか申し訳ないことをしたからか、それとも……俺と恋に落ちるのが怖いからか？　なにを遠慮してるんだ？　人と鬼は歩む道が違うから一緒にいてはならないと思ってるのか？」

沈巍《シェン・ウェイ》はその言葉に驚いたようで、顔に残る僅《わず》かな血色も褪《あ》せていった。彼は体の横に垂れる手をふと握り締め、趙雲瀾《チャオ・ユンラン》を押しのけようとする。

趙雲瀾《チャオ・ユンラン》はすぐに彼の手を掴み、握り締めていた拳から指を一本ずつ引き剥がした。

「俺の前では素直になっていいいんだよ。自分自身にもっと素直になれ。君が斬魂使であれなんであれ、俺は君がいいんだ。沈巍《シェン・ウェイ》、君は？　自分の気持ちを認める度胸がないのか」

「離せ！」

沈巍《シェン・ウェイ》は必死になってようやく喉の奥からその言葉を絞り出した。

「離さない。俺はただの凡人だ」

趙雲瀾《チャオ・ユンラン》はその手を離さず、かえって強引にお互いの指を絡ませ手を繋ごうとする。まるで力比べしているかのように、二人の指が絡み合い、関節のところが青紫色に変わるほど強く握り締め合っている。

「凡人にとっての人生は、虫けらにとっての四季と同じように、あっという間に終わってしまう。生離死別はすべて運命で決まってる。でも、俺は運命なんか怖くない。天罰も君のことも怖くない——自分の寿命がどのくらい残ってるか知らないけど、もしかしたら明日死ぬかもしれない。死ぬまで……」

沈巍《シェン・ウェイ》は手で趙雲瀾《チャオ・ユンラン》の口を覆い、縁起の悪いその言葉を最後まで言わせなかった。

二人がしばらく視線を交わし合うと、沈巍《シェン・ウェイ》はやはりゆっくりと首を横に振った。するとずっと力んで肩の筋肉を強張《こわば》らせていた趙雲瀾《チャオ・ユンラン》は咄嗟《とっさ》に力を抜き、顔に失望の色を浮かべて目を俯《うつむ》かせた。彼は沈巍《シェン・ウェイ》の手を離し、

「もういい」と言い、起き上がろうとする。

その喋り方に酔っている様子は微塵《みじん》も感じられないが、足が床についたとたん、力が入らず膝から崩れてしまった。胃酸が頭蓋骨にまで逆流したかのように感じて、趙雲瀾《チャオ・ユンラン》はつらそうに頭を抱えて唸《うな》り声を漏らした。

「やはりまだ酔っているじゃないですか」

沈巍《シェン・ウェイ》はすぐに手を伸ばして彼を支えた。

趙雲瀾《チャオ・ユンラン》はまだ論理的に考えられるものの、真っ直ぐには歩けないという微妙な状態だった。そうでなければ、こういうふうに大胆な直球を投げてこなかっただろう。彼はふらふらする体で沈巍《シェン・ウェイ》の手を振り払い、ナイトテーブルの引き出しを開けた。一番下に置いたクリアファイルを取り出し、パッと沈巍《シェン・ウェイ》の前に置くと、濁った声で、

「開けてみて」と言った。

沈巍《シェン・ウェイ》が少し躊躇《ためら》ってからそのファイルを受け取って開けると、中に挟まれた不動産の権利書が目に入った。龍城《ロンチェン》大学の近くにある庭付きマンションのものだ。

趙雲瀾《チャオ・ユンラン》は崩れるように背中をナイトテーブルに凭れかけさせ、両足を伸ばしてズボンのポケットからタバコを抜き出した。火をつけようとしたが、手が揺れてしまいなかなかつけられず、三、四回試してからようやく着火できた。

タバコを一本吸い終えると、ずっと黙っていた趙雲瀾《チャオ・ユンラン》は低い声で語り出した。

「このマンションは大雪山に行くまえに買ったんだ。特調は移転予定だから、あちこち回って事務所の移転先を探してた。たまたま通りがかって、中に入って見てみたら、なぜかすごく気に入って……それでありったけのお金を出して衝動買いしちゃった。あそこはアクセスが便利だし、ちょうど龍城《ロンチェン》大学の近くにあるから、君がついてきてくれるなら、これからは毎日車で大学に通う必要もないし、朝はもうそんなに早く起きなくてもいい……。それに、結構大きい物件だから、二人暮らしだとちょっと広すぎるかもしれないけど、君に大きな書斎を作れる……。あと、可愛い大型犬も飼いたいな。たまにワンちゃんと大慶《ダーチン》をけしかけて、コメディ映画を見る気分で『キャッツ&ドッグス』を見るのもいいな、なんて思ってて……」

その話を聞いて沈巍《シェン・ウェイ》の手が思わず震え出し、そのせいで手に持つファイルもがたがたと音を立てている。

「まさか西北に行った数日間で、君が……東町《ドンちょう》から西町《シーちょう》へ一瞬で移動できるのを知ってしまうなんて……。最初から車で大学に通う必要も、早起きする必要もなかったんだ」

趙雲瀾《チャオ・ユンラン》は軽く笑った。

「えっと……そういう意味じゃなくて、マンションを買ったのはオフィス移転の予定があるから。君のためにわざわざ買ったわけじゃない。ただ……引っ越したあとのことをちょっと想像してみただけだ」

沈巍《シェン・ウェイ》がゆっくり俯くと、趙雲瀾《チャオ・ユンラン》と視線がぶつかった。その眼差《まなざ》しはいつもどおり、諧謔味《かいぎゃくみ》の裏に、計り知れない優しさが隠されている。そのひとかけらでも掴んでしまったら、きっと身を滅ぼしても構わないほど彼の優しさに溺れたくなる。沈巍《シェン・ウェイ》は自分の体が二つに引き裂かれ、片方が宙に浮かび上がり、もう片方が千丈もある黄泉《よみ》の底に深く沈んでいくような感覚を覚えた。

もはや狂気に陥りそうになっている。

数千年にわたって寂しさと空《むな》しさに苛《さいな》まれてきても気が狂いそうになったことなんて一度もなかったのに、この人が淡々と発した二言三言で、気持ちが激しく浮き沈み、自分の感情を抑えられなくなっている。どうりで昔の人は戯曲でこういう言葉を書き残したわけだ。

「情というのは、生きている者に命を絶たせ、死んでいる者を生き返らせることができる。命を絶てぬ者、死んで生き返れないままの者はただ単に情が足りないからである」[8]と。

沈巍《シェン・ウェイ》はすっかり心を掻き乱され、今夜はなんという美しい夜であろうかと味わうゆとりなんて微塵もなかった。

五

密《ひそ》かに抱えていた夢のまた夢のような期待は、断崖絶壁にぶら下がっている時に命を繋ぎとめてくれる、

8　訳注：中国明代の劇作家・湯顕祖（とうけんそ）の代表作『牡丹亭』（ぼたんてい）による。美女の杜麗娘（とれいじょう）が夢の中で青年の柳夢梅（りゅうむばい）と出会い、心を奪われ恋煩いで自画像を残して亡くなった。柳夢梅がその自画像を拾うと、毎晩杜麗娘の亡霊が現れるようになり、二人は恋に落ちた。やがて柳夢梅が杜麗娘の墓を掘り返して杜麗娘が生き返り、二人はついに結ばれた話。

たった一本の細い蜘蛛の糸のようなものである。

(私が彼によって生まれ、また彼のために今に至るまで生き続けてきたことを、趙雲瀾《チャオ・ユンラン》は永遠に知らないままでいるのだろう。

沈巍《シェン・ウェイ》は思った。

強靭《きょうじん》な意志を砕くことができるのは、往々にして長い間剣のように身を突き刺してくる世間の風霜などではなく、道半ばで差し伸べられた温かい手、あるいは耳元で囁《ささや》かれた「お家に帰ろう」という一言である。

その瞬間、沈巍《シェン・ウェイ》は神様を問い詰めたくて仕方がなかった。

(なぜよりによって自分が斬魂使《ざんこんし》に選ばれたのか? 朝に生まれて夕べには死ぬおけらやアリの類《たぐい》さえ、陽光を浴び雨露に潤されながら自分の伴侶に付きっきりでいられる。

野ざらしにされる鳥の類さえ、木の枝の間に身を寄せる場所を見つけることができる。

なぜ自分はこの世に類を見ないものとして生まれてきたのに、この果てのない広い世界で拠《よ》り所を一畳すら見つけられないのだろうか。なぜみんな自分を怖じ恐れ、表では自分にひれ伏し、裏では自分を陥れ、さらに苦心して殺そうとしてくるのだろうか)

混沌の間に生まれ、暴虐で残酷な気配を生まれながらにして身に纏《まと》っている彼は、どうしても殺意を抑えきれないときがある。時には、そういう自分を陥れようとしている輩《やから》たちをみんな斬り殺したくなるほど、殺意が潮《うしお》のように湧いてくる。しかし……それはできない。

沈巍《シェン・ウェイ》は彼自身しか知らない約束を黙々と守っているのだ。振り返ってみれば、どれくらいの歳月が流れただろうか。それにもかかわらず、彼は一瞬たりともその約束に背こうとしなかった。それは、その約束が彼とあの人とのほぼ唯一の繋がりであるからだ。

沈巍《シェン・ウェイ》の目は真っ赤になり、まるで次の瞬間には目の縁から血が滴《したた》り落ちるかのように見える。

「私は不吉な者だから、いずれあなたを傷つけてしまいます」

趙雲瀾《チャオ・ユンラン》は口角を吊り上げ、両頬に浅いえくぼを浮かべた。

「いいのよ。君の攻撃力と俺の生命力、どっちが強いのか試してみるか」

沈巍《シェン・ウェイ》はそれが冗談だと分からず、答えるつもりもない。ただ黙って拳を握り締めた。力を入れすぎて手のひらから血が出てしまいそうになったところで、

「どうして……どうしてこんなふうに私を追い詰めることができるんですか」という言葉がやがて沈巍《シェン・ウェイ》の口を衝《つ》いて出てきた。

趙雲瀾《チャオ・ユンラン》はため息をつき、薄く浮かべていた笑みを消し、灰皿でタバコを潰した。


彼は初対面の時から沈巍《シェン・ウェイ》に惚れている。それは沈巍《シェン・ウェイ》のような人が自分のタイプだからだと思い込んで、その身に感じた生まれつきのような親近感を不審に思うことなくすんなり受け入れた。斬魂使の起源や過去など、趙雲瀾《チャオ・ユンラン》はまだ詳しく調べていない。だが、こんな様子の沈巍《シェン・ウェイ》を前に、心を鬼にして問い詰めることも彼にはできない。趙雲瀾《チャオ・ユンラン》はなぜか沈巍《シェン・ウェイ》がいつも心底に深い苦しみを抱えているように感じる。そうでなければ、なぜ黒いマントを羽織って現れるたびに、あれほど強い冷気を帯びているのだろうか？

彼は冷えないのか？

「すまない」

趙雲瀾《チャオ・ユンラン》は握り込んだ沈巍《シェン・ウェイ》の指を優しく引き剥がし、その手を自分の手のひらに置くと、俯《うつむ》いて沈巍《シェン・ウェイ》の手の

甲に軽く口づけした。

「君を困らせるようなことを言ってしまったのなら、さっきの話はなかったことにしよう」

そう言いながら、趙雲瀾《チャオ・ユンラン》はあの不動産権利書を適当に横に置いた。他人の目にはさぞかし貴重なものに見えるだろうが。

沈巍《シェン・ウェイ》は目を閉じ、自分はなんて無恥なやつだと心の中で自分自身を責め始めた。顔を合わせるのを避けたいのなら、どうしてもっと遠い所に身を隠さないんだ？

おとなしく黄泉《よみ》の国にいればよかったのに。そうすれば、趙雲瀾《チャオ・ユンラン》が何度生まれ変わったとしても、二人は決して顔を合わせることはないはずだ。なのに、なぜ我慢できず、耐えきれなかったのだろう。わざと艶《なま》めかしい姿で現れ、彼をそばに引き寄せると、今度は純潔を守ろうとする様子を装い、断りたいが仕方なく受け入れたふうに振る舞う。なんて破廉恥《はれんち》なやつだと。

沈巍《シェン・ウェイ》は常に自分のことを嫌って生きてきたが、今この瞬間、その憎しみが今までにないほど膨らんできた。

趙雲瀾《チャオ・ユンラン》はこめかみ辺りを軽く押しながら、濁った声で口を開いた。

「俺には他のものもあるけど、大体君の眼鏡にはかなわないだろうから、この真心しか君にあげられるものはない……。受け取ってもらえないならそれまでだが」

その言葉は山から転がり落ちてくる巨石のように、容赦なく沈巍《シェン・ウェイ》の胸にぶつかり、遥か昔に同じく耳元で囁かれたあの言葉を思い出させた。その人も今と同様にさりげない口調でこう言ってくれたのだ。

「われは天下の名山や大河を司っておるものの、今思うとそれは珍しいことでもなんでもない。それらは所詮、石や水の塊だ。われになにかあるかというなら、この真心くらいしか天秤にかけてみる価値のあるものはない。欲しいならあげよう」と。

遥か昔に過ぎ去ったことだが、今でもありありと目に浮かんでくる。

思い出に耽《ふけ》っているなか、沈巍《シェン・ウェイ》は突然趙雲瀾《チャオ・ユンラン》を抱きしめた。ありったけの力を使っているようで、抱かれた側の骨が鳴る音も聞こえるほどだった。うなじ辺りに顔を埋めると、沈巍《シェン・ウェイ》はその肩を越えて後ろに回った自分の手首に噛みついた。どれほど強い力で噛んだのか、その手首はすぐに血まみれになり、骨も見えるほど深い傷ができてしまった。

底の見えない幽冥《ゆうめい》を背負っている彼は、涙を流すことさえできない。心をあまり痛めると、涙の代わりに血を流す以外になす術《すべ》はないのだろう。

血腥《ちなまぐさ》い匂いを感じると、趙雲瀾《チャオ・ユンラン》はすぐに沈巍《シェン・ウェイ》の異様さに気付き、

「沈巍《シェン・ウェイ》！　なにやってるんだ！　離せ！」と言って止めようとした。

しかし、沈巍《シェン・ウェイ》は彼をいっそうきつく抱きしめるだけだった。

人間の一生は数十年しかなく、電光朝露《でんこうちょうろ》のように儚《はかな》いゆえ、あっという間に終わってしまう。自分にはこの束の間のひと時を生きる資格もないのかと沈巍《シェン・ウェイ》は思わざるをえなかった。

「沈巍《シェン・ウェイ》！」

沈巍《シェン・ウェイ》がぼんやりとしているところで、趙雲瀾《チャオ・ユンラン》は彼の手を振り払うと、その傷と血で赤く染まったベッドシーツを目にした。

「お前、頭打ったのか⁉　俺はむりやり君を奪おうなんてしてないし、君が頷《うなず》いてくれなくても文句一つ言ってないだろう。なあ。血を流してまで抵抗を誓うつもりなのか？　そんな必要なくないか？」

こう叱りながら、苛立《いらだ》った趙雲瀾《チャオ・ユンラン》は立ち上がり、救急箱を取りに行こうとしたが、沈巍《シェン・ウェイ》は突然彼の手を掴

んだ。

「では、頂きます」と、沈巍《シェン・ウェイ》の低い声が聞こえる。

趙雲瀾《チャオ・ユンラン》はまだ唖然《あぜん》としていたが、沈巍《シェン・ウェイ》はただ笑みを見せながら、落ち着きはらったような口調で遅れた返答をした。

「あなたの真心を、頂きます。もう一生、あなたから手を離しません。あなたが何度死んでも、何度生まれ変わっても、私は離さない。いつかあなたが飽きて、私のことを嫌いになって、離れたくなっても、決して離さない」

「……」

しばらく唖然としたあと、趙雲瀾《チャオ・ユンラン》はようやくそれは沈巍《シェン・ウェイ》からの告白だと気付いた。しかし、彼には告白されることを喜ぶ余裕はなく、むしろ今は心の疲労しか感じていない。

(恋って、花満開の木の下で、美しい月の光を浴びながら愛を語り合ったりすることなんじゃないのか？なぜ自分の恋はこんな血まみれの惨状になるのか)

沈巍《シェン・ウェイ》は要するに「表向きは生真面目だが中身は恐ろしい者」だろうと趙雲瀾《チャオ・ユンラン》はふと思った。すなわち、普段はなにがあっても黙って柳に風と受け流し、気立てがよさそうに見えるものの、黙っているなかで人格がねじ曲がり、おとなしく振る舞いながら裏で変態性を育てる者のことである。いったんその変態性が暴走すると、核爆発レベルの事故になる。

趙雲瀾《チャオ・ユンラン》はなにも言わず、ベッドの下から救急箱を取り出した。除菌ウェットティッシュを引っ張り出し、眉間《みけん》にしわを寄せっぱなしでベッドの横に座り込むと、ズタズタに噛まれた沈巍《シェン・ウェイ》の手首を持ち上げ、傷口から流れてきたその体と同じくらい冷たい血を拭き取った。

沈巍《シェン・ウェイ》はじっと彼を見つめながら、

「たとえ死別であなたを失うことになるとしても、その時は、首を絞めて私の懐《ふところ》の中で死なせてあげる」

と言い添えた。

「もう口を慎め」

趙雲瀾《チャオ・ユンラン》は沈巍《シェン・ウェイ》の手首を力強く押し、

「どうやったらこんなにいきなり正気を失えるんだろう」とだけ続けた。


こんなことを経て、心身ともに疲れてきた趙雲瀾《チャオ・ユンラン》は、今回は寝たふりではなく、ばたりと倒れてすぐ眠りについた。

沈巍《シェン・ウェイ》は包帯が幾重にも丁寧に巻かれた自分の手首を見ると、掛け布団の端を軽く持ち上げ、息を殺し、空から落ちてくる羽のように何一つ物音を立てず趙雲瀾《チャオ・ユンラン》が空けてくれたベッドのもう片側に落ちて横になった。少し迷ったあと、彼は大胆に手を伸ばして趙雲瀾《チャオ・ユンラン》の手を握り、そして目を閉じたままその手を自分の胸元に当てた。

こうしていつぶりかようやく一晩ぐっすり眠れた。

❖

翌日の早朝、沈巍《シェン・ウェイ》を起こしたのはキッチンから漂ってきた変な匂いだった。起き上がって三十秒ほどぼんやりしてからようやく自分がどこにいるのかを思い出した。俯いて自分の手首に残る昨夜の「暴行の証拠」を目にすると、いつもは蒼白な顔にすぐに薄い赤みが浮かんできた。

（自分はどうしてあんなこと、あんな話をしたんだ！　どうしてこんなことに……）

その時、「おはよう」と誰かのはっきりしない声が聞こえた。

沈巍《シェン・ウェイ》が思わず身震いして、慌てて顔を上げると、趙雲瀾《チャオ・ユンラン》は口に箸をくわえ、どこから探し出してきたのか分からないプラスチック製の板を手に持って目の前に立っている。その板の長さは一メートル余りで、表面には五つの窪《くぼ》みがあり、大きいサイズの茶碗かレギュラーサイズの皿を置けるくらいの大きさだった。窪みは五つあるため、少人数で食事する場合、ちょうど惣菜四皿とスープ一椀を一度にキッチンから運ぶことができる……。こんな不思議な便利グッズを発明した人はいったいどれほど怠け者なのだろう。

そしてこの不思議なトレイの上にはさらに不思議なものが置いてある。カップ麺が横一列に並んでいるのだ。いずれも湯気を立てており、それぞれの匂いが混ざり合って言葉にできない変な匂いを放っている。

「……」

沈巍《シェン・ウェイ》は完全に絶句した。

一方で、趙雲瀾《チャオ・ユンラン》は堂々とソファーに座り込み、どこかの高級レストランのシェフのように喋り出した。

「一番左は、お湯で作った醤油辛煮込み牛肉麺、左から二番目は温かい牛乳で作った酸っぱい高菜漬けの麺、真ん中はお湯とバターを入れたあとレンジで仕上げた鶏としいたけの麺、右から二番目は海鮮麺、味がちょっと薄いと思って、中華甘みそを入れてみた。一番右はホットコーヒーを入れたベーコンのクリーム麺。これが一番おいしいかも。遠慮せず好きなのを選んで」

言い終えると、彼も申し訳なく思っているようでフォローの言葉を言い添えた。

「あのう……。俺は料理が苦手だから、せっかく来てもらったし、カップ麺二杯だけで朝食を賄うのはさすがに失礼だと思って……」

それで彼は五杯も用意した。確かに二杯よりは失礼にならないと言えるが……。

沈巍《シェン・ウェイ》は湯気を立てている五杯のカップ麺に目をやりながら、趙雲瀾《チャオ・ユンラン》がどうやって今まで無事生きてこられたのか疑問に思っている。

だが、趙雲瀾《チャオ・ユンラン》が作った料理なら、たとえそれが殺鼠剤相当の破壊力を持っていたとしても沈巍《シェン・ウェイ》は顔色一つ変えずに食べきれる――とはいえ、彼はさすがにその中で一番普通なものを選び、

「インスタント食品は体に悪いから、あまり食べないほうがいいかと」

と遠回しに暗黒料理を作るのをやめるよう言い聞かせた。

趙雲瀾《チャオ・ユンラン》はまったく意に介さず、

「最近はお金がないからさ。これ以上は年末ボーナスが出ないと、さすがにうちの父に養ってもらうしかないかも――それとも君が養ってくれる？　代わりにベッドを温めてあげるから」と返した。

それを聞いて、沈巍《シェン・ウェイ》はピリ辛いスープでむせてしまい、そっぽを向いて激しく咳き込み始める。

その反応に趙雲瀾《チャオ・ユンラン》は思わず笑い出した。

「そういえば、もうすぐ春節だね。ここ最近、功徳《くどく》を清算する時期に入ってから、人間界では泥棒が増えてきたけど、妖族と鬼修《きしゅう》[9]のやつらはみんな付け焼き刃で功徳を積もうと頑張ってるみたいだ」

沈巍《シェン・ウェイ》は少し堅苦しい感じの座り方で、

「意図的に功徳を積もうとしても、浅い果報しか得られないでしょう。功徳は決してそんな簡単に積める

9　訳注：「鬼修」とは鬼道の修練をしている死霊。

ものではないですから」と返した。

「うん」

趙雲瀾《チャオ・ユンラン》は自分の味覚を遮断したからか、コーヒーで作ったカップ麺を顔色一つ変えず食べながら、

「でも、こういう時期にわざと悪事をやらかすやつもいるんだ」と言った。

幽冥四聖《ゆうめいしせい》は「輪廻晷《りんねき》」が一番目とされ、二番目は「山河錐《さんがすい》」、三番目は「功徳筆《くどくひつ》」。「輪廻晷」と「山河錐」がすでに世に現れた現在、いつ現れてくるか分からない「功徳筆」を常に念頭に置いている沈巍《シェン・ウェイ》は「功徳」という言葉に過敏になっているようで、その話を聞いてなにかを尋ねようとしたが、趙雲瀾《チャオ・ユンラン》が横に放り投げていた携帯が鳴り出した。

趙雲瀾《チャオ・ユンラン》はカップ麺を置いて、すぐに携帯を手に取り着信通知を見ると、

「また来たのかよ。噂《うわさ》をすれば影が差す」と呟《つぶや》いた。


たった一晩で、同じ症状の患者がもう二人入院したのだ。

同じく事故歴も持病も外傷もなく、ただなぜかひたすら脚が痛いと訴えている。患者の家族は早朝五時に警察に通報したらしい。

毒物混入事件は治安情勢に及ぼす影響が非常に深刻であるうえに、春節まえは治安維持の大事な時期ということもあるから、事件がますます悪化していくのを見ながら、公安部は自分たちでは手も足も出ず、趙雲瀾《チャオ・ユンラン》に早く解決してくれるよう立て続けに催促するしかなかった。

楚恕之《チュー・スージー》たちはこの事件は遅かれ早かれ特別調査所に回ってくると判断し、朝一で上層部に報告書を提出するつもりでいる。趙雲瀾《チャオ・ユンラン》も他の部署にたらい回しにするのはよくないと思い、仕方なく今日は自ら病院に行っ

て状況を確認してみると電話口の向こうの人に約束した。

六

病院に様子を見に行くよう命じられた郭長城《グオ・チャンチェン》は、所長を待たせるわけにはいかないと思い、通勤ラッシュを避けるため朝一番の地下鉄で病院に駆けつけた。冷たい風に吹かれながら病院の入り口で三十分待ち続け、寒すぎてこのまま凍りついて氷像になるんじゃないかと思い始めたところで、趙雲瀾《チャオ・ユンラン》……と沈巍《シェン・ウェイ》がようやく病院に着いた。

郭長城《グオ・チャンチェン》は寒さで悴《かじか》んだ舌をなんとか動かして、

「シシシショチョウ」と挨拶した。

身なりに構う余裕もなく垂れてきた鼻水を啜《すす》り上げると、郭長城《グオ・チャンチェン》は密《ひそ》かに沈巍《シェン・ウェイ》のほうに目をやり、（仕事場に身内を連れてきて本当にいいのか。それとも沈《シェン》教授が病気になったとか？）と不思議に思った。

なぜ沈《シェン》教授を病院に連れてきたのかは分からないが、趙雲瀾《チャオ・ユンラン》と沈巍《シェン・ウェイ》が前でこそこそ話しているのを見て、郭長城《グオ・チャンチェン》は気恥ずかしくて近寄ることができず、数歩後ろをついていくことしかできない。猫背で下を向いたまま歩くその姿は、まるで昔皇帝のそば近くに仕えていた宦官《かんがん》のようにさえ見える。

ここ最近、龍城《ロンチェン》でインフルエンザが流行《はや》っているため、病院の中は相当混雑している。距離を置いて歩いていると、郭長城《グオ・チャンチェン》はすぐに人混みに押されて所長たちとはぐれてしまった。なんとか人を押しのけようとしながらつま先立ちで二人の姿を探し、辛うじて人混みからは外れたが、趙雲瀾《チャオ・ユンラン》と沈巍《シェン・ウェイ》はとうにそこからいなくなっていた。

幸いにも郭長城《グオ・チャンチェン》は一度この病院に来たことがあるため、病室の場所は覚えている。所長を見つけられなかった彼は一人で六階の病室まで行くことにした。六階に着くなり、医者や看護師たちが患者を搬送しながら目の前をバタバタと通り過ぎようとしているのを見て、郭長城《グオ・チャンチェン》は慌てて道を空けた。

その時、彼はふいに窓に目をやると、とんでもないことに気付いてしまった——なんと窓の外に人がいるのだ！

しかし、ここは六階だ。窓の外に人が見えるわけがない。郭長城《グオ・チャンチェン》は本能的におかしいと感じ、心拍数も一気に上がってきた。

だが、怖いものを見たとき、怖ければ怖いほど、つい目を向けてしまうのが人間という生きものだ。よく見てみると、窓の外にいる人は男性のようで、痩せこけ、背中を丸めていてとても貧相に見える。破れたニット帽を被っており、しもやけだらけの耳と白髪が帽子から出ている。上半身には綿入れのコート、下半身には……。

視線を腰より下へ移してようやく気付いたが、その男は太ももから下がなく、宙に浮いている！

両脚が付け根辺りで切断され、そこに残っているギザギザの傷口がはっきりと確認できる。腐敗した肉から短いももの骨が飛び出し、そこから血がしきりに滴《したた》り落ちている！　血は窓の隙間から病院の中に流れ込むと、床に落ちて血だまりのようになり、しばらく止まりそうもない。

しかし、通り過ぎた医者や看護師たちはみんな男のことを見て見ぬふり、いや、正確に言うとまるで郭長城《グオ・チャンチェン》以外誰も彼のことが見えていないようだ。

脚のない男は静かに病室の様子をじっと覗《のぞ》いている。顔には土や血がついており、無表情で、目が飛び出し、恐ろしい蝋《ろう》人形のように見える。行き来する人々を冷たい視線で見つめながら、乾燥してひび割れた口角を斜め上に吊り上げた。心底に根深い怨《うら》みを抱えているような顔だった。

その時、誰かが突然郭長城《グオ・チャンチェン》の肩を力強く叩いた。郭長城《グオ・チャンチェン》は驚きのあまり、咄嗟《とっさ》に空高く飛び跳ねた。ただ、怯えすぎたせいか、絶叫する気力すらなく、飛び上がった時は声も上げていなかった。その瞬間、郭長城《グオ・チャンチェン》は自分の心臓が喉から飛び出し、脈が一拍抜けたような気がした。

彼の肩を叩いたのは趙雲瀾《チャオ・ユンラン》だった。顔が真っ青になり、おしっこが漏れそうな郭長城《グオ・チャンチェン》を見ると、趙雲瀾《チャオ・ユンラン》は彼の真似《まね》をしてわざと腰を屈《かが》め両ももを締め、いやらしい格好で、

「今度はどうしたんだ?」と訊いた。

頭の中が真っ白になった郭長城《グオ・チャンチェン》はどうすれば口から言葉が発せられるのかすら忘れてしまったようで、なにも喋れなくなっている。そこで、彼は震える手を上げ、廊下の突き当たりの窓を指差した。

趙雲瀾《チャオ・ユンラン》は不思議そうに彼の指差す方向を眺めてみた——その窓は綺麗《きれい》とは言えないものの、汚くもない。ガラスには埃《ほこり》と薄い氷がついている以外、なにもない。

「なにを見たんだ?」

趙雲瀾《チャオ・ユンラン》は訝《いぶか》しげに訊いた。

郭長城《グオ・チャンチェン》が慌てて再度窓のほうを見てみると、そこには透明な窓ガラスの他にもうなにも見えなくなっていた。郭長城《グオ・チャンチェン》は頭を掻きながら周りを見渡し、声を小さくして支離滅裂な言葉でさっきなにを見たのかを所長に説明した。

趙雲瀾《チャオ・ユンラン》は眉間《みけん》にしわを寄せ、郭長城《グオ・チャンチェン》に目をやった。彼の知る限りでは、郭長城《グオ・チャンチェン》は上司の前で嘘をつけるほ

どの知能や度胸を持っていないから、言っていることは嘘ではないはずだ。

そこで趙雲瀾《チャオ・ユンラン》は窓辺に近寄り、明鑑《めいかん》を使ってそこに怪しいものがいるかどうかを確かめてみたが、明鑑はなんの反応も示さなかった。窓枠を一通り触り、錆《さ》びた窓を少し開けてみると、すぐに肌を刺すような冷たい風が病院の中に吹き込んできた。寒い以外、なんの異常も感じ取れない。


その時、入院課の若い看護師が走ってきた。

「あのう、そこの方、窓を閉めてもらえませんか。新鮮な空気を吸いたいなら外に出て散歩してみてはいかがですか。ここには患者がいるので、温かい空気を逃がされたら困ります」

趙雲瀾《チャオ・ユンラン》はすぐに窓を閉め、振り返ってお詫びとして看護師に微笑みを見せた。いきなりハイクオリティなイケメンに遭遇したこの若い看護師は思わず顔を赤くし、ぶつぶつと文句を言いながらそこを去った。

沈巍《シェン・ウェイ》はいつからそばに来ていたのか、軽く咳払いすると、わざと体を横に向け、振り返って趙雲瀾《チャオ・ユンラン》をこっそり眺めようとしている看護師の視線を遮った。趙雲瀾《チャオ・ユンラン》は笑っているようないないような顔で沈巍《シェン・ウェイ》を見て、マフラーを整えてあげたあと、一気にその顔に近づき、沈巍《シェン・ウェイ》の耳に当たってしまいそうな距離で、

「風邪なんて引いていないだろう。急に咳払いしたりなんかして、どうしたいんだ?」

と低い声でからかった。

沈巍《シェン・ウェイ》は慌てて一歩後ろへ下がった。もしマントを纏《まと》っているのなら、今頃その長い袖で顔を隠し、「人目につくところで、男同士のいちゃつきはおやめいただきたいです」とでも言っただろう。

その様子に趙雲瀾《チャオ・ユンラン》は思わず低い笑い声を漏らした。

「さっきはなにを見ていたんですか」

耳先がやや赤くなった沈巍《シェン・ウェイ》はむりやりにでもさっさと話題を変えた。

趙雲瀾《チャオ・ユンラン》は離れたところに立っている郭長城《グオ・チャンチェン》を見て、彼から聞いた話を二言三言で沈巍《シェン・ウェイ》に伝えた。

その話を聞いて少し考えると、沈巍《シェン・ウェイ》は真面目な顔で口を開いた。

「郭《グォ》くんには陰陽眼《いんようがん》がありませんが、不思議なことに、なぜか彼はガラスなど光を反射するものを通してそこで起きたことが見られるようです」

趙雲瀾《チャオ・ユンラン》は眉を吊り上げた。

「どういうことだ？」

「あの時、あなたたちが龍城《ロンチェン》大学で捜査していた時、私が突然現れたのを覚えていますか。実はあの日の前夜、学校で事件が起きたとすでに聞いていたんです。冥府から逃げ出した餓鬼《がき》と関係があると疑っていたから、被害者の寝室を調べるようあそこに傀儡《かいらい》を行かせました。

傀儡は夜が明けるまえに撤退させましたが、郭《グォ》くんが窓に上った時、私の傀儡と彼の間になんらかの反応があったようです――恐らく彼はガラス越しに、前日の夜、傀儡が窓から這《は》い出たのを見たのでしょう。それを感じ取ったから、私は急遽駆けつけて君たちの捜査を止めたんです。まさか君もそこにいるとは思わなかった……」

実はその時、沈巍《シェン・ウェイ》は趙雲瀾《チャオ・ユンラン》がそこにいるのも感じ取れるはずだった。混沌鬼王《こんとんきおう》のインチキ野郎がなんらかの手口でその感覚を遮断したのだ。

確かに郭長城《グオ・チャンチェン》が後日提出した報告書には窓ガラスに映っていた髑髏《どくろ》と「その眼窩《がんか》に住み着いている黒いマントの人」を見たことが如実に書かれていたが、その報告書の大半がくだらない話であったため、趙雲瀾《チャオ・ユンラン》は詳しく読むことなくコースター代わりにした。

「つまり、今ではなく、昨日あるいはもっと早い時間に、ある人……いや、ある霊鬼《れいき》がこの窓から病室を覗いていたってことか」

趙雲瀾《チャオ・ユンラン》が訊くと、沈巍《シェン・ウェイ》は「うん」と返し、

「毒を盛られた人はみんな夜中に運ばれてきたと言っていたでしょう。もし私が他人になにか危害を加えたとしたら、私も自分の目で彼らの結末を確かめたくなるかもしれません」と分析した。

それを聞いて、趙雲瀾《チャオ・ユンラン》はにやりと笑った。

「君が人に悪いことをするはずがないだろう。キスだってこっそりやってたじゃないか……」

衆目にさらされるなか耳元でこんな色話をされるなんて、沈巍《シェン・ウェイ》のような品行方正な紳士には到底受け入れがたい。沈巍《シェン・ウェイ》は耳元を真っ赤にして、

「そんなこと勝手に言わないでください！」と低く一喝した。

趙雲瀾《チャオ・ユンラン》はおとなしく口を閉じたが、目は閉じていない。美人の目は美しく、口ほどにものを言うとよく言われるが、趙《チャオ》所長の目はそれよりもハイスペックなものだ——彼は目だけで人を虜《とりこ》にすることさえできる。

その視線が自分の顔から足先まで少しずつ動かされるのを感じると、沈巍《シェン・ウェイ》は耐えられなくなり、慌てて病室のほうへ逃げていった。

❖

三人が病室の前に着いた時、ちょうど困り顔の地域警察官が中から出てきた。互いに身分証を見せ、警察

官は「李《リー》です」と簡単に自己紹介したあと、趙雲瀾《チャオ・ユンラン》の手を握って、待ちくたびれて文句を言ってきそうな顔で嘆いた。

「ようやく来てくれました。今朝からずっとお待ちしていました」

趙雲瀾《チャオ・ユンラン》は首を突き出し病室の中を覗くと、

「被害者は確か三人いるんじゃなかったっけ？　一人少ないようですが」と尋ねた。

「昨日運ばれてきた人は危篤状態で、今集中治療室にいるんです。この二人ももうすぐそっちに運ばれるでしょう」

「どういうことですか」

趙雲瀾《チャオ・ユンラン》はさらに訊いた。

「患者は最初は太ももが痛いとばかり訴えて、とにかくずっと転げ回っていました。しばらく経ってやっと静かになったかと思いきや、今度は水を離れた魚みたいに、目を大きく見開いて、なにも喋らなくなって、声を掛けても返事がないんです。たまに痙攣《けいれん》が起こるけど、太ももから下は感覚がないみたいです。それから深い昏睡状態に陥ってしまって――これって本当に毒を盛られたからですか。警察官になって何年も経ちますが、こんな症状が出る毒物なんて聞いたことがありません」

「おっしゃる通り、もしかしたら毒じゃないかもしれません」

趙雲瀾《チャオ・ユンラン》のほうから投げかけられた深く冷ややかな眼差しを感じると、なんだか意味深に思え、李《リー》警官は思わず身震いした。

「病院側もまだ診断結果を出していないでしょう。どんな可能性だってありえるんです――まずは被害者に会わせてください」

趙雲瀾《チャオ・ユンラン》は李《リー》警官の肩を叩いて言った。

七

医師、看護師、被害者の家族にしばらく出てもらうと、病室の中は彼ら以外、合唱するように悲鳴を上げている重症患者二人しかいなくなった。趙雲瀾《チャオ・ユンラン》は二人に目をやると、うるさいと思い、まずそのうちの一人の首を叩いてしばらく気絶させてから、

「ノートを持ってきたか」と郭長城《グオ・チャンチェン》に訊いた。

郭長城《グオ・チャンチェン》はすぐに頷《うなず》いた。

「メモを取ってくれ」

と郭長城《グオ・チャンチェン》に言うと、趙雲瀾《チャオ・ユンラン》は起きている被害者に近づくように上半身を前に傾け、

「おばさん、脚が痛いんですか」と訊いた。

その被害者は中年女性で、痛すぎてじっとしていられないため、看護師たちにベッドに縛りつけられている。おばさんは涙ぐんだ目で趙雲瀾《チャオ・ユンラン》に頷いた。

すると、趙雲瀾《チャオ・ユンラン》はポケットから札入れを取り出した。だが、その「札入れ」にしまってあるのは紙幣でもなく、キャッシュカードでもない。開けると、中には大量の黄色い御札《おふだ》が入っていた。趙雲瀾《チャオ・ユンラン》は御札をめくりながら、郭長城《グオ・チャンチェン》にこう説明した。

「俺らにとって、御札は必要不可欠な道具だから、普段片付ける時はなるべくきちんと並べること。そう

しないと、いざという時に欲しい御札をすぐに見つけ出せなくて困るから。あと、どうやって御札を使うかもコツがいるんだ……」

　被害者の甲高い悲鳴を浴びながら、この突拍子もない趙《チャオ》所長はゆったりと新人教育を始めた。一方で、郭長城《グオ・チャンチェン》は所長ほどの強いメンタルを持っていないため、おばさんの絶叫に大半の注意力を持っていかれてしまい、居ても立っても居られなくなっている。

「おばさんの場合は」

　趙雲瀾《チャオ・ユンラン》は近づいて、その女性の耳を折り、裏を郭長城《グオ・チャンチェン》に見せた。

「お前は陰陽眼《いんようがん》を持っていないから、おばさんの陰徳がどこまで損なわれてるかが見えないだろう。でも、このベーシックな御札一枚だけでそれが確認できる」

　言い終わると、趙雲瀾《チャオ・ユンラン》は御札を一枚取り出し、郭長城《グオ・チャンチェン》に渡そうとする。

「これは陰陽眼を開いてくれる御札だ」

　郭長城《グオ・チャンチェン》が受け取ろうとすると、趙雲瀾《チャオ・ユンラン》はパッと手首を返し、その御札を郭長城《グオ・チャンチェン》の眉間《みけん》にぴったりと貼りつけ、

「こうやって使うんだ」と言った。

　虚をつかれた郭長城《グオ・チャンチェン》はすぐに額の御札から奇妙な冷たさが伝わってくるのを感じた。その御札は重くなったようで、額に貼られていると自分の眉間に鋭い刃物が差し込まれたような感覚になる。

　郭長城《グオ・チャンチェン》は目が眩《くら》んでしまい、目の前の世界が瞬時にして一変したように感じた……。ただ、具体的にどういうふうに変わったか、彼もうまく説明できない。

「これを見て」

と言って趙雲瀾《チャオ・ユンラン》は郭長城《グオ・チャンチェン》に手招きをした。

郭長城《グオ・チャンチェン》が下を向くと、ベッドに横たわる被害者の全身に黒いガスが纏《まと》わりついていることに気付いて驚いた。その顔はさっきまでは憔悴《しょうすい》しているように見えていた以外、特に異常はなかったが、今は非常に不気味になり、微《かす》かに死の気配を漂わせている。

まるで死期が近づいている人のように見える。今しがたまで胴体についていた両ももは闇に飲み込まれ、ギザギザになったものの付け根しか残っていない。

おばさんの耳を見てみると、裏に大きな黒色の印がついている。色はそんなに濃くなく、どちらかというとグレーに近い。その印は彼女の首まで広がり、生まれつきの変なあざのように見える。

「耳の裏が黒くなったのは、悪行を重ねて陰徳を損なった証です」

沈巍《シェン・ウェイ》が口を開いた。

「生死簿《せいしぼ》には、一人ひとり生涯の功徳《くどく》が記載されています。人間は悪行を行なうたびに、低級鬼に耳の裏に黒い拇印《ぼいん》をつけられてしまいますので、拇印の色が濃ければ濃いほど、その人が行なった悪行がそれだけ深刻であることを示しています。

この方のように拇印が濃くはないが首まで広がっているというのは、これまで深い罪は犯していないが、私利私欲を貪《むさぼ》り、小さな悪事を数々重ねてきたということです」

そこまで言うと、沈巍《シェン・ウェイ》は間を置き、

「もちろん、死ぬべきほどの罪ではありません。こんなふうに彼女を痛めつけるのは、確かにやりすぎです」

と言い添えた。

郭長城《グオ・チャンチェン》は謙虚に聴講する学生のように頷き、急いでノートに書き留めようとしたが、突然なにかに気付いたようで、驚愕《きょうがく》の表情を浮かべながら沈《シェン》教授のほうに顔を向けた。

「なにぼうっと見てんだ」

趙雲瀾《チャオ・ユンラン》は郭長城《グオ・チャンチェン》の顔をむりやり自分のほうに向かせた。

「この方こそ、正真正銘のカリスマだ。今までは俺がお見それしてたんだ」

そう言いながら、趙雲瀾《チャオ・ユンラン》はもう一枚の御札を取り出し、郭長城《グオ・チャンチェン》がよく見えるように彼の前に持っていった。

「これは魔除け札だ。こっちもベーシックなものだから、効かない時もある。でも、そういう時も怖がることはない。少なくともそれで相手が強いってことが確認できる」

「……」

郭長城《グオ・チャンチェン》は絶句したが、ベッドに横たわるおばさんはその話を聞いてどういう気持ちになったのだろう。趙雲瀾《チャオ・ユンラン》がその黄色い御札をおばさんの体に貼りつけると、まるで油田から噴出する原油のような勢いでその体から黒いガスが絶えず湧き上がり、猛烈な勢いで天井に昇っていった。そのガスは天井にぶつかると、跳ね返って宙に浮かんだまま凝縮し、歪《ゆが》んだ人の顔に変化して口を大きく開け、彼らに向かってヒステリックな声で叫び出した。

これら一連のことはすべて一瞬の出来事だった。郭長城《グオ・チャンチェン》はさっきまで御札理論レッスンを受講しているつもりだったが、次の瞬間にはお化け屋敷に放り出されてしまったような状態になった。「アウー」と郭長城《グオ・チャンチェン》は思わず叫び声を漏らし、すぐに病室の外に向かって走り出そうとしたが、趙《チャオ》所長にその行動を予知されたかのように襟を掴まれ病室の中に留められた。

趙雲瀾《チャオ・ユンラン》は片手で郭長城《グオ・チャンチェン》を引っ張って、宙に浮く黒いガスをしばらくじっと見つめると、

「おかしいな、なんでこんなにも強い怨念《おんねん》を持ってるんだ」と呟《つぶや》いた。

「鬼だ！　おおお鬼だ！」

郭長城《グオ・チャンチェン》が叫び出すと、趙雲瀾《チャオ・ユンラン》は彼を見てあざ笑った。

「初めて鬼に会うわけでもあるまいし、そもそも鬼がいるからここに呼ばれてんだろう」

その時、郭長城《グオ・チャンチェン》のポケットから強い電光が走った。幸いなことに、趙雲瀾《チャオ・ユンラン》は前回の教訓があったため、すぐに郭長城《グオ・チャンチェン》を掴んでいた手を放して横へ身を躱《かわ》した。

次の瞬間、宙に浮いていた黒いガスは瀚噶《ハンガ》族の裏山の洞窟の中に仕掛けられた櫛《くし》形の暗器と同じように郭長城《グオ・チャンチェン》の容赦ない一撃を食らった。

「誰も殺せとは言ってないだろう！　まだなにも訊き出していないんだぞ」

趙雲瀾《チャオ・ユンラン》は郭長城《グオ・チャンチェン》の頭を叩いて怒鳴った。

「だって、こ……怖いですから……」

郭長城《グオ・チャンチェン》は泣きそうに趙雲瀾《チャオ・ユンラン》を見ている。

「頼むから、一度くらい自分の恐怖心と向き合ってみてくれないか？」

趙雲瀾《チャオ・ユンラン》のことを敬いながらも恐れている郭長城《グオ・チャンチェン》は、いつも所長が思いつきで言った無責任な言葉すら金科玉条《きんかぎょくじょう》のごとく信じ、所長の言うことならすべて正しいと思い込んでいる。その言葉を聞くと、郭長城《グオ・チャンチェン》はすぐに言われた通り、ちゃんと自分の恐怖心と向き合おうとした。

彼は心の中で精いっぱい恐怖と戦っているように、そこに立ったまま気張っていると、つい息を我慢し始め顔も火照ってきてしまった。それでも体は絶えず震えている。郭長城《グオ・チャンチェン》は仕方なく蚊の鳴くような声で、

「すみません……やっぱり無理です」と断念した。

所長が意味深な一瞥《いちべつ》を投げてくると、郭長城《グオ・チャンチェン》はまた肝が潰れそうになり、危うく十万ボルトの電撃をもう一発繰り出してしまうところだった。一方で、この意地悪なボスは突然笑い出し、「お前って、本当に面白いやつだな」と言った。

「……」

褒め言葉にしてはなんだか変だと感じて、郭長城《グオ・チャンチェン》はなんと返したらいいか分からない。

「あまり郭《グオ》さんをいじめないでください」

沈巍《シェン・ウェイ》は言った。

ずっと寝込んでいたおばさんはしばらくぼんやりとしてからようやく我に返り、縛りつけていたループが解かれると、なんとか起き上がり、ベッドに跪《ひざまず》いて郭長城《グオ・チャンチェン》を何度も拝んだ。

「お若い仙人様、ありがとう！　本当にありがとう！」

「いやいやいや、ぼぼ僕は……」

郭長城《グオ・チャンチェン》は決まりが悪そうな顔で話し始めると、舌がもつれ、耳も真っ赤になってしまった。ポケットに入っているミニスタンガンから電気が走る音が聞こえ、飛び出した火花が危うく趙雲瀾《チャオ・ユンラン》のコートを燃やすところだった。

「もう拝まないでくれ。これ以上拝むと、あいつがなんの技を繰り出してくるか分かりませんよ」

趙雲瀾《チャオ・ユンラン》はベッドに跪いているおばさんを止めるような手つきをしながら、郭長城《グオ・チャンチェン》から二メートル離れたところへ移動した。

「ちょっと訊きたいことがあるので、ご協力いただけませんか」

おばさんはすぐに頷いた。

「おばさんも昨日道端で買ったオレンジを食べたから病院に運ばれてきたんですか」

「そうなんです……。あの時、もう日は暮れていて、スーパーに買いものに行って出てきたらちょうど道端でオレンジを売ってる人を見かけました」

「スーパーに入るまえは、その果物屋さんを見かけましたか」

趙雲瀾《チャオ・ユンラン》はおばさんの話を遮って尋ねた。

おばさんは少し考えたあと、確信のなさそうな口調で、

「たぶん……見かけなかったと思います。ああ、そうだ。スーパーに入るまえはあの果物屋さんは確かそこにいませんでした。果物を買いたかったから、果物屋さんがいたらきっと気付きますので」

どうやら果物屋はわざとそこで彼女を待ち伏せしていたようだ。

「その果物屋さんはどんな格好をしていたんですか」

「えっと……その人は男性で、結構痩せていて、ボロボロのニット帽を被っていました……。確か、確かグレーの綿入れコートを着ていました」

「彼の脚になにか異常はありませんでしたか」

「脚?」

おばさんはわけが分からないというような表情を見せ、そしてなにかに気付いたようで、

「そうだ! 思い出した! どうやら脚になにか問題があるみたいでした。脚を引きずって歩いていましたから。訊かれなかったら思い出さなかったかもしれません。あいつ、義足をつけていただろう」と続けた。

趙雲瀾《チャオ・ユンラン》が返すまえに、おばさんは自らの見解を滔々《とうとう》と喋り出した。

「仙人様、あのね、脚や耳や口が不自由な、そういう壊れた人間は大体ろくなやつじゃないんですよ。体

の部品が足りないせいで、心まで歪んじゃったんですよ。そういうやつが人に毒を盛るなんて、十分ありえる話でしょう！　私から言わせてもらえば、ああいうやつはどっかに集めてしっかり監視してやらないと。どうせ外に出したって普通の人のように暮らせないし、社会の安定だって乱されるかもしれないでしょう」

この女の耳の裏にある手のひらのように大きな黒印がどうやってできたのか、その話を聞いて趙雲瀾《チャオ・ユンラン》はようやく理解した。生まれながらにして「徳」と無縁な人がいる。そういう者たちは体中の毛穴を通して常に「毒」を外に滲《にじ》み出している。少量で致命的ではないものの、確実に人を傷つけてしまう。

おばさんはまったく口を休める気配なく話を続けている。

「うちの近くに住んでいるあの耳が聞こえない人もそうなんですよ。結婚してくれる人が見つからないから、雑種犬を飼って一緒に暮らしててさ。あいつが家を出入りするたびに、犬が吠えるんですよ。あいつは耳が不自由だからなにも聞こえなくて、全然しつけようとしないんですよ。今思えば、やっぱり毒餌を買うのが遅かったわね。早くあの犬を始末しとけばよかった……」

趙雲瀾《チャオ・ユンラン》はその話を最後まで聞き終えるつもりはなく、おばさんの目を真っ直ぐ見つめ、強制的にその脳の回転を停止させた。すると、ひっきりなしに喋りまくっていたおばさんは突然目の焦点が合わなくなり、白目をむいて倒れてしまった。

趙雲瀾《チャオ・ユンラン》は彼女の耳元でこう言った。

「あなたは変なものを食べてお腹を壊した。さっきトイレに行ってようやく悪いものを体外に出せた。あ、そうだ。便器から立ち上がろうとした時、あなたは足を踏み外してうんこを踏んじゃったんだ。体についた臭《にお》いはこれから一か月経っても消えない……」

徐々に脱線していく恐ろしい話を無表情のまま続けている趙雲瀾《チャオ・ユンラン》を見て、沈巍《シェン・ウェイ》は隣でわざと大きく咳払いをした。

「……午後に来たイケメン警察官は形式上の聞き取り調査のために来ただけ。毒オレンジを売った人の情報を聞いて、ついでに公徳心のない市民を優しく教え諭した……」

「コホッ！」

沈巍《シェン・ウェイ》はもう一回咳払いした。

改めて注意されると趙雲瀾《チャオ・ユンラン》は、

「とりあえずこれで。あとは一人で反省しろ」と言ってすぐに口を閉じた。

最後に病室を出たのは趙雲瀾《チャオ・ユンラン》で、出るまえにさらに振り返ってせせら笑いを浮かべながら、

「おばさん、悪い夢を見れたらいいね」と言い添えた。

またおばさんのところに戻って耳元で『リング』のようなホラーでも語り出しそうな趙雲瀾《チャオ・ユンラン》を見て、沈巍《シェン・ウェイ》は彼を引っ張ってさっさと病室から連れ出した。


「彼女は犯人のことを知らないし……」

病室を出たとたん、趙雲瀾《チャオ・ユンラン》は新人郭長城《グオ・チャンチェン》のための講義を再開した。

「目の下の因果線も濃くないし、オレンジに毒物を混入したのは彼女に殺された犬なわけがないから、毒を盛ったやつはわけもなく人を殺そうとしているかもしれない」

郭長城《グオ・チャンチェン》が一生懸命にメモを取っているため、趙雲瀾《チャオ・ユンラン》は話すスピードをやや緩め、彼が書き終わるのをし

ばらく待ってから話を続けた。

「もし、さっきの女が犯人と直接的な関係を持っている場合――例えば、彼女が誰かを殺して、殺された人が彼女に復讐に来たとする。こういう場合、我々は手を出してはいけない。人間界の法律では復讐が禁じられているけど、陰陽の境を越えれば、人を殺した者は自分の命で償《つぐな》うのは当たりまえになるからだ」

郭長城《グオ・チャンチェン》はなるほどという顔で何度も頷いた。

「でも、彼女はオレンジを売っていた人のことは知らないって言っている。それに因果線が非常に薄いことから、二人の関わりはあまりないことが分かる。せいぜい相手に足を踏まれたくらいのことだろう――こういう、邪鬼《じゃき》が被害者自身に関係ないなんらかの目的で人を傷つけた場合は、逮捕するどころか、その場で殺しても構わない」

その話を聞くと、郭長城《グオ・チャンチェン》は無意識にミニスタンガンを入れたポケットを叩いた。それを見て、趙雲瀾《チャオ・ユンラン》は思わず口角を引き攣《つ》らせた。

「祝紅《ジュー・ホン》に電話してくれ。上層部と交渉して、早く審査が通るように。今夜までに事件の処理権を取るんだ――早く行け。ぐずぐずしないで！」

八

午後四時過ぎ、夕暮れ時が近づく頃、祝紅《ジュー・ホン》は病院に駆けつけ、毒物混入事件の処理権授与通知書を届けてくれた。

「支局の人はもう撤退したわ。さっき下で会ったよ。今度おごってくれるってさ。だからこの案件は……」

その時、祝紅《ジュー・ホン》は突然話をやめた。沈巍《シェン・ウェイ》がこちらに歩いてくるのを見たからだ。部外者がいたため、彼女は少し間を置き、

「この案件は正式に私たちに一任された」と曖昧な言葉で続けた。

沈巍《シェン・ウェイ》は祝紅《ジュー・ホン》の戸惑いに気付き、買ってきた飲みものを趙雲瀾《チャオ・ユンラン》に渡すと空気を読んで、

「では、私はこれで……」

と言って去ろうとしたが、趙雲瀾《チャオ・ユンラン》に勢いよく引っ張られた。

「帰るな。万が一、君の気が変わって俺のところに戻ってこなかったら、俺はいったいどうすれば……」

人通りの多い病棟の廊下で、ただでさえ趙雲瀾《チャオ・ユンラン》はすらりとした長身イケメンで人目を引きやすいのに、公共の場で男性と親密に触れ合ったり、イチャついたりすると、周りの人はすぐに好奇の視線を投げかけてきた。

沈巍《シェン・ウェイ》は素早く周囲を見渡し、優しい忍び声で、

「まだ外だから、ふざけないで」と言った。

それを聞くと、趙雲瀾《チャオ・ユンラン》はすぐに辺りを見渡し、こちらを見ている人々を睨《にら》みつける。

「なに見てんだ。イケメンのゲイカップルは初めて?」

「……」

「……」

また突拍子もないことを言った趙雲瀾《チャオ・ユンラン》に沈巍《シェン・ウェイ》も祝紅《ジュー・ホン》も絶句した。

「みなさんまだお仕事中ですから、部外者の私がここに残るのはやはり……」

「そうよ。所長、所内の規程では……」

祝紅《ジュー・ホン》が小声で話し始めると、趙雲瀾《チャオ・ユンラン》に遮られてしまった。

「規程は俺が作ったものだから、気に食わないもんはいつでも直せる——それに、所内の規程では行動中、部外者に目撃・関与されることを回避すべしって定めてはいるけど、彼は部外者ってわけでもないし」

沈巍《シェン・ウェイ》が驚いて、自分の正体がばらされるのではないかと思っていたところで、趙雲瀾《チャオ・ユンラン》は声を低めてドヤ顔で祝紅《ジュー・ホン》にこう言った。

「彼はもう俺の『家内』になったんだ」と。

祝紅《ジュー・ホン》はしばらく呆気《あっけ》にとられてしまった。彼女は無表情のまま窓の外に顔を向け、まるで暗愚《あんぐ》な主君の誕生に立ち合った気分で、さっそく光明通《グァンミンどお》り四号捜査課のみんなに、

「鬼所長のイチャつきぶりを見逃したくないなら早く黄岩寺《ホアン・イエン・スー》病院に来て！　私だけ見せつけられるわけにはいかない」とメールを送った。


メールを受け取った所員たちは日が暮れるまえに病院に駆けつけてきたが、残念ながら見物はできず、かえって趙雲瀾《チャオ・ユンラン》の指揮下でてんてこ舞いになっていた。

「楚《チュー》、屋上で『網』を二重に張ってくれ。一度入ったら出られない『片方向』の網を張るんだ。あいつに逃げられないように。郭《グォ》くん、楚兄《チューにい》についていって勉強しろ。帰ったら報告書を出してもらうから。祝紅《ジュー・ホン》はすべての病室のドアと窓に『監視鈴』を掛けて。あと、部外者が入れないようにここの空間を独立させて君の領域に変えてくれ。しっかりとやるんだぞ……。大慶《ダーチン》！」

この時、大慶《ダーチン》はまだ林静《リン・ジン》とこそこそおしゃべりをしていた——。

「沈《シェン》教授の手首を見てみて。ガーゼを巻いてるぞ。うちのボス、本当にケダモノだね」

林静《リン・ジン》が言った。

大慶《ダーチン》はその話を聞いていやらしい妄想を膨らませてにやにやしていたところで、突然趙雲瀾《チャオ・ユンラン》に指名され、驚いて体中の贅肉が震え出した。

「なにサボってんだ」

趙雲瀾《チャオ・ユンラン》は大慶《ダーチン》を斜めに睨んだ。

「早く手伝いに行け。クソデブ!」

沈巍《シェン・ウェイ》の耳は普通の人間と違い、林静《リン・ジン》と大慶《ダーチン》が互いにそっと耳打ちした言葉もはっきりと聞き取ることができる。その話を聞いてぎこちなく上着の袖を引っ張ってガーゼを隠した。

「あとお前」

趙雲瀾《チャオ・ユンラン》は林静《リン・ジン》のほうを向き、ポケットから小さな薬の瓶を取り出した。それを見て嫌な予感がしてきた林静《リン・ジン》がつばを飲み込むと、この鬼ボスはなにかを企んでいるように怪しい笑みを浮かべ、

「この中に入っているのは、被害者の体から採集した怨呪《おんじゅ》だ」と言った。

「邪鬼《じゃき》はすべて怨念《おんねん》から生まれたものだ。人にかけられた怨呪は邪鬼の触手のようなもので、本体の鬼と同じく怨念から生まれたものだから、お互いの感覚が繋がっている」

楚恕之《チュー・スージー》は例えを交えてボスの話がさっぱり分かっていない新人郭長城《グオ・チャンチェン》に分かりやすく説明した。

郭長城《グオ・チャンチェン》は一日中ずっと趙雲瀾《チャオ・ユンラン》についていて、まだ晩ごはんを食べていなかったため、「触手」と聞くと、思わずタコ焼きを連想してつばを飲み込み、お腹も「ぐぅー」と鳴ってしまった。

「……」

楚恕之《チュー・スージー》は思わずポンコツ長城《チャンチェン》に絶句した。

趙雲瀾《チャオ・ユンラン》はその薬瓶を林静《リン・ジン》の懐《ふところ》へ放り投げ、

「罠を仕込んだとしても、やつが引っ掛かってくれないなら意味がない。だからお前の役目は、あとで日が暮れたら中の『触手』を手で押し潰して、邪鬼を祝紅《ジュー・ホン》の領域へ誘導することだ」と指示した。

林静《リン・ジン》は黙って趙雲瀾《チャオ・ユンラン》を見て、また手の中の薬瓶に目をやり、自分が敵に戦いをけしかけるための餌になってしまったことに気付き、

「自分で自分の墓を掘れと?」と嘆いた。

「そうだよ。なにか不満でもあるのか?」

趙雲瀾《チャオ・ユンラン》は迷いもせず返した。

林静《リン・ジン》が周囲を見渡すと、悪賢い黒猫はせせら笑い、他のやつも見て見ぬふりをして同情すらしてくれないのを見て、悲しい気持ちがおのずと湧き上がってきた——そしてこのエセ和尚は突然壁に凭《もた》れかかって静かに立っている沈巍《シェン・ウェイ》のほうに飛びついていった。

「大王は拙僧を餌にするって言っているんです。貴妃様、どうかお助けを!」

「……」

沈巍《シェン・ウェイ》はそのふざけっぷりに言葉を失ってしまった。

斬魂使《ざんこんし》として人前に現れるたび、みな猫に出くわした鼠《ねずみ》のようになるため、こんなふうにからかわれるのは初めてだった。どうしたらよいか分からず、「どうしたらいいの?」というような視線を送っても、趙雲瀾《チャオ・ユンラン》は「大王と貴妃」のネタを気に入ったようで、黙ってそっぽを向いて林静《リン・ジン》を止めようとしない。

少し考えたあと、沈巍《シェン・ウェイ》は林静《リン・ジン》に救いの手を差し伸べた。

「分かりました。私が代わりに行きましょう」

言い終わるか終わらないかのうちに、林静《リン・ジン》はすぐさま誰かさんの陰気な視線が自分の背骨に真っ直ぐ突き刺さってくるのを感じ、「貴妃様」を身代わりにするなんていくら度胸があってもできるわけがないと思った。

仕方なく林静《リン・ジン》は作り笑いを浮かべ、その小さな薬瓶を懐にしまった。

「阿弥陀仏《あみだぶつ》、市民の命や財産を守ることは僕たちが果たすべき責務です。確かにきつい仕事ではあるが、このような栄誉ある職務から逃げてはいけません。では、行ってきます」

言い終えると、エセ和尚は一瞬でそこを離れた。


「なにか私にできることはありませんか」

と沈巍《シェン・ウェイ》が訊くと、

「南のほうにおいしい料理屋さんがあるから、晩ごはん付き合ってくれないか」とだけ趙雲瀾《チャオ・ユンラン》は答えた。

「……」

沈巍《シェン・ウェイ》はまた言葉を失ってしまっている。

「ムカついてるのに、文句が言えないのはさらにムカつく」

祝紅《ジュー・ホン》は思わず歯を食いしばる。

「ムカつく」

楚恕之《チュー・スージー》も横で頷《うなず》いて同調する。

「うにゃーー」

大慶《ダーチン》も同調するようにあとに続いた。

幸いにも良心的な沈《シェン》教授はすぐに趙雲瀾《チャオ・ユンラン》の誘いを断った。

「そういうわけにはいきません。こうするのはどうですか。あなたはここで指揮をとり、私は『生門《せいもん》[10]』を守ります。万が一なにか起きたら、お力添えできればと」

言い終わると、みんなしばらく黙り込んだ。祝紅《ジュー・ホン》は眉間にしわを寄せ、楚恕之《チュー・スージー》もなにかを考え込むような表情を浮かべた。郭長城《グオ・チャンチェン》だけがさっぱり分からない顔で、

「『生門』って？」と尋ねた。

楚恕之《チュー・スージー》は彼に構わず、表情を改め、

「沈《シェン》教授はどうやって俺が敷きたい陣がどんなものか見抜いたんですか」と訊いた。

「『二重の網を張り、四つの門を設ければ、外から入ることはできて中から出ることはできない空間を作れる』……先ほど雲瀾《ユンラン》さんが指示した要監視の方向を聞いて推測したんです——邪鬼の怨念が強すぎる場合、臨時に敷いた陣が持ちこたえられなくなって破れてしまう恐れがあります。生門は陣法《じんぽう》の主眼であり、いったん陣が破れて生門が死門に変わってしまうと、制御しにくくなりますから、念のため私が生門で待ち伏せしたほうがよいかと」

楚恕之《チュー・スージー》はしげしげと沈巍《シェン・ウェイ》を見て、

「沈《シェン》教授は大学の教授ですよね。なぜこんなことにまで詳しいんですか」と訊いた。

「ほんの少し知っているだけです」

沈巍《シェン・ウェイ》はそう言ってみんなに頷くと、趙雲瀾《チャオ・ユンラン》に、

「では行ってきますので、あなたも気を付けてください」と言った。

10　訳注：「生門」は「死門」（しもん）と同じく奇門遁甲（きもんとんこう）という中国の占術の構成要素である八門のうちの一つ。奇門遁甲では「生門」は北東の方角、「死門」は南西方角を指す。

趙雲瀾《チャオ・ユンラン》はいい気分で沈巍《シェン・ウェイ》の後ろ姿を見送った。

一方で、祝紅《ジュー・ホン》と楚恕之《チュー・スージー》は趙雲瀾《チャオ・ユンラン》に怪訝《けげん》な顔を向け、黒猫の大慶《ダーチン》は窓に伏せたまま、沈巍《シェン・ウェイ》が病棟を出て「生門」のところまで行き、そこで足を止めるのを見届けていた。沈巍《シェン・ウェイ》はまるでその視線を感じているかのように、顔を上げ大慶《ダーチン》に笑みを見せた。

「なかなかのやり手だな」

大慶《ダーチン》はすぐに視線を逸らした。

祝紅《ジュー・ホン》も声を低め、

「所長、あの沈《シェン》教授はいったい何者なの？」と訊いた。

「知った瞬間に訊いたことを後悔するぞ」

機嫌がよさそうな趙雲瀾《チャオ・ユンラン》は冗談半分で返した。

「ってことは、見当《けんとう》ついてるのか」

大慶《ダーチン》は趙雲瀾《チャオ・ユンラン》に顔を向け、翠《みどり》色の目で彼をじっと見つめる。

趙雲瀾《チャオ・ユンラン》はゆったりと椅子に背を預け、

「当たりまえだろ」と返した。

「ずっとおかしいと思ってたんだけど——最初の聖器《せいき》、輪廻晷《りんねき》が現れた時にあの沈《シェン》教授が出てきて、次の聖器、山河錐《さんがすい》が現れた時も、奇遇にも大雪山に一緒に行くことになったでしょ。こんなに広い龍城《ロンチェン》でさ、ご近所でさえ顔も知らない人が多いのに、こんな偶然が立て続けに起こることなんてあるの？　所長、おかしいと思わない？」

祝紅《ジュー・ホン》が訊いた。

「それにはそれなりの理由があるんだ」

趙雲瀾《チャオ・ユンラン》は慎重に言葉を選ぶように、

「でも、彼は周りに知られたくないみたいだから、俺からはなにも言えない。すまない」と続けた。


その話を聞いて、祝紅《ジュー・ホン》は胸に冷たい重石を載せられ強く圧迫されたような気分になっている。沈巍《シェン・ウェイ》が普通の人間なら、自分も林静《リン・ジン》たちと同じように、二人の恋愛事情を日常の笑い話と見なしてボスをからかったりあざ笑ったり、さらにWeibo[11]で腐女子向けの妄想ネタを書いたりすることができるのであろう。

だが、沈巍《シェン・ウェイ》が「同類」だと知ったとたん、なんだかもやもやした気持ちが湧き上がってきた。まるで心臓が細長い針で刺され、その穴から嫉妬の血が流れ出てくるような感覚である。

「沈《シェン》教授がそんなにやり手なら、得意なことは？　布陣か？　今度時間があったら相手してくれないかな」

楚恕之《チュー・スージー》が独り言をこぼした。

大慶《ダーチン》もしっぽを立て、なにかを心配しているようで、

「今回お前が連れてきたのは普通の人間じゃないんだな。秘密にしたいのはわかったから、せめてどの宗派なのかくらい教えてくれてもいいんじゃないか」と言った。

趙雲瀾《チャオ・ユンラン》の取り調べをしているような三人の様子は、まるで趙雲瀾《チャオ・ユンラン》が連れてきたのは恋人などではなく、パパ活で見つけたどこの馬の骨か分からないおじさんだったかのようだ。短気な趙雲瀾《チャオ・ユンラン》はすぐに堪忍袋の緒を切らし、面倒くさがるような顔で手を振る。

11　訳注：「Weibo」とは中国版Twitterと呼ばれているソーシャルメディア。

「お前ら質問が多すぎないか？　記者会見を開くって言った覚えはないぞ。さっさと仕事に戻れ！」

祝紅《ジュー・ホン》はまだなにかを訊こうとしたが、大慶《ダーチン》が椅子から飛び降り、数歩離れたところで振り返って「ニャン」と鳴いた。祝紅《ジュー・ホン》は残念そうに嘆いて、袖で隠した手をきつく握ると、黙ったまま大慶《ダーチン》についていった。

趙雲瀾《チャオ・ユンラン》は祝紅《ジュー・ホン》の敵意を薄々感じていたが、彼の経験上、祝紅《ジュー・ホン》がこういう反応をするのは理解できなくもない。彼女は繊細で、普段からいろいろ考えている。自分がなんの説明もせず、突然沈巍《シェン・ウェイ》という得体の知れない者を彼らの世界に連れ込んだから、彼女を不安にさせてしまったのだろう。

「おい、ちょっと待って」

所員思いの趙雲瀾《チャオ・ユンラン》は祝紅《ジュー・ホン》を呼び止めた。

「あのさ、相手にも事情があるから、多くは教えられないけど、沈巍《シェン・ウェイ》って人はまずなんの問題もない。俺が保証する。心配することはない。俺に接するみたいに彼に接すればいいから」

（頭に花でも咲いてるの？）

趙雲瀾《チャオ・ユンラン》の話を聞いて、祝紅《ジュー・ホン》は心の中で文句を言った。

彼女は黙ったまま外へ歩いていき、この趙《チャオ》という野郎にマジで一発お見舞いしたいと思った。

九

やがて夜の帳《とばり》が下りた。

屋上に立つ楚恕之《チュー・スージー》の髪は、激しい北風に吹かれて靡《なび》き乱れている。彼は痩せすぎているせいで、その様は人間の干物のようにさえ見えてしまう。しかもずいぶんと歯応えがありそうな干物だ。

楚兄《チューにい》が強風に吹かれて飛んでいってしまうんじゃないかと心配になった郭長城《グオ・チャンチェン》は、しばしば楚恕之《チュー・スージー》のほうに視線を向けている。

楚兄《チューにい》と一緒に屋上に上がったが郭長城《グオ・チャンチェン》は勝手に動いてなにかをしでかすのが怖いため、ただじっと立ち尽くしている。足元はすでに辰砂《しんしゃ》だらけだ。楚恕之《チュー・スージー》は屋上を大きな御札《おふだ》に見たてて辰砂で「霊符《れいふ》」を描き、黒い石を八つの方位に置いて「霊符」を押さえた。すると、その「大霊符」の真ん中に立つ郭長城《グオ・チャンチェン》は周辺の雰囲気が一変し、夜風の中に特殊な匂いが入り混ざり始めたのを感じた。

言葉ではうまく説明できない匂いだ……。べたついていて湿っぽい。臭くはないものの、泥と血の生臭さを帯びており、あるようでないような苦みも混ざっている。

郭長城《グオ・チャンチェン》はなんの匂いだろうと不思議がるような顔で鼻をひくつかせながら、

「楚兄《チューにい》?」と呼んだ。

「怨霊《おんりょう》の匂いだよ」

楚恕之《チュー・スージー》は顔も上げずに返した。

彼ら一行はすでに病院の四方八方から包囲網を張り巡らしておいた。沈巍《シェン・ウェイ》は一歩のずれもなく、随時包囲網を引き上げ獲物を捕まえられる場所に立っている。その身に纏《まと》う色の浅いコートは日が暮れてからいっそう目立って見えてきた。

「今回所長が連れてきたのはいったい何者だ。こっちの世界に沈《シェン》……という人物がいるなんて、今まで聞いたことがなかった」

楚恕之《チュー・スージー》が呟《つぶや》いた。

その時、沈巍《シェン・ウェイ》は顔を上げた。空を眺めているようだが、周りが暗すぎるため、その表情はよく見えない。

次の瞬間、沈巍《シェン・ウェイ》は楚恕之《チュー・スージー》の視界からふっと姿を消した。

「来るぞ」

楚恕之《チュー・スージー》は厳しい表情を浮かべた。

「はい？」

郭長城《グオ・チャンチェン》は戸惑った声を上げた。

「はいとか言ってる場合じゃねぇぞ！」

楚恕之《チュー・スージー》は大股で歩いてきて、黄色い御札を郭長城《グオ・チャンチェン》の顔に貼り付けた。

「黙れ！　一切声を出すな！」

北東方向で待機していた林静《リン・ジン》はいつものように自撮りしていたが、あの特殊な生臭い匂いがますます濃くなってきたのを感じると、携帯をポケットに入れ、無表情でその小さな薬瓶を開けた。

すると、濁った黒いガスがその瓶から一気に空へ立ち昇った。林静《リン・ジン》は速やかに「金剛手印《こんごうしゅいん》」を結んだ。凛とした厳しい表情を浮かべた彼はまさに本物の仏のようだった。

彼は趙雲瀾《チャオ・ユンラン》の指示に従ってその「怨呪《おんじゅ》」を直接潰すようなことはせず、むしろ怨呪を慰め鎮めるべく低くお経を唱え始めた――「怨呪」とはいえ、かつて人間として天地自然から生み出され、万物の精気が凝集してできた魂魄《こんぱく》であり、世慣れしていないまま命を落としたものかもしれないし、何度も輪廻転生を繰り返してきたものかもしれない。

趙雲瀾《チャオ・ユンラン》に言われた通り直接潰すほうが手っ取り早かったが、そのような暴力的な片付け方は林静《リン・ジン》にはできなかった。

いかんせんそれは馬の耳に念仏だった。怨呪はどうやら鬱憤《うっぷん》が晴れず、回りくどいお経を気長に聞くつもりもないようだ。宙に浮く怨呪はみるみる膨らんでいき、怪物のように体を広げ、空に向かって甲高い悲鳴を上げると、月が明るく星がまばらに見えていた空模様が一気にどんより曇ってきた。

その時、三発の銃声が夜空の闇を切り裂き、それとともに、宙に浮いていた怨呪が突然分裂し、あっという間に空気中に消えていった。六階の窓は誰かに中から押し開けられ、そこにチラチラと燃える火の光が見える。

拳銃を収めた趙雲瀾《チャオ・ユンラン》が、眉間《みけん》にしわを寄せながら上から目線で「お経を唱えすぎて頭が錆《さ》びついたのか」と言ってくるのが林静《リン・ジン》には容易に想像できた。

だが、これで怨霊が片付けられて万々歳というわけではない。

風は遠くから何者かの怒号《どごう》を運んできた。林静《リン・ジン》は合掌し、心の中で仏号を唱えると、空へ飛び跳ね宙返りして、葉が一枚も残っていない枯枝《かれえだ》の上に立った。

黒いガスが一つの大きな塊になり、爆弾のように林静《リン・ジン》がさっきまでいた場所めがけて襲いかかっていって、整然と並んでいた床タイルが一瞬で打ち砕かれてしまい、割れたタイルが空高く跳ね上がった。生臭い風に包まれながら運ばれてきたのは、巨大な人影だった。

四、五メートルはあろうかというその人は、上半身しかなく、太ももから下は骨しか見えない。黒い血を滴《したた》らせながらこちらに歩いてきて、その血は地面に落ちると、熱い鍋に水をかけた時のように「ジュー」という音を発し、割れたタイルの欠片を融かしてしまった。

その勢いは、まるで神や仏が相手でも行く手を阻めば殺してしまいかねないほどだった。

林静《リン・ジン》は苦笑いを浮かべながらも、足の動きは鈍らない。身を躍らせて二階の窓に飛び上がると、大きな蜘蛛《くも》のように素手で病棟の外壁タイルの隙間や出窓を掴んで上へ登っていく。そのスピードはエレベーターよりも速かったが、黒い影もずっと後ろについてきている。林静《リン・ジン》は一気に六階まで登り、窓の近くに立っていた黒猫に、

「あとはよろしく!」と叫んだ。

すると、大慶《ダーチン》が勢いよく走り出してそこを離れ、窓に掛けられた六つの鈴がそれと同時に鳴り出した。祝紅《ジュー・ホン》が小さくなにかを唱えたあと、姿を消し、代わりに一匹の大蛇《おろち》が突然どこからか這《は》い出てきて、舌を巻いて黒いガスの一部を口の中に吸い込んだ。林静《リン・ジン》の後ろを追いかけてきた黒い影は病棟内に押し入ろうと様々な方向からぶつかってきて、鈴の音もどんどん速くなってきた。

怨霊に纏わりつく黒いガスが大蛇の口の中に吸い込まれていくと、黒影はどんどん小さくなっていった。しばらくしてから、宙に浮く黒い影はほとんど消えてしまい、中に包まれていた男の姿が露《あら》わになった。まさに郭長城《グオ・チャンチェン》が見かけた病棟の窓の外にいた人だ。

その男は胡麻塩頭で、目が真っ赤に充血している。趙雲瀾《チャオ・ユンラン》はふいに窓枠でタバコを潰し、

「祝紅《ジュー・ホン》、どいてくれ!」と呼びかけた。

揺れていた六つの鈴が突然振動を止め、鳴らなくなった。宙に浮いていた大蛇は床に落ち、その瞬間、再び祝紅《ジュー・ホン》の姿に戻った。

六階の窓ガラスはすべて割れてしまい、その上半身しかない男は一瞬で体を数倍に膨らませた。趙雲瀾《チャオ・ユンラン》が祝紅《ジュー・ホン》を支えて立たせた時、窓の外に浮いている男の怨霊との距離は二、三メートルまで縮まっていた。

「鎮魂令《ちんこんれい》」

と小さく言うと、趙雲瀾《チャオ・ユンラン》は目を細め、

「死んだならおとなしく転生先を探して生まれ変わったらどうだ。せっかくの春節をまえに、人に毒を盛ってどうするつもりだ？」と冷ややかな口調で言った。

「春節」という二文字を聞いて怨霊は強い刺激を受けたようで、突然大きな手を伸ばし、再び広がってきた黒いガスを纏いながらその手で趙雲瀾《チャオ・ユンラン》の首を掴もうとした。

その時、鎮魂令が化けた鞭《むち》が生きた蔓《つる》のように趙雲瀾《チャオ・ユンラン》の袖口から伸びてきて、怨霊の巨大な手に巻きついた。こうして鬼一匹と人間一人はガラスの欠片の上に立って、互いに譲らず対峙していた。

「なにぼうっとしてるの？　早く助けに行ってあげて！」

祝紅《ジュー・ホン》は力強く林静《リン・ジン》の背中を押した。

さっきまで怨霊に追いかけられていて、スパイダーマンのように必死に外壁を掴んで登ってきた林静《リン・ジン》はまだ指が痛く、息も切れている。

「助けに行ってあげてって？　どうやって？　こんなにデカい怨霊、僕の助けでどうにかなるわけないだろう。過大評価しすぎだぞ」

「鐘くらいついてよ！　『坊主でいるうちは鐘をつく』[12]って諺《ことわざ》も知らないの⁉」

祝紅《ジュー・ホン》に喚《わめ》かれて耳も痛くなってきた林静《リン・ジン》はつい言い返した。

「そこの方、落ち着いて！　僕はあくまで在家者なんだ。毎日まめに鐘をつく在家者を見たことあるのか？　それに、我が慈悲《じひ》深い仏様は幽冥《ゆうめい》の者なら退治できるけど、あいつは生前人間だったから、鐘をついても

12　訳注：「坊主でいるうちは鐘をつく」、本来の意味は仕事などをいい加減にして、その日暮らしをすること。ここでは字面だけの意味を取り、坊主ときたら鐘をつく者という意味で使われている。

その効果は限られている。君でも呑み込めない怨霊が、僕のボロ鐘で片付けられると思うのか」

「そんなの知らないわよ。早くなにか手を打って！」

林静《リン・ジン》は趙雲瀾《チャオ・ユンラン》のほうを眺め、どうしようもない顔でため息をついた。

「慈悲深い我が仏よ、弟子もイケメンに生まれたかったよ」

そう言って彼はポケットに手を突っ込み、中から小さな壺を取り出した。その手のひらサイズの壺の蓋を開けると、中から油の香りが漂ってきた。林静《リン・ジン》が惜しいと言わんばかりの顔で壺の中を見て、中のものを撒こうとした時、趙雲瀾《チャオ・ユンラン》が横にいる彼らのやりとりもよく見えていたようで、林静《リン・ジン》に手を振った。

「お前の『灯明油《とうみょうあぶら》』をむだにするな。こんなもんのために使うことはない」

趙雲瀾《チャオ・ユンラン》が言い終わるか終わらないかのうちに、怨霊は鎮魂鞭《ちんこんべん》を振り切った。鞭先は空高く舞い上がり、弧を描いてまた静かに趙雲瀾《チャオ・ユンラン》の袖の中に戻っていった。怨霊は怒号を上げながら窓枠を引き裂いて病棟の廊下に入り込もうとし、その巨大な黒影に押されて窓枠は壊れそうになっている。

それと同時に、趙雲瀾《チャオ・ユンラン》は一歩退いて両手を前に出し、手のひらを前方に向けたまま左手を広げた。そして密《ひそ》かに右手に用意していた短刀で左の手のひらを切ると、その血はすぐに短刀の溝に流れ込んで固まった。

隣でそれを見ていた大慶《ダーチン》は毛を高く逆立たせ、祝紅《ジュー・ホン》の懐《ふところ》に飛び込んでいく。一方で趙雲瀾《チャオ・ユンラン》は普段と大いに異なる笑みを浮かべると、目元の彫りがいっそう深くなり、その眼差《まなざ》しも際立って冷ややかなものに変わった。陰の中で、頬に筋の通った高い鼻の影ができ、吊り上がった口角は形容しがたいあくどさと不気味さを帯びている。

「幽冥の者よ、命令を聞け」

その声も趙雲瀾《チャオ・ユンラン》のものでなくなったようで、低い声がややかすれており、耳に入ると、まるで鈍いのこぎりで切られているような感覚になる。

「血を以て誓《もっ》いを為《な》し、冷鉄を以て証しと為す。汝《なんじ》に三千陰兵を借り、天地の人や神を問わず、皆殺す――」

最後の何文字かを一文字ずつ発すると、短刀の刃先に固まった血が黒くなり、同時に鎧《よろい》を纏った無数の兵士が背後の白い壁を突き破って出てきた。彼らは白骨化《はっこつか》した戦馬に乗り、朽ちた武器を引きずって怒涛《どとう》の如く壁の中から飛び出し、咆哮《ほうこう》しながら巨大な怨霊にぶつかっていく。

一方で、趙雲瀾《チャオ・ユンラン》は一気に力が抜けたようで、よろめいて背後の壁に凭《もた》れかかり、目の前で起きたことに恐れおののいている所員たちには構わず、血まみれの手を振った。

「やっぱり袖を汚しちゃった。クリーニングに出したら血痕を落としてくれるかな」

趙雲瀾《チャオ・ユンラン》は肩で息をしながら言った。

「雲瀾《ユンラン》？」

大慶《ダーチン》は躊躇《ためら》いがちに声を掛けてみた。

「うん？」

趙雲瀾《チャオ・ユンラン》は眉を吊り上げた。

それは黒猫がよく知っている表情だ。間違いなくいつものムカつく趙雲瀾《チャオ・ユンラン》だと分かると、大慶《ダーチン》は迷いもなく爪を伸ばして猫パンチを一発お見舞いし、

「今のはなんなんだ！　あんな邪術、教えた覚えないぞ！」と怒鳴った。

「人間は本を読んで勉強できるんだ。バカ猫」

趙雲瀾《チャオ・ユンラン》はドヤ顔で返した。

大慶《ダーチン》は趙雲瀾《チャオ・ユンラン》の太ももを踏んで、前足を彼の肩に掛け、

「この間、図書館でいったいなんの本を借りたんだ?」と怒鳴った。

趙雲瀾《チャオ・ユンラン》が傷のないもう一方の手で猫の頭を撫でて、その顎《あご》を持ち上げると、黒猫は条件反射で目を細めグルルルと唸《うな》り声を上げた。

「『魂書《こんしょ》』だ」

趙雲瀾《チャオ・ユンラン》は言った。

「安心しろ。邪術を学ぶためじゃなくて、ちょっと調べものがあったから読んでみただけだ。その時偶然目にした術をさっき急に思い出したから使ってみたんだ――邪術でなにか悪いことをしたわけでもないし、そんなに俺の人間性が信じられないのか?」

撫でられて気持ちよさそうに唸っていた大慶《ダーチン》は自分の猫本能を憎んでいるようで、我を取り戻そうと力強く頭を振って、彼の手を振り切った。

「お前に人間性ってもんがあるのか⁉」

大慶《ダーチン》は趙雲瀾《チャオ・ユンラン》に飛沫《ひまつ》を飛ばしながら言い返すと、頬を膨らませて彼の肩から飛び降り、一応その解釈を受け入れたようだ。趙雲瀾《チャオ・ユンラン》は度を越すようなことはしないと信じていいと思うが、やはり不満げに続ける。

「お前の身分証明書に載ってるあのお皿みたいにデカい顔が描かれた冥府の指名手配書を街中で配布してほしいって言うなら、俺は構わないんだけど」

言い終わるまえに、後ろから伸びてきた趙雲瀾《チャオ・ユンラン》の手で力強く床に押さえ付けられてしまった。

「誰の顔がお皿みたいにデカいって？　この首も見えないデブ猫め！」

その時、祝紅《ジュー・ホン》は屋上にいる楚恕之《チュー・スージー》から電話をもらった。彼はずいぶんとはしゃいでいるようで、電話越しでもその声が異常な興奮を帯びていることが分かる。

「さっきのは『陰兵斬《いんぺいざん》』なのか？　誰がやったんだ？　正気か！　くそ、かっけえな！」

祝紅《ジュー・ホン》は苛立《いらだ》ってすぐにその電話を切った。

「陰兵斬は血で発動する術なのか？」

辛うじて呼吸が整ってきた林静《リン・ジン》は口を挟んだ。

「血も鉄もあくまで媒介だ」

趙雲瀾《チャオ・ユンラン》は地面から立ち上がり、服を叩いて汚れを払った。

「真にその術を発動させたのは悪意だ。悪意は極めて凶悪なものだから、ある意味で『毒を以て毒を制す』と言える」

祝紅《ジュー・ホン》は少し迷ってから、

「あなたもなにかに悪意を抱いているの？」と訊く。

「当たりまえじゃない？　俺も人間だから」

趙雲瀾《チャオ・ユンラン》は笑って、あっさりと認めた。

「悪意くらい普通に抱くさ。しかもちょっとじゃなくてたくさんだ——本当は『陰兵斬』を邪術として挙げるのはどうかと思ってるんだよね。俺的には結構いい術なんだけどな。心のヨガみたい、心に溜まった毒素を排出してくれる。すっきりしたよ」

「……」

祝紅《ジュー・ホン》はその返答に絶句した。

大慶《ダーチン》がまた趙雲瀾《チャオ・ユンラン》の肩に飛び乗り、鼻柱を目掛けて猫パンチを一発お見舞いすると、「くそデブ！」と怒号を浴びせられた。

❖

趙雲瀾《チャオ・ユンラン》たちが談笑している一方で、あの怨霊はすでに陰兵に窮地に追い込まれていた。勝算がないと気付くと、すぐにそこから逃げようとする。

楚恕之《チュー・スージー》が病院の外に敷いていた陣はすぐさま反応し、ずっとまえからエネルギーを蓄えていた雷が空を破った。

怨霊を追いかけていた陰兵は姿を消し、追われていた怨霊は落ちてきた雷に縛られたようで、縦横無尽に飛び交う雷でできた大きな「網」の中で激しく足掻《あが》いており、病棟の床もその動きとともに震えている。

「あいつを逃すな！」

楚恕之《チュー・スージー》は屋上から下のほうに向かって叫んだ。

すると、今まで姿を消していた沈巍《シェン・ウェイ》がふいに怨霊の後ろに現れた。手を伸ばして目の前の空気を掴むと、怨霊は見えない手に首を絞められたようになり、身に纏う黒いガスが少しずつ散っていき、中に包まれている脚のない人間の姿がまた露わになった。

その人は憎々しい目つきで彼を睨《にら》みつけたが、沈巍《シェン・ウェイ》はまったく動じず、さらにきつく絞め上げると、怨霊は紙のように丸められ、沈巍《シェン・ウェイ》の手のひらの中に消えてしまった。

十

犯人を確保したため、祝紅《ジュー・ホン》が張っていた結界は自動的に解除され、床に散らばっていたガラスの破片も復元して元通り窓に戻った。病院の中は夜間巡視の看護師や救急患者などで相変わらず人がたくさんいる。入り口近くの露天商はすでに屋台を片付けて帰った。たまにタクシーは通るが、客を乗せる気はないようで急いで通り過ぎるだけだ。

辺りはなにも起きていないかのように静まり返っている。

怨霊《おんりょう》を捕まえた沈巍《シェン・ウェイ》が趙雲瀾《チャオ・ユンラン》のところへ行こうと慌てて階段を上がっていくと、ちょうど上から下りてきた楚恕之《チュー・スージー》たちと鉢合わせた。

楚恕之《チュー・スージー》というやつは、自分の才能を鼻にかけ、他人のことはまるで眼中にない性格だ。知り合いならまだしも、赤の他人にはいつも冷たく接し、まともに相手をすることはなく、自ら話しかけることもめったにない。だが、沈巍《シェン・ウェイ》を見るなりすぐに馴れ馴れしく近寄り、

「お見事ですね」とへつらうように言った。

沈巍《シェン・ウェイ》は慌てて楚恕之《チュー・スージー》に頷《うなず》くと、今しがた診療科に運ばれていった急性虫垂炎の患者よりも青ざめた顔で、懐《ふところ》から小さな薬瓶を取り出し、

「中に怨霊が押し込められているので、気を付けて保管してください」と手短に言った。

言い終わると、沈巍《シェン・ウェイ》は楚恕之《チュー・スージー》と一緒に下りてきた趙雲瀾《チャオ・ユンラン》のほうへ行き、彼を引っ張って余所《よそ》へ行こうとする。

「ついてきてください。話があります」

沈巍《シェン・ウェイ》はそのまま趙雲瀾《チャオ・ユンラン》を引っ張ってトイレに入り、中からドアを閉めた。薄暗い照明の下でじっと趙雲瀾《チャオ・ユンラン》を睨《にら》みながら、沈巍《シェン・ウェイ》は低い声で訊く。

「さっきの術は陰兵斬《いんぺいざん》ですか？」

「そうだよ」

「君が発動したんですか？」

趙雲瀾《チャオ・ユンラン》は素直に頷いた。

「俺以外に発動できる人いないだろう」

「誰にそんな術を教えてもらったんだ？」

沈巍《シェン・ウェイ》が怒りに唇を引き攣《つ》らせると、その唇は鋭い直線状になったかのように見える。

「暇潰しに図書室で本を読んでたら書いてあったんだよ」

趙雲瀾《チャオ・ユンラン》は素直に白状した。

沈巍《シェン・ウェイ》は二の句が継げず、怒りのあまり趙雲瀾《チャオ・ユンラン》の頬めがけて手を振り下ろそうとした。物凄い剣幕だったが、心を鬼にして彼をはたくことは、結局できなかった。その耳に近いところで沈巍《シェン・ウェイ》の手が止まって固まっている。

趙雲瀾《チャオ・ユンラン》は驚いて、

「沈巍《シェン・ウェイ》？」と呼んだ。

「私の名前を呼ぶな！」

沈巍《シェン・ウェイ》はあまりにも怒っているため顔色は青ざめ、空中で止まった手は震え続けている。

「『天地の人や神を問わず、皆殺す』、よくもそんなことをおっしゃいましたね。なんて傲慢な言い方だ。さすが豪腕令主《れいしゅ》ですね。あんな術を使って、天罰が下っても怖くないんですか」

沈巍《シェン・ウェイ》であれ、斬魂使《ざんこんし》であれ、こんなふうに怒った彼を見たことがなく、趙雲瀾《チャオ・ユンラン》はすぐに沈巍《シェン・ウェイ》の冷たい手を握ってとりあえず謝った。

「はいはい、俺が悪かった。叩きたければいくらでも叩いてくれ。お願いだから怒らないで」

沈巍《シェン・ウェイ》は勢いよく彼を押しのけた。

「冗談で言っているんじゃありません。『陰兵聚魂の術《いんぺいじゅこん》』、いわゆる『陰兵斬』は絶対的に禁止されている邪術だと知らないんですか？　邪術はなんで邪術と呼ばれているのか分かっていますか？　この三界に自分を制するものがないとでも思っているのですか？　こんな無法なことばかりして、いったいどれだけひどいことになれば気が済むんですか？　もし万が一のことがあったら、私は、私は……」

沈巍《シェン・ウェイ》は言葉に詰まり、しばらく続きが言えなかった。

少し経ってから、沈巍《シェン・ウェイ》は後ろへ半歩退き、

「万が一のことがあったら、私はどうしたらいいのか……」と震える声で言った。

沈巍《シェン・ウェイ》のことが愛おしくてたまらない趙雲瀾《チャオ・ユンラン》は咄嗟《とっさ》に彼を抱きしめ、

「俺が悪かった、ダーリン。ごめんなさい」と謝った。

謝罪の態度はそこそこ評価されるだろうと趙雲瀾《チャオ・ユンラン》は思っていたが、言い終わるか終わらないかのうちに、沈巍《シェン・ウェイ》に力強く押しのけられた。どうやらその謝罪の言葉は効かずに、かえって沈巍《シェン・ウェイ》の地雷を踏んだようだ。

沈巍《シェン・ウェイ》は片手で趙雲瀾《チャオ・ユンラン》をドアに押し当て、もう一方の手で乱暴に彼の襟を掴んだ。

「今まで何人にも言ってきたいい加減な言葉で私をごまかさないで」

「分かった」

趙雲瀾《チャオ・ユンラン》は仕方なくため息をついた。

「もうなにも言わないから」

言い終わると、趙雲瀾《チャオ・ユンラン》は体を前へ傾け、不意をついて沈巍《シェン・ウェイ》の冷たい唇にキスをした。沈巍《シェン・ウェイ》は驚いて無意識に後ろへ身を躱《かわ》そうとしたが、趙雲瀾《チャオ・ユンラン》の温かい手に顔を包み込まれてしまった。

趙雲瀾《チャオ・ユンラン》が虚をついて沈巍《シェン・ウェイ》の唇をこじ開けると、透き通った薄荷《ハッカ》の香りが伝わっていき、獅子奮迅《ししふんじん》の勢いで彼の怒りを、彼の理性を吹き飛ばしてしまった。沈巍《シェン・ウェイ》は失神するように目が眩《くら》むのを感じ、趙雲瀾《チャオ・ユンラン》がいつ身を引いたのかも分からなかった。


趙雲瀾《チャオ・ユンラン》が自分の襟から沈巍《シェン・ウェイ》の手をたやすく外させた時、沈巍《シェン・ウェイ》はようやく我に返り、ぼんやりと彼を見つめて一瞬で顔を真っ赤にした。

「君……」

沈巍《シェン・ウェイ》が口を開いたとたん、趙雲瀾《チャオ・ユンラン》は目を細めて沈巍《シェン・ウェイ》に微笑みかけ、手で「お口にチャック」のジェスチャーをした。さっき「もうなにも言わない」と言ったからという意味だった。そして趙雲瀾《チャオ・ユンラン》はやや俯《うつむ》き、下から沈巍《シェン・ウェイ》のほうに視線を投げかけながら、沈巍《シェン・ウェイ》の唇に触れたばかりの口を親指で拭いて軽くその指を舐めた。

一方で、沈巍《シェン・ウェイ》はあまりにもやりにくく感じて目のやり場に困っている。

趙雲瀾《チャオ・ユンラン》は沈巍《シェン・ウェイ》の手を揺らすと、自分の手を広げ、乾いた傷口を彼に見せた。その見るに堪えない傷口と色鮮やかな血痕を見て、沈巍《シェン・ウェイ》は自分の目が刺されたような痛みを覚えた。怪我をしたその手を注意深く持ち上げると、まばゆい白い光が沈巍《シェン・ウェイ》の指に沿って趙雲瀾《チャオ・ユンラン》の手のひらへ流れ込み、裂けた傷口はゆっくりと治っていき、少しすると元通りになった。

沈巍《シェン・ウェイ》は彼を手洗い場のほうへ連れていき、手のひらに残っている血痕を水で洗い流した。

「痛い？」

趙雲瀾《チャオ・ユンラン》はやはりなにも言わない。

沈巍《シェン・ウェイ》がどうしようもないといった顔で、

「喋っていいですから」と言うと、趙雲瀾《チャオ・ユンラン》はやっと、

「痛いよ」と返した。

沈巍《シェン・ウェイ》が眉間《みけん》にしわを寄せるのを見て、趙雲瀾《チャオ・ユンラン》はこう続けた。

「さっきあんな乱暴にぶつかってきて、背中が痛いし、心も痛いよ。俺に怒るなんて——他の人にはいつも丁寧に接しているのに、俺にはあんなに怒っておいて、弁解もさせないなんて、こんな理不尽なことあるのか？　もう体も、心もズタズタだよ」

趙雲瀾《チャオ・ユンラン》がわざと駄々をこねていることに気付かず、沈巍《シェン・ウェイ》は、

「……ごめんなさい、怒りたくて怒ったわけじゃありません……」と訥々《とつとつ》と謝った。

趙雲瀾《チャオ・ユンラン》はすぐに返さずただ無表情で彼を見つめ続けている。沈巍《シェン・ウェイ》がずっと見つめられて緊張しているのに、趙雲瀾《チャオ・ユンラン》はさらに指で自分の唇を軽く叩いてこう言った。

「もう一回キスして俺様を喜ばせてくれたら、許してあげる」

沈巍《シェン・ウェイ》は一瞬虚ろな表情を浮かべ、耳まで赤くなった顔で、

「なんてみっともないことを！」と手を振ってそこを離れようとする。

しかし、ドアのところまで行って振り返ると、趙雲瀾《チャオ・ユンラン》がまだついてきていないと気付き、仕方なく諦めて

彼のそばに戻り、その腰に手を回し、唇に接吻した。

付き合って早々こんなふうに尻に敷かれてしまっては、今後は果たしてどうすればよいのであろう。

❖

特調一行が光明通《グァンミンどお》り四号に到着すると、楚恕之《チュー・スージー》はすぐに取調室の外に、蟻の這《は》い出る隙もないほど細かい包囲網を張った。

まるで御札《おふだ》で作った「タルチョー」（チベットやネパールの寺などに掛けられる五色の祈祷旗）で取調室を取り囲むかのように、おびただしい数の黄色い御札を取調室や周りの部屋の壁に吊したのだ。しっかり包囲網を張ってから、ようやく薬瓶の蓋を開け、中に閉じ込められている怨霊を外に出した。

趙雲瀾《チャオ・ユンラン》は椅子を引っ張ってきて沈巍《シェン・ウェイ》を座らせると、タバコに火をつけ、のろのろとした口調で怨霊に言う。

「あなたには黙秘権がある。黙秘権を放棄して供述をした場合、その供述は法廷であなたに不利な証拠として用いられることがある。だからよく考えてから答えろ」

脚のない怨霊は三枚の霊符《れいふ》で床に縛りつけられたまま暗い顔を上げた。

「法廷？　証拠？　なんの話だ？」

「あとで閻魔《えんま》様の前で生前の功徳《くどく》や悪行を供述しろって話だ。閻魔様は公正に裁いてくれるから、そのままえにこっちの質問に答えろ」

楚恕之《チュー・スージー》が言った。その話を聞いて怨霊は軽くせせら笑った。

楚恕之《チュー・スージー》が郭長城《グオ・チャンチェン》を一瞥《いちべつ》すると、横に座っていた郭長城《グオ・チャンチェン》は咄嗟に背筋を伸ばし、手のひらにぎっしりと書い

てある「メモ」をちらりと見て、

「な、名前、年齢、死亡時刻、死因を教えてください」とメモを暗唱した。

質問された怨霊が郭長城《グオ・チャンチェン》のほうに視線を投げかけると、郭長城《グオ・チャンチェン》は思わず身震いした。それに気付いた楚恕之《チュー・スージー》は郭長城《グオ・チャンチェン》の肩に手を置き、林静《リン・ジン》も同時に力強く机を叩き、

「なに見てるんだ。さっさと言え！」と荒々しい口調で怒鳴った。

「……名は王向陽《ワン・シャンヤン》、六十二歳、去年の旧暦十二月二十九日に交通事故で死んだ」

自信のない郭長城《グオ・チャンチェン》は楚恕之《チュー・スージー》に目を向け、楚恕之《チュー・スージー》が頷いてくれたのを見ると、また俯《うつむ》いて「メモ」を確認した。隣の楚恕之《チュー・スージー》も好奇の目でちらりと郭長城《グオ・チャンチェン》のメモを見た。その手のひらには、「そうですか。〇〇〇（名前）、あなたの死因が〇〇〇（死因）なら、どうして罪のない人たちにまで手を出したんですか」という一文が小さく書かれている。

「そうですか。王向陽《ワン・シャンヤン》、あなたの死因は旧暦十二月の二十九日……いや、あのう、あなたの死因が交通事故なら、どうして罪のない人たちにまで手を出したんですか」

郭長城《グオ・チャンチェン》はどもりながら訊いた。

危うく吹き出してしまいそうになった楚恕之《チュー・スージー》はそっぽを向いて口を覆い、何回か咳払いした。

「罪のない人たち？」

王向陽《ワン・シャンヤン》が低い声で返した。

「小僧、教えてくれ。誰が罪のない人なんだ？　彼らか？　お前か？」

警察に訊き返す犯人に出会ったことがない郭長城《グオ・チャンチェン》はその予想外の質問にぼんやりとした顔を見せ、どうしたらいいか分からなくなっている。

幸いなことに、優しい沈《シェン》教授が救いの手を差し伸べてくれた。

「その交通事故について、詳しく説明してもらえませんか」

と口を挟んだのだ。

それを聞いて、王向陽《ワン・シャンヤン》は抜け殻のような顔を沈巍《シェン・ウェイ》のほうに向けた。

「その交通事故はあなたの怨呪《おんじゅ》にかかった人とどういう関係があるんですか。なぜオレンジで彼らを毒殺しようとしていたんですか」

沈巍《シェン・ウェイ》はさらに訊いた。


「……俺は生前、露天商をやっていた」

しばらくしてから、王向陽《ワン・シャンヤン》はようやく口を開いた。

「龍城《ロンチェン》の郊外に住んでいて、毎日旬の果物を仕入れて龍城《ロンチェン》で売っていた。そのお金で一家の生計を立てていたんだ。

家内は腎不全を患《わずら》っていて働けない。息子が一人いて、もうすぐ三十で未《いま》だに結婚できていない。家庭を持ってほしいから市内に家を買ってあげたいけど、お金がない。なぜやつらが死ななきゃならないのか知りたいのなら、教えてやってもいいだろう」

王向陽《ワン・シャンヤン》は口角を吊り上げ皮肉な笑みを浮かべると、顔を俯けた。こうして見ると、彼は普通の人間となんら変わりないように見える。

「春節前後の数日は一年で俺が一番好きな日だったんだ。龍城《ロンチェン》に出稼ぎに来てる人はみんな実家に帰るから、街はいつものように賑《にぎ》やかじゃなくなる。春節休みで店もほとんど閉まるから、物価が高くなって、おかげでこっちは普段よりだいぶ稼ぎがよくなる……。旧暦十二月二十九日、なんていい日だ。去年の旧暦十二月は三十日がなかったから、二十九日が大晦日《おおみそか》だったんだ。

市内では花火や爆竹が禁止されてるはずなのに、二人の小僧が……十何歳くらいだろうな、チッ、高そうな服を着て、お金持ちのボンボン息子のようだった。

行儀の悪いやつらで、ポケットに癇癪玉《かんしゃくだま》を入れて、路面や通りがかった人の足元に投げてイタズラしていた。俺のリヤカーのタイヤも投げられた癇癪玉でパンクしちまいそうだった。あの日は寒すぎて頭がよく回らなかったのもあるけど、とりあえず我慢できなくてやつらを叱ったんだ。そしたら、一人が俺に癇癪玉を投げてきて、もう一人がその隙に後ろに回って、俺のリヤカーをひっくり返したんだ。オレンジもリンゴも全部落ちて、そこら中に転がっちまって……。

果物を売ったお金でやっと家族たちと春節を祝えるのに。俺は焦って、すぐに拾いに行った。昼間だから通りがかる人も多くて、『助けてくれませんか。お願いします』って言ったら、一人が俺のオレンジを拾い上げて、俺に見向きもしないでそのまま皮を剥いて食べ始めた。『汚れがついちゃったもんは誰も買わないから、拾ってもむだだ。いっそみんなで分かち合ったらどうだ?』って食べながら言ってきた。

そいつみたいに俺の果物を奪う人が他にもいて、レジ袋にたくさん詰めて持って帰る人もいた。『ダメだ。ちゃんとお金を払ってくれ。タダで持っていくなよ』ってひたすら叫んだけど、お金の話が聞こえたら、みんな俺の果物を持ってさっさと逃げていった……。

彼らを追いかけようとしたら、タクシーに轢《ひ》かれちまった。

あの日は大雪が降ってて、道も凍ってたんだ。ドライバーはブレーキをかけたけど、車が横へ何メートルも滑って、俺の体を轢いてそのまま通り過ぎた。俺の上半身は車輪に巻き込まれて一緒に前へ転がっていって、脚だけそこに残っていた。死ぬ時、道に落ちていたオレンジが転がってきて俺の顔にぶつかった。こんな死に方、悔しいと思わないか」

取調室はしばらく静まり返ってしまった。

「俺は仇《かたき》を討つべきじゃないのか？　お前らに捕まるべきなのか？　冥界《めいかい》に送られて、閻魔様にどう裁かれるべきなんだ？」

王向陽《ワン・シャンヤン》は詰問した。

どうりで被害者の因果線《いんがせん》はどれも薄かったわけだ。


話し終わると、王向陽《ワン・シャンヤン》は椅子に背を預けた。この脚のない男はさっきよりも恐ろしく見えてきた。

「お前らのような、こういうことを裁いてくれる人がいるなんて知らなかった。不条理なことを裁いてくれるなら、なんであいつらじゃなくて、俺を裁くんだ？」

郭長城《グオ・チャンチエン》は手のひらに書いたヒント──「家族、友人」をちらりと見てすぐに返す。

「でも、こんなことをして、家族や子供のことはいいんですか。あなたの息子、孫、闘病中の奥さんのために徳を積んであげるべきだと思いませんか」

「息子はまだ結婚してなかったから、孫なんていない。それに、息子も家内ももう死んじゃったから、うちは俺の代で終わったんだ。誰かのために徳を積むことはない」

王向陽《ワン・シャンヤン》は無関心な顔で答えた。

郭長城《グオ・チャンチエン》は息を呑み、

「死んじゃった？　死因は？」と訊いた。

「俺が殺したんだ。うちは田舎の家で、セントラルヒーティングがないから、冬は練炭ストーブで部屋を温めながら寝るしかない。事故で死んだあと、俺は夜中に家に帰って家族が寝ている間にボウルでその練炭を覆った。それで練炭が燃えきらなかったから、あいつらは寝たまま一酸化炭素中毒で死んじゃったんだ」

王向陽《ワン・シャンヤン》は間を置いて、

「つらくはなかっただろう。苦痛を知らずに生まれ変われる。いいじゃないか」と言い添えた。

「そんな……なんでそんなことをするんですか」

郭長城《グオ・チャンチェン》が訊いた。

王向陽《ワン・シャンヤン》は平然と彼に目をやり、

「死ぬより生きるほうがつらいと思うが、違うか？」とだけ答えた。

十一

王向陽《ワン・シャンヤン》の話を聞いて、林静《リン・ジン》はようやく気が付いた。病院で王向陽《ワン・シャンヤン》の怨念《おんねん》を済度《さいど》するお経を唱えたが、なぜ効かなかったかということに。それは王向陽《ワン・シャンヤン》が生前何一つ悪事を働いていなかったからだ。一生苦労し続けたあげく、この不条理で悲しい結末にたどり着いたのだ。

人間は心の底に抱えている恨みが極限まで膨らむと、その心にはいかなる柔らかい感情の居場所もなくなってしまう。だから彼は自ら世間のあらゆるものとの繋がりを断ち切ったのだ。そうしてこの世には彼の未練や愛情のかけらを呼び覚ましうるものは何一つなくなった。

もし王向陽《ワン・シャンヤン》が生きていたのなら、時が流れるにつれ、その恨みも薄らいでいくかもしれない。どこからか新たな慰めを得て平穏無事で一生を終えられるかもしれない。

しかし、彼はすでに死んでしまった。命がなくなったからには、もう心残りもなにもない。車に轢《ひ》かれて息を引き取ったその瞬間に、彼の魂は邪念に呑み込まれ、永遠に歩みを止めたのだ。


ちょっと手を焼きそうな案件だなと趙雲瀾《チャオ・ユンラン》は思った――道端に落ちた果物を勝手に拾って持って帰るのは確かに人の道に背くことではあるが、道に背くことをしたからといって、死に至るほどの罪ではない。財布を盗むやつだって、捕まったら数日留置場に収容されるだけで、決して銃殺刑などになることはない。しかし、人から甘い汁を吸うことばかり考えるやつらのせいで、家族と春節を祝うことを楽しみにしていたこの誠実な男は、命を落としてしまった。彼はそういうやつらも恨んではならないのか？　仇《かたき》を討つことは本当に許されないのだろうか？


その時、沈巍《シェン・ウェイ》が口を開いた。

「他人のものを許可もなく奪う人はすなわち盗賊です。それがお金であれ果物であれ、他人のものを強奪したことに変わりはありません。ましてそのせいで人の命まで失われたのならなおさらです。私から見れば、それはいわゆる『強盗殺人』と同罪です」

沈巍《シェン・ウェイ》がいったん「判決」を言い渡したからには、趙雲瀾《チャオ・ユンラン》は止めたくてももう止めようがない――沈巍《シェン・ウェイ》として人前に現れたとはいえ、彼は斬魂使《ざんこんし》そのものだから。

言い伝えでは、斬魂刀《ざんこんとう》は輪廻が創出されるまえのとうの昔からすでに存在していたものであり、その持ち主が下した判決は君主のお言葉のように一度口にしたら取り消せず、たとえ閻魔《えんま》様でも覆《くつがえ》すことができないものだ。沈巍《シェン・ウェイ》が淡々と言ったその一言は、王向陽《ワン・シャンヤン》に復讐の道への「通行証」を与えたも同然だ。

案の定、沈巍《シェン・ウェイ》が「判決」を下したとたん、王向陽《ワン・シャンヤン》はずっと自分を縛りつけていた力が消えたと感じた。

「たとえ彼らを放っておいたとしても、数年経ったら、その悪果《あっか》が自ら彼らの身に返っていくでしょう。早死にしたとしても、生まれ変わった身に返っていくはずです。にもかかわらず、元々凡人だったあなたの魂魄《こんぱく》は邪念に取り憑《つ》かれ、良心を失って妻や子供まで殺しました。実に悪辣《あくらつ》極まりない所業です。たとえ私があなたの復讐を認めたとしても、復讐を遂げたあと、あなたは十八層地獄《じゅうはっそうじごく》に収監されることになります。それでも不満はないですか」

趙雲瀾《チャオ・ユンラン》を除いて、王向陽《ワン・シャンヤン》はこの取調室にいる誰よりも先に沈巍《シェン・ウェイ》と他の人との違いに気付いた。彼はしばらく沈巍《シェン・ウェイ》を観察したあと、

「ないよ」とあっさり答えた。

沈巍《シェン・ウェイ》は振り返り、わざと趙雲瀾《チャオ・ユンラン》に訊く。

「この案件、どう処理すればよいでしょうか」

（一言二言でたやすく判決を下しておいて、今さら俺の意見を訊くことに意味があるのか）

と思いながら趙雲瀾《チャオ・ユンラン》は沈巍《シェン・ウェイ》を睨《にら》みつけた。

しかし、沈巍《シェン・ウェイ》の正体を隠すために趙雲瀾《チャオ・ユンラン》は彼の芝居に協力するしかない。趙雲瀾《チャオ・ユンラン》は軽く咳払いをすると、ポケットから鎮魂令《ちんこんれい》を一枚取り出し、ぱっと机に置いて王向陽《ワン・シャンヤン》の前へ突き出した。

「夜が明けるまえに獄卒《ごくそつ》がお前を迎えに来る。これを見せれば、閻魔様のところまで連れていってくれるから、通行証を出してくれるよう閻魔様に頼むんだ」

王向陽《ワン・シャンヤン》は両手で鎮魂令を受け取った。

「最後に一言忠告してやるけど」

趙雲瀾《チャオ・ユンラン》は話を続けた。

「彼の言った通り、通行証を手に入れて復讐の道へ足を踏み入れたら、一時的に恨みを晴らすことができるけど、その先、お前を待ってるのはその数倍もの刑罰だ。手を出すまえに、よく考えるんだぞ」

「忠告はありがたいが、俺はもう十数人も殺したから、とっくに後戻りできなくなってるんだ」

王向陽《ワン・シャンヤン》は首を横に振り、苦笑いを浮かべた。

「でも、まさか死んだあとに、ちゃんと白黒つけてくれるところがあるとは思わなかった。ありがとうな」

取調室にいる所員たちは驚いた。

「ちょっと待って。十数人も殺したの？　間違いない？　みんな死んだってちゃんと確認したの？」

祝紅《ジュー・ホン》がすぐに訊いた。

「もちろん。それに、殺しただけじゃない。あいつらにはろくな死に方をさせなかったんだ。死んでも永遠に生まれ変われないだろう」

王向陽《ワン・シャンヤン》は平然と答えた。

祝紅《ジュー・ホン》は趙雲瀾《チャオ・ユンラン》のほうに訝《いぶか》しげな視線を向けた——今の時代は、人口が増えてきて世の中が騒がしくなってきたから、邪鬼《じゃき》が人間界で悪事を働いたり、一人、二人殺したりしても気付かないのはなにもおかしいことではない。しかし、殺された人数がある程度まで増えたら、鎮魂令はもちろん、この地域にいる民間人でさえ少しくらい修行を積んでいれば、その邪鬼の恐ろしいオーラを感じ取れるはずだ。

しかし、今回はまったく感じ取れなかった。王向陽《ワン・シャンヤン》が自ら白状していなければ、彼が十数人も殺したことに誰も気付かなかっただろう。

沈巍《シェン・ウェイ》はふと「功徳筆《くどくひつ》」のことが頭に浮かび、すぐに、

「なにか手を使って自分の功徳の記録を直したことがありませんか」と訊いた。

「直したよ」

王向陽《ワン・シャンヤン》は率直に認めた。

「家内と息子を殺したあと、一人目の獲物に手を出そうとしたら、ある人が俺のとこに来て、俺と取り引きしたいって言ってきた」

「どんな取り引きを?」

「勝手に人を殺しまくると、すぐに警察や幽冥界《ゆうめいかい》の者に気付かれるからと言って、ある呪符《じゅふ》をくれたんだ。それを首に掛けておけば、お前らに気付かれずに動けると。その代わりに、殺した人の魂魄《こんぱく》を彼に渡さないといけない」

王向陽《ワン・シャンヤン》は少し間を置いてから話を続ける。

「魂魄なんて、俺が持っていてもしょうがない。俺はすでに死んだ身だし、彼と交換できるものはなにも持ってないから、その話に乗った。そのあと、本当にその人の言った通り、何人殺してもバレなかった――俺に殺されたやつらは自分が変な病気かなにかにかかったと思い込んでいた」

「じゃ、その呪符になにか文字や模様が描かれていなかった?」

趙雲瀾《チャオ・ユンラン》が訊いた。

「あったよ」

王向陽《ワン・シャンヤン》は正直に答えた。

「その人は筆を使って俺の名前、そして生年月日と出生時刻を干支で表した八文字[13]をその呪符に書いたんだ。彼の筆からはまず黒い墨が出てきて、次は赤い墨が出てきた。黒い墨で文字を書いたあと、赤い墨でその文字に丸い枠をつけたのをこの目で見てた」

そう言って、王向陽《ワン・シャンヤン》は自分の首に掛けた小さな御札《おふだ》を外した。八角形に折られた黄色い御札だった。

「これだ。見せてあげよう」

楚恕之《チュー・スージー》が受け取ると、彼の言った通り、そこには丸い枠をつけられた文字が一行書かれている。なにが書いてあるのか確認し終わるまえに、御札は自ら燃え出してしまい、少しするとそこにはもう燃え殻しか残されていなかった。沈巍《シェン・ウェイ》もちらりと見たが、それが何者の筆跡なのかまでは確認できなかった。

だが、王向陽《ワン・シャンヤン》の説明を聞いて、その呪符は恐らく功徳筆で描かれたものであろうことが分かった――黒字で悪行、赤字で功徳を書き記す。どんな善人であれ、大悪党であれ、忠実な者であれ、不実な者であれ、功徳筆さえ持っていれば、その功徳や悪行を一筆で消すことができる。

言い伝えでは、功徳筆の軸は黄泉《よみ》の国に生える木の根を削って作られたもので、このうえなく硬く、鋼鉄の刀で斬ってもびくともしないらしい。しかし、その木自体はまるで死んだように枝や葉が生えておらず、花も実もついていない。その名は「功徳古木《くどくこぼく》」という。

沈巍《シェン・ウェイ》は時々こう思う。この「生まれずして死んだ」木は三界で「善悪」や「功徳」と呼ばれる類《たぐい》のものを皮肉っているようだ――功徳を得るために善行を積むのも、天罰を恐れて悪事を働かないのも、自分自身の利益の

13　訳注：干支暦では、年だけでなく、月、日、時間も干と支の二文字ずつの組み合わせで表すことができる。誕生の年、月、日、時刻を十干十二支に置き換えた八文字は占いなどによく使われる。占いに使われる場合、日本では「四柱推命」と呼ばれる。

ために行なったことで、善も悪もなにもない。死んだ木で作った筆一本だけで容易に書き直せる。

「その人はどんな顔してた？　どこで会ったんだ？」

趙雲瀾《チャオ・ユンラン》が訊いた。

王向陽《ワン・シャンヤン》は少し考えたあと、答えた。

「顔は普通だった。おかしいな。急に訊かれると、なぜか思い出せない。どこで会ったかっていうと……」

王向陽《ワン・シャンヤン》はそう言いかけ、指で自分の眉間《みけん》を摘まんだ。

「記憶がぼやけてるけど、確か俺んちの近くだった。俺んちは龍城《ロンチェン》から西に二十キロ離れた西梅村《シーメイ》にあるから、あの人を探したいなら、そこに行ってみたほうがいいかもしれない」

沈巍《シェン・ウェイ》は立ち上がると、王向陽《ワン・シャンヤン》に頷《うなず》き、

「ありがとうございます」と返した。

「礼を言うのはこっちのほうだ。人を殺したことが知られた以上、もうなにも隠すことはないし、言って困るようなことでもない。またなにか訊きたいことがあればなんでも訊いてくれ」

王向陽《ワン・シャンヤン》は落ち着いた口調で言った。

❖

取り調べが終わると、沈巍《シェン・ウェイ》は先に取調室を出た。

趙雲瀾《チャオ・ユンラン》は林静《リン・ジン》の肩を叩いて、

「獄卒を呼んで、事情を説明しておいてくれ。どうするかは向こうが決めるから」と言いつけた。

言い終わると、趙雲瀾《チャオ・ユンラン》はすぐに沈巍《シェン・ウェイ》の後について出ていった。

沈巍《シェン・ウェイ》は廊下の突き当たりで彼を待っていた。沈巍《シェン・ウェイ》を所長室へ連れていってドアを閉めてから、趙雲瀾《チャオ・ユンラン》は訊いた。

「どう思う？　功徳筆の仕業なのか？」

「まだ確定はできませんが、その可能性は高いかと。たとえそれが偽物だとしても、その筆を作った者はきっと四聖《しせい》にずいぶんと詳しい人でしょう」

「うーん」

趙雲瀾《チャオ・ユンラン》は顎《あご》をさする。

「なにか問題でも？」

趙雲瀾《チャオ・ユンラン》が答えようとした時、一体の白骨傀儡《はっこつかいらい》がふいに所長室の窓の外に現れた。

趙雲瀾《チャオ・ユンラン》は窓を開け、傀儡を中に入れた。その傀儡はまず頭蓋骨を下げ、奇妙な姿勢で趙雲瀾《チャオ・ユンラン》にお辞儀したあと、沈巍《シェン・ウェイ》の横へ歩いていき、一枚の一筆箋《いっぴっせん》になってゆらゆらと沈巍《シェン・ウェイ》の手のひらに落ちた。

趙雲瀾《チャオ・ユンラン》は窓際に立って、薄ぼんやりとした夜空を眺めると、その瞬間、なぜか深い闇から誰かに見つめられているような奇妙な感覚を覚えた。

沈巍《シェン・ウェイ》はその一筆箋をさらりと見て、やや険しい表情を浮かべた。

「なにかあったのか？」

趙雲瀾《チャオ・ユンラン》は訊いた。

「うん。少し急用ができました。もう行かないと」

沈巍《シェン・ウェイ》は体の向きを変えると、温和で上品な大学教授から全身に冷気を纏《まと》う斬魂使に一変し、慌ただしく

窓のほうへ歩きながら、

「彼が言っていた西梅村《シーメイ》に、決して一人で行ってはいけません。なにがあっても、私が帰ってくるまで待ちなさい」と趙雲瀾《チャオ・ユンラン》に言い聞かせた。

だが、趙雲瀾《チャオ・ユンラン》は返さなかった。

沈巍《シェン・ウェイ》が振り返ると、趙雲瀾《チャオ・ユンラン》はのんびりと壁に凭《もた》れかかり、冗談半分で文句を垂れる。

「困ったな。大人《たいじん》がやっと俺を相手にしてくれるようになったから、今日は一夜をともにできると思ってたのに。欲求不満と一人寝の二重苦、はあ、明日はぼんやり眠い一日になりそうだな」

「……」

沈巍《シェン・ウェイ》は絶句し、黙って窓を通り抜けると、黒い霧の中に入り、姿を消した。

趙雲瀾《チャオ・ユンラン》はタバコを一本取り出して口にくわえ、吹き出した煙に包まれながらなにかを考え込むようにしばらく黙ったあと、沈巍《シェン・ウェイ》はもう遠くへ行っただろうと思い、机の引き出しを開けた。ズボンの下に隠した拳銃に弾丸を装填《そうてん》し、黄色い御札がぎっしり詰まった札入れを取り出した。

「よりによってこんな時に急用ができるなんて」

彼はタバコを消し、あざ笑った。

「俺が西梅村《シーメイ》に行かないと、せっかく君を余所《よそ》へ呼び出してくれた誰かさんの『厚意』をむだにしちゃうだろ」

❖

趙雲瀾《チャオ・ユンラン》はコートを羽織り、車を出して龍城《ロンチェン》を後にし、真っ直ぐ西梅村《シーメイ》に向かった。

夜道は空いているため、二時間もかからないうちに、趙雲瀾《チャオ・ユンラン》は王向陽《ワン・シャンヤン》が言っていた西梅村《シーメイ》に着いた。郊外は非常に静かで、たまに犬の鳴き声が聞こえるだけだった。車で西梅村《シーメイ》を一周すると、西の入り口で幹の太さが一抱えもありそうな槐《えんじゅ》の木の群れを見つけた。

車を降りた趙雲瀾《チャオ・ユンラン》は木の群れを何周か回ると、ようやくその風変わりさに気付いた――大昔、妖族が存亡に関わる大災禍に遭った時も、このような陣を敷いたらしい。

槐の木で北斗七星の形を作り、柄杓《ひしゃく》のへこむところで陰の気を集め、柄杓の柄《え》が極楽世界のある西方位を向くようにする。これは陰陽の両界を繋ぐための陣法《じんぽう》だ。陰の気がある程度まで溜まると、陣法の主眼、すなわち陰の世界への入り口を見つけることができるらしい。

そして折よく、向かいの山はなにより陰の気が溜まりやすい墓群となっている。

寒々とした荒れ山に、土墳がまんべんなく広がっていた。

十二

沈巍《シェン・ウェイ》が受け取った一筆箋《いっぴつせん》には「大封《だいふう》に異変あり、至急お戻りくださいませ」という一行が書かれていた。

それを受け取り直《ただ》ちに特別調査所を後にした沈巍《シェン・ウェイ》が慌ただしく黄泉《よみ》に向かい、三途の川に潜ると、そこを彷徨《さまよ》う亡霊の群れは大波に打たれて広がった浮き草のように両側へ分かれていった。

どのくらい経ったか、沈巍《シェン・ウェイ》は底へ向かって潜り続け、やがて三途の川の底が見えてきた。水深が深まるにつれ、彼の周りに纏《まと》わりつく黒いガスはますます濃くなり、さらに深いところへ沈むと、水すらなくなった。辺り一面は漆黒の闇に包まれ、しんと静まり返っている。そこを歩いていると、すぐに時間感覚も空間感覚もなくなり、この世にはもう自分一人しかいなくなったような、このうえない寂寥感《せきりょうかん》に襲われてしまう。来た道も行く道も見えず、とても寒く感じる。

そこは黄泉よりも千尺下にある。なにも見えず、なにも聞こえず、匂いも味も分からず、なにも感じ取れない「虚無の地」であり、幽冥《ゆうめい》の最奥を封印する「大封」の在り処《か》でもある。その時、辺り一帯を包む静寂の闇の中から血腥《ちなまぐさ》くて暴虐な空気が湧き上がってきた。何者かがそこに押し入ってきたようだ。

沈巍《シェン・ウェイ》は片膝をつき、片手で地面を押さえ、

「出てこい！」と一喝した。

すると、七、八匹の幽畜《ゆうちく》が彼を囲んで、咆哮《ほうこう》しながら飛びついてきた。

「身のほど知らずが」

沈巍《シェン・ウェイ》が呟《つぶや》いた。

幽畜が大封の外に現れたのは、趙雲瀾《チャオ・ユンラン》が「陰兵斬《いんぺいざん》」を発動したことに関係しているかもしれない。自分が「陰兵斬」で呼び出した「陰兵」は通常の「陰兵」ではないことを趙雲瀾《チャオ・ユンラン》は知らなかった——俗に言う「陰兵」は、冥府に管轄されている小さな地縛霊《じばくれい》にすぎない。生前は凡人で、死後もごく僅《わず》かな霊力しか持たないゆえ、「天地の人や神を問わず、皆殺す」という傲慢極まりない召喚に応じられるはずがない……。

趙雲瀾《チャオ・ユンラン》が陰兵斬で招き寄せたのは、黄泉より深く、地獄より暗く光すら差し込まない無光《むこう》の地から生まれたものだ——「無光《むこう》の地に、大不敬《だいふけい》の獄あり」というのはまさにそこのことだ。

太古の昔、盤古《ばんこ》[14]が天地を切り拓いた時、この世は清と濁に二分され、澄んだ側は天となり、濁った側は大地となったという。その時初めて混沌の状態が破られ、万物に秩序が与えられた。大地に溜まっている濁ったものが何万年何億年もの間沈殿し続けた末、世の中には天と地の他に穢《けが》れの隠れ処もできたのだ。女媧《じょか》[15]が泥をこねて人間を造っていた時、焦ってしまい、地下の穢れがまだ完全に沈殿していないうちに、それが混ざった泥を使って人間を造ったため、人間という種族は生まれながらにして原罪を持っている。ここは人族の生まれつきの暴虐さと破壊欲の源である。

聖人はこの光が一本すら差し込んでこない「無光の地」を「大不敬」と呼び、強制的に世界から隔離して封印した。これがいわゆる「大封」の由来である。

あれらの「陰兵」は大封の奥から生まれたもので、元々形がなく、鎧《よろい》やら白骨化《はっこつか》した戦馬やらは、施術者が勝手に作り上げた幻想にすぎない。趙雲瀾《チャオ・ユンラン》に血と鉄を媒体として呼び出されていなかったら、たとえ地上まで這《は》い上がれたとしても、人々の目には単なる「幽畜」にしか映らなかっただろう。

陰兵斬は極めて危険な邪術であり、施術者が少しでも気を抜くと逆に自分に跳ね返ってくる。趙雲瀾《チャオ・ユンラン》は軽率に陰兵を召喚しておいて、それでも無事に身を引けたのは、彼が天分に恵まれているからではあるが、運がよかったからでもある。

14 訳注：「盤古」とは天地を開闢した神。盤古ののちに三皇が生まれる。『五運歴年記』によれば、盤古が臨終を迎えたとき、左目が太陽、右目が月、四肢五体が四極、五岳となるなど、その身体からあらゆるものが生じたという。

15 訳注：「女媧」とは三皇の一人。人類を創造した女神。人の頭に蛇の身体をしているという。他の神と共同で人類をつくったという説のほか、『風俗通義』には黄土をまるめて人をつくっていたが、力を費やす暇がなかったので、組紐を泥の中で引き回し、それを引き上げて人をつくったという説がある。『淮南子』によれば、四極（天を支える四隅の柱）が崩れた際、五色の石を錬って蒼天を補修し、鼇（おおがめ）の足を切って四極を立て直したという。

あの時、沈巍《シェン・ウェイ》が病棟の外で見張っていたから、「陰兵」たちはあまり出過ぎた真似《まね》をしてこなかったのだ。

だが、トラブルメーカーの趙雲瀾《チャオ・ユンラン》が勝手に陰兵斬を発動したことで、元々崩壊寸前だった大封は傷口に塩を塗られてしまった。目の前の幽畜が大封から逃げ出したのもその「後遺症」の一つである。

沈巍《シェン・ウェイ》は自分を取り囲む怖いもの知らずの幽畜をテキパキと片付け、大封の中心部へ飛んでいった。

かつてここに封印されていた混沌鬼王《こんとんきおう》はすでに脱出してしまい、我が物顔で世にのさばっている。混沌鬼王の後について人間界に逃げ出す幽畜が増えるばかりだ。大封の裂け目は今も広がりつつある。沈巍《シェン・ウェイ》は片膝をつき、封印の呪文を小さく唱え、緩んだ封印を一時的に強化した。すると、周りで起こっていた騒動は徐々に収まっていったが、彼はいっそう重苦しい表情を浮かべた。今しがた取り戻したばかりの静けさを果たしてどこまで維持できるか分からないからだ。

❖

沈巍《シェン・ウェイ》が再び人間界に戻った時、夜が明けようとしていた。

趙雲瀾《チャオ・ユンラン》の部屋の前に降り立った沈巍《シェン・ウェイ》は、趙雲瀾《チャオ・ユンラン》が中で寝ているだろうと思い、足音を忍ばせて歩いていたが、部屋に入るなり、顔を曇らせた。一回手を振ると、部屋の電気が自動的についた——沈巍《シェン・ウェイ》はすぐに気が付いた。部屋の中に誰もいないのだ。

今朝自分が片付けた掛け布団はそのまま枕元に置いてあり、動かされたようには見えない。つまり、趙雲瀾《チャオ・ユンラン》はまだ部屋に戻っていないのだ！

光明通《グァンミンどお》り四号にて――。

「楚恕之《チュー・スージー》、何度も言ったでしょう。御札《おふだ》は使い終わったらちゃんとしまっておかないと。明日清掃員が来てもどう片付けたらいいか分からないでしょう」

汪徴《ワン・ジェン》は不満を零《こぼ》した。

「僕がやります。僕がやります」

と言いながら郭長城《グォ・チャンチェン》がすぐに走ってきた。

大慶《ダーチン》はなにも言わず捜査課事務室のあの「壁」の中に入った。中には別天地が広がっており、堅木の本棚がずらりと並んでいる。本棚は天井に届きそうなほど高く、古い梯子《はしご》が立て掛けてある。壁に嵌《は》められた大きな海龍珠《かいりゅうじゅ》[16]が放つ光は図書室の中を昼のように明るく照らしているが、光に弱い霊魂《れいこん》を傷つけるようなことはない。

本棚から古書の匂いが漂ってきて、年月が経つにつれますます濃厚になってきた墨の香気に、長い間日に当たっていない紙ならではのカビ臭さがあいまっている。

桑贊《サンザン》が来てから、図書室の整理は彼に任されている。ここに所蔵された本は繁体字のものもあれば簡体字のものもあるが、桑贊《サンザン》はほとんど読めないため、本の背と本棚に貼ってあるラベルを一冊ずつ丁寧に照らし合わせて確認するしかない。彼は作業の速度こそ遅いものの、とても真面目で、ミスをしたことはない。

彼にとって、これは生まれてこのかた、初めて尊厳を持って働ける仕事だ。家畜のように殴り叱られる奴隷としてでもなければ、愚直なほど忠実な者たちに仰ぎ慕われながらどうやってそんなやつらを潰すかしか考えていない偽首領としてでもない。好きな人と一緒に、静かに、自由に暮らす。これは彼が一生をかけて

16　訳注：言い伝えでは、「海龍珠」は海に棲む龍が顎下または口の中に持っている宝珠で、夜を明るく照らせるといわれる。

苦心しても手に入れられなかった生活だから、桑贊《サンザン》はこういう日々をとても大切にしている。

大慶《ダーチン》が図書室に入ってきたのを見て、桑贊《サンザン》は生真面目に挨拶をした。

「ロンニチハ、猫さん」

「ロンニチハ、どもりくん」

大慶《ダーチン》が彼の真似をして返すと、桑贊《サンザン》はぽかんとした顔を見せた――汪徴《ワン・ジェン》は上品なお嬢さんで、桑贊《サンザン》に悪口を教えるようなことはしないため、桑贊《サンザン》は聞き取れなかったのだ。

「ど、どもりくんはどういう意味ですか」

桑贊《サンザン》は真面目な顔で訊いた。

「『どもりくん』はつまり親友って意味」

大慶《ダーチン》はなにか心配事を抱えている様子で木製の本棚の上を歩きながら適当に返した。

桑贊《サンザン》は分かったというように頷《うなず》き、

「なるほど、ロンニチハ、猫どもりくん！」と親しみを込めて再び挨拶した。

「……」

大慶《ダーチン》はなにも返せなかった。

「猫どもりくん、にゃ……なにを探しているんでふか？」

「趙雲瀾《チャオ・ユンラン》、所長のやつは――この間借りた本を返してきたか？　どの本か見せてくれ」

大慶《ダーチン》は桑贊《サンザン》の目の前の本棚の上に伏して言った。

桑贊《サンザン》は外国語のリスニングテストを受けているみたいに、真剣に耳を澄ましてその言葉を聞いている。

大慶《ダーチン》に辛抱強く三回も繰り返してもらってからようやく大体の話を理解できた。大きな達成感を得た桑賛《サンザン》は満面の笑みでブックカートからまだ棚にしまっていない本を探し出した。

「こ、このボンです」

本の表紙は破れてしまい、角には零《こぼ》れたコーヒーの跡が残っている――どこのズボラがやったのか言うまでもない。薄暗い表紙に「魂書《こんしょ》」という二文字が書かれており、表紙の一部がちぎり取られ、ボロボロで傷だらけになっている。

大慶《ダーチン》は本棚からカートに飛び降り、前足でその本を広げたが、中は真っ白でなにも書かれていない。その中身を見るやいなや、大慶《ダーチン》は気が重くなってしまった。本が真っ白に見えるのは、自分の修行が足りないから読めないということなのだ。

なんらかの理由で、今の大慶《ダーチン》の霊力は全盛期の一割にも及ばず、人間の姿に変化《へんげ》することさえできず、ずっと猫の姿でいるしかない。しかし、なんと言っても数万年も生きてきた妖怪だから、凡人の趙雲瀾《チャオ・ユンラン》より霊力が弱いはずはないだろう。

(自分の修行が足りないというなら、趙雲瀾《チャオ・ユンラン》はどうして読めたのか?)

大慶《ダーチン》は前足でその古書を叩くと、無意識にそこをぐるぐる回り始め、焦っているように自分のしっぽを追いかけながら、

「この本は見たことないな。誰が持ってきたんだろう」と呟いた。

(いったい誰がこの本をここに置いたのか? なぜ、よりによって趙雲瀾《チャオ・ユンラン》に見つけ出されたのだろう?)

大慶《ダーチン》ですらこの本の出どころを知らないのなら、桑賛《サンザン》はもちろん知るわけがない。しばらく訝《いぶか》しげに見つ

め合うと、大慶《ダーチン》はゆっくりと顔を下げ、不安そうにカートから地面に飛び降りて外へ向かう。大好きな牛乳漬けジャーキーすら食べる気がなくなった。

今の趙雲瀾《チャオ・ユンラン》は毎日元気に過ごしており、衣食に困ることなく、たまに色に耽《ふけ》り、順風満帆な日々を送っている。黒猫は生まれつき怠惰なやつで、人間の悩み事なんて最初から理解できない。

今は主人が毎日楽しく過ごしていて、アホみたいに幸せでいてくれて、大慶《ダーチン》はとても満足している。これからもこれまで通りやっていけたらいいなと思っている。

しかし、果たして彼の望み通りになるのだろうか……。

❖

自宅に戻らなかった趙雲瀾《チャオ・ユンラン》は土墳が一面に広がる山の前に立ってコートをしっかり着込んだ。

輪廻晷《りんねき》の事件が起きたあと、斬魂使《ざんこんし》を尾行して李茜《リー・チェン》の家に行った時、彼は屋上で幽畜と斬魂使の会話を立ち聞きした。その時、あの幽畜がこちらを見て斬魂使にこう言っていた——。

「わざわざ彼をそちらに送ったのも、大人《たいじん》は本当に欲がないかどうかを……」と。

(あれはどういう意味なのか？

沈巍《シェン・ウェイ》は正体がバレるまえ、ずっと自分のことを避けていた。今思えば、彼が突然自分の前に現れたのも誰かに仕組まれたためだろう。

あの鬼面男の仕業なのか？

鬼面男は、いったいなぜあれこれ手を尽くして沈巍《シェン・ウェイ》を自分のところへ誘導しようとしてるんだ？　それに、冥府が送ってきた黒い手帳を使ってやっと沈巍《シェン・ウェイ》の正体を確認できたが、こうなるように冥府がわざとあの手帳を送ってきたのか？　そうであれば、それはまたなぜなんだろう？）

そう思っていると、趙雲瀾《チャオ・ユンラン》は自分の足元に巨大な渦が巻いているような気がした。渦の中には様々なものが入り乱れ、そこから無数の人が手を伸ばしてきて、自分を外へ押し出そうとしている者もいれば、中へ引っ張り込もうとする者もいる。みんなそれぞれの思惑を持っているようで、顔はいずれも靄《もや》がかかってよく見えない。

向こうの山を眺めてみると、中腹に鬼火が光っているのが見える。冷ややかな光を放っており、まるで闇の中で誰かが険悪な目つきで遠からず近すぎない距離で自分をじっと見つめているような気がする。趙雲瀾《チャオ・ユンラン》が足を止めると、鬼火も止まってしまう。彼を案内しているようにも、なにかの罠へ誘っているようにも思えた。

趙雲瀾《チャオ・ユンラン》は相手の望み通り、鬼火に導かれてゆっくりと西梅《シーメイ》村の外の土墳群に入った。

いつの間にか、辺り一帯に霧が立ち込めてきた。

ますます濃くなってきた霧で一メートル先のものも見えなくなっている。霧に包まれるなか、趙雲瀾《チャオ・ユンラン》は目の前で見え隠れする鬼火しか見えない。おまけに空気も湿ってきた。たまに顔に落ちてくるひと雫が非常に冷たかった。

誰かのため息がしばしば趙雲瀾《チャオ・ユンラン》の耳元に届いてくる。時に重く時に軽く、枯れた森の奥を幽霊が彷徨《さまよ》っているらしい。だが、趙雲瀾《チャオ・ユンラン》は脇目も振らず、ただ前へ進み続けていた――これらの幽霊は善行を積んでいるようには見えないが、大した悪事も働いていないのだろう。ただひたすら人間界を彷徨い続け、生前のことに執着して輪廻に入らない。一人ひとり誰もが泣いており、誰もが大きな悔しさを抱えているように見える。まるで濡れ衣を着せられたまま死んだかのように。

しかし、世の中に悔しいと思うことなく最期を迎えられる人など果たしてどのくらいいるのだろうか。

趙雲瀾《チャオ・ユンラン》はひたすら濃霧の中を歩き続けている。ダークグレーのコートを羽織った彼が歩くのに合わせて、コートの広い裾も靡《なび》いている。霧や墓から手を伸ばしてきた霊魂はその裾に触れると、思わず手を引っ込め、誰も趙雲瀾《チャオ・ユンラン》に近づこうとしない。

その時、土墳群の中にいる趙雲瀾《チャオ・ユンラン》は突然、四方八方から泣き声を聞いた。趙雲瀾《チャオ・ユンラン》が足を止め手のひらを広げると、事前に手に取っていた黄色い御札が下のほうから発火し勢いよく燃え出した。その瞬間、泣き声は突然金切り声に変わり、複数の朧《おぼろ》げな影が趙雲瀾《チャオ・ユンラン》から我れ先にと逃げるように離れていった。

御札の周りの空気も可燃ガスのように一気に燃え出し、まるで火の竜が趙雲瀾《チャオ・ユンラン》の手から飛び出してきたかのように見え、瞬く間に辺りに充満していた白い霧をきれいさっぱり払いのけた。

「悔しいのなら、十殿閻魔《じゅうでんえんま》[17]に訴えてくれ。俺の前で泣いても糞の役にも立たないぞ」

趙雲瀾《チャオ・ユンラン》は冷酷な表情を浮かべ、前を眺めてみると、先ほどまで道案内していたような鬼火はすでに消えていた。

水辺にいるかのように辺り一帯が涼しくなり、星空は洗われたように澄んでいる。

下弦の月が空にかかり、乾ききった冷たい風は刀のように彼の肌を掠《かす》める。趙雲瀾《チャオ・ユンラン》はマフラーを引っ張り上げ、顔の半分まで覆った。

17　訳注：「十殿閻魔」は「十王」とも呼ばれ、「十殿」という冥界の十の法廷を司り、亡者の審判を行なう十の王。「閻魔天」というインド仏教での冥界の王が中国に伝わり、中国固有の信仰と結びつき誕生したもの。

その時、横から物売りの呼び込みが聞こえてきた。その声は遠くに聞こえたり近くに聞こえたりする。

「下弦の月、野辺の墓、道案内の鬼火、嘆き悲しむ怨霊《おんりょう》。

風が森を吹き抜け、骨笛《ほねぶえ》が響き渡る。狐は人の皮を被り、魑魅魍魎《ちみもうりょう》が笑う。

このわしが計算してあげるから、君の耳を貸しておくれ。

生者の首を刈ってくれれば、それと引き換えに銀銭を授ける。

美人の肌を剥がしてくれれば、それと引き換えに黄金を授ける。

生後百日の赤ん坊の屍《しかばね》から油を一二キロ搾り取ってくれれば、後半生の栄耀栄華《えいようえいが》を約束しよう。

さらに人の三魂七魄を捧げてくれれば、塵《ちり》は塵に、土は土に、君が最期に安らかに土に還《かえ》れることを約束しよう……」

そのしわがれた声は爪を立ててガラスを引っ掻く音のように、聞く者の頭皮が痺れるほど不快なものだった。

十三

「前置きが長い悪役は死ぬのが早いらしいぞ」

趙雲瀾《チャオ・ユンラン》は冷ややかな口調で誰かの長台詞《ながぜりふ》を遮った。

森の中からカサカサと物音が響いてきた。その音はまるで誰かが小走りしているように聞こえる。趙雲瀾《チャオ・ユンラン》がライターの火をつけて高く持ち上げると、小さな炎の周りに光の輪がかかった。

勢いよく後ろを振り向いたが、素早く彼のそばを通り過ぎ、報葬鳥《ほうそうちょう》の鳴き声のような笑い声を残した背丈の低い影しか確認できなかった。

趙雲瀾《チャオ・ユンラン》は黄色い御札《おふだ》を手に持って静かに立っている。彼がその影の持ち主を警戒しているように、相手も趙雲瀾《チャオ・ユンラン》のことを憚《はばか》っているようで、周りを飛び回るばかりで決して近づこうとはしない。

突然、趙雲瀾《チャオ・ユンラン》の手から長い鞭《むち》が風を巻き起こしながら飛び出し、まったく予想外の角度からそいつの腰に巻きついた。

趙雲瀾《チャオ・ユンラン》が手首を返すと、鞭は勢いよく振り下ろされ、同時に縛られたそいつは喉にものが詰まったような悲鳴を上げた。よく見ると、その背丈が一メートル余りしかない「人」はすでに地面に投げつけられている。

その「人」は顔がしわだらけで、驚くほど飛び出た鼻が顔の半分を占めている。他の目や口や眉は場所を取られてしまい、鼻を囲むような形になってしまっている。一見して不吉な大鳥のように見える。豆ほどの大きさしかない目は濁り、白目の部分がほとんど見えない。人を見る時の視線は不気味で、突然笑い声を上げると、生えそろっていない黄色い牙がむき出しになった。

「何者だ」

趙雲瀾《チャオ・ユンラン》は軽くしゃがみ、少しの遠慮もなく訊いた。

「小僧、いい加減自分の身の丈を知れ」

鳥人は不気味な視線で彼をじっと見つめながら胴間声《どうまごえ》で返した。

趙雲瀾《チャオ・ユンラン》は思わず吹き出した。

「身の丈を知ってるなら、逆に教えてもらいたいな。お前の身長、いくつ？」

趙雲瀾《チャオ・ユンラン》はタバコを取り出して手首を少し動かし、パッケージからタバコをせり上がらせてくわえると、指でライターを何回か素早く回転させ、シュボッと点火した。微《かす》かな薄荷《ハッカ》の匂いが混じったタバコの煙にむせてしまい、鳥人は体を仰け反らせながら咳き込み始めた。

趙雲瀾《チャオ・ユンラン》は鎮魂鞭《ちんこんべん》のもう片側を握ったまま、鳥人を放そうとしない。

「さっき呼び売りしてたのはお前なのか？」

鳥人は鼻先でふんと笑い、

「そうだよ。なにかわしと交換したいものでも持ってるのかい？」と訊いた。

趙雲瀾《チャオ・ユンラン》は答えず、ただ目を細めた。

「人の三魂七魄を捧げてくれれば、功徳《くどく》を書き直し、最期安らかに土に還《かえ》らせるか。ってことは、功徳筆《くどくひっ》はお前が持ってるのか？」

鳥人も質問には答えず、毒蛇のように陰険《いんけん》で小さな目で趙雲瀾《チャオ・ユンラン》を見つめている。

趙雲瀾《チャオ・ユンラン》はタバコの灰を落とし、鳥人の襟を掴んで自分の目と同じ高さになるように持ち上げた。

「騙《だま》されないぞ！　幽冥四聖《ゆうめいしせい》を探ったらお前みたいな輩《やから》が出てくるなんて。たかがインチキ野郎が功徳筆を持ってるわけないだろ。吐きな。誰の差し金だ。偽の功徳筆を使って俺をここにおびき出せって指示したのは誰だ」

鳥人は思惑が暴かれても慌てることなく、ただ余裕そうな笑みを浮かべている。その陰険な笑みで鳥人はよりいっそう鳥っぽく見えてきた。

「君の手に負えない者だ」

鳥人はかすれた声で答えた。

「俺の手に負えない者は世の中に二人しかいない。一人は俺のおふくろ、もう一人は俺のかみさん。そのどちらかの指示で動いているとでも言うのか」

趙雲瀾《チャオ・ユンラン》は再び容赦なくそいつを地面に投げつけた。

「俺はそんな気が長くないんだ。殺されたくなかったらさっさと吐け！」

鳥人は意味深な目つきで彼に目をやり、しわがれた声でこう言った。

「西海の戌《じゅつ》の地、北海の亥《がい》の地に在《あ》り。岸から十三万里去《はな》れ、また弱水《じゃくすい》有《あ》り、周廻繞帀《しゅうかいにょうそう》……。閶闔《ちょうこう》を拝《あ》けば、天門《てんもん》に淪《はい》るなり。

（それは西海の西北西の方角、北海の北北西の方角にある。岸から十三万里離れ、また「弱水《じゃくすい》」という川があり、その周りを取り囲んでいる……。そこにある「閶闔《ちょうこう》」という門を開けば、「天門《てんもん》」に入れる）[18]

そこがどれほど立派な場所なのか、覚えていないのか？」

「覚えてない。子供の時から国語はいつも赤点だったから」

趙雲瀾《チャオ・ユンラン》は無表情で返した。

鳥人はせせら笑った。鞭に縛られたまま歪《いびつ》な上腕を辛うじて動かし、懐《ふところ》から小さな金色の鈴を取り出すと、

「じゃ、これも覚えていないのか？」と訊いた。

その鈴を見るなり、趙雲瀾《チャオ・ユンラン》は思わず鳥肌を立たせた。鈴はあの世と繋がれるものであり、鳴らすことで

18　訳注：「西海の戌の地、北海の亥の地に在り。岸から十三万里去れ、また弱水有り、周廻繞帀……」は「十洲三島」という仙境を記載した地理書『海内十洲記（かいないじゅうしゅうき）』における崑崙山に関する記述、「閶闔を排せば、天門に淪る」は前漢時代の思想書『淮南子（えなんじ）』における崑崙山に関する記述より。「西海」と「北海」は中国神話にある海。「戌の地」とは西北西の方角、「亥の地」とは北北西の方角。「弱水」とは中国神話で崑崙山を取り巻いて流れるとされる川。『淮南子』によると、「閶闔」の門に入れば、崑崙山に登れる。そして崑崙山にある「天門」に入れれば、天帝の宮殿に入れるという。

霊魂《れいこん》を招き寄せることができる。人間の頭上と両肩には通常三昧真火《さんまいしんか》が灯っていると言われるが、それは魂火《こんび》とも呼ばれ、趙雲瀾《チャオ・ユンラン》は生まれながらにして左肩の魂火を欠いているため、元々普通の人より三魂七魄が安定していない。それがゆえに、鈴を見たとたん、彼はすぐに鳥人の腕を踏み潰し、地面に落ちた鈴を拾い上げようとした。

しかし、確実に鈴に触れたものの、どんなに力を入れても持ち上げられなかった。手のひらほどしかない鈴はまるで千キロもあるかのように重く、手首が痛くなるまで試しても拾い上げられなかった。

ちび鳥人は大笑いした。

「あんなに立派だった方が……今は鈴一つすら持ち上げられないなんて、ハハハ、なんと愚かなことだ。やはりお前はただの凡人だ！」

ちび鳥人はそう言いながら踏み潰されて折れてしまった指だけで鈴を拾い上げた。

その時、妖気を帯びた風が突如巻き起こり、風に揺れた鈴はごく微《かす》かな音を立てた。すると、一塊《ひとかたまり》の大きな鬼火が趙雲瀾《チャオ・ユンラン》に向かって襲い掛かってきた。

神経を研ぎ澄ましていた趙雲瀾《チャオ・ユンラン》は咄嗟《とっさ》に鎮魂鞭を振るい、鬼火を掴んで脇に投げつけた。鬼火が木の梢《こずえ》に落ち、そのとたんに太さが一抱えもある大木の幹は干からび始め、瞬く間に精気を吸い取られ完全に枯れ木になってしまった。

続いて、吹き込んできた風とともに無数の鬼火が次々と飛んできた。趙雲瀾《チャオ・ユンラン》は立て続けに鞭を振るいながら、二十メートル余り後ずさった。

周りの土墳から白骨化《はっこつか》した手が伸びてきて、地底から這《は》い上がろうとしている。趙雲瀾《チャオ・ユンラン》に踏みつけられていたちび鳥人はふわりと宙に浮かび上がり、後ろには数多くの鬼火がぎっしりと並んでいる。その指に掛けられた小さな金鈴は風に靡《なび》きながら、聞こえるか聞こえないかくらいの小さな音を小刻みに出した。

すると、山全体に眠っている陰の気が一斉に目を覚ましたかのように、枯れた木の梢から白い霧が湧き上がってきた。木の上に巣を作っていた鴉《からす》は「カーッ」と長い鳴き声を上げ、果ての見えない深い夜空に向かって飛び出していく。月は真っ赤に変わり、その形はまるで縁が毛羽立っているかのように不気味に見える。

今夜はそんなに簡単にはけりをつけられないだろうと趙雲瀾《チャオ・ユンラン》は分かっている。君子危うきに近寄らず、趙雲瀾《チャオ・ユンラン》は森の外へ走りながらこう言った。

「いきなり殴ってくるのはないだろう。なぜわざわざ俺をここに誘《おび》き出したのか、まだ教えてもらってないじゃないか。ただ俺と殴り合いたいだけなんてそんな退屈な理由じゃないよね。俺はさ、普段はいつも事務所にいるから、体を全然鍛えていないんだ。だから殴り合いの喧嘩なんてまっぴらごめんだ。もっと紳士的な解決法を探しませんか」

趙雲瀾《チャオ・ユンラン》ときたら、先ほどは人の腕を容赦なく踏み潰しておいて、よくもまあ堂々と「世界平和」を求め始めたものだ。ちび鳥人はただ彼を見ながらせせら笑った。

鬼火に後ろから迫られ、背中に火がつきそうになるのを見て、趙雲瀾《チャオ・ユンラン》は素手で大木の枝を掴んで体を引き上げると、枝を掴んだまま宙返りをして再び地面に降りた。着地した瞬間、鬼火はちょうど彼の肌を掠《かす》めて前のほうへ突き進んでいった。

「白骨を蘇《よみがえ》らせられて鬼火も駆使できるか。ってことは——お前は鬼修《きしゅう》か？ それとも地仙《ちせん》[19]か？ 俺の知る限り、鬼修は陰の気の塊で、人間と接触して自分たちの体に陽の気が混ざったら困るから、いつも人と関

19 訳注：「地仙」とは地上にいる仙人。

わるのを避けている。人と関わって生前のことを思い出して、雑念に心を乗っ取られたら、せっかくの修行もご破算になるし。つまり、お前は鬼修のはずがない。もしかして冥府に務めているんですか。どの部署ですか」

「たかが冥府の野郎ごとき、あいつらに使役《しえき》されてたまるか！」

ちび鳥人は怒鳴った。

「なるほどね」

趙雲瀾《チャオ・ユンラン》は頷《うなず》いた。

「なら分かった。お前は妖族の者だろう。どの一族だ？」

二言三言でここまで当てられると、鳥人は自分の失言を悔やみ、すぐ口をつぐんだ。

趙雲瀾《チャオ・ユンラン》はなにかを企んでいるかのように目をぐるっと回し、その顔に微かにえくぼを浮かべた。

「言わなくても分かるぞ。その顔じゃ、『人の死を鳴き声で告げる』黒羽の鴉族だろう。今度お前らの長老にじっくり教えてもらわないといけないな。俺は日頃から妖族と仲良くやってきたつもりだ。まあ、兄弟のような仲とまでは言えないけど、お互いに気を遣ってやってきた。今日のこれはどういうつもりだ？」

ちび鴉はこれ以上趙雲瀾《チャオ・ユンラン》に探られ続けてはいけないと思い、突然手を挙げ金鈴を揺らした。すると、趙雲瀾《チャオ・ユンラン》は後ろに隠した両手を勢いよく前のほうに伸ばした——いつの間にか彼は自分の指先を噛みちぎり、血を使って横に並べた二枚の黄色い御札に複雑な模様を描いていた。それら二枚の御札にはそれぞれ半分ずつの模様が描かれており、御札を合わせると、ちょうど一つの完成図になる。

御札は静かに燃え出し、今はもう半分くらいしか残っていない。一枚は下端から天に向かって燃えていき、一枚は上端から地に向かって燃えていく。

趙雲瀾《チャオ・ユンラン》が急に手を放すと、落雷の轟音《ごうおん》とともに一匹の火竜が突如地面を破って飛んできた。天からの落雷と地からの火竜が繋がった瞬間、山全体が燃え出し黒い焦げが一気に広がっていった。無数の鬼火が巻き込まれ、ちび鴉の服の裾にも火がついた。

しかし、その醜いちび鴉は一歩も動こうとしない。矮小《わいしょう》な体躯《たいく》をしているものの、その瞬間だけは不細工な顔も凛々しく見えてきた。

その顔を見て趙雲瀾《チャオ・ユンラン》は思わず呆気《あっけ》に取られた。

人間に似ているような、鳥に似ているような顔のちび鴉は猛火に包まれるなか、体から黒い鴉の羽根を生やした。

痩せこけた歪な翼を広げると、羽根が炎に触れて燃え出してしまった。火焔《かえん》を背負っているその姿は哀れなほど醜い。ちび鴉は空に向かって長い鳴き声を上げると、猛炎《もうえん》に燃やされながらその体を黒い霧に変化させ、金鈴の中に潜り込んだ。

金鈴を包む炎は一気に色を変え、それはまるで十万本の強光が一箇所に凝縮されたように見える。趙雲瀾《チャオ・ユンラン》は即座に目を閉じたが、いかんせん手遅れだった——目に激痛が走るのを感じて、彼は腕で目を覆いなにも見えない状態で足早に退いていった。

それでも逃れられず、鈴の音が魂を奪い取りに来るような勢いで絶えず響いてくると、趙雲瀾《チャオ・ユンラン》は耳の中に錐《きり》が打ち込まれたような痛みを覚えた。

意識が朦朧《もうろう》としてきた時、山が崩れたような音が聞こえた。まるで空に繋がっている巨大な柱が折れてしまったような、重なり合った巨岩が高い山から転げ落ちてくるような音だった。その音は途絶える気配もなくごろごろ鳴り続け、天が崩れるのではないかと思うほど騒々しかった。

遠い空の果てから、誰かの一喝が響いてきたような気がした。

「崑崙《こんろん》——」と。

その声はまるで巨鐘《きょしょう》のようだった。

すると、無数の霞《かす》んだ光景が次々と趙雲瀾《チャオ・ユンラン》の脳裏に浮かび上がってきた。まだはっきりと見えていないが、誰かが背後に立っている気がした。

その人は彼らが争っているのをどのくらいこっそりと見ていたのか分からないが、漁夫《ぎょふ》の利を狙って趙雲瀾《チャオ・ユンラン》を攫《さら》おうとしているようで、突然彼の肩を掴んだ。趙雲瀾《チャオ・ユンラン》は眩暈《めまい》で頭がふらつくなか、斜め横へ一歩踏み出し、その人に鎮魂鞭を振るった。鞭は命中したようだったが、次の瞬間微かな音が聞こえると、鞭先から強い力が伝わってきた。その人は鞭先を掴んだまま趙雲瀾《チャオ・ユンラン》をそちらへ引っ張ろうとしているようだ。趙雲瀾《チャオ・ユンラン》は咄嗟に手を放し、鞭が奪われたことを惜しむ暇もなかった。彼の反応は遅いというわけでもなかったが、それでも相手にすぐそばまで詰め寄られた。

その人が幽霊のようにいつの間にか趙雲瀾《チャオ・ユンラン》のうなじ辺りに手を回した。すると、趙雲瀾《チャオ・ユンラン》は気を失い、なにも分からなくなってしまった。

その人は趙雲瀾《チャオ・ユンラン》の首の裏を叩いて気絶させたのだ。両手で気絶した趙雲瀾《チャオ・ユンラン》を受け止めた時、その顔が露《あら》わになった。趙雲瀾《チャオ・ユンラン》たちが山河錐《さんがすい》の祭壇の前で会った鬼面男だった。

鬼面男のマントの広い袖が地面の残り火に触れると、激しく燃えていた炎が一気に消え、雷鳴《らいめい》も収まった。

彼は軽々と趙雲瀾《チャオ・ユンラン》を支えながら孫悟空《そんごくう》の如意棒《にょいぼう》[20]くらいの重さがある小鈴を拾い上げ、それを指二本で摘まんでしげしげと見始めた。しばらくして、鬼面男は鼻先でふんと笑った。そして、金鈴を袖の中にしまうと、山を下りていった。

❖

趙雲瀾《チャオ・ユンラン》がマンションに帰っていないと気付いた沈巍《シェン・ウェイ》はすぐさま光明通《グァンミンどお》り四号に向かった。

しかし、事務室の電気はすべて消され、所内には真面目に働いている霊鬼《れいき》たちしか残っていない。沈巍《シェン・ウェイ》は気が気でなく、庭で何度も深く息を吸い、なんとか落ち着こうとすると、指折り占い[21]で趙雲瀾《チャオ・ユンラン》の居場所を探そうとした。

驚くことに、趙雲瀾《チャオ・ユンラン》は自分のほうに向かっていることが分かった。

沈巍《シェン・ウェイ》がふと振り返ると、見覚えのある者が空高く浮かんでいるのが見えた。いつも温和で穏やかな沈《シェン》教授は一瞬にして表情を豹変させ、斬魂刀《ざんこんとう》を抜いた。

鬼面男——混沌鬼王《こんとんきおう》は落ち着いて自分の顎《あご》を指している斬魂刀の刃先を摘まみ、微塵《みじん》も怯える様子なく、ただ風に吹かれて乱れた趙雲瀾《チャオ・ユンラン》の服を整え、軽く笑った。

「君に出会ったら、あの手この手で追いかけ回し、追い払っても離れようとしない。私に出会ったら、鞭をお見舞いしてくる。えこひいきもほどほどにしてほしいな」

20　訳注：「如意棒」とは『西遊記（さいゆうき）』の主人公孫悟空が使う、神珍鉄製で両端に金色の箍（たが）が嵌められた棒、全称は如意金箍棒。「如意金箍棒重さは一万三千五百斤（約八トン）」という銘がある。

21　訳注：左手の親指を人差し指、中指、薬指、小指の関節に当て、吉凶などを占う方法。

「放せ。そなたの汚い手で彼に触れるな」

沈巍《シェン・ウェイ》は喉から絞り出すように言った。

「汚い手？」

鬼面男はまた軽くせせら笑った。

「君の手は汚くないとでも言いたいのか」

沈巍《シェン・ウェイ》の顔に見る者が寒気立つような気配が滲《にじ》み出ている。

鬼面男が趙雲瀾《チャオ・ユンラン》を放り投げると、彼を傷つけないように沈巍《シェン・ウェイ》は即座に刀を下ろし、しっかりと彼を受け止めた。

「彼は無事だ。ただ誰かが彼の中に眠っている『あの方』を強引に呼び覚まそうとしてるみたいだ。それがなんのためなのか、思い当たらないのか？

冥府の野郎どもは最初から君を内輪の者だと思ってないんだ。誰こそが本当の味方なのか、関係のない他人のために自分の身を滅ぼすなんて割に合うのかよく考えてほしいんだ」

そこまで言うと、彼は趙雲瀾《チャオ・ユンラン》のほうに目をやった。

「君なら、手に入れたい人はそれが誰であろうと手に入れられるだろう。たとえそれが……だとしても、そんなに彼が傷つけられたり君から離れたりするのが耐えられないのか？　そこまで彼のことを求める必要があるのか？　そんな君を見ていると、同情したくなるよ」

「余計な心配をしてくれなくても結構だ」

沈巍《シェン・ウェイ》が冷たい口調で返すと、鬼面男はその仮面に不気味な笑みを浮かべた。

「いいだろう、後悔するんじゃないぞ」

言い終わると、彼は振り返り、広いマントの裾を高く翻《ひるがえ》しながら、一瞬で夜空に消えた。

十四

幸いなことに、趙雲瀾《チャオ・ユンラン》は何箇所かかすり傷ができただけで、大きな怪我はしていないようだ。そのうなじにできた赤い痕を見て、恐らく誰かの手刀を食らって気絶させられたのだろうと沈巍《シェン・ウェイ》はすぐに分かった。ほかに異常はなさそうだが、それでも沈巍《シェン・ウェイ》は居ても立ってても居られず、すぐにマンションに戻って趙雲瀾《チャオ・ユンラン》を寝かせ、彼が目覚めるまでベッドの横で見守ることにした。

ところが、趙雲瀾《チャオ・ユンラン》は翌日のお昼までぐっすり眠っていた。その間、電話が何度も鳴ったが、起きる気配は微塵《みじん》もなかった。日が南の空まで昇った頃、ようやく指を僅《わず》かに動かした。趙雲瀾《チャオ・ユンラン》がずっと目を覚まさないため焦りの色を隠せない沈巍《シェン・ウェイ》はすぐに彼の手を握った。

「雲瀾《ユンラン》？」

趙雲瀾《チャオ・ユンラン》は目を開けるまえに、首を傾けて痛がるようにうなじ辺りを押さえた。

「くそ、どの野郎が……」

まだ人を罵《ののし》る余裕があるのを見て、沈巍《シェン・ウェイ》がひとまず胸を撫で下ろすと、趙雲瀾《チャオ・ユンラン》は鼻にかかった声で彼を呼んだ。

「うん、どうしたんですか？」

沈巍《シェン・ウェイ》はすぐに返した。

趙雲瀾《チャオ・ユンラン》は呆けているようで、

「今何時？　もう遅いだろう。まだ寝ないのか？」とおかしな質問をしてきた。

その質問に沈巍《シェン・ウェイ》は呆気《あっけ》に取られ、耳を疑うように窓の外を眺めてみた。日はすでに高く昇っている。部屋の採光性もよいため、差し込んできた日差しが眩《まぶ》しく感じられるほど明るい。それでなにかに気付いた沈巍《シェン・ウェイ》は胸が締め付けられたように感じた。趙雲瀾《チャオ・ユンラン》の目の前に手を突き出し何度か振ってみたが、なんの反応もなかった。ただその目には微《かす》かに困惑の色が浮かび、焦点が合っていないように見える。

沈巍《シェン・ウェイ》が急に黙り込むと、趙雲瀾《チャオ・ユンラン》はすぐに彼の異変に気付き、無意識に頭を傾け耳を澄まし、

「沈巍《シェン・ウェイ》？」と呼んだ。

沈巍《シェン・ウェイ》が答えようとした時、趙雲瀾《チャオ・ユンラン》は突然顔の前で振られていた沈巍《シェン・ウェイ》の手を掴んだ。その手は磁器のように冷たかった。

趙雲瀾《チャオ・ユンラン》はしばらく黙ってから、

「そうか……。俺の目は見えなくなっているのか」と呟《つぶや》いた。

沈巍《シェン・ウェイ》は静かに拳を握り締め、なんとかして落ち着いた声を出して、

「すぐに病院に連れていきますから」とだけ言った。

❖

病院へ向かう道中、趙雲瀾《チャオ・ユンラン》はいつもと違ってずっと黙り込んでいた。なにを考えているのかも分からない。

車を降りて自分で歩く時だけ、たまに迷っているような表情を見せていた。

人間は突然視力を失うと、すぐには慣れることができないからだ。

趙雲瀾《チャオ・ユンラン》はどっちの足から踏み出せばいいのかすら分からなくなり、歩き出すとすぐに手を伸ばしてなにか体を支えられるものを探そうとする——沈巍《シェン・ウェイ》がずっと彼の手を握っているにもかかわらずだ。

鬼面男の手刀が重すぎたのか、趙雲瀾《チャオ・ユンラン》の顔色は相当悪く見える。その顔を見て、沈巍《シェン・ウェイ》の目つきはみるみる陰鬱《いんうつ》になり、体内の邪気が眉間《みけん》にも滲《にじ》み出てきた。病院の医者は恐る恐る彼の手から趙雲瀾《チャオ・ユンラン》を引き取り、沈巍《シェン・ウェイ》のことを映画に出てくるマフィアみたいだと思った。普段は慈悲《じひ》深く念仏を唱え、目立たないように生活しているが、いざとなると血も涙もない人斬りに豹変しそうなマフィアに見えたのだ。

趙雲瀾《チャオ・ユンラン》は一通り検査を受けたが、案の定、目にはなんの異常もなかった。外傷も病変もないが、なぜか見えない——医者も不思議そうにしている。様々な検査を受けたあげく、一時的な失明は心理的なものからくる場合もあるので、精神科に行ったほうがいいかもしれないと、医者に遠回しに匙《さじ》を投げられた。

ところが、ゴキブリのようにタフな趙雲瀾《チャオ・ユンラン》は、病院を出る頃には驚くべき速さで目が見えないことに慣れていた。手で目の前の空気を掴むと、

「もう暗くなってきたよね」と沈巍《シェン・ウェイ》に訊いた。

いつもより口数が減った趙雲瀾《チャオ・ユンラン》を見て沈巍《シェン・ウェイ》はずっと不安だった。せっかく話してくれたからにはこの機を逃すまいと、

「どうして分かったんですか」とすぐに訊き返して話を続けさせようとした。

「空気が湿っぽくて、肌寒くなってきたから、日が暮れたかなと」

沈巍《シェン・ウェイ》は車のドアを開け、片手で彼を支え、頭がぶつからないようにもう片方の手をドア枠の上部に当てた。

そして前屈みになってシートベルトを締めてあげた。体勢を戻そうとした時、趙雲瀾《チャオ・ユンラン》が笑っているのに気付いた。

「なにを笑っているのですか」

沈巍《シェン・ウェイ》は訊いた。

「いつか歳を取って認知症になったとしても、君がこうやって世話してくれたらいいな、なんて思っちゃって……」

沈巍《シェン・ウェイ》はその言葉に心を動かされたように、目つきがさっきよりだいぶ柔らかくなった。

「俺が万が一、誰が誰なのかも分からなくなって、君のことをお父さんって間違えて呼んだら、返事するなよ。分からないからといっていじめるのはダメだからな」

沈巍《シェン・ウェイ》は趙雲瀾《チャオ・ユンラン》のことが手に負えないというような顔で、

「君が本当にそうなってくれたらいいんですけど」と嘆いた。

「なんだと?」

趙雲瀾《チャオ・ユンラン》は驚いたふりをして、自分の襟を締め直し、

「そんな俺をどうしたいんだ?　監禁プレイするつもりか?」と訊いた。

「……」

沈巍《シェン・ウェイ》はまた趙雲瀾《チャオ・ユンラン》に絶句した。

趙雲瀾《チャオ・ユンラン》は突然視力を失ったせいで、一時的に内向型人間に変わったが、今はもう完全に復活したようだ。車に乗ったあと、手探りでシートの調節レバーを見つけ、シートを後ろへ倒したり、起こしたり、車内をあちこち触ったりし始めた。

「おや、今気付いたけど、助手席のシートがへこんでるじゃないか。普段ちゃんと見えていた時はなんで気付かなかったんだろう。こうやって考えれば、見えないっていうのもなかなか面白い体験だね。そうだ。都心に『闇の世界体験センター』っていう視覚障害者の日常生活を体験できるとこがあるの知ってるか？　チケットは四十元もするんだぞ。これで四十元節約できたね」

いかんせん沈巍《シエン・ウエイ》は彼のような楽観主義者ではなく、その冗談にはただ無理して口角を上げただけだった。

趙雲瀾《チャオ・ユンラン》のマンションの前に着くと、沈巍《シエン・ウエイ》は先に彼に降りてもらい、勝手に動かないように念を押した。しかし、駐車し終わって振り向いた時、趙雲瀾《チャオ・ユンラン》はすでに道端まで出て、直線の上を進むイメージで歩く練習をしていた。あと数歩で目の前の電柱にぶつかるところだった。

趙雲瀾《チャオ・ユンラン》が電柱にぶつかるまえに沈巍《シエン・ウエイ》が慌てて駆けつけ、お姫様だっこで一気に抱き上げた。なにも見えないいまま突然抱き上げられるのは実に刺激的で、趙雲瀾《チャオ・ユンラン》はずいぶんと喜んでいるような顔で口笛を吹いた。なんならもう一回してほしいようだ。

趙雲瀾《チャオ・ユンラン》を下ろすと、沈巍《シエン・ウエイ》は彼の二の腕を叩いて、その前にしゃがみ込んだ。

「前に階段があるからおんぶしますよ」

趙雲瀾《チャオ・ユンラン》はただ笑いながら横に立って、それとはなしに沈巍《シエン・ウエイ》の背中を触っている。

「なに笑っているんですか？　早く乗りなさい」

沈巍《シエン・ウエイ》は優しく促した。

趙雲瀾《チャオ・ユンラン》は手探りで沈巍《シエン・ウエイ》の手を掴むと、俯《うつむ》いてその手の甲にキスした。

「君におんぶしてもらうなんて、できるわけないだろう。こんなに重いのに、腰を痛めたらどうするんだ」

言い終わると、趙雲瀾《チャオ・ユンラン》はゆっくりと前へ歩いていった。歩き方はとても自然で、階段に上るまえに軽く最初の段を蹴って位置を確認していなければ、視力が回復したかと勘違いするほどだった。

彼は焦らず緩まず階段を上っていき、一歩ずつほぼ等間隔で足を運んでいく。エレベーターの前まで進むと、ボタン辺りを探るように触れながら正確に上行きのボタンを押した。そして沈巍《シェン・ウェイ》のほうに体を向け、彼が来るのを待っている。

沈巍《シェン・ウェイ》はわざといつもより大きな足音を出して歩いてきた。

「どうやってエレベーターの場所が分かったのですか？」

「俺のように眼力が鋭い人間は自分が住んでるとこの構造くらい把握してるんだよ。階段は何段あるか、入り口からエレベーターまで何歩あるか、見えなくても分かる」

趙雲瀾《チャオ・ユンラン》は臆面もなく大言を吐いた。

明らかにうそぶいているのだ――雑な生き方しかしてこなかった趙雲瀾《チャオ・ユンラン》は部屋の中を引っ掻き回さないと、カップやスリッパがどこにしまってあるのかも分からない。なのに、階段が何段あるかなど分かるわけがない。きっと午後病院に連れていかれた時に覚えたのだろうと沈巍《シェン・ウェイ》は気付いている。こんな性格だからか、どんなことが起きても趙雲瀾《チャオ・ユンラン》は「どうってことない」というような態度で臨むことができる。それがゆえに、時には本当になにか深刻な事態に陥ったとしても、周りの人はつい彼の態度に騙《だま》され、「たぶんなんとかなるのだろう」と思ってしまう。

趙雲瀾《チャオ・ユンラン》がゆったりと部屋のドアを開けて中に入ろうとすると、足元から誰かの声が聞こえた。

「よくも俺様のしっぽを踏んだな。殺してやる」と。

「大慶《ダーチン》？」

趙雲瀾《チャオ・ユンラン》は驚いて、しゃがんで手探りで大慶《ダーチン》を探そうとした。

大慶《ダーチン》はすぐにその異変に気付き、腕伝いに趙雲瀾《チャオ・ユンラン》の体に上った。

「その目、どうしたんだ?」

趙雲瀾《チャオ・ユンラン》は手探りで部屋に入ろうとしながら、

「『技能封印』を掛けられたみたいなもんだ」

となにかのゲームをしているような、気にもしていないといった口調で返した。

「気を付けて」

その時、沈巍《シェン・ウェイ》が突然趙雲瀾《チャオ・ユンラン》の腕を引っ張って止めた。趙雲瀾《チャオ・ユンラン》はドア枠にぶつかる一歩手前だったのだ。

大慶《ダーチン》は驚いて、趙雲瀾《チャオ・ユンラン》の体から降りたソファーに飛び上がり、

「どういうことだ!」と怒鳴りながら、責める気があるような、ないような視線で沈巍《シェン・ウェイ》を一瞥《いちべつ》した。問い詰めてやりたいと言わんばかりの表情だった。

「私が悪いんです」

沈巍《シェン・ウェイ》は直《ただ》ちに言った。

それを聞いて趙雲瀾《チャオ・ユンラン》は笑っていいやら嘆いていいやら分からない顔を見せ、

「なんで謝るんだ」と言った。

そして手を前へ出して大慶《ダーチン》を探そうとしたが、そこに大慶《ダーチン》はいなかった。止まっているその手を見て、大慶《ダーチン》は不機嫌顔のまま「かわいそうだから、付き合ってやるよ」というような表情を作って、趙雲瀾《チャオ・ユンラン》に近づき手のひらにスリスリした。

趙雲瀾《チャオ・ユンラン》は笑みを浮かべ、

「心配しないで。禍福《かふく》は糾《あざな》える縄の如し。悪いことが起こっても次はいいことが起こるかもしれないぞ」

と意味不明な一言を呟いた。

そう言って趙雲瀾《チャオ・ユンラン》は手探りでソファーに座り込み、ポケットからタバコを取り出し横柄な態度で大慶《ダーチン》のほうに手を振る。

「目が見えないから、火をつけてくれ！」

「……」

大慶《ダーチン》は黙って体をモコモコの毛糸玉のように丸め、そっぽを向いてまったく趙雲瀾《チャオ・ユンラン》を相手にしない。

沈巍《シェン・ウェイ》は彼の手を握り、タバコに火をつけ、灰皿を彼の手元に置いた。

「昨日の夜、鴉《からす》族の輩《やから》に会ったんだ」

趙雲瀾《チャオ・ユンラン》は少し考えたあと、昨夜のことをおおむね話した。

「あいつは……えっと、西海のどこどこ、北海のどこどこに、岸からどのくらい離れたとこになにかがあるとか話してた。よく分からないけど、たぶんなにかの山の話をしてたと思う」

その話を聞いて大慶《ダーチン》はわけが分からないというような顔を浮かべたが、沈巍《シェン・ウェイ》はなにかに気付いたようだ。

続けて厳しい表情で、

「そんな話より、どうして目を怪我したんですか」と訊いた。

「本当に情けないけど……」

趙雲瀾《チャオ・ユンラン》は手を振りながら嘆声《たんせい》を漏らし、

「あの変な鈴のせいだよ」と続けた。

大慶《ダーチン》は突然立ち上がり、

「どんな鈴？」と訊いた。

「ここにあります」

沈巍《シェン・ウェイ》が口を挟み、埃《ほこり》だらけの小さな金鈴を取り出した。

「これですよね？」

その金鈴を見て、大慶《ダーチン》は一気に瞳孔を収縮させた。

「どうしてお前のとこに？」

沈巍《シェン・ウェイ》が答えるまえに、

「それはいったいなんなんだ」と趙雲瀾《チャオ・ユンラン》が訊いた。

大慶《ダーチン》は沈巍《シェン・ウェイ》の手を何周か回ると、その小さな鈴をしばらくの間じっと見つめ、突然低い声で、

「これは俺のだ」

と言った。


「俺の……一人目の主人が」

大慶《ダーチン》は趙雲瀾《チャオ・ユンラン》に目をやると、

「つけてくれたんだ。数百年まえに不意な出来事でなくしちゃったが」と続けた。

趙雲瀾《チャオ・ユンラン》は手を伸ばし、

「見せてくれ」と言った。

沈巍《シェン・ウェイ》は渡さず、かえって鈴を持つ手を引っ込め、

「君には重すぎるかもしれません……」と返した。

趙雲瀾《チャオ・ユンラン》も昨夜のことを思い出し、鬱々《うつうつ》とタバコの輪っかを吐き出した。

大慶《ダーチン》は口で沈巍《シェン・ウェイ》の手から鈴をくわえ、なにも言わずに窓から飛び降りていった。いつも大らかで心身とも

に健やかな大慶《ダーチン》がこんなふうになにか心配事を抱えているように見えるのは実に珍しい。

「大慶《ダーチン》？」

趙雲瀾《チャオ・ユンラン》は耳をそばだてた。

「もう出ていきました」

沈巍《シェン・ウェイ》は窓を閉めると、趙雲瀾《チャオ・ユンラン》に近づき、彼の目尻をゆっくりと撫でながら、

「なんとしても必ず治してあげますから」と言った。

趙雲瀾《チャオ・ユンラン》はなにを思いついたか、突然笑みを零《こぼ》した。

「そんなに焦らなくてもいいのに」

まともな言葉は続かないだろうと沈巍《シェン・ウェイ》が思っていると、案の定、趙雲瀾《チャオ・ユンラン》は視力を失っても沈巍《シェン・ウェイ》をからかって面白がることに相変わらず熱心だった。

「見えなくて不便だからさ、今夜は体を洗ってくれる？」

趙雲瀾《チャオ・ユンラン》は甘えた口調で訊いた。

沈巍《シェン・ウェイ》はいつの間にか自分の臀部《でんぶ》までたどり着いていたスケベ雲瀾《ユンラン》の手を力強く振り払い、黙ってキッチンに入った。

趙雲瀾《チャオ・ユンラン》は笑みを消し、目をつむってソファーに凭《もた》れかかって休むと、キッチンから伝わってくる調理の音を聞きながら、闇の中で普段では得難い安らぎを感じた。彼はこの瞬間を楽しんでいるようで、体の力も少しずつ抜けていく。不思議なことに、視力を失ったうえに、目も開けていないにもかかわらず、力が抜けていくにつれ目の前になにかの影が微かに見えてきた。

しかし、ふと目を開けてみると、依然としてなにも見えず、さっきの奇妙な影も消えてしまった。

趙雲瀾《チャオ・ユンラン》は心を落ち着かせて再び目をつむった。今度はゆっくりと呼吸を数えながら雑念を払い、体内の精気を外に逃さないように集中すると、しばらく経ってまたあの影が現れた。自分の左側に緑色のなにかが置いてあるのが見える。そのなにかはぼんやりとした光を放っている。非常に淡いが、流れるようなその光は特異な美しさを湛《たた》え、生気に満ち溢《あふ》れているように見える。そして……見覚えのある形をしている。

趙雲瀾《チャオ・ユンラン》は思い出した。自分の左側には窓があり、先日友達からもらった鉢植えをそこに置いたのだ。

これは……伝説の「天目《てんもく》」なのか？

「天目」は「天眼《てんがん》」とも呼ばれ、民間ではよく「陰陽眼《いんようがん》」と混同されるが、実際はまったくの別物である。言い伝えでは、天目は魂魄《こんぱく》の眼とされている。魂魄は体躯《たいく》に付着し、人間の肉体の中に閉じ込められているものであり、二郎神《じろうしん》[22]のように生まれながら第三の眼を持っている者を除き、普通の人間の天目はいずれも閉じているのだ。

まさか視力を失った代わりに、天目を開くことができるなど趙雲瀾《チャオ・ユンラン》は思いもしなかった。これぞまさに禍福《かふく》は糾《あざな》える縄の如しということではないか。

趙雲瀾《チャオ・ユンラン》は眉間に精気を集中させてみると、周辺に置いてあるものがますますはっきりと見えるようになってきた。まずは窓辺に置いてある花、ソファーに付いている猫の毛、本棚に置いてある古書……そして壁に掛けられた古い絵。

どうやら天目では命のあるもの、あるいは霊気のあるものしか見えないようだ。ソファーやテーブルなどの霊気のない工業製品は依然として見えない。

22　訳注：「二郎神」とはは治水の神。「灌口二郎（かんこうじろう）」として廟に祀られたり、『西遊記』などの小説に登場する。本文の「二郎神」は、民間で灌口二郎と見なされているうちの一人・楊戩（ようせん）のことで、『董永沈香合集』所収の「沈香救母雌雄剣」によれば、目が三つあるという。

趙雲瀾《チャオ・ユンラン》は俯いて自分の体を見てみた。白い光が体の中に流れており、右肩の上には炎球が一つあり、鮮やかな光を湛えているが、左肩の上にはなにもない。その炎球はいわゆる魂火《こんび》というやつであろう。

なぜかその魂火の光に見覚えがあるような気がする……。なんとなくどこかで見たことがあるような。

その時、趙雲瀾《チャオ・ユンラン》は急になにかを思い出し、立ち上がった。膝がテーブルに強くぶつかってしまったが、痛いとも言わず、すぐに手探りでキッチンに入ろうとする。キッチンの中から野菜を切る音が聞こえるが、沈巍《シェン・ウェイ》の姿はよく見えない。沈巍《シェン・ウェイ》は闇の中に完全に融け込んでいるからだ。いや、むしろ沈巍《シェン・ウェイ》は闇よりも暗く見える……。その首に掛かった小さなペンダントだけが光っており、中には自分の右肩の炎球と同じような火が閉じ込められている。

十五

キッチンで白菜を切っていた沈巍《シェン・ウェイ》は物音に気付くと、趙雲瀾《チャオ・ユンラン》のほうに目をやった。

「散らかっているから入らないでください」

趙雲瀾《チャオ・ユンラン》は沈巍《シェン・ウェイ》の話を聞き流し、その声をたどって慎重に足を進めながら中に入ると、ゆっくりと手を伸ばし、背後から沈巍《シェン・ウェイ》を抱き締めた。そして顎《あご》を沈巍《シェン・ウェイ》の肩に乗せ、目を閉じた。開いたばかりの天目《てんもく》でまな板を見てみたが、白菜は根を切られて冷凍庫に入れられていたため、すでに生気を失い、趙雲瀾《チャオ・ユンラン》にはなにも見えず、淡い野菜の汁の匂いしか分からなかった。

彼は沈巍《シェン・ウェイ》の肩に顔を乗せたまま俯《うつむ》き、その体をさらにぎゅっと抱き締めた。

すると、漆黒の体が抱き締められた瞬間、心臓から血のように鮮やかな赤色が溢《あふ》れ出したのが見えた。沸騰するマグマのように、瞬く間に沈巍《シェン・ウェイ》の全身へ広がっていった。そして、真っ黒だった視界に沈巍《シェン・ウェイ》のすらりとした美しい体の輪郭が現れた。

まるで生気のないその体に突如命が吹き込まれたかのように。

その光景を目の当たりにした趙雲瀾《チャオ・ユンラン》はしばらく黙り込んだあと、なにもなかったかのように沈巍《シェン・ウェイ》に文句を言う。

「なにを切ってるんだ？　野菜は嫌いだぞ。俺は肉がいいんだ。ウサギじゃあるまいし、怪我人なんだからもっとうまいもんを作ってくれよ」

沈巍《シェン・ウェイ》がそんな彼を甘やかすように笑い、隣の小鍋の蓋を開けると、肉の香りが一気に溢れ出てきた。

「食べものの好き嫌いはよくないですよ」

沈巍《シェン・ウェイ》がその言葉を口にした時、体内で燃えている炎がゆっくりと淡い色に変わっていった。素早く流れていた鮮やかな赤色は橙色《だいだい》がかった赤に変わり、とても温かく見える——まるで夜が明けた時最初に見る朝日のような色だった。

沈巍《シェン・ウェイ》は抵抗もせず抱き締められたまま料理を作り、趙雲瀾《チャオ・ユンラン》は彼の動きに合わせて体を左右に揺らし、包丁がまな板に当たる音を聞いている。趙雲瀾《チャオ・ユンラン》の瞳は黒く見えるが、目つきが暗いというわけではない。ただ視線を下に向ける時、言葉では説明できない重苦しさを漂わせている。

趙雲瀾《チャオ・ユンラン》はしばらく黙ったあと、いきなり沈巍《シェン・ウェイ》の顔に近づき、

「俺のこと、カッコいいと思う？」と耳元で訊いた。

沈巍《シェン・ウェイ》は一瞬手を止めた。

「用がないなら、邪魔しないであっちへ行きなさい」

「用があるんだよ」

趙雲瀾《チャオ・ユンラン》は咳払いをして改めて訊く。

「沈巍《シェン・ウェイ》さん、聞かせてくれ。君の隣に立つこの思想の巨人、公安事業の先鋒、自分より他人を優先する国民の奉仕者のこと、カッコいいと思わないか？」

沈巍《シェン・ウェイ》はしばらく無言になったあと、微《かす》かな笑みを浮かべ俯いて野菜を千切りにした。極めて簡単な作業だが、ずいぶんと楽しんでいるように見える。彼は脇目も振らず野菜を切ることに集中しながらこう言った。

「君がカッコよくても、カッコ悪くても、どちらでもいいです。私はそういうことを気にしませんから。君が粗野な男だったとしても、ハゲ頭でも短足でも、どんなに不細工な男だったとしても、私の中では君が君であることに変わりはありません」と。

「いきなりそんなに褒めてくれて、俺にプロポーズでもするつもり？」

家には彼ら二人しかいないが、キッチンでベタベタすることを沈巍《シェン・ウェイ》はやはり恥ずかしく思っているようで、肩で趙雲瀾《チャオ・ユンラン》を突いた。

「もうあっちへ行きなさい。野菜炒めを作るから外で待っていてくれませんか」

趙雲瀾《チャオ・ユンラン》が従順に言うことを聞いて手を放して一歩下がると、シンクの冷たい金属壁に当たった。

「俺を騙《だま》したりしないよね？」

趙雲瀾《チャオ・ユンラン》がさりげなく訊くと、彼に背を向けた沈巍《シェン・ウェイ》は思わず立ち尽くしてしまった。

「しないよね？」

趙雲瀾《チャオ・ユンラン》は再び訊いた。

ところが、沈巍《シェン・ウェイ》は依然として振り向かない。しばらく経つと、

「君を騙すようなことはしません。君を傷つけるようなことも永遠にしません」と低く返した。

趙雲瀾《チャオ・ユンラン》は天目で沈巍《シェン・ウェイ》の後ろ姿を見つめ、自分の二言三言で彼の体内に輝いていた光が燃え尽きた花火のように少しずつ暗くなっていくのを見て、なぜか悲しみが胸にこみ上げてきた。そんな気持ちを抱えながら趙雲瀾《チャオ・ユンラン》は思わず、

「うん、分かった。君を信じる」と返した。

沈巍《シェン・ウェイ》は急に振り返り、

「こうして言っただけで、信じてくれるのですか？」と訊いた。

「君が言ったことなら信じるよ」

趙雲瀾《チャオ・ユンラン》は笑みを浮かべながら返した。

言い終わると、沈巍《シェン・ウェイ》の体内で広がったり縮まったりする炎の光が見るに忍びないと思い、いっそのこと沈巍《シェン・ウェイ》に背を向け、見ないようにした。まるでさっきの話はただの無駄口だったと言わんばかりにキッチンの収納棚を一つずつ触りながら、

「俺のビーフジャーキーは？　ここにあるはずなんだけど……」と呟《つぶや》いた。

慌てて話題を逸らしてビーフジャーキーを探そうとすると、コーナーに置かれたプラスチックのほうきを倒して踏んでしまい、危うく転んでしまうところだった。

沈巍《シェン・ウェイ》は趙雲瀾《チャオ・ユンラン》を引っ張りたかったが、手が白菜の汁で汚れているため、彼の服を汚さないように腕を伸ばして肘で支えようとした。ところが趙雲瀾《チャオ・ユンラン》は背中から体丸ごと沈巍《シェン・ウェイ》の懐《ふところ》にぶつかってきた。このマンション自体はそんなに広くなく、キッチンも狭いため一人で料理するにはちょうどいいが、男二人が入るとすぐ

にせせこましく感じてしまう。

仕方なく沈巍《シェン・ウェイ》はそのまま両手を趙雲瀾《チャオ・ユンラン》の前に回し、顎を趙雲瀾《チャオ・ユンラン》の肩に乗せたまま手を洗い始めた。

すると、趙雲瀾《チャオ・ユンラン》は急に黙り込んで動こうともしなくなった。

沈巍《シェン・ウェイ》は手を洗ったあと、両手で趙雲瀾《チャオ・ユンラン》の両肩を押さえたまま前へ押して外に出てもらった。

「ビーフジャーキーがあったとしても、とうに賞味期限が切れているでしょう。さっきテーブルの下にお菓子を置きましたから、お腹が空いているのならそれを食べなさい。もうすぐごはんができますから、少しだけね」

趙雲瀾《チャオ・ユンラン》は視線を下のほうへ向けて笑った。

「お腹空きすぎて死にそうだけど、ごはんを食べたくないんだ」

沈巍《シェン・ウェイ》は間を置いて、

「じゃ、なにを食べたいんですか」と訊いた。

趙雲瀾《チャオ・ユンラン》は顔を傾け、手探りで沈巍《シェン・ウェイ》の顎を摘まみ、その下顎骨《かがくこつ》に沿って耳にたどり着くと、さらに近づいて沈巍《シェン・ウェイ》の耳元で小さくこう言った。

「君を食べたい」と。

その話をしていた時、彼の視線はちょうど沈巍《シェン・ウェイ》の顔に向いていた。趙雲瀾《チャオ・ユンラン》は瞼《まぶた》のくぼみが深く、目を半ば閉じると、まつ毛の不揃いな影が高い鼻柱に落ちてくる――彼は何も見えていないと分かっているものの、沈巍《シェン・ウェイ》は今もなおその目つきに深い情が込められているように感じていた。

そんな眼差《まなざ》しを浴びていると、沈巍《シェン・ウェイ》は自分の魂まで戦慄し始めたような気がした。

趙雲瀾《チャオ・ユンラン》は笑いながら沈巍《シェン・ウェイ》に近づき、その髪の毛に残る淡いシャンプーの香りを吸う。

「なに緊張してるんだ。試してみたらどう？　優しくするから」

あまりにも露骨な言葉に沈巍《シェン・ウェイ》は黙り込んで、趙雲瀾《チャオ・ユンラン》をソファーに置いてすぐに逃げていった。

趙雲瀾《チャオ・ユンラン》は両足を伸ばし、お偉方のようにソファーに座っている。赤い蝋燭《ろうそく》を用意しておけばよかったと趙雲瀾《チャオ・ユンラン》は思った。夜が更《ふ》けて辺りがひっそりと静まり返っている時に、蝋燭を灯してナイトテーブルに置く。こうして新婚初夜[23]のような雰囲気を作るくらいしないと、聖人君子《せいじんくんし》である沈巍《シェン・ウェイ》に帯を解かせることは到底できないだろうと思った。

食事を終え、趙雲瀾《チャオ・ユンラン》はまだうずうずしているというのに、沈巍《シェン・ウェイ》のほうはというと趙雲瀾《チャオ・ユンラン》が視力を失ったことで気分が晴れないのではないかと心配し、良かれと思い寝るまえにベッドサイドに凭《もた》れて本を読み聞かせ始めた。

沈巍《シェン・ウェイ》の声は柔らかく温かみがあり、ほどよく低くてとても聴き心地がいい。ただ残念なのは、あの趙雲瀾《チャオ・ユンラン》が沈《シェン》教授から薫陶《くんとう》を受けておとなしくなってくれることだけは望めないことだ。その声に溺れた趙雲瀾《チャオ・ユンラン》はかえって男の獣性を暴走させてしまった。

突然、沈巍《シェン・ウェイ》はなにかに気付いたようで、本の読み聞かせを止め、窓の外に目を向けた。それと同時に、趙雲瀾《チャオ・ユンラン》はなんの前触れもなく沈巍《シェン・ウェイ》を抱き込んだまま横へ転がって彼の上に乗り、耳元でこう言った。

「あっちを見ないで。それから電気を消してくれ」

すると、部屋の照明がパッと消えた。

趙雲瀾《チャオ・ユンラン》が沈巍《シェン・ウェイ》のシャツの中に手をつっこむと、沈巍《シェン・ウェイ》は思わず体を震わせ、血が一気に頭にのぼったような感覚になった。沈巍《シェン・ウェイ》は慌てて趙雲瀾《チャオ・ユンラン》の手首を掴んだが、趙雲瀾《チャオ・ユンラン》は俯いてその鎖骨を軽く噛むと、

23　訳注：昔の中国では、新婚夫婦の部屋に龍と鳳凰の模様が描かれている赤い蝋燭を灯す風習があった。

「ちょっと触っただけでもう硬くなってるんじゃないか。そんなに俺が欲しいのか？」とずいぶん意地悪な口調で言った。

沈巍《シェン・ウェイ》は恥ずかしさのあまり、窓の外に構うどころではなくなりかけている。

その時、外の風の音の中に微かに拍子木《ひょうしぎ》の音が聞こえた。趙雲瀾《チャオ・ユンラン》は沈巍《シェン・ウェイ》を焦らすように体のあちこちを触っていたが、その音に気付くと、指の腹で沈巍《シェン・ウェイ》の肌に素早く「動くな」という三文字を書き、掛け布団を引っ張って沈巍《シェン・ウェイ》の体に掛け、その顔まで覆った。

そして趙雲瀾《チャオ・ユンラン》は起き上がった。シャツのボタンは腹部まで外され今にもそのシャツが滑り落ちてしまいそうになっているが、その口から出た言葉は理路整然としながらも極めて冷淡なものだった。

「俺一人の時はいつ来られても大歓迎ですが、こんなふうになんの予告もなく来られると、迷惑なんですよね」

窓の外から微かに咳払いが聞こえた。

「うちの判官《はんがん》が目の怪我をされたと聞き、わたくしに見舞いに行くよう命じましたが、ご迷惑をおかけしまして、誠に申し訳ございません……」

「判官？」

趙雲瀾《チャオ・ユンラン》は間を置いて意味深に笑い出した。

「判官大人《たいじん》って本当に耳が早いですね。昼に病院に行ったばかりで、まだ夜中になっていないのに、もう使いをよこしてくれたんですか。俺は平気ですから、帰ったらご心配をおかけしてすみませんって伝えてください」

「はい」と小さな返事が聞こえると、窓の外は再び静まり返り、しばらくして、その「人」がもたらした濃厚な陰の気も消えていった。

趙雲瀾《チャオ・ユンラン》が手探りで沈巍《シェン・ウェイ》に触れようとしたが、沈巍《シェン・ウェイ》はその手を掴んで、

「獄卒《ごくそつ》ですか？　どうしてここに……」と訊いた。

「ったく、バカだなぁ」

趙雲瀾《チャオ・ユンラン》は嘆声《たんせい》を漏らした。沈巍《シェン・ウェイ》の髪の毛に触れると、指で軽く整えながら、

「やつらはあれこれ手を尽くして君を罠にハメようとしてるんだ……。『沈巍《シェン・ウェイ》』のこと、冥府に知ってるやつがいるんだろう」と低い声で返した。

沈巍《シェン・ウェイ》は少し迷ったあと、頷《うなず》いた――彼は凡人の姿に偽装し、人間界に数十年も逗留《とうりゅう》している。それは誰かを覗《のぞ》き見するためだなんて言えるわけがないから、もちろん大々的には発表できない。

そうは言っても、斬魂使《ざんこんし》が人間界に長く逗留することは隠していいような小さな事柄ではない。少なくとも十殿閻魔《じゅうでんえんま》には一言伝えておくべきだ。

「君の身分では、本来ならあちら側とは絡まなくていいんじゃないか。あっちにはあっちの思惑があるし。人間界や冥界《めいかい》のこと、みんなそれぞれの企みがあるから、君は……」

「私のことを心配してくれているのですか？」

沈巍《シェン・ウェイ》は小声で訊いた。

「心配してなかったらこんなこと言うと思うか？」

趙雲瀾《チャオ・ユンラン》は俯き加減で返した。

その言葉を聞いて、沈巍《シェン・ウェイ》は趙雲瀾《チャオ・ユンラン》の手をさらに握り締めると、突然彼を抱き寄せ、しばらくの間、そのう

なじ辺りに顔を埋めていた。趙雲瀾《チャオ・ユンラン》はこの雰囲気に乗じてなにかの営みを始めたかったが、沈巍《シェン・ウェイ》に抱き締められたままで完全に動けなくなっている。ところが、沈巍《シェン・ウェイ》は独占欲が強いだけのようで、なにもせずただ彼を抱き締めている。なんなら夜が明けるまで抱き締め続ける勢いだ。趙雲瀾《チャオ・ユンラン》は何度か抜け出そうとしてみたが、抜け出せないままやがて疲れてしまい、下心を抱えながらも悔しい気分のまま寝落ちした。恐らく生まれてこのかた、これほど悔しい夜の過ごし方をしたことはないだろう。

鼻血が出てしまいそうなほどムラムラしていた趙雲瀾《チャオ・ユンラン》は、沈巍《シェン・ウェイ》に強く抱き締められて少し気分が悪くなったのか、うつらうつらと眠りに落ちるとすぐ夢を見始めた。

夢の中で、彼は雲や霧がたなびくところをひたすらうろつき回っていた。崩れた垣やひび割れた壁が至るところに目につき、無数の人が地面にひれ伏して空を拝んでいるのが見えた。彼はそれらの人に一瞥《いちべつ》をくれただけで、特に構わず地下のほうへ進んでいった。やがて草木一本生えない場所にたどり着き、四方八方を闇に包まれた。趙雲瀾《チャオ・ユンラン》はなぜか心が塞がったような気分になり、指を擦って霊力で火を起こそうとしたが、本格的に燃え始めるまえにその火は消えてしまい、あっという間に見えなくなってしまった。

その時、誰かが耳元で嘆いたのが聞こえた。

「ただ言ってみただけだ。そこまでしてくれる必要はあるまい」と。

言葉では形容しがたいその声は、耳に入ってきたというより、直接自分の心にすっと入ってきたといったほうが近い。その言葉に趙雲瀾《チャオ・ユンラン》は思わず身震いして目を覚ました。夜は明けたようだが、沈巍《シェン・ウェイ》は買い出しに行ったのだろうか、隣にいない。

目を開けても、閉じても目の前が真っ黒なままの趙雲瀾《チャオ・ユンラン》は、心臓が躍るように脈打ち、背筋も冷たくなってしまっている。
（夢の中で聞こえたのは……誰の声だったんだ？
なぜあんなに自分の声に似ていたんだろう？）

十六

趙雲瀾《チャオ・ユンラン》はさっさと身なりを整え、センターテーブルの上に病院からもらったガーゼや薬があるのを手探りで見つけると、適当に目にガーゼを巻き、ナイトテーブルに置いてある紙とペンを手に取った。紙にすでになにかが書かれているかもしれないが、趙雲瀾《チャオ・ユンラン》はお構いなくそこに「光明通《グァンミンどお》り四号に行ってくる」という下手な字を書き残し、一歩ずつ踏み出して出掛けた。

夢の中で雷のように轟《とどろ》いていた心臓の鼓動は次第に落ち着いてきて、エレベーターが一階に着く時には呼吸も整っていた。注意力を眉間《みけん》の天目《てんもく》に集中させ、大股で外に出ていくと、多くの人が道を歩いているのが見える。しばらくすると、人と鬼の見分け方も分かってきた——体の周りに霞《かす》んだ影がついているのが人間だ。

どういうわけか、最初ははっきりとは見えず、すべてぼんやりとした画像のようにしか見えなかったが、団地を離れてしばらく経つと、天目の使い方に慣れてきたようで、霞んだ通行人の姿は徐々に明瞭になってきた。一人ひとりの頭上と両肩についている三昧真火《さんまいしんか》すら見えるようになった。

とある通行人とすれ違った時、趙雲瀾《チャオ・ユンラン》は気が付いた。人間の体の周りについているぼやけた影は実は「膜」

のようなものだと。頭から足まで人の体を包むその「膜」にはなにか怪奇な模様が描かれている。趙雲瀾《チャオ・ユンラン》は交差点で立ち留まりタクシーを拾おうとした。見えないため、ずっと手を伸ばしたまま待つしかない。十数分ほど待って、ようやく一台が目の前にとまった。手探りでドアを開けてタクシーに乗った時、ドライバーを見てようやく人の体を包んでいるのはなにかの模様ではなく、文字だと分かった。小さくぎっしりと書かれたその文字は秒ごとに変化している。趙雲瀾《チャオ・ユンラン》はついドライバーをじっと見てしまい、声を掛けられるまでしばらくぼうっとしていた。

「すみません、光明通《グァンミンどお》り四号までお願いします。正門で降ろしてもらえれば大丈夫です」

ドライバーは訝《いぶか》しげにその目に巻きつけられたガーゼを見た。

「お兄さん、目どうしたんですか」

「バスケをやってた時にボールが当たったんです」

趙雲瀾《チャオ・ユンラン》は適当に嘘をついた。

「あら」

とドライバーは嘆き、

「じゃあ、しばらく目が見えない感じですか」と訊いた。

「薬をつけてるから目を開けられなくて、仕方ないけどここ数日は目が使えないみたいです」

ドライバーと世間話をしているうちに、光明通《グァンミンどお》り四号に着いた。タクシーが道端にとまると、趙雲瀾《チャオ・ユンラン》は少し考えて、懐《ふところ》から取り出した財布を開いて直接ドライバーの前に差し出した。

「見えないから、代金はここから取ってください」

「え？　見知らぬ僕に財布を突き出していいんですか」

趙雲瀾《チャオ・ユンラン》は笑った。

「どうせ大してお金持ってないし、自由に取ってください」

ドライバーは少し迷うと、レシートを出し、財布の中のお札をめくった。その間、趙雲瀾《チャオ・ユンラン》はドライバーの体に書かれた絶えず変わり続ける文字をずっと観察している。

ドライバーがお札をめくる時に立てた音を聞くと、なにかを抜き出したあとに一瞬迷ってまた財布の中に入れたのが分かる。そして、ドライバーは改めてお札を一枚抜き出し、自分のポケットからおつりを取り出してレシートと一緒に財布の中に入れたようだ。

その時、趙雲瀾《チャオ・ユンラン》の口角が微《かす》かに上がった――視界がますます明瞭になるにつれ、彼は人々の体の周りに書いてある文字の色も見分けられるようになってきた。赤い文字と黒い文字の二種類があり、ドライバーがおつりを財布の中に入れてくれた時、一行の小さな赤字が素早く現れるのが見えたのだ。

（なるほど、こういう意味だったのか）

と思い、趙雲瀾《チャオ・ユンラン》はドライバーに礼を言った。ドライバーは彼を支えてオフィスまで連れていこうとしたが、趙雲瀾《チャオ・ユンラン》に断られた。

（あの小さな文字はつまり人間の功徳《くどく》を記録したものか。赤いのは功徳、黒いのは悪行。ってことは、さっきのドライバーは俺をぼったくらなかったようだな）

と趙雲瀾《チャオ・ユンラン》は密《ひそ》かに思った。

趙雲瀾《チャオ・ユンラン》は自分の体内に眠っているなにかが非常に速いスピードで蘇《よみがえ》ったのが分かったが、それがいいことなのか悪いことなのか今は分からない。

ただなんだかこれらすべてのことは……少しまえの地震で瀚噶《ハンガ》族の山河錐《さんがすい》が現れたことから始まったよう

な気がする。

（あの地震は本当に通常の地殻変動によるものか？）

動物の骨を彫って工芸品を作るのが好きな受付室の日勤のお爺さんは遠くから趙雲瀾《チャオ・ユンラン》を見かけると、笑ってやすりを机に置いた。

「所長！　あれ、その目どうしたんだ？」

「ちょっとハプニングがあって」

趙雲瀾《チャオ・ユンラン》は淡々と答えた。

「李叔《リーおじ》、ちょっと支えてくれないか」

李叔《リーおじ》が受付室から出るまえに、もう一人が突然趙雲瀾《チャオ・ユンラン》の後ろから走ってきた。沈巍《シェン・ウェイ》だった。駆けつけてきた彼は一気に趙雲瀾《チャオ・ユンラン》が伸ばした手を掴んだ。

「出掛けたいなら少し待ってくれればいいじゃないですか。ちょっと朝食を買いに行っただけなのに、すぐいなくなっちゃうんですから、もう心配で心配で……。次このようなこと、このようなことをしたら、私は……」

沈巍《シェン・ウェイ》がなるべく趙雲瀾《チャオ・ユンラン》を掴んでいる手の力と声を抑えようとしているのが分かる。

一方で、どういうわけか、趙雲瀾《チャオ・ユンラン》が天目を通して見えたものがますますクリアになってきている。振り向くと、沈巍《シェン・ウェイ》の体に書いてある「功徳」も見えた。一行一行明るい赤字で書かれた功徳はいずれもそこに留まることなく、波のように素早く現れ、また後ろから追ってくる波のような闇に洗われ消えていく。まるで永遠に足跡を残さない波打ち際のようだ。

それを見て涙が零《こぼ》れそうになった趙雲瀾《チャオ・ユンラン》は、この突如湧き上がってきた切ない気持ちがいったいどこからきたのか分からなかった。

まるで何百年何千年もの間埋められていた古い記憶が掘り起こされ、表面に積もり積もった厚い塵《ちり》が旋風に吹き払われてその下に隠されていた切ない記憶、赤裸々で避けようとしても避けられない真相が露《あら》わになったかのように感じていた。心が刃に貫かれたような痛みと悲しみが絶えずこみ上げてきた。

「すぐに追ってくるって知ってるからさ」

趙雲瀾《チャオ・ユンラン》はわざと意地悪な口調で返したが、その声は微かに震えていた。

「ちょうどよかった。中に連れてって」

所長が突然姿を現すと、鬼の居ぬ間になんとやらで仕事をサボっていた特調の所員たちはしばらくあたふたしていた。大慶《ダーチン》はどこに行ったか分からない。他の所員たちは趙雲瀾《チャオ・ユンラン》を見て、二日間も姿を消していたボスは遊びに行ったのではなく、なにかの事故に見舞われていたのだとようやく気が付いた。

祝紅《ジュー・ホン》は手を震わせながら趙雲瀾《チャオ・ユンラン》がいい加減に巻きつけたガーゼを外すと、輝きは保たれているが、もう焦点が合わなくなったその瞳を見るなり、泣きそうになった。

趙雲瀾《チャオ・ユンラン》は目の前の人を触ろうと指を動かしたが、女性所員に不用意に触れてしまってはまずいことにふと気付き、決まりが悪そうに手を引っ込めた。

「お前が見えなくなったわけでもあるまいし。俺が泣いてないのに、お前が泣いてどうするんだ」

祝紅《ジュー・ホン》は外したガーゼを彼の顔めがけて投げつけた。

「所長が泣くわけないでしょう。泣いてくれるならいいのに！　世の中に行けないところはない、自分の手に負えないやつはいないと常に思ってるでしょう。神様が一番なら自分が二番のつもりでしょう。違う？

バカじゃないの！」

「……はい、バカです」

趙雲瀾《チャオ・ユンラン》はしばらく黙り込んだあと、こう返すしかなかった。

祝紅《ジュー・ホン》は今度は沈巍《シェン・ウェイ》に矛先を向け、

「彼のことが好きなんでしょう。なかなかのカリスマなんじゃなかったっけ？　彼がこんな目に遭った時、あなたはなにをやってたんですか」

と物凄い剣幕で迫ってきた。

楚恕之《チュー・スージー》と林静《リン・ジン》は顔を見合わすばかりで、なんだか雰囲気がおかしいような気がした。

趙雲瀾《チャオ・ユンラン》もそのおかしいなにかを感じ取り、冗談でごまかそうとした――彼は沈巍《シェン・ウェイ》の袖を引っ張り、作り笑顔でこう言った。

「俺のことが好きなのか？　聞いてないけど。悪い癖だぞ、沈《シェン》教授。俺のことが好きなら、彼女じゃなくて俺に直接……」

ところが、祝紅《ジュー・ホン》はその冗談にまったく付き合ってくれず、すぐに趙雲瀾《チャオ・ユンラン》の話を遮った。

「所長は黙ってて！」と。

まるで無理してかけた仮面を外したかのように趙雲瀾《チャオ・ユンラン》は乾いた笑みを消した。

「いい加減にしろ。ちょっと私用を片付けに出た時に事故に遭ったんだから、沈巍《シェン・ウェイ》とはなんの関係もない。彼は四六時中に俺にくっついとかなきゃいけないのか？　二人三脚がいつかオリンピックの種目に追加されたらそうさせてもらうけど」

祝紅《ジュー・ホン》の目つきは凶悪そうに見えるが、どこかつらい思いをしているように感じるものだった。それを見て、

沈巍《シェン・ウェイ》はつい、

「すみません、私が悪いんです……」と謝った。

趙雲瀾《チャオ・ユンラン》は渋い顔で手を振ると、一方的にその話題を終わりにした。

「今はこの話をしたくない。こんなつまらない話はミーティングのあとにしてくれ。今は黙ってて」

彼はポケットから鎮魂令《ちんこんれい》を一枚取り出し、燃え出した瞬間に低い声で、

「大慶《ダーチン》、おいで」と黒猫を召喚した。

言い終わるか終わらないかのうちに、猫鈴の音が聞こえた。大慶《ダーチン》は図書室の壁をくぐり抜け、趙雲瀾《チャオ・ユンラン》のもとに飛び上がり、その目をじっくりと観察したあと、机の上に飛び移った。

「ちょっと本で調べてきた。お前の目がなんで見えなくなったのか大体見当《けんとう》がついた――あの時、お前が繰り出した火竜の技で鴉《からす》が燃え出して、そこでそいつが自分の身を捧げ、金鈴の中に入っていったって言ってたよね？　魂魄《こんぱく》を揺るがす鈴の音に地の火が相まって、大量の陰の気が生み出されたから、ちょうど近くにいたお前の目がその影響で傷ついて、それで一時的に見えなくなったのかもしれない」

趙雲瀾《チャオ・ユンラン》は別に構わないというように頷《うなず》いたが、沈巍《シェン・ウェイ》はずばり話のポイントを掴み、

「一時的にとは?」と訊いた。

大慶《ダーチン》はうんと返して趙雲瀾《チャオ・ユンラン》に目をやると、なぜか突然趙雲瀾《チャオ・ユンラン》はなにかを知っているんじゃないかと思った。趙雲瀾《チャオ・ユンラン》のことを心配するあまり取り乱した沈巍《シェン・ウェイ》はそれに気付かず、

「一時的にというのはいつまで続きそうですか？　薬で治せますか？　治せるならどうやったらその薬を見つけられますか?」と大慶《ダーチン》に詰め寄った。

大慶《ダーチン》は沈巍《シェン・ウェイ》に目をやり、本気で趙雲瀾《チャオ・ユンラン》のことを心配してくれているその様子を見て、心の中でため息をつ

くと話を続ける。

「妖族の中に花妖《かよう》という一族がいて、こいつの目を治したいなら花妖に頼むしかないかもしれない。俗世間から離れて暮らしている彼ら一族は、『千華蜜《せんかみつ》』という非常に貴重な蜜を持っている。言い伝えでは、天界、人間界、幽冥界《ゆうめいかい》からそれぞれ三十三種の花を集めて、蕊《しべ》の精髄を採取して醸造したもので、どんな毒も解けるらしい。それに効き目が穏やかで体を潤す効果もあるから、目の傷の治療に最適と言われている……。彼らを探すなら、たぶん……」

「年末の妖族の祭りまで待たないといけないだろう」

趙雲瀾《チャオ・ユンラン》は大慶《ダーチン》の話に続けて言った。

大慶《ダーチン》は驚いたようで、

「どうしてそれを？」と訊いた。

趙雲瀾《チャオ・ユンラン》は大慶《ダーチン》の頭を撫でるだけで答えなかった。なにかを考えているようでしばらく経ってからようやく小声で続けた。

「他に言いたいことがなかったら、俺の話をよく聞け――

一つ、今後、誰であれ幽冥界と関わるようなことがあったら、すべて書面で報告すること。どんな些細《ささい》なことでも漏らさず報告書を作って俺のところに出してくれ。

二つ、部外者の光明通《グァンミンどお》り四号への出入りは厳禁とする。年末の挨拶回りに来た人はすべて受付室の外であしらってくれ。

三つ、特調は年末の活動総括の時期に入るのでしばらくの間活動停止って外に公表すること。公安部長が自ら命令を出していない限り、なるべく案件を引き受けないでくれ。

四つ、時間通り出勤できない、あるいは鎮魂令の保護範囲から出る場合は、必ず休暇届や外出届を出して、俺の署名をもらうこと。みんながどこにいるか随時把握したい」

「じゃ、妖族の祭りは……」

祝紅《ジュー・ホン》が訊いた。

「心配することない。沈巍《シェン・ウェイ》に一緒に行ってもらえば大丈夫だ。そうだ。祝紅《ジュー・ホン》、変身時期は行動しにくいだろう。三階に君専用の部屋を用意してもらったから、そこに泊まればいい。これまでのように休みを取ることはない」

言い終わると、他の人の反応に構わず、机で体を支えて立ち上がり、壁の向こう側にある図書室に向かいながら、

「桑賛《サンザン》にちょっと用があるから、沈巍《シェン・ウェイ》、ちょっと待っててくれ。他の人はさっきの話を各部署に伝えて」

と言った。

❖

煌々《こうこう》と明るい図書室にて。

「ロンニチハ、趙《チャオ》チョチョウどもりくん！」

図書室に入ってきた趙雲瀾《チャオ・ユンラン》を見かけると、桑賛《サンザン》は嬉しそうな顔で挨拶してきた。

「なに言ってるんだ。誰からそんな言葉教えてもらったんだ」

「猫どもりくんです」

桑賛《サンザン》は自分の発音が悪いという自覚があるため、必死に発音を直そうとした。

「趙《チャオ》チョ……ショウ……チョチョウどもりくん！」と。

趙雲瀾《チャオ・ユンラン》はただ笑って気にしなかった。天目を開いてみると、そこに置いてある本の輪郭が大体見えてきた。

図書室を一周回ったあと、

「このまえ、俺が読んでた本を探してくれないか」と桑賛《サンザン》に言った。

桑賛《サンザン》はすぐに『魂書《こんしょ》』と題された本を見つけた。漢字も分からないのに、どの本がどこに置いてあるのかをよく覚えているのだ。

趙雲瀾《チャオ・ユンラン》は天目を通して表紙に「魂書」という二文字が書いてあるのがはっきりと見えた。彼がその本を開くまえに、本は自動的に開かれ、先日読んだ時には気付かなかった痕跡も見えてきた――ページが剥がし取られた痕跡だった。趙雲瀾《チャオ・ユンラン》の天目にはその跡から黒みがかった紫色の血が流れ出ているように映っていた。

趙雲瀾《チャオ・ユンラン》がパッと本を閉じて黙っている間、隣の桑賛《サンザン》は注意深くその顔色を覗《うかが》っている。

しばらくしてから、趙雲瀾《チャオ・ユンラン》はようやく低い声で口を開いた。

「世の中にあまりにも偶然過ぎる『偶然』があるなんて信じるか」

桑賛《サンザン》はしばらくかけてようやく『偶然』の意味が分かった。彼はうまく喋れないため、いつもどことなく間抜けのように見える。その様子を見ていると、彼がかつて奴隷の身でありながら一つの部族の運命を覆《くつがえ》した男だということを忘れそうになる。無言になった時だけ、当時の血気を垣間見ることができる。

桑賛《サンザン》は首を横に振り、正確な発音で、

「信じない」と答えた。

「俺もだ」

趙雲瀾《チャオ・ユンラン》はゆっくりと言った。

「俺は鎮魂令を持ってて、きちんと自分の職責を果たして、人間界にあるこの小さな持ち場を守りたいだけなんだが、俺からそんな平穏な生活を奪おうとしているやつがいるみたいでさ」

今の話は文章の構造が複雑なうえに名詞が多いため、桑賛《サンザン》はさっぱり分からなかったが、趙雲瀾《チャオ・ユンラン》の表情からその意味を感じ取り、

「僕にできることがあるますか」とストレートに訊いた。

「紙をくれ」

趙雲瀾《チャオ・ユンラン》は下を向いて言った。

そして、あの夜、鴉族が言った言葉を紙に書き留めた。趙雲瀾《チャオ・ユンラン》は子供の時から国語はいつも赤点だったとか言っていたが、あの言葉の意味をきちんと理解できていたのだ。それだけでなく、一文字も間違えずに空で書ける。書き終わると、趙雲瀾《チャオ・ユンラン》は「崑崙《こんろん》」という二文字をきちんと書き入れ、さらに目立つように横に印をつけた。

「この二文字が含まれた本を全部探し出してくれ」

趙雲瀾《チャオ・ユンラン》は「崑崙」という二文字を指差して桑賛《サンザン》に言った。

「このことは誰にも言うな。汪徵《ワン・ジェン》を含めて。頼んだよ」

桑賛《サンザン》はずっと趙雲瀾《チャオ・ユンラン》のことを恩人のように思っている。生前はわけがあって策動家になったが、恩と仇《あだ》は必ず報いるという少数民族の本質をしっかりと保っている。

「安心してください。趙《チャオ》チョチョウどもりくん」
桑贊《サンザン》が真面目な顔で返すと、趙雲瀾《チャオ・ユンラン》は笑っているような、いないような表情で、
「よし。君の代わりに大慶《ダーチン》のデブ野郎を蹴とばしてやるからな」と言った。

十七

今年の龍城《ロンチエン》の妖族夜宴《ようぞくやえん》、つまり趙雲瀾《チャオ・ユンラン》が言っていた妖族の祭りは旧暦の十二月二十八日に行なわれる予定である。今年の旧暦十二月は三十日がないため、二十九日が除夜、妖族夜宴の開催日である二十八日が除夜の前日ということになる。

趙雲瀾《チャオ・ユンラン》はとうに妖族から招待状をもらっている。雀《すずめ》が所長室の窓まで届けてくれたのだ。清掃員によって綺麗《きれい》に片付けられたその部屋は、壁の一面が南向きの大きなピクチャーウィンドウとなっている。カーテンを開けると、冬の日差しがピクチャーウィンドウを通して部屋の中に取り込まれ、暖房も効いているため、シャツ一枚でも十分暖かく感じる。室内に置かれた二株のクワズイモが鮮やかな緑で所長室に彩りを添え、入り口近くの水槽にはシルバーアロワナがゆったりと泳いでいる。

スピーカーから緩やかな古琴《こきん》[24]の曲が流れてきて、広い所長室の中で、趙雲瀾《チャオ・ユンラン》と沈巍《シェン・ウェイ》はそれぞれ左右両端に座っている――沈巍《シェン・ウェイ》はクワズイモに水をやったあと、そこで本を読むことにしたのだ。目の見えなくなった趙雲瀾《チャオ・ユンラン》が必要な時に、いつでも面倒を見れるように「助手」を務めるつもりでいる。

24　訳注：「古琴」とは中国の伝統楽器、七本の弦を持つ。

趙雲瀾《チャオ・ユンラン》は沈巍《シェン・ウェイ》に朱墨《しゅずみ》を調合してもらうと、分厚い黄色の紙片の束を取り出し、目を閉じたまま机に突っ伏して護符《ごふ》を描き始めた。最初はうまく描けず、紙の無駄遣いばかりしていたが、描いているうちに徐々に空で描くことに慣れてきた。暇潰しのつもりで描いていたが、描けば描くほど気持ちが落ち着き心身ともにほぐれてきた。しばらくすると、仕上がった魔除け札は机にずらっと一列に並び、部屋の中は誰かが入ってくればその護符から温かいパワーが溢《あふ》れ出ているのをすぐに感じ取れるほどになった。

こういった雑用業務を趙雲瀾《チャオ・ユンラン》は普段は面倒くさがり、いつも楚恕之《チュー・スージー》に任せきりだったが、目が見えなくなったからか、沈巍《シェン・ウェイ》と一緒にいて知らず知らずのうちにその薫陶《くんとう》を受けたからか、今は珍しく心が落ち着き、不思議なことにじっと座っていられるようになった。祝紅《ジュー・ホン》がノックして所長室に入ろうとした時、互いに邪魔せず和やかな雰囲気を演出している二人を見て、一瞬躊躇《ためら》った。突然自分がお邪魔虫のように感じられて気が引けたのだ。

彼女はそっと唇を噛んで、冷たい表情で沈巍《シェン・ウェイ》に頷《うなず》くと、ドアのところに立って趙雲瀾《チャオ・ユンラン》に声を掛ける。

「所長、今からちょっと出掛けてくる。年末ボーナスが振り込まれたから、汪徴《ワン・ジェン》の代わりに銀行に行かなきゃ」

貧乏人の趙雲瀾《チャオ・ユンラン》はそれを聞くなり、すぐに元気はつらつな顔を見せ、

「分かった。早く行ってきな」と返した。

祝紅《ジュー・ホン》はさらにファイルから図表を一枚抜き出した。

「あと、これは旧暦大晦日《おおみそか》の晩餐の予算表。食料の他に、事前に調達しなきゃいけない祭祀《さいし》用品も入ってる。一つずつ読み上げるから、問題がなければサインしてね。財務部に申請してお金をもらうから」

祝紅《ジュー・ホン》が一項目ずつ読み上げるのを聞いて素早く確認を終えると、趙雲瀾《チャオ・ユンラン》は祝紅《ジュー・ホン》から予算表を受け取り、彼

女が指さしているところに署名した。公務が済むと、祝紅《ジュー・ホン》は沈巍《シェン・ウェイ》にちらっと目をやり、趙雲瀾《チャオ・ユンラン》に訊く。

「今年……今年の大晦日も私たちと一緒に過ごすよね？」

「は？　もちろんだよ」

趙雲瀾《チャオ・ユンラン》は顔も上げずに返した。

その返答に祝紅《ジュー・ホン》は嬉しそうな表情を浮かべたが、趙雲瀾《チャオ・ユンラン》はこう続けた。

「俺だけじゃなくて、家族も連れてくるから。ねえ、かみさん」

趙雲瀾《チャオ・ユンラン》のからかいに慣れたからか、祝紅《ジュー・ホン》の前で言い争いたくないからか、沈巍《シェン・ウェイ》は特に反論することなく、ただ微《かす》かな笑みを浮かべ、

「やめてください」と小声で止めただけだった。

祝紅《ジュー・ホン》は一瞬にしてまた表情を曇らせ、

「そうなんだ。じゃ、行ってくる」と鬱々《うつうつ》とした声で返した。

「あ、ちょっと待って」

趙雲瀾《チャオ・ユンラン》は祝紅《ジュー・ホン》を呼び止め、机に並べた魔除け札を集めて祝紅《ジュー・ホン》に渡した。

「骨董通りの槐《えんじゅ》の大木の後ろに小さな店がある。看板はないけど、門番のお爺さんがいるから、これを持っていってそのお爺さんに渡して。『いつもの値段で』って言えば、分かってくれるから。でも、全部空で描いたものだから、丁寧にチェックしたほうがいいって注意してあげて。あと、ワケありのやつは安くできるって伝えて」

「まさか御札《おふだ》を売ってるの？」

祝紅《ジュー・ホン》は御札をダウンジャケットのポケットに入れ、訝《いぶか》しげに訊いた。

「俺だって家族を養わなきゃいけないからさ」

趙雲瀾《チャオ・ユンラン》は伸びをして、

「臨時収入を作らないと。マンションを買ったばかりだし、内装とかいろいろかかるんだ」と続けた。

祝紅《ジュー・ホン》はその話を最後まで聞くつもりはなく、そっぽを向いて出ていった。今夜の妖族の祭りに自分も同行したほうがいいかと訊きたかったが、どうやらその必要はなさそうだ。

祝紅《ジュー・ホン》が力任せに押したドアが大きな音を立てて閉まると、古書を読んでいた沈巍《シェン・ウェイ》が顔を上げ趙雲瀾《チャオ・ユンラン》に訊く。

「彼女は君のことが……」

「うん」

趙雲瀾《チャオ・ユンラン》は机に新しい紙片を広げ、指で長さを測って描き始める場所を探しながら返した。

「以前は気付いてなかったけど、知ってしまったからには早いうちに諦めてもらうようにしないと」

その話を聞いて、沈巍《シェン・ウェイ》はため息をついた。

「なにため息ついてるんだ」

趙雲瀾《チャオ・ユンラン》は笑みを浮かべ、

「社内恋愛にはいい結末がない。それに、そもそも人間と妖族は歩む道が違うから、付き合ってもろくなことにならない。先がないなら最初からくっつかないほうがいいんだ」と続けた。

趙雲瀾《チャオ・ユンラン》が無意識に呟《つぶや》いたその言葉を、沈巍《シェン・ウェイ》は気にせずにはいられなかった。しばらく黙り込んだあと、沈巍《シェン・ウェイ》は口を開いた。

「それなら人間である君と鬼である私も歩む道が違うのでは？」

「うん？」

趙雲瀾《チャオ・ユンラン》が筆をずらすと朱墨が指についてしまった。一瞬ぼうっとしたが、趙雲瀾《チャオ・ユンラン》はすぐに話を続けた。

「君は格別だ。俺がこんなにも好きな人なんだから」

淡々と吐き出されたその言葉は、恋人に囁《ささや》く甘い台詞《せりふ》とは思えないほどあっさりとしており、ただ湯呑みを持ち上げお茶の香りを嗅ぐ時にふいに呟いた台詞にすぎない、といっていいほど自然なものだった。大雪に覆われた真冬の世界で、何気なく吐き出されたその言葉には温かい真心がしっかりと込められているように感じる。

紙片を押さえている趙雲瀾《チャオ・ユンラン》の手が突然誰かに握り締められ、筆を動かすのを躊躇っていると、護符に注ぎ入れた霊力が一気に消えてしまい、使えない紙片がもう一枚増えてしまった。

いつの間にやら趙雲瀾《チャオ・ユンラン》に近づいていた沈巍《シェン・ウェイ》は両手を椅子の肘掛けに置き、趙雲瀾《チャオ・ユンラン》を自分の両腕の中に囲んだ。沈巍《シェン・ウェイ》は息を殺したまま、少し前屈《まえかが》みになりながら趙雲瀾《チャオ・ユンラン》の顔に近づき、目を閉じた。そして、まつ毛を微かに震わせつつも慎重に彼の鼻先に口づけをした。敬虔《けいけん》と言えるほど丁寧な動きだった。しばらくしてからようやくゆっくりと下のほうへ唇を移し、探りを入れるように進んで最後に趙雲瀾《チャオ・ユンラン》のやや乾燥した唇にたどり着いた。

その動きは緩やかで優しく、たとえ趙雲瀾《チャオ・ユンラン》の唇をこじ開け舌を差し入れても、なにかいやらしいことをしようとしているようには思えなかった。

ただ、感情に駆られ、接吻という形で肌と肌の触れ合いを本能的に求めているだけのようだ。沈巍《シェン・ウェイ》にとって、目の前のこの人はある種の致命的な毒のようなもので、どれほど必死に足掻《あが》いていたとしても、結局彼を拒むことができず、かえってよりいっそう深くその毒にはまってしまう。

その時、誰かがノックせずにいきなり所長室に入ってきた。見てはいけないシーンを見てしまったその人は小さく悪態をつき出ていったが、それに気付いた沈巍《シェン・ウェイ》は驚いて、慌てて姿勢を戻し、なにかを隠そうと咳払いをした。

「ボス？　中にいるかい？　ちょっといい？」

ドアのところに立っている大慶《ダーチン》はわざと爪でドアを引っ掻きながら、声を伸ばして訊いた。

「入れ！」

趙雲瀾《チャオ・ユンラン》は不機嫌な顔で返した。

大慶《ダーチン》はドタバタと走ってくると沈巍《シェン・ウェイ》に目をやり、趙雲瀾《チャオ・ユンラン》の周りにこれほどの恥ずかしがり屋がいるのを見たことないなと思って面白がっている——その時の沈巍《シェン・ウェイ》の表情が、違法風俗撲滅活動のニュースに出てくる、警察に手錠を掛けられた風俗店員みたいに首のところまで真っ赤になっていたからだ。

こうして見ると、その顔は桃の花の如く愛らしく、まるで絵から出てきた人のように見える。どうりで無頼漢の趙雲瀾《チャオ・ユンラン》が半年も諦めずに追いかけてきたわけだ。残念ながらいまだに味見できていないが。

大慶《ダーチン》はしっぽを高く上げ、

（どんなに美しくても無頼漢のお前が見れないのは残念だな）と趙雲瀾《チャオ・ユンラン》を見て心密《ひそ》かに思った。

「二分やる。むだな話が一言でもあったら皮を剥いで猫マフラーにしてやる」

その無頼漢は鬱陶《うっとう》しがる様子で言った。

すると、大慶《ダーチン》は事務机にしゃがみこんで口を開いた。

「花妖族には手紙を送って事情を説明しておいた。妖族夜宴の招待状はもう受け取っただろう。お前は妖族の知り合いが多いし、夕方過ぎに骨董通りの西口で待ってるやつがいるから、そこに直接行けばいい。あと、贈りものを忘れるなよ」

そう言って、大慶《ダーチン》は不安げに沈巍《シェン・ウェイ》を見た。

「沈《シェン》教授もあっちのルール、分かっているよな?」

沈巍《シェン・ウェイ》は頷いた。

「安心してください。彼のことは私が守りますので」

それを聞いて大慶《ダーチン》は安心した——恥ずかしがり屋の人こそモラルをしっかりと守れるものだ。そしてモラルを守れる人間こそ頼りになると、大慶《ダーチン》はずっとそう思っている。誰かさんより沈《シェン》教授のほうがよっぽど頼りになりそうだと。

趙雲瀾《チャオ・ユンラン》がデブ猫を追い返そうとした時、携帯が鳴り出した。手探りで自分の携帯を手に取ると、何事もなかったかのように電話に出た。趙雲瀾《チャオ・ユンラン》は見えなかったが、通知画面に表示されている「太后様《たいこうさま》」という三文字を見た大慶《ダーチン》はすぐに元気はつらつな様子を見せ、背中を伸ばして茶番劇を見る気分で隣に立った。

「もしもし、特別調査所の趙雲《チャオ・ユン》……」

趙雲瀾《チャオ・ユンラン》はそれらしく口を開くと、一気に声のトーンを一オクターブ下げ、電話の向こう側にお辞儀でもしそうな様子で、

「ごめんごめん、着信通知を見てなかったんだ。本当にごめん。母ちゃん……」と続けた。

さっきまでどこかのお偉方のように回転イスに座っていた趙雲瀾《チャオ・ユンラン》が電話に出たとたん、ハリネズミのように体を縮めるのを見て、大慶《ダーチン》は声を殺して机の上で抱腹絶倒した。

「そんな、忘れるわけないだろう」

趙雲瀾《チャオ・ユンラン》は大慶《ダーチン》にビンタを一発お見舞いしてから話を続ける。

「今夜はちょっと用があるから。本当だよ……。本当に急用ができたんだ。えっと、仕事のことだから母ちゃ

んには教えられない……。いやいや、俺が遊びに行くわけないだろう。それに、こんな寒い日にどこで遊ぶんだよ」

横に立っている沈巍《シェン・ウェイ》は趙雲瀾《チャオ・ユンラン》が電話の向こう側と親しく話しているのを見て、その甘え口調に思わず微笑んだが、瞳には知らず知らずのうちに寂しげな色が浮かんできた。その瞬間、沈巍《シェン・ウェイ》は改めて認識したのだ。趙雲瀾《チャオ・ユンラン》はちゃんと親を持つれっきとした人間で、この浮世で無数の人たちと繋がりを持っている彼は自分とは違うことを。

一方で、趙雲瀾《チャオ・ユンラン》はこれ以上沈巍《シェン・ウェイ》の前で母親と電話すると、今まで築いてきたカッコいいイメージが損なわれてしまうと懸念しているようで、机で体を支えて立ち上がり、奥の部屋に入った。

大慶《ダーチン》は爪を舐めながら沈巍《シェン・ウェイ》としばらく顔を見合わせたあと、ようやく口を開いた。

「お前は人間か」

「……」

「いやいや、誤解するな。別に怒ってないぞ。字面そのままの意味で訊いただけだ……。字面そのまま、分かるか？　つまり……お前は人間か、それとも別の、えっと……別のなにかなのか。言ってる意味分かるか？」

沈巍《シェン・ウェイ》の痛いところを鋭く突いた質問だった。しばらく黙り込むと沈巍《シェン・ウェイ》は首を横に振った。

不思議なことに、相手が人間ではないと分かると、大慶《ダーチン》は逆にほっとしたようで、独り言のように喋り出した。

「お前が人間じゃなくてよかった。人間じゃなくて……。うん、あの野郎はチャラいやつに見えるけど、実はなかなかいいやつだ。お前にぞっこんみたいだし、あいつのことを裏切るなよ」

「裏切るわけありません。彼が私のことを受け入れてくれる限り、死んでも裏切りません」

沈巍《シェン・ウェイ》は淡々と言った。

沈巍《シェン・ウェイ》の目を見つめていると、猫である大慶《ダーチン》でさえその深い真心を感じ取れる。人からこれほど濃厚な感情を感じ取ったのは久々で、大慶《ダーチン》はしばらく立ち竦《すく》んでいた。

趙雲瀾《チャオ・ユンラン》が電話を切って戻ってきた時、大慶《ダーチン》はようやく我に返り、飛び降りて趙雲瀾《チャオ・ユンラン》の足元をくるくる回りながら、

「ねえねえ、なんて言ってた？　お母様が作ったカツオの炒め煮が食べたいな！」と言った。

「寝言は寝て言え。邪魔だ、さっさと失せろ！」

趙雲瀾《チャオ・ユンラン》は足で大慶《ダーチン》を追い払おうとする。

ところが、大慶《ダーチン》は諦めず、前足を彼のズボンに引っ掛けてぶら下がり、毛糸玉のような太くて丸い体で空中にゆらゆら舞いながら、

「カ・ツ・オ・ノ・イ・タ・メ・ニが食べたいんだ！」と大声で叫んだ。

「分かった分かった、旧暦元日の夜、実家に連れて帰るから。気が済んだか？　猫神様」

趙雲瀾《チャオ・ユンラン》は大慶《ダーチン》のうなじを掴んで持ち上げて横へ置くと、ついでに猫神様のお尻を叩いて、

「そうだ、さっきお袋はお前の話もしてたな」と続けた。

「俺様の話をしてたのか。褒めてくれてたかな」

大慶《ダーチン》は嬉しそうな顔を浮かべる。

「うちの猫はさ、よーく頑張って長生きしてくれてるのはありがたいけど、そろそろあの世に行く頃だろうから、優しくしてあげてって」

自分が呪われているように聞こえた大慶《ダーチン》が勢いよく趙雲瀾《チャオ・ユンラン》の足に全体重をかけて座り込もうとすると、そうくることが分かっていたかのように趙雲瀾《チャオ・ユンラン》は素早く足を引っ込め、振り向いて笑顔で沈巍《シェン・ウェイ》に訊く。

「お袋にもう一人分のごはんを用意してって伝えたんだけど、どう？　その日なにか予定あるのか？　なかったら一緒にうちに来ないか？」

心の準備ができていなかった沈巍《シェン・ウェイ》は思わず唖然《あぜん》とし、落ち着きのない声で返事をするまでしばらく時間がかかった。

「私？　私はいいです……。せっかく家族水入らずで春節を過ごせるのに、他人の私が邪魔しに行くわけには……」

「他人？」

趙雲瀾《チャオ・ユンラン》は即座に沈巍《シェン・ウェイ》の襟を掴んだ。

「俺のことは用済みだから捨てるつもりか？」

「なにを滅茶苦茶なことを言っているんですか！」

沈巍《シェン・ウェイ》はすぐに返した。

見るに堪えないと思い、大慶《ダーチン》はドアの隙間からこっそりと所長室を出て、ついでに後ろ足を器用に伸ばしてそっとドアを閉めてあげた。

❖

夕暮れ時、沈巍《シェン・ウェイ》は趙雲瀾《チャオ・ユンラン》を連れて車で骨董通りまで来た。

サングラスをかけ、松葉杖を突いている趙雲瀾《チャオ・ユンラン》を沈巍《シェン・ウェイ》は片手で支え、もう一方の手には漆塗《うるし》りの重箱を提げている。その重箱は四段あり、一段目は深山で採った露玉《つゆたま》のつく霊芝《れいし》、二段目は黄金と玉で作った古い法器、三段目は海底の宝珠《ほうじゅ》と龍の髭《ひげ》、四段目は黄泉《よみ》から採取した金染の黒鉄、合わせて五十キロくらいはあるだろうが、沈巍《シェン・ウェイ》の手に提げられるととても軽そうに見える。

「骨董通りの西口で待ってるやつがいる」と大慶《ダーチン》が言っていたが、骨董通りに西口はなく、最西端は袋小路になっており、そこの店はすでに閉店していた。槐の大木に掛けられた赤い紙提灯は古びた壁に柔らかい光の輪を映している。

二人が提灯の下まで進むと、なにかの影が目の前を通り過ぎた。一台の馬車が突然目の前に現れたのだ。続いて馬車から誰かが降りてきた。その「人」は長身で、長いマントを纏《まと》っており、首の上に乗せているのは狐の頭だった。遠くから見ると、もこもこしたお面を被っているように見える。狐の「人」は両手を反対側の袖の中に入れ、細長い目をきょろきょろさせながら沈巍《シェン・ウェイ》が持っている重箱を見ると、二人にお辞儀をした。

「ようこそいらっしゃいました。こちらへどうぞ」

十八

妖族《ようぞく》の祭りはどの街でも催される行事で、雰囲気は昔の農村の市場《いちば》に似ており、年に一度しか開催されない。街によって、賑《にぎ》やかなものもあれば、あまり人気《ひとけ》がないものもある。龍城《ロンチェン》は都市化が進んでいるため、街自体は賑やかで、いい人も悪い人も様々な人たちがここで暮らしている。

「真の隠者は人里離れたところに隠れ住むのではなく、街中で人と関わりながら暮らす」という言葉があるが、実際、龍城《ロンチェン》は修行に向いているような街ではない。俗世間となんらかの形でまだ繋がりを持っている者や、恩返しか敵討ちのために遠路はるばるここに来た者でない限り、普通の妖族は将来のことを考えると、ここに定住しようとは思わないため、龍城《ロンチェン》の妖族の祭りはどちらかというとあまり人気がないのだ。

趙雲瀾《チャオ・ユンラン》は特別調査所のみんなと龍城《ロンチェン》に拠点を構えて以来、数多くの妖族に情報屋として力を貸してもらってきた。そのうち、兄弟と呼び合う間柄になった者も少なくないが、趙雲瀾《チャオ・ユンラン》はこれまで一度も妖族の祭りに来たことがなかった――この祭りは妖族にとっては年越し行事のようなもので、部外者の趙雲瀾《チャオ・ユンラン》も普段どれだけ妖族と親しくしていても構わないのだが、こういう行事の場面となると、常識的には図々しく仲間に入ろうとしないものなのだ。

妖族の馬車に座っている趙雲瀾《チャオ・ユンラン》はなにを思い出したのか、突然笑い出した。

「どうしたんですか」

沈巍《シェン・ウェイ》は訊いた。

趙雲瀾《チャオ・ユンラン》はずっと繋いでいる沈巍《シェン・ウェイ》の手を軽くつねり、ゴロゴロ鳴っている車輪の音の中で声を抑えて口を開く。

「いや、俺たちってちゃんと段階を踏んでるんだなって。出会ってからお互いのことを徐々に知っていって、そして手を繋いで、今は一緒に出掛けてデートするまでになった。この流れじゃ、結婚まえの親族顔合わせもそろそろだな」

狐は耳が利くと知っているため、沈巍《シェン・ウェイ》は外に目をやり、

「こういう話は夜、帰ってからにしましょう」と忍び声で返した。

あいにく趙雲瀾《チャオ・ユンラン》は面《つら》の皮がこのうえなく厚く、

「夜、帰ってなにするの？　聞かせてごらん」とそそのかした。

「……」

沈巍《シェン・ウェイ》は絶句した。

「頼むよ。もうお兄ちゃんのことが欲しくて欲しくてたまんないんだ。早く俺のものになってよ」

あまりの恥ずかしさに沈巍《シェン・ウェイ》は趙雲瀾《チャオ・ユンラン》の手を振り払ったが、趙雲瀾《チャオ・ユンラン》が手を繋ぎ直そうと目の前の空気をあちこち触るのを見て、少し迷うと、またなにも言わずに趙雲瀾《チャオ・ユンラン》の手を握った。

狐に自分たちの会話を聞かれてしまったかどうかは分からないが、馬車は穏やかに進み続け、およそ十五分後にようやくとまった。案内役の狐は二人に降りてもらうため馬車の帳《とばり》を捲《まく》り上げた。冷たい風が馬車の中に吹き込み、さほど遠くないところから琴と簫《しょう》[25]の粗末な合奏音を運んできた。メロディー自体が物寂しい曲だが、無理して楽しく演奏しているようで、かえって不気味に聞こえてしまう。

馬車を降りると、目の前に扉があり、両側に客を迎える召使いが一人ずつ立っている。いずれも胴体は人だが、首から上は馬の頭に置き換えられたような姿だ。

もう一人蛇のしっぽを外に出している男がそこで待っている――しっぽを出しているのは、妖族の祭りでは、修行がまだ足りない若い者でも他人の身分を確認できるように、各族は原型の一部を露出しなければならないという習わしがあるからだ。誤解や不愉快なことを避けるためでもある。

「令主《れいしゅ》様のおなーりー」

蛇の体をしている男がこちらに向かってきた。

25　訳注：「簫」とは中国の管楽器で、縦笛の一種。多くは竹製だが、玉や磁器で作られたものもある。

蛇族の者たちは蛇の習性で冬になってからは出掛けたがらないため、妖族の祭りには通常一人か二人を赴かせて顔を出したらすぐに帰るようにしている。

これほど寒い日に蛇族の者が入り口に現れるのは、わざわざ趙雲瀾《チャオ・ユンラン》を待っていたに違いない。

趙雲瀾《チャオ・ユンラン》はしばらく耳を澄まして迎えに来た人が誰なのか聞き分けようとし、

「すみません、今日は目の調子が悪くて、聞き間違えていないのなら、四叔《よんおじ》ですよね？」と訊いた。

「私のことを覚えていてくださり、大変光栄です。さあ、早くお上がりください。祝紅《ジュー・ホン》から事情を聞きました。なにかあれば遠慮なく私に声を掛けてください」

蛇族の男――蛇四叔《へびよんおじ》はすぐに返した。

沈巍《シェン・ウェイ》は持ってきた重箱を迎えに来た馬頭人《ばとうじん》に渡し、趙雲瀾《チャオ・ユンラン》を支えて奥へ進んだ。

中には百メートルあまりの遊歩道がある。両側は灰色の石畳で舗装され、真ん中は細長い川が流れ、上に石橋が架かっている。橋の上には舞台が設けられ、川の両岸は非常に賑やかで、あちこち提灯が掛けられている。道を散策しているのはほとんど半獣半人の者で、屋台を出している妖族もいて、夜宴が始まるまえにそれぞれの宝物を他族の者たちに売っている。

蛇四叔は趙雲瀾《チャオ・ユンラン》と沈巍《シェン・ウェイ》を橋のところまで案内すると、足を止めた。石橋の表面にはまだ薄く雪が積もっているが、たもとには細い花のつく蔓《つる》が巻きついている。そこに小さな淡黄色の花がまだらに咲いている。

「迎春《インチュン》さん、令主をお連れしたので出ておいで」

蛇四叔《へびよんおじ》はその小さな花に声を掛けた。

言い終わるか終わらないかのうちに、迎春花《インチェンファー》[26]の蔓が素早く伸び広がり、まるで橋のたもとに花の絨毯《じゅうたん》が

26 訳注：「迎春花」とはオウバイの漢名。

敷かれているようになった。無数の小さなつぼみが生えてくるのに合わせて、蔓の中から一人の姿が昇ってきた。上半身は人間の形をしているが、下半身は蔓のままだった。見た目は十四、五歳くらいで、頭の高い位置で二つのお団子を結う双丫髻《そうあけい》という古風な少女の髪型をしている。その細長い目で趙雲瀾《チャオ・ユンラン》を見ると、視線を沈巍《シェン・ウェイ》のほうに移した。

なぜか迎春《インチエン》は沈巍《シェン・ウェイ》のことを怖がっているようで、さっと見ただけですぐに視線を趙雲瀾《チャオ・ユンラン》のほうに戻し、

「黒猫おじちゃんが令主はイケメンだと言っていたけど、イケメンお兄ちゃん、どうしてそんな大きいサングラスをかけてせっかくのカッコいい顔を隠すの？」と微笑んで尋ねた。

趙雲瀾《チャオ・ユンラン》はサングラスを外して襟元に掛けた。

「同情を買うためだよ。せっかくのイケメンなのに目が見えないのを見て、お嬢さんが花の蜜を多めにくれないかなと思って」

迎春《インチュン》はにこやかに笑うと、趙雲瀾《チャオ・ユンラン》の目をじっくり観察し始める。

「鴉《からす》族はどういうつもりなの？　どうして凡人に手を出したの？」

迎春《インチュン》が蛇四叔に訊いたが、蛇四叔は彼女の頭を撫でるだけで、質問には答えなかった。

すると、迎春《インチュン》は周りを見渡し、

「そういえば、今年の夜宴、鴉族は一人も来ていないの？」と質問を変えた。

「ここに来ていないだけじゃない。他の街にも行ってないみたいだ。君たち子供はこういうことに構う必要はない。修行に専念して、春になったらちゃんと花を咲かせてくれればいいんだ」

迎春《インチュン》は鬱々《うつうつ》とした声で「はい」と答えると、小さな瓶を取り出し、趙雲瀾《チャオ・ユンラン》の手のひらに置いた。

「これは令主に渡すよう族長に頼まれたものよ。族長からの伝言も預かってるわ。今後なにかあったとき

は族長に一言言ってくれれば、私たち一族全員をすぐに差し遣わすこともできるって」

その話に趙雲瀾《チャオ・ユンラン》は意外そうな顔を見せ、身に余るお言葉を頂いて申し訳ないと感じたようだった。

「恐れ入ります。族長様にそこまで気を遣って頂いているなんて……」

言い終わるまえに、小さな猿が橋の上の舞台に飛び上がり、手に提げた銅鑼《どら》を力強く叩いた。するると、妖族の者たちはすぐに静かになった。周囲を見渡せば、道端にはいつの間にか用意されていた石の机や椅子が並んでいる。

「あら、夜宴が始まった。あたしも舞台に出るから、令主兄さん、これで失礼するわね。お大事に」

「ちょっと待って……」

趙雲瀾《チャオ・ユンラン》が呼び止めようとしたが、蔓の姿に戻った迎春《インチュン》は素早く橋一面に広がり、手すりに一本ずつ巻きつき、細雪《ささめゆき》と相呼応して言葉にできないほどの爽やかな生気を放っている。

迎春《インチュン》になにかを渡そうと趙雲瀾《チャオ・ユンラン》はポケットの中に手を入れたが、取り出すまえに彼女はそこを離れてしまった。迎春《インチュン》に渡したかったのは大慶《ダーチン》からもらったもので、昔の鎮魂令主《ちんこんれいしゅ》——つまり前世、あるいは前前世の趙雲瀾《チャオ・ユンラン》の秘蔵品だという。それは「夜光杯《やこうはい》」という小さな杯《さかずき》で、表面には夜顔《よるがお》という花の模様が刻まれており、極めて精緻《せいち》で可愛らしいものだ。言い伝えでは、その杯で月光を蓄えることができるらしい。花妖にとっては修行に大いに役立つ珍品だ。

趙雲瀾《チャオ・ユンラン》はその夜光杯をもって花妖族の千華蜜《せんかみつ》と交換するつもりだったが、思いがけず贈りものとしてタダでもらってしまった。それはまたこちらに貢ごうとするような贈り方だった。

花妖族の態度はなんだか裏があるように感じて、趙雲瀾《チャオ・ユンラン》が考え込みながらそこを離れるため沈巍《シェン・ウェイ》を呼ぼうとすると、道端に置いてある石の机にぶつかってしまった。沈巍《シェン・ウェイ》はすぐに彼の腰に手を回し、趙雲瀾《チャオ・ユンラン》を抱き

寄せた。彼らを覗《のぞ》こうとする低級妖たちの視線を遮ると、

「本日の夜宴は妖族のみな様の集いで、余所者《よそ》の私たちがお邪魔をするわけにはいきませんので、これで失礼します」と蛇四叔に言った。

蛇四叔はその独占欲に満ち溢《あふ》れる動きを見て、

「お二方は我々妖族の大切な賓客《ひんきゃく》ですから、お席のご用意もできていますし、お帰りになるならお酒を飲んで体を温めてからにするのはいかがでしょうか」と返した。

沈巍《シェン・ウェイ》が眉を顰《ひそ》めているのを見て、蛇四叔はこう続けた。

「来年の巳年は我が蛇族の干支の年ですので、恐縮ですが、今年の夜宴は族長の私が司会を務めることになりまして……。そろそろ舞台に出ないといけない時間です。失礼します」

沈巍《シェン・ウェイ》が断るまえに、蛇四叔はそのしっぽと地面まで垂れた長い袖を引きずってゆっくりと橋上の舞台に登った。すると、音楽が再び鳴り始め、今度は琴と簫の不気味な合奏ではなく、太古の昔から伝わる祭祀歌が響いてきた。

「天、万物を生み、不周《ふしゅう》より始《はじ》む【天が万物を生み育て、すべては不周山《ふしゅうざん》[27]から始まる】」と、遠くから女性の澄んだ歌声が聞こえる。

その歌声に妖族の人々は厳《おごそ》かな表情を浮かべ、蛇四叔も襟を正して目を伏せ、低い声で唱え始める。

「行く年に別れを告げ、来る年を迎えるにあたり、妖族を率いり三聖《さんせい》[28]にお参りし、大荒山聖《たいこうさんせい》にお参りし、

27　訳注：「不周山」とは中国神話上の山。北西の天を支える天柱。崑崙山と同じく天に昇る通路と見なされている。『淮南子』によれば、水神の共工がぶつかったことで不周山が崩れ、そのため天は北西に傾き、地は南東に傾いたという。

28　訳注：「三聖」とは三皇、すなわち神話伝説上の三人の帝王と思われる。三皇は盤古の時代のあと現れたという。諸説あるが、『春秋緯運斗枢』『帝王世紀』によれば、伏羲・女媧、神農の三柱を指す。

先祖代々にお参りするのでございます――」

妖族のみんなが立ち上がり、北西方向に向かって参拝し始めた。

それに続いて先ほど歌っていた女性が声を伸ばしながらまた歌い始めた。

「大荒の間、山有り合わぬ。雲の巓《てん》を承り、以《もっ》て天柱《てんちゅう》と為《な》る。祝融《しゅくゆう》[29]の子、水の帝と為り、龍を引き之《それ》を触り、斗《ます》転じ星移ろふ……【荒遠の地に山があり、その山が割れてしまったため隙間ができて閉じられなくなっている。雲の上に聳《そび》えるその山はすなわち天を支える柱である。火の神の祝融に子あり、それは水の神とされている。あることのために、龍を引き付けその龍に乗って天柱にぶつかってしまった。すると、物換わり星移り、世の中はすべて変わり改まった……】」

「誰のことを歌ってるんだろう。水の神、共工《きょうこう》[30]の話みたいだけど」

趙雲瀾《チャオ・ユンラン》は小声で沈巍《シェン・ウェイ》に訊いた。

沈巍《シェン・ウェイ》はなぜかますます陰鬱《いんうつ》な表情を浮かべ、「うん」とだけ答えた。

「共工が不周山にぶつかって山を崩しちゃった話か」

沈巍《シェン・ウェイ》は再び「うん」とだけ答えた。

「共工は水の神だろう？　じゃあ、彼らが言ってる『大荒山聖』は誰のことなんだろう。どの山の神様なんだ？　不周山にも山神がいるなんて聞いたことないけど」と趙雲瀾《チャオ・ユンラン》は訝しんでいる。

沈巍《シェン・ウェイ》が長く黙り込んだあと、

「もしかしたらいるかもしれません。あの時のこと、私も詳しくは分かりません」とあやふやな返事をした。

29　訳注：「祝融」とは炎帝の子孫で火神。『山海経』によれば、獣の身体で人の顔をしており、共工を生んだという。
30　訳注：「共工」とは炎帝の子孫で水神。『帰蔵』によれば、人の顔で蛇の身体、赤い髪の毛をしているといい、『山海経』によれば、下界に下りた祝融が長江のほとりで共工を生んだという。『淮南子』によれば、顓頊と帝位を争った際に怒って不周山にぶつかり、天柱が折れたという。

趙雲瀾《チャオ・ユンラン》はその語気からなにかを感じ取ったようで、それ以上訊き続けることはせず、指先で手のひらを軽く叩きながら女性の歌声に合わせてリズムを打つ。

妖族の祭祀歌は歌詞が長く、テンポも緩い。太古の昔に顓頊《せんぎょく》[31]と共工が帝位を争ったあげく、顓頊に敗れた共工が怒りに任せて不周山をひっくり返し、公共財を破壊した話をくどくて長ったらしい言葉で語り続けている。公徳心のない共工が不周山にぶつかってしまったおかげで、世の中に日は東から昇り西に沈むなどの秩序が生み出されたという。この物語は妖族の起源に大いに関連しているように聞こえるが、果たしてどういう繋がりを持っているのかまでは歌詞では明言されていない。

史料に記載された内容の多くは不完全なものであるため、歴史の全容を知るには行間から「裏の話」を推測するしかない。神話などの遠い昔の信憑性のない話はなおさらだ。古臭い歌詞について根掘り葉掘り訊くべきではないと趙雲瀾《チャオ・ユンラン》は分かっているものの、なぜか訊いてしまった。こういうたわいない話はとても重要な意味を持っていると、心の奥から誰かが自分に囁《ささや》いているように感じたのだ。

その中で趙雲瀾《チャオ・ユンラン》が特に引っ掛かっているのは「大荒山聖」という人物だ。上古の神が兼職しているなど聞いたことがないから、共工は水神である以上、妖族が拝んでいる三聖に次ぐ「大荒山聖」であるはずがない。古代の伝説では、山神は鎮守神と同じくらい格の低い神で、現代で譬《たとえ》るなら村の役員のようなものであろう。これほど遠い後世にも名を残せたのはいったいどの里の「役員」なのか？

趙雲瀾《チャオ・ユンラン》はそう考えながらふと鴉族から聞いた話を思い出し、歌に合わせてリズムを打っていた指の動きを止めた。彼の脳裏に崑崙《こんろん》という二文字が浮かんできたのだ。

31　訳注：「顓頊」とは黄帝の孫あるいは曾孫で、北帝とも呼ばれる。『淮南子』によれば、共工と帝位を争っていたという。共工を破り、黄帝の跡を継いで五帝の二代目となる。

（もしかしたら「大荒山聖」は崑崙山[32]の守り神ではないか？）

妖族の者たちはこまごまとした礼儀作法を経てようやく参拝を終え席に着いた。綺麗《きれい》な女妖《じょよう》が参列者の間を行き来しながらお茶やお酒を注いでくれている。妖族夜宴はこれで正式に幕が開いた。沈巍《シェン・ウェイ》は運転を理由に酒を断り、趙雲瀾《チャオ・ユンラン》が一杯飲み終わったのを見ると、

「そろそろ帰りましょうか」と急かした。

沈巍《シェン・ウェイ》がなぜ急いでここを離れようとするのか分からないが、長居してもいいことはないため、趙雲瀾《チャオ・ユンラン》は頷いて立ち上がろうとした。その時、妖族の者たちが突然騒ぎ出した。

「どうしたんだ？」

趙雲瀾《チャオ・ユンラン》は耳を澄ました。

「蛇四叔が誰かを舞台へ連れていったのです。あの姿は、まだ妖《あやかし》になりきっていない半妖《はんよう》でしょう。妖気がだだ漏れで、体に黒いガスを纏《まと》っていて血の気配もします。恐らく少なからず罪を犯しているかと。万が一あの半妖が天罰を受けてしまうと、周りの妖族も巻き添えになる恐れがあるから、それを防ぐために、先に自分たちで始末しておきたいんでしょう。昔からそういった習わしがありますから」

沈巍《シェン・ウェイ》は舞台のほうに目を向けながら説明した。

もし郭長城《グオ・チャンチェン》がここにいたら、舞台に連れていかれたのはあの日危うく自分の車に轢《ひ》かれそうになった男だと気付いただろう。

蛇四叔がその男の罪を読み上げている時、他族の揉め事に興味がない趙雲瀾《チャオ・ユンラン》はそろそろ戻ろうと沈巍《シェン・ウェイ》に腕

32　訳注：「崑崙山」とは古代中国神話上の山。崑崙山を天梯にして天に昇ることができるという高山。高さは二千五百里ほどといわれている。

を渡し、支えてもらいながら外へ出ようとした。

その時、蛇四叔は男の罪状を読み終え、こう宣言した。

「こちらの半妖は正道を歩まず、幾たびも人間を傷つけ、天理に背く罪を犯しました。浅学非才《せんがくひさい》の身ではございますが、我々はこれを機に、天に代わりて鴉族の罪人を粛清し……」

「鴉族」という言葉を耳にした瞬間、趙雲瀾《チャオ・ユンラン》と沈巍《シェン・ウェイ》は揃って足を止めた。

それと同時に、誰かが大声で蛇四叔の話を遮った。

「待ちな！」

そこはかとなく不吉な気配を漂わせているかすれた声だった。

沈巍《シェン・ウェイ》はすぐに趙雲瀾《チャオ・ユンラン》を自分の背後へ引っ張り、視線も冷たくなってきた。入り口に黒いマントを羽織った背の低いみすぼらしい容姿の者たちが一列に並んでいるのが見える。いずれも背中に翼を生やし、その羽は真っ黒だった――。

それはまさに鴉族の者たちだ。

十九

「沈巍《シェン・ウェイ》！」

趙雲瀾《チャオ・ユンラン》は咄嗟《とっさ》に沈巍《シェン・ウェイ》の手首を掴んだ。目は見えていないが、沈巍《シェン・ウェイ》から身を切るような殺気を感じ取ったのだ。

「鴉《からす》族のやつらは君を傷つけたんです。あんな恩知らずなやつらは八つ裂きにされても、いや、一族が絶滅しても……」

沈巍《シェン・ウェイ》はいつもの上品さと穏やかさを失い、不気味とも言える声色《こわいろ》になってしまっている。その殺意に満ちた言葉を聞いて、趙雲瀾《チャオ・ユンラン》が沈巍《シェン・ウェイ》の腕を掴んでその話を遮ったが、沈巍《シェン・ウェイ》は本能的にその手を振り払ってしまった。すると、趙雲瀾《チャオ・ユンラン》は突然なにか閃《ひらめ》いたように、

「小巍《シャオウェイ》[33]」と呼んだ。

その呼びかけに沈巍《シェン・ウェイ》はつい立ち竦《すく》んでしまい、しばらくしてからようやく信じられないといった顔で趙雲瀾《チャオ・ユンラン》のほうを向いて、

「今なんと呼んだんですか?」と震える声で訊いた。

「しっ！　俺の言うことを聞いて。動かないで」

妖族夜宴《ようぞくやえん》に来てから、気が散ったせいで趙雲瀾《チャオ・ユンラン》の天目《てんもく》はややぼやけていた。そこで趙雲瀾《チャオ・ユンラン》は目を閉じ、気を集中させて改めて天目を開くと、沈巍《シェン・ウェイ》を引っ張って数歩下がり、人混みの中に紛れて身を隠した。

先ほど沈巍《シェン・ウェイ》は取り乱してしまい、考えなしにあんな言葉を口にしてしまったが、趙雲瀾《チャオ・ユンラン》はすぐにその言葉から肝心な手がかりを掴んだ——。

(なぜ沈巍《シェン・ウェイ》は自分に危害を加えた鴉族を「恩知らずなやつら」と言ったのだろうか？　自分は鴉族……いや、妖族とは果たしてどういう繋がりがあるのか?)

趙雲瀾《チャオ・ユンラン》は大昔に聞いた言葉を思い出した——世の中に不吉なことが起きるたびに、鴉は真っ先にそれを嗅

33　訳注：中国では、親しい人への愛称として、下の名前の前に「阿(ア)」「小(シャオ)」をつけて呼ぶことがある。基本的に同輩や目下の人に対して「〇〇くん・〇〇ちゃん」に似たニュアンスで使う。

ぎつける。

（鴉の一族は今回はいったいなにを嗅ぎつけたのか？）

蛇四叔《へびよんおじ》は堅苦しい姿勢で鴉族の者たちに頷《うなず》き、

「今日はてっきり来てもらえないと思っていました」とあっさりした口調で言った。

鴉族は半妖《はんよう》以外、いずれも大きな鼻としわくちゃな顔をしている短身矮躯《たんしんわいく》なので、見た目からは若者なのか、老人なのか、容姿が美しいか、醜いかが分からない。長老は女性で、目のつくりはやや歪《いびつ》で、顔をこちらに向けているのに、目は余所《よそ》に向いているように見える。一瞬、趙雲瀾《チャオ・ユンラン》のいる方向にふいに視線を向けたようで、濁った目から意味深な眼光を放った。手に持った杖で強く地面を叩いて再び手を上げた時、舞台上の半妖を縛っていたロープが解けた。

「小僧、こっちに来い」

長老が呼びかけた。

蛇四叔は両手を反対側の袖口に突っ込んだままで止めようとしなかったが、他の妖族の者たちからはひそひそと議論する声が聞こえる。

半妖がよろめきながら舞台から下りようとした時、蛇四叔はようやくゆっくりと口を開いた。

「長老が身内の者を連れて帰りたいのなら異論はないが、こんなことをするとは、鴉族はこれから妖族から離脱して独立でもするおつもりですか」

「その通りです」

鴉族の長老がかすれた声で返した。

その言葉に周囲がさらに騒ぎ出した。舞台を見ていたそれぞれの妖族の者たちは互いに顔を見合わせるばかりで、迎春《インチュン》も手すり一面に広がる蔓《つる》から顔を出し、どうすればいいか分からないといった顔で蛇四叔と鴉族長老の顔を交互に見ている。

「鴉は腐った肉を食べていても、死人や白骨《はっこつ》にくっついていても、妖《あやかし》であることに変わりありません。いつまで経ってもあなたがたは獄卒《ごくそつ》にはなれず、もちろん鬼仙《きせん》にもなれません。妖族から離脱するなどと、簡単に仰いますが、本当によろしいのですか」

蛇四叔が淡々とした口調で言うと、鴉族の長老は思わず笑った。彼女は笑い声も濁っているため、怒っているのか喜んでいるのかが分からない。そして、彼女はずっと昔から激しい悲憤を抱えていたかのように、皮肉を込めてこう返した。

「さっきの話、四叔どのははっきりと聞こえなかったようなので、もう一度言いましょう——我ら黒鴉《くろがらす》の一族は本日より妖族から離れて独立し、永遠に戻りません」

迎春《インチュン》は驚いて、「鴉長老！」と叫んだ。さらに鴉族の長老を止めるために彼女のほうへ向かおうとしたが、蛇四叔に止められた。

一方で、鴉族の長老は子分たちに手を振ったあと、あっさりそこを飛び立った。すると、黒々とした鴉の群れは長老の後について飛んでいき、みんなの反応が追いつくまえに、来た時と同じように素早くそこを離れていった。

鴉族の唐突な言動に、周りで小さく囁《ささや》いていた妖族は一気に騒ぎ出した。

みんなが騒いでいるのを見て、蛇四叔が手を上げると、先ほど銅鑼《どら》を持って舞台に上がった猿が銅鑼を強く叩いて騒ぎを鎮めた。その隙に趙雲瀾《チャオ・ユンラン》は沈巍《シェン・ウェイ》を引っ張って人混みから抜け出し、そそくさとその場を後にした。

二人は灰色の石畳で舗装された入り口近くの道に沿って真っ直ぐ進み続け、やがて突き当たりまで来た。そこには霧がかかっており、霧を抜けると、目の前に広がっているのはネオン輝く龍城《ロンチェン》の街並みだった。

❖

骨董通りの入り口には槐《えんじゅ》の大木が植えてあり、枝に鴉が一列に並んでいる。

「ほら、鴉も年次総会をやっているみたいですよ」

素早く通り過ぎたタクシーの中で、口数の多い運転手が乗客に無駄口を叩いていた。

黒猫は物陰から物音一つ立てずに歩いてきて、肉球で軽く地面を踏むと、たやすく石塀の上に登った。

数十羽もの鴉は同時に大慶《ダーチン》に目を向け、一列に並ぶ小さくて赤い目は不吉な光を放つ電球のように見える。

十歩ほど離れたところまで進むと、大慶《ダーチン》は足を止めた。悪意がないことを鴉族に示すためだった。

鴉族の長老は一歩前へ出て、

「閣下、なんのご用でしょう?」とやや荒い口調で訊いた。

大慶《ダーチン》はその本物の猫目石のような深翠《みどり》の瞳で長老を見ている。微《かす》かに目尻を上げると、瞳から幽邃《ゆうすい》な光が閃いた。その光のおかげで、猫科動物特有の放埒《ほうらつ》だが優雅な美しさが一瞬にして極限まで引き出された。それは大慶《ダーチン》が毛糸玉のようなデブ猫であることを忘れさせるほど強烈なものだった。

「ぶしつけなお願いで恐縮ですが」

大慶《ダーチン》は礼儀正しく口を開いた。

「数百年まえに私めが無くした鈴をなぜ鴉族の方が持っていたのか、どこで見つけたのか、お聞かせ願えますか」

鴉族の長老は大慶《ダーチン》をじっくりと観察しながら冷ややかな口調で返す。

「実に愚問だな。我々黒鴉の一族は従来悲報しか伝えず、死人にしか近づかない。どこから見つけたと？

もちろん死人からだよ」

大慶《ダーチン》は一瞬固まってしまい、

「その人はいつどこで、なぜ死んだんですか？」とさらに問いかけた。

すると、鴉族の長老は笑い声を立てた。

「死人は死人だ。六道輪廻《りくどうりんね》というもんがあるから、死んだ人は転生して豚になったかもしれないし犬になったかもしれない。前世はいつどこで死んだかなんて知ったってむだだろう」

大慶《ダーチン》は微かに顔を下に向け、しばらく黙り込んだ。

鴉族の長老も少し黙ったあと、やや面倒くさがるような口調で言う。

「教えてもいいけど。山海関《さんかいせき》[34]から二十里[35]離れたところに亭《あずまや》がある。確かめたいならあそこに行けばいい。ただ、死人の鈴をつけるなんて運を悪くするだけだよ」

そう言って指笛を吹くと、長老は大量の黒い鴉を率いて空に向かって飛び上がり、墨のようにどんよりとした空の果てへ消えていった。

大慶《ダーチン》は闇の中で顔を俯《うつむ》かせたままうずくまって、すっかり寂しい野良猫のような形相になっている。たまたま通り過ぎた車のライトが大慶《ダーチン》の顔に当たり、そのとたん、大慶《ダーチン》は静かに石塀の上から飛び降り、夜の闇

34　訳注：「山海関」とは明代に修築された万里の長城の最東端に設けられた関で、現在の河北省秦皇島（しんこうとう）市にある。古来、交通の要所であると同時に軍事的な要衝でもある。
35　訳注：「里」の長さは時代によって異なる。現在の中国では五百メートルに相当する。

に姿を消した。

❖

光陰矢の如し、瞬く間に旧暦の大晦日《おおみそか》になった。

大晦日の夜になっても特別調査所の事務室には明かりが煌々《こうこう》とついている。所員たちがみんな集まって祝っているのだ。人間所員はおいしい料理を、鬼所員は線香の煙を満喫している。受付室の呉《ウー》はいつも骨の彫刻をしている日勤の李《リー》とようやく集《つど》ってくつろぐことができ、喜んで李《リー》に線香を一本あげた――返礼として、李《リー》は骨灰と陶土を混ぜて焼いた杯《さかずき》で呉《ウー》にお酒を一杯勧めた。李《リー》はどうやら骨に病的なほど拘《こだわ》りを持っているようだ。

除夜の鐘が鳴り終わり、夜半過ぎになると、酔っぱらった人や鬼たちは事務室の中をあちこち歩き回り、郭長城《グォ・チャンチェン》だけは机に伏して泣き叫んでいた。なんのために泣いていたのか分からないが、泣き終わると、何事もなかったかのように部屋の隅に座り込み、メガネ拭きで自分の所員証を繰り返し丁寧に拭いていた。それが終わると今度は机の下に転がり、泥のように眠り始めた。

楚恕之《チュー・スージー》、林静《リン・ジン》、祝紅《ジュー・ホン》、大慶《ダーチン》の四人は卓を囲んで麻雀《マージャン》を打っている。他の人は普通の「点棒」を使っているが、大慶《ダーチン》の場合はそれがお魚ジャーキーに変わるため、麻雀をしているうちにおのずと真剣な表情が浮かんできた――そろそろ「点棒」を食べきってしまいそうな彼は勝ち続けるしかないのだ。

李《リー》はどこからか何物かの長い足骨を探し出し、それを使って所員たちの前でポールダンスを披露している。桑賛《サンザン》は汪徴《ワン・ジェン》の手を取り、虚をついて彼女を自分の懐《ふところ》のほうへ引っ張り、両手でその腰を支えて彼女を高く抱き上げた。汪徴《ワン・ジェン》はふと笑みを零《こぼ》し、鼻歌で遠い昔の小唄を歌いながら桑贊《サンザン》と瀚噶《ハンガ》族の舞踊を踊り出した。

散々お酒を勧められた趙雲瀾《チャオ・ユンラン》は、椅子からずり落ちそうになっている。花妖の一族からもらった千華蜜《せんかみつ》は噂《うわさ》どおり効果が抜群で、趙雲瀾《チャオ・ユンラン》はすでにものが見えるようになってきた。ただ、視界はまだぼやけており、強度の近視に近い状態だった。六筒《ロービン》と九筒《キューピン》すらはっきり見分けられないのに、それでも大慶《ダーチン》の後ろに座り、目を細めて顔を麻雀卓に近づけ、

「ポンポンポン！」と指図していた。

大慶《ダーチン》は前足で趙雲瀾《チャオ・ユンラン》を引っ掻き、

「誰がこんなタイミングでポンするんだ。沈《シェン》教授、早くこのうるさいやつをどっかへ連れていってくれないか――四索《スーソウ》！」

「すみません、ロン！」

祝紅《ジュー・ホン》が言った。

「ほら、俺の忠告を聞かないからこういう目に遭うんだよ」

趙雲瀾《チャオ・ユンラン》は見ていられないと言わんばかりに大慶《ダーチン》の頭をげんこつで叩いた。

「失せろ！」

大好きなお魚ジャーキーが取られて胸を刺されたような思いの大慶《ダーチン》が怒鳴った。

そして、沈巍《シェン・ウェイ》はたやすく趙雲瀾《チャオ・ユンラン》を引っ張ってそこを離れた。逞《たくま》しい高身長の男性も、五十キロもする漆塗《うるし》りの重箱も、沈巍《シェン・ウェイ》が持つと、まるで机の横を通り過ぎる時ついでにそこに置いてあった薄い古本を手に取ったかのように軽く見える。

二人がそこを離れた時、祝紅《ジュー・ホン》はわざと顔を俯かせ、あからさまに沈巍《シェン・ウェイ》と視線を交わすのを避けていた。

沈巍《シェン・ウェイ》は別の場所に行って座り込むと、趙雲瀾《チャオ・ユンラン》に膝枕をして横になってもらい、こめかみのつぼを優しく押しながら、

「目を閉じなさい。まだ完治していないから、無理して目を使わないほうがいいですよ。気疲れしてしまいますから」と言った。

趙雲瀾《チャオ・ユンラン》がこのうえなく幸せそうに眼を閉じ、

「お酒を一杯温めてくれないか」とこもった声で言ったが、沈巍《シェン・ウェイ》は上の空になっているようで、その言葉を聞き洩《も》らした。

視界がぼやけているが、沈巍《シェン・ウェイ》を見てみると、彼は机の角に視線を落としてぼんやりとしているのが分かる。気が利く趙雲瀾《チャオ・ユンラン》はすぐになにかに気付いたようで、沈巍《シェン・ウェイ》の襟を軽く引っ張り、

「どうしたんだ？　明日の親族顔合わせのことで緊張してるのか」と小声で訊いた。

沈巍《シェン・ウェイ》は我に返り、からかわれたことは気にしないが、

「親たるものは誰しも息子が健康で幸せな人生を送り、美しき妻を娶《めと》ることを願っているでしょう。突然私を家に連れていったら、ご両親はどういう気持ちになるのでしょうか。せっかくの春節も心安らかに過ごせなくなるんじゃないですか。やはり私は行かないほうがよいのでは……」と返した。

その話を聞いて趙雲瀾《チャオ・ユンラン》は慰めるように沈巍《シェン・ウェイ》の手を掴んで目を閉じた――視力が回復してから、開いたばかりの天目は肉眼の干渉を受けているのか人の功徳《くどく》が見えなくなってしまった。だが、あの時、天目を通して見た沈巍《シェン・ウェイ》の身に映っていた文字、それが底の見えない闇に波のように洗われ消えていったのをはっきりと覚えている。

「俺が誘っていなかったら、今年の春節はどうやって過ごすつもりだったんだ？」

「別に春節を祝っても、祝わなくても私にとっては一緒ですから……」

「あっちに戻るつもりだったのか？」

趙雲瀾《チャオ・ユンラン》は沈巍《シェン・ウェイ》の話を遮り、

「黄泉《よみ》の下に戻るのか？　あの光も届かない、たまに何匹かの霊魂《れいこん》が通るだけのところに？」と詰問した。

沈巍《シェン・ウェイ》は口をへの字に結び、

（いや、それよりも惨めだ）と心の中で返した。

彼にとって、惨めな年越しはどうということはない。数千年の長きにわたって毎日そんなふうに過ごしてきたわけだから。しかし、なぜか趙雲瀾《チャオ・ユンラン》にそう訊かれると、自分のことが情けなく思えてしまい、当たりまえのように過ごしていた日々が、これ以上一日たりとも続けたくないものに思えてきた。

太古未開の時代、万物に霊魂が宿るようになってからこれまで、世の中は幾たびも移り変わってきた。だが、沈巍《シェン・ウェイ》は当事者にも忘れられたあの約束を依然としてしっかりと守り続けている。まるで彼の人生はその約束のためだけに続けられてきたかのようだ。

趙雲瀾《チャオ・ユンラン》はそれ以上訊くことはせず、掴んでいた沈巍《シェン・ウェイ》の手を自分の胸の上に置いた。酒が入っているからか、心拍数はやや速くなっている。どのくらい経っただろう、趙雲瀾《チャオ・ユンラン》が眠りについたのではないかと沈巍《シェン・ウェイ》が思い始めたところ、趙雲瀾《チャオ・ユンラン》はようやく低い声で口を開いた。

「ところで、巍《ウェイ》……なんでその名前をつけたんだ？」

「元々は『鬼《ウェイ》』と書いて、山に鬼という字だったんです」

そう言って沈巍《シェン・ウェイ》は視線を落とした。重苦しい視線でぴかぴかに光る床を見つめながら沈巍《シェン・ウェイ》は遠い昔のことを思い出したようだ。

「『山に鬼と言えば確かに山に鬼であるが、どうも度量が小さく聞こえてしまう。世の中では無数の山と海が互いに繋がり、巍巍《ぎぎ》たる峰が延々と続いておる。いっそ『嵬』に何画か加え、より気宇壮大な名前にするがよい』とある人に言われましたから、今の名前になったのです」

趙雲瀾《チャオ・ユンラン》は自分の鼻を触りながら、なぜかその人の語気をどこかで聞いたことがあるような気がした。

「勝手に人の名前を変えるその傲慢なやつ、何者なんだ?」

「ただ、たまたま出会っただけの赤の他人です」

沈巍《シェン・ウェイ》は笑って返した。

彼らはその話を続けなかった。夜が明けたばかりの頃、道の静けさは爆竹の音に破られた。事務室で麻雀をしている所員たちはまだ騒いでおり、雑用の鬼スタッフは朝日に当たらないようにあちこち歩き回って身の隠し場所を探している。

目が眩《くら》むほど賑《にぎ》やかな光景だった。

薄っすら白く雪化粧された龍城《ロンチエン》は新年の幕が開き、街の灯りは消され、太平の世に朝日が差し込んできた。街の人々が初めて吸い込んだ元日の空気は火薬の匂いと雪の香りがあいまったものだった。新年の訪れとともに、世の中にもまた無数の悲しみや喜びが訪れるのだろう。

二十

正午に近づいた頃、光明通り四号《グァンミンどお》で繰り広げられていた「百鬼夜行」の光景はようやく幕を引き、酔っぱらった所員たちはコートを羽織り事務室を出て、表に並んでタクシーを待っている。

他の所員が帰ると、受付所の李《リー》は顔を洗い、どこからか清掃道具を探し出してきて、散らかった事務室をゆっくりと片付け始めた。大慶《ダーチン》はドアの向こうから顔を突き出し事務室に入ると、ゴミが散乱する床を見て、足の踏み場に困り前足を引っ込めた。それを見て李《リー》はすぐに雑巾を取り、椅子を一脚ずつ拭いて一列に並べ、猫様を丁寧に抱き上げ椅子に置いた。

「椅子の上を歩けば汚れないから」

李《リー》が言った。

「また君一人しか残っていないじゃないか。今時の若者は本当にひどいな」

大慶《ダーチン》はいかにもお年寄りらしい口ぶりでひそひそ呟《つぶや》きながら、椅子を踏み台にして、転ばないように気を付けて机に飛び上がった。

「もう一人残っているよ」

李《リー》が部屋の隅を指差すと、そこから起き上がってきたばかりの郭長城《グオ・チャンチェン》が見えた。

「小僧、こっちに来い。ちょうど君を探してた」

大慶《ダーチン》は郭長城《グオ・チャンチェン》を睨みつけると、祝紅《ジュー・ホン》の事務机に置いてあるコースターを前足でひっくり返した。その下には何枚かの商品券を入れたポチ袋が置いてある。大慶《ダーチン》はそのポチ袋を口にくわえ、乱暴に郭長城《グオ・チャンチェン》のほうに投げつけた。

「これをお前の二叔父《におじ》に渡してって趙《チャオ》のやつが言ってた。『せっかくの春節休みにご自宅にお邪魔するのは申し訳ないので、ほんの気持ちですが、これで奥様とお子様にお洋服かなにかを買ってあげてください』って二叔父に伝えて。ちぇっ、愚かな人間め、俺様にこんな気持ち悪い社交辞令を伝言させるなんて、猫へどが出るぞ」

大慶《ダーチン》は不満げに言った。

なにがなんだかよく分からない郭長城《グオ・チャンチェン》はふらふらする頭でそこにしばらく立ち尽くしたあと、ようやく自分がどこにいるのかを思い出し訥々《とつとつ》と笑って、恥ずかしそうにポチ袋を受け取った。そして、モップを持ってきた李《リー》を見るなり、すぐに袖をたくし上げ李《リー》のほうへ向かった。

「李《リー》兄さん！　僕がやりますので、やらせてください……」

と言いかけ、椅子にぶつかって転んでしまった。

大慶《ダーチン》はふんと鼻を鳴らし、誰のか分からないパソコンの前に座り込むと、前足で電源を入れ、なんとかマウスを動かしながらウェブブラウザを開いた。

それを見て、李《リー》は親切に近寄り、

「なにを打ちたいんだい？　手伝うよ」と言った。

「山海《さんかい》……」

大慶《ダーチン》は考えもせず口を滑らせた。

だが、その言葉を口にしたとたん、すぐに発音を変えたため、「世界」と言っているようになった。そして、大慶《ダーチン》は口をつぐんだ。無表情でモニターをしばらく見つめると、伏し目になって、

「えっと、ちょっとWeiboで世界のトレンドを見てみたいだけ」と続けた。

そう言って、大慶《ダーチン》は誰かのパソコンを勝手に使って、「猫様天下第一」というアカウントを開き、モニターのカメラで自撮りして投稿しようとした。趙雲瀾《チャオ・ユンラン》は「大事な用件」があるから、それが終わってから大慶《ダーチン》を連れて実家に帰ると言ってすでに特調を去った。李《リー》と郭長城《グオ・チャンチェン》はその隣で散らかった事務室を静かに片付けて

いる。

さっき大慶《ダーチン》が言いたかったのは先日鴉《からす》族の長老から聞いた「山海関《さんかいかん》から二十里離れたところにある亭《あずまや》」とはどういう場所なのかを調べてみたいということだった。だが、鴉族の長老の話も一理ある。確かめてどうするのか？　死人は死人だ。塵《ちり》は塵に、土は土に。もうなにも確かめる必要はないだろう。

「カシャ」と自撮りすると、大慶《ダーチン》は自分の干し柿顔の写真に「絶世のイケメン猫」というテキストをつけてWeiboにアップした。すると、即座に猫中毒患者たちが殺到しコメントをくれた。毛色がいいと褒めてくれる人もいれば、「ちょっと太すぎませんか。飼い主さん、栄養バランスに気を付けて、体を鍛えさせたほうが猫ちゃんの健康にいいですよ」とフレンドリーにアドバイスをしてくれる人もいた。

大慶《ダーチン》は直《ただ》ちにそのコメントを削除し、

（てめえこそ太すぎだろう、愚かな人間よ！）と心の中で毒を吐いた。

大慶《ダーチン》の首に掛けられた鈴はその動きに合わせて軽く揺れているが、音は出ておらず、たまに黄金色の反射光を真っ白な壁に映すだけだ。眩《まぶ》しい反射光に、李《リー》は思わず手を上げ、眩《くら》んできた目の前に持っていきその光を遮った。なぜか落ち込んでいる黒猫を見てなにかを言おうとした時、楚恕之《チュー・スージー》が図書室の壁を通り抜けてこちらに向かってきた。

楚恕之《チュー・スージー》は図書室への出入りが禁止されており、毎年旧暦の元日にしか入ることが許されていない。だが、彼は図書室から本を借りてきたようには見えず、そこで調べものをしていたようにも見えない。その表情はとても奇妙で、憔悴《しょうすい》しているようでもあり、なにか皮肉を言いたがっているようでもある。

郭長城《グオ・チャンチェン》はすぐに気を付けのポーズを取り、「楚兄《チューにい》！」と呼んだ。

だが、楚恕之《チュー・スージー》は聞こえなかったようで、真っ直ぐ自分の席に行ってカバンを取ると、なんとなく惨めな感

じのせせら笑いを浮かべ、外へ出掛けようとする。大慶《ダーチン》はモニターの後ろから頭を突き出し、

「もう何年経ったんだっけ?」と突然意味不明な質問をした。

楚恕之《チュー・スージー》は足を止め、

「三百年だ」とかすれた声で答えた。

「ああ!」

大慶《ダーチン》が声を上げ、

「じゃ、おめでとう……だね!」と続けた。

しかし、言い終わるか終わらないかのうちに、楚恕之《チュー・スージー》は腰辺りから突然漆黒の木札を取り出し、振り向きもせず猫に一瞬見せた。錯覚なのか、郭長城《グオ・チャンチェン》はその瞬間楚恕之《チュー・スージー》の顔になにかの文字が現れてまた消えたのが見えた気がした。頬の位置に、古代の罪人の顔に刻まれたような文字が浮かんでいたように見えた。

その木札を見ると、大慶《ダーチン》はつい耳を立て目も見開いた。

木札を握る手に力を入れすぎたのか、楚恕之《チュー・スージー》の指が紫色になり、手の甲に浮き出た血管が恐ろしく見える。

そして彼はなにも言わず、大股で外へ歩いていった。大慶《ダーチン》はすぐに振り向き、

「郭《グオ》くん、タクシーを拾って楚兄《チューにい》を送ってくれ」と郭長城《グオ・チャンチェン》に言いつけた。

状況が分からないといった郭長城《グオ・チャンチェン》の顔を見て、大慶《ダーチン》はさらに語勢を強め、

「あいつ飲みすぎちゃったんだ。家まで送って無事を確認できるまで戻ってくるな。いいか?」と促した。

大慶《ダーチン》の指示を受け、郭長城《グオ・チャンチェン》はすぐにティッシュを抜き取り、掃除で汚れた手を拭いて小走りで楚恕之《チュー・スージー》の後ろについていった。郭長城《グオ・チャンチェン》は楚兄《チューにい》の代わりにカバンを手に取ったが、楚兄《チューにい》は魂が抜けたようで、カバンを持っていかれてもなんの反応も示さない。その後ろ姿は痩せこけ、いつもより骨張っているように見えた。

沈巍《シェン・ウェイ》が泥酔した趙雲瀾《チャオ・ユンラン》を連れて特調を離れた時、龍城《ロンチェン》大学の太鼓腹の学年主任から電話を受け、ある書類を急いで提出してほしいと言われた。怪しいと感じた沈巍《シェン・ウェイ》が詳細を訊こうとすると、学年主任はなにか急用があるようで、用を言い終わったらすぐに電話を切ってしまった。

致し方なく沈巍《シェン・ウェイ》はずっと自分にしがみついて手を離してくれない趙雲瀾《チャオ・ユンラン》を連れ、自宅に戻った。人の気配もないあの小さなマンションに戻るなり、また主任から催促の電話が来た。今すぐその書類を龍城《ロンチェン》大学の西門まで届けてほしいと。

趙雲瀾《チャオ・ユンラン》は沈巍《シェン・ウェイ》の部屋に入ると、柔らかいソファーに転がり、

「せっかくの旧正月休みなのに、そのデブ主任、頭いかれてるのか?」と酔眼朦朧《すいがんもうろう》として呟いた。

ソファーのすぐ横にリビングテーブルが置いてあり、寝返りを打っている趙雲瀾《チャオ・ユンラン》がテーブルで頭を打たないように、沈巍《シェン・ウェイ》は書類を探しながら彼の額に手を当て、そのついでに趙雲瀾《チャオ・ユンラン》の頭の後ろに枕を置いた。

「すぐに戻ってきますから、君は……」

「俺は少し寝る」

趙雲瀾《チャオ・ユンラン》の声はそのくっついている上下の瞼《まぶた》みたいに一文字一文字がくっついていてだるそうに聞こえる。

「水を飲みますか?」

沈巍《シェン・ウェイ》は低い声で訊いた。

「ううん……」

趙雲瀾《チャオ・ユンラン》は頭を傾け、沈巍《シェン・ウェイ》の手を振り払い、

「飲みたくない」と言った。

趙雲瀾《チャオ・ユンラン》の目はみずみずしく艶があり、薄い唇は鮮やかな赤色をしている。眉は斜め上に吊り上がり、髪の生え際と繋がりそうなほど長い。微《かす》かに顔を上げているため、顎のところにピンと張る輪郭線が露《あら》わになった。シャツの上のボタンが開けられ、細長い襟首も見えるようになり、言葉では言い表せない粋な男っぷりを匂わせている。

その姿にうっとり見入った沈巍《シェン・ウェイ》は一瞬呼吸が止まってしまった。丁寧に彼の前髪を分けると、ソファーに置いてある毛布を引っ張り趙雲瀾《チャオ・ユンラン》に掛けた。そうしているうちに親指がふいに彼の唇を掠《かす》めた。すると、沈巍《シェン・ウェイ》は恋々《れんれん》とその唇を撫で、前のめりになって彼の額に口づけを落とした。そして車の鍵と主任に頼まれた書類を持って、外へ向かった。


少しすると、趙雲瀾《チャオ・ユンラン》はドアが閉まる微かな音を聞いた。

ついさっきまで泥酔状態だった趙雲瀾《チャオ・ユンラン》は即座に起き上がり、携帯で誰かに「できるだけ長く足止めしておいて」というメッセージを送信したあと、事前に連絡しておいた引っ越し業者に電話を掛けた。

引っ越し業者はこんなにおかしな注文を受けたことがなく、

「あのう……お宅の所有者が不在の場合は、やはり……」と二の足を踏んでいる。

「ぐずぐずすんじゃねえ、早く来てくれ」

趙雲瀾《チャオ・ユンラン》は乱暴な口調で返した。

「彼は遅かれ早かれうちの戸籍に入る身だ。戸籍謄本に住所を二つ書けとでも言うのか？　ったく、部屋の中は使い捨てのものばっかりで、見るたびにイライラしちまう。とにかく五分以内に来てくれ。分かったか？」

電話を切ると、趙雲瀾《チャオ・ユンラン》はカバンから付箋《ふせん》をたくさん取り出し、引っ越しリストを作り始めた――自分のマンションに持っていくもの、捨ててもいいもの、買い替えたいもの……。

書いているうちに、趙雲瀾《チャオ・ユンラン》は突然ペンを止めた。いやらしい発想が頭の中に浮かんできたのだ――。

（彼の下着はどこにしまってあるんだろう？　特にまだ洗っていないほうの）

しばらくまえから沈巍《シェン・ウェイ》は自分の「脅迫」の下で遠慮しながらも一緒に暮らすようになった。しかし、彼は今まで通り「愛は育むが、礼を失してはいけない」と品行方正《ひんこうほうせい》を貫いてきた。失明していたこの半月くらいの間、趙雲瀾《チャオ・ユンラン》は下心を隠さずにずっとなにかを企んでいるが、いかんせんやる気はあれども力が及ばない。好きな人と毎日同じ部屋の中にいても、自分の目で見ることも味わうこともできず、修行僧さながらの日々を過ごしてきて、もう少ししたら出家できるんじゃないかとすら思っていた。

「好きでこっそりこんなことしてるわけじゃないからね」

趙雲瀾《チャオ・ユンラン》は手を擦り、ベランダのほうへ行った。長い間ここに帰っていないからか、ベランダにはハンガーは掛けてあるが、服などはない。趙雲瀾《チャオ・ユンラン》は諦めず、リビングルームにある大きなクローゼットを開けてみた。だが、中には普段着のシャツとズボンしかなく、下着どころか靴下一足すら見つからなかった。

趙雲瀾《チャオ・ユンラン》はまだ視力が完全に回復していないため、長いトレンチコートに覆われた下着の収納ケースが見えなかった。いったいどこにしまっているのだろうと思いながら、諦めの悪い趙雲瀾《チャオ・ユンラン》は常時閉じられている沈巍《シェン・ウェイ》の寝室に目をつけた。寝室のドアはノブがなく、鍵も取り付けられていない。懐中電灯でドアの隙間と蝶番《ちょうつがい》が取り付けられているはずのところを確認してみたが、蝶番も鍵穴も見つからなかった。不思議に思った趙雲瀾《チャオ・ユンラン》が手のひらをドアに当ててみると、天目《てんもく》によってその表面にある薄い模様が見えた。真っ黒なドアの中にはなんらかのエネルギーが流れているようで、穏やかで真っ直ぐなエネルギーは名状《めいじょう》しがたい厳《おごそ》かな雰囲気を放っている。ドアの模様に沿って寸分もずれることなく整然と流れている。

趙雲瀾《チャオ・ユンラン》はそのエネルギーをしばらく浴びていると、なんだか懐かしい感じがして、

「崑崙錠《こんろんじょう》なのか」と、ふと呟いた。

ここ最近、趙雲瀾《チャオ・ユンラン》は桑賛《サンザン》の協力で他の人に内緒で崑崙に関する書類を調べているものの、それがとても不思議で古い山であることは確認できたが、「崑崙」と名付けられた流派や奇抜な技や作品以外、特に価値のある情報は見つからなかった。

崑崙錠は彼が偶然目にした本に記載されていたものだ。言い伝えでは、崑崙錠の内部は上は円形構造で下は方形構造となっている。それは「天円地方《てんえんちほう》」[36]という宇宙観の表れで、真ん中には十四本のかんぬきが封印として施されており、ちょうど八荒《はっこう》[37]と六合《りくごう》の総和と一致している。

崑崙錠が世に現れた頃には六十四卦《ろくじゅうしけ》[38]の考え方がまだ生み出されておらず、陰と陽、これらの互いに補い合う二つの要素でしか森羅万象《しんらばんしょう》を捉えられなかった。とはいえ、陰陽の変化が激しく、その決まりは決して把握しやすいものではない。

36　訳注：「天円地方」とは天は円く、地は方形であるという古代中国の宇宙観。中華文化圏の建築物や装飾のモチーフとして用いられる。

37　訳注：「八荒」とは国の八方の果て、すなわち東、南、西、北、南東、北東、北西、南西という八つの方向。「六合」とは天地と四方、すなわち上、下、左、右、前、後ろという六つの方向。八荒と六合は天地、世界を指す。

38　訳注：「六十四卦」とは占いの一つで、儒教の基本経典でもある『易経（えききょう）』で用いられる基本図象。森羅万象の変化法則を説くもの。『易経』では陰と陽の爻（こう）（卦を構成する横画）を組み合わせてできた八種の形は八卦と呼ばれ、八卦を二つずつ組み合わせてできたのは六十四卦と呼ばれる。一つひとつの卦に占いの文句がつけられ、それが卦辞（かじ）と呼ばれ、さらに各卦の六爻にも占いの文句が爻辞（こうじ）としてつけられている。『易経』はすなわち六十四の卦辞、三百八十四の爻辞から構成される経典。

（こんなに複雑な崑崙錠まで取り付けられているなんて、寝室の中にはいったいどんな貴重なものが納められているのだろう？　いや……それより、斬魂使《ざんこんし》と崑崙はどういう関係にあるのか？　沈巍《シェン・ウェイ》はなぜこういう古い封印にここまで詳しいのか？）

ドアの前でしばらく躊躇《ためら》っていた趙雲瀾《チャオ・ユンラン》が、試しに手のひらに霊力を蓄え、慎重に崑崙錠を動かそうとしたとたん、崑崙錠は直《ただ》ちに触発され十四本のかんぬきが相次いで動き始めた。

陰と陽の相互の働きかけで動かされている崑崙錠が目まぐるしく変化し始めると、趙雲瀾《チャオ・ユンラン》は反応が追いつかなくなった。彼は様々なことに興味を持っているが、大体は大まかに捉えているだけで、精通しているわけではない。そして発想が自由奔放すぎて、こういう精巧なものの扱いは楚恕之《チュー・スージー》ほど得意ではない。だが、一度も見たことがないのに、なぜか崑崙錠を前に、趙雲瀾《チャオ・ユンラン》は心の奥からある種の懐かしさがおのずと湧き上がってくるのを感じた。あたかもその気持ちは生まれつきのもののようで、崑崙錠の一つひとつの変化、かんぬきの一つひとつの動きは自分の脳裏に刻まれたリズムにぴったり合っているように感じる。

趙雲瀾《チャオ・ユンラン》は誰かに導かれるかのように指をドアの上で素早く移動させる。

まずは天門《てんもん》[39]の方位、次は地戸《ちこ》[40]の方位を触り、そして方形、円形をなぞり、中にある三十六の柱に沿って指を動かしていくと……。

「カチャ」という音が聞こえ、真っ黒なドアがゆっくりと後ろのほうへ引っ張られ、狭い隙間ができた。

ドアが開いたのだ。光が一筋も差し込まない寝室の前に立ち、趙雲瀾《チャオ・ユンラン》は躊躇《ちゅうちょ》した。

なぜかそのドアを開けたことを後悔し始めたのだ。だが、開けたからには……。趙雲瀾《チャオ・ユンラン》は寝室の前で行っ

39　訳注：八卦では「天門」は北西方位を指す。
40　訳注：八卦では「地戸」は南西方位を指す。

たり来たりしてしばらく迷うと、携帯のライトをつけ、躊躇いがちに中に入った。

寝室の中には古い墨の香りと紙の匂いが微かに漂っており、壁にはなにかがぎっしりと掛けられている。

（絵なのか？）

趙雲瀾《チャオ・ユンラン》は携帯を持ち上げ、目を細めて部屋の中を見渡し、なにが壁に掛かっているのか頑張って確認しようとすると、思わず固まってしまった――。


壁一面に同じ人の絵が飾られているのだ。幼い姿のものもあれば、大人の姿のものもあり、怒っている姿もあれば、大笑いしている姿もある。それを見て趙雲瀾《チャオ・ユンラン》の手は震え出してしまい、危うく携帯を落としそうになると、ほろ酔い気分も一瞬で消えていった。

続いて、ライトの光がゆっくりと動かされ南の壁に掛けてある古い絵を照らした。それは巨大な水墨画で、ほぼ壁一面を占めている。絵紙は蝉の羽のように薄く、表面は白く滑《なめ》らかで……それはある人物の肖像画だ。目や眉の細部まで丁寧に描かれ、面持ちも真に迫っている。髪は地面につくまで伸び、極めて質素な青緑色の長衣を羽織っている。微かに顔を傾け、口角には笑みを浮かべているようだ。生き生きとした筆遣いによって絵の中の人物はまるで魂が宿っているように見える……。なにより驚くべきことは、そこに描かれているのは紛れもなく趙雲瀾《チャオ・ユンラン》本人であることだ。

絵の横には小さな文字が一行書かれている。現代の簡体字ではなく、古代の繁体字でもない。趙雲瀾《チャオ・ユンラン》が熟知している字体のいずれでもなく、見たこともないが、なぜか一目見ただけで、そこになにが書いてあるのかが分かった。

「鄧林《とうりん》[41]の陰に初めて崑崙君に会ひ、惊鴻《きょうこう》を一瞥《いちべつ》せるばかりに我が心曲《しんきょく》乱されにけり。巍書《ウェイ》」

【鄧林の陰で初めて崑崙君にお目にかかった。そのしなやかな美しき姿をちらっと一目見るだけで、我が心はすっかりかき乱されてしまった。巍書《ウェイ》】という一行だった。

（崑崙君もしくは大荒山聖《たいこうさんせい》は……つまり自分のことだったのか？）

十分後、引っ越し業者が沈巍《シェン・ウェイ》のマンションに着いた。ドアをノックすると、中から男が一人出てきた。実に風変わりな男だった。

引っ越しを頼んだのに、その男はなんの説明もせず、引っ越しはやめたとだけ告げた。そして無駄足を踏ませてすみませんと言い、お詫びとして財布を取り出し、払うはずだった引っ越し代を渡して帰らせた。

二十一

沈巍《シェン・ウェイ》は龍城《ロンチェン》大学の学年主任のところへ駆けつけると、誰かがわざと自分を趙雲瀾《チャオ・ユンラン》のそばから離れさせようとしていることにすぐ気が付いた。心が波立った沈巍《シェン・ウェイ》は学年主任が書類を受け取りそこを離れようとした時、主任の背中を強く叩き、

「誰に私を呼び出せと指示されたんだ？」と冷たい声で訊いた。

威圧感のある彼の声は、主任が微動だにできないようにその魂魄《こんぱく》の動きを封じた。主任は瞬時に放心した

41　訳注：「鄧林」とは中国神話に登場する巨人族である夸父（こほ）の杖が化した桃の木の森。

ような目つきを見せ、魂の抜けた生ける屍《しかばね》の如く、焦点の合わなくなった目でぼんやりと前を見つめる。

沈巍《シェン・ウェイ》はさらに手の力を強め、「言え！」と低く一喝した。

是非善悪を裁く斬魂刀《ざんこんとう》を前に隠し事ができる者などいないにもかかわらず、学年主任はどんどんぼんやりとした表情になる一方で、なにも吐かなかった。

その顔を見て沈巍《シェン・ウェイ》はすぐに分かった。この凡人は誰かに記憶を修正されている。沈巍《シェン・ウェイ》は振り返りもせず、脳裏に様々な陰謀を思い浮かべながらそこを去った——雲中白鶴《うんちゅうはっかく》な沈《シェン》教授は、ある人がこんなことまでして自分を呼び出したのはただその間に引っ越しをしてついでにパンツを何枚か盗みたかっただけだとは思いもしなかった。

沈巍《シェン・ウェイ》は慌てて自分のマンションに戻り、力強くドアを開け、リビングに誰もいないと気付くと、心が一気に冷え込んでしまった。

ドアのところにしばらく突っ立っていると、胸から抑えきれない殺意がこみ上げ、まるで長年眠っていた巨龍が誰かに逆鱗《げきりん》を引き剥がされむりやり目覚めさせられたようになってきた——前回自分の不注意で趙雲瀾《チャオ・ユンラン》に目の怪我を負わせてしまって以降、沈巍《シェン・ウェイ》はずっと心の弦を張り詰めている。目の前のがらんとしたリビングを見て、その弦はあと少しで引きちぎられてしまいそうになったのだ。

怒りで目が血走ってきたところで、ベランダから伝わってきた物音を聞いて沈巍《シェン・ウェイ》の理性はようやく呼び戻された。辛うじて気を静めた彼はそこに立ったまま体を回すと、一瞬でベランダまで移動した。

趙雲瀾《チャオ・ユンラン》は腰高の出窓に上半身を預けてゆったりとタバコを吸いながら、電話の向こうの人に口汚くなにかを言っている。

「……石は嫌いだぞ。大理石なんて絶対だめだ……。言ってることは分かるけど……。なに？　漢白玉《アラバスター》だと？　故宮《こきゅう》のリフォームを頼んだ覚えはないぞ！　いいか、ちゃんと工事してくれれば、リベートは一文たりとも欠かさずきちんとボーナスの形で支払うから、俺んちをカラオケボックスなんかのようにするんじゃねぇぞ。言っとくけど、俺をごまかそうとしたらお前らはおしまいだ……」

その声を聞いて、心配でずっと張り詰めていた心の弦が一気に緩んだ沈巍《シェン・ウェイ》は、ようやく自分の体が冷や汗でびしょ濡れになり、手のひらまですっかり冷たくなっていることに気が付いた。

物音を聞いて振り返った趙雲瀾《チャオ・ユンラン》は沈巍《シェン・ウェイ》が帰ってきたと分かると、すぐに顔をほころばせ、電話の向こうの人に言う。

「こんなことで無駄口を叩いてないで、とにかく体に優しい内装材を使ってくれ……。俺が住む家なんだから、生物化学兵器でめちゃくちゃにされて何百年かけても有害物質が消えないみたいな感じにしたらただじゃおかないぞ――おや、うちのかみさんが帰ってきた。つべこべ言わずにちゃんと工事してくれ。じゃあ」

電話を切った趙雲瀾《チャオ・ユンラン》はタバコを潰し、窓枠に半分乗るようにして凭れかかりながら手を広げ、

「ハニー、こっち来て、旦那さんにギュッとさせて」と軽い調子で言った。

沈巍《シェン・ウェイ》をからかうことはもはや日常のルーティンのようになっている。普段、沈巍《シェン・ウェイ》はほとんど相手にしないが、今回だけは違って真っ直ぐ趙雲瀾《チャオ・ユンラン》のほうに向かった。勢いよく趙雲瀾《チャオ・ユンラン》を抱き締め、顔を彼の肩のくぼみに埋《うず》めると、両手をその腰に当て体ごと持ち上げ、窓枠から下りさせた。ついでに窓を閉め、

「寒くないんですか」と言った。

趙雲瀾《チャオ・ユンラン》は胸を張り背伸びをすると、のろのろと顎《あご》を沈巍《シェン・ウェイ》の肩に乗せ、その体、その手から伝わってきた温

度を感じて満足そうに目を閉じた。静かで安らかな笑みを漏らした彼はお腹を満たして幸せに包まれたぽっちゃり猫のように見える。

「どうしたんですか」

いつもの趙雲瀾《チャオ・ユンラン》と違うと思い、沈巍《シェン・ウェイ》が訊いた。

「なんでもない」

この短い言葉は趙雲瀾《チャオ・ユンラン》の口の中でしばらく転がされてからようやく吐き出された。目と鼻の先にいる沈巍《シェン・ウェイ》の横顔を見つめながら、彼は顔色一つ変えずに話を続ける。

「こんな美人が好意を寄せてくれたんだから、驚いたし、嬉しいし――ついでにチューとかしてさらにお近づきになれたら、もっと嬉しいよ」

そして彼は沈巍《シェン・ウェイ》の虚をついてその唇をついばむように素早く口づけし、沈巍《シェン・ウェイ》が反応するまえにそそくさと逃げていった。

「ちょっと顔を洗って酔いを覚ましてから大慶《ダーチン》を迎えに行ってくる。そのあと一緒に実家に帰ろう」

趙雲瀾《チャオ・ユンラン》はそう伝えただけで、崑崙錠《こんろんじょう》、そして寝室で見たものについては一言も言わなかった。

❖

趙雲瀾《チャオ・ユンラン》と大慶《ダーチン》は手ぶらで帰るつもりだったが、沈巍《シェン・ウェイ》は人の家に押し入って図々しくご馳走になるようなことなどできるわけがなく、あくび連発の趙雲瀾《チャオ・ユンラン》を強引に連れて春節祝いの手土産をたくさん買った。

趙雲瀾《チャオ・ユンラン》の実家に近づけば近づくほど、沈巍《シェン・ウェイ》は緊張してきた。「武士に二言はない」という古人の訓戒を肝に銘じて決して前言を翻《ひるがえ》さない沈巍《シェン・ウェイ》でなければ、とっくに逃げてしまっているだろう。

趙雲瀾《チャオ・ユンラン》の両親は広いマンションに住んでいる。面積が大きいからか、やや物寂しく感じる。中に入るとキッチンから物音が伝わってきた。入り口にはまだ使われたことがなさそうなスリッパが二足置いてある。

大慶《ダーチン》は趙雲瀾《チャオ・ユンラン》の体から飛び降り、こそっとキッチンの前まで進んで、「ミャオーー」と温順に鳴いた。

「いい歳こいてぶりっ子して、この恥知らずめ!」

趙雲瀾《チャオ・ユンラン》が靴を脱ぎスリッパに履き替えながら小声で毒を吐くと、大慶《ダーチン》は振り返り、凶悪な顔をして彼を睨《にら》んだ。

「あら、大慶《ダーチン》が来たのね」

女性の優しい声がキッチンから伝わってきた。趙雲瀾《チャオ・ユンラン》の母だ。

お母さんは手についた小麦粉を払い、優しく黒猫を抱き上げた。

「このつやつやの毛並みを見て。また太ったんじゃないの?」

容赦なくパンドラの箱を開けられた大慶《ダーチン》はぐったりして太い足をお母さんの手に置き、惨めに喉を鳴らし始めた。

趙雲瀾《チャオ・ユンラン》の母は美肌の持ち主で、長い髪を結い上げ、細長い首を見せている。一見すると趙雲瀾《チャオ・ユンラン》とは似ていないが、よく見ると、眉と目の辺りはどことなく似ているように見える。その顔つきは優しくて麗《うるわ》しく、笑っていない時もなんとなく喜んでいるような表情をしている。メガネをかけており、昔の教養ある良家のお嬢様さながらの雰囲気を漂わせている。

どうやら父子は配偶者の好みがかぶることもあるようだ。

ただ、思いがけず、この「良家のお嬢様」は物音を聞いて玄関のほうに目をやり、趙雲瀾《チャオ・ユンラン》が帰ってきたと分かると、すぐに顔色を変え、一瞬で恐ろしいおばさんに変わってしまった。

「なにをヘラヘラ笑っているの。そんなに笑ったら口が割けるわよ。さっさと入りなさい！」

趙雲瀾《チャオ・ユンラン》が言われた通りさっさと家に入ると、お母さんはようやく、彼の後ろに立っていた沈巍《シェン・ウェイ》に気が付いた。

一瞬はっとしたが、お母さんは振り返って小麦粉がついた手を洗い、メガネを直してまた優しくて親切な顔に戻り、

「ああ、沈《シェン》さんですよね」と声を掛けた。

趙雲瀾《チャオ・ユンラン》は沈巍《シェン・ウェイ》の肩を抱き寄せ、背中を押してお母さんの前に突き出し、

「母ちゃん、こちらは妻の沈巍《シェン・ウェイ》だ。どうだ、美人だろう」と言った。

沈巍《シェン・ウェイ》は決まりが悪くてなにを言えばいいのか分からない。

幸いなことに、趙雲瀾《チャオ・ユンラン》の母は息子のでたらめ話に慣れているようで、真に受けなかった。沈巍《シェン・ウェイ》が手に持っているものを見て、

「あら、わざわざ手土産まで買ってきてくれたの？　手ぶらで来ていいのに」と言った。

趙雲瀾《チャオ・ユンラン》は自分の鼻を指差し、

「俺、俺が買ったんだぞ」と言った。

それを聞いたお母さんは麺棒を取り、慣れた手つきで趙雲瀾《チャオ・ユンラン》めがけて振り下ろした。

「自分が買ったって？　あんたにこんな常識があったら、母さんはとっくに安心してあの世に行けてるわ——早くお客さんに水を入れてきなさい。それから餃子の皮も作って。いっつも食事の時間ぴったりに帰ってきて食べるだけ。んもう！」

お母さんの麺棒攻撃をくらうと、趙雲瀾《チャオ・ユンラン》の背中にたちまち白い粉の跡が一本できた。お母さんにそう言われて認めたくない気持ちはあるが、趙雲瀾《チャオ・ユンラン》は言い返さず、ただ「……はーい」と答えた。

一方で、リビングにいる沈巍《シェン・ウェイ》はぎこちない座り方をしており、ピンと伸びた背筋が限界まで引っ張られた弓の弦のようになっている。

趙雲瀾《チャオ・ユンラン》は沈巍《シェン・ウェイ》に水を入れたあと、キッチンに戻って餃子を作るのを手伝っていたが、手先が不器用で皮の厚みを揃えられず、またお母さんの麺棒攻撃をくらってしまった。肩を回して身を躱《かわ》そうとしたものの、本格的に避けようとしていたわけではなく、お母さんに叩かれながら、

「人前だから少しは面目を立ててくれよ、母ちゃん」と小声で言った。

「食べることばっかり考えていて家事を手伝ってくれない。ろくに帰ってもこない。こんな息子に育てた覚えはないわ。面目を立ててくれ？　あんたに面目なんてあるの？　あっちに行きな！」

趙雲瀾《チャオ・ユンラン》はにやにやした顔でスペースを空けたが、キッチンからは出なかった。お母さんの忙しい姿を見て、周りを見渡し、

「そう言えばお手伝いさんは？　親父は？　うちの美人母ちゃん一人だけに家事をさせてどういうつもりだ」と言った。

「お手伝いさんは春節休みで帰省したわ。父さんは今夜食事会があるのよ」

「ならよかった」

趙雲瀾《チャオ・ユンラン》はほっとし、また声を低め、探りを入れるように、

「ラッキー。このことは親父にバレたら殴り殺されちまうかもしれないから」と言った。

お母さんは振り向いて彼に目をやり、

「なにかトラブルでも起こしたの?」と訊いた。

「大したことじゃないよ」

趙雲瀾《チャオ・ユンラン》は横に置いた箸置きに視線を移し、視力がまだ完全に回復していないため、無意識に目を細めた。そしてお母さんの顔色を覗《うかが》いながら、

「あのう……えっと、母ちゃんは同性愛のことをどう思ってるんだ」とだけ訊いた。

なぜそう訊いてきたのか分からず、

「世界に受け入れられつつある性的指向でしょう。どうして? なにかトラブルでも起こしたかって聞いてるの。話を逸らさないで」とお母さんが返した。

「トラブルっていうのはそのことなんだ」

趙雲瀾《チャオ・ユンラン》は白状した。

「そんな学術的な建前論はいいから、もしある日、俺がカミングアウトしたら母ちゃんはどうするのかって訊いてるんだ」

「これ以上でたらめなことを言ったら……」

「母ちゃん」

趙雲瀾《チャオ・ユンラン》はその言葉を遮り、中空を漂う視線を戻し、極めて真剣な目つきでお母さんを見つめながら、

「本気で訊いてるんだ。冗談なんかじゃない」と言った。

その話を聞いて、お母さんが麺棒を持つ手を思わず放すと、麺棒は床に落ちてしまった。そしてお母さんは呆気《あっけ》に取られた顔のまま趙雲瀾《チャオ・ユンラン》を見つめる。

趙雲瀾《チャオ・ユンラン》はため息をつき、麺棒を拾い上げた。腰の筋肉がピンと張っているため、シャツ越しにシャープな

腹筋のラインが見え隠れしている。

「親父はすぐに受け入れられないかもしれないから、先に母ちゃんにだけでも伝えとこうと思ってたんだ。言うのを先延ばしにしたってしょうがないし、母ちゃんを騙《だま》してはいけないし、たった一人の母ちゃんだから……」

お母さんはまだ驚いているようで、しばらく経ってからようやくしどろもどろな言葉で返す。

「その人は……あんたが連れてきた……」

趙雲瀾《チャオ・ユンラン》は頷いて、両手をドア枠に当て、自分の体でドアを塞ぐような体勢を作った。

「俺が半年もかけてあの手この手であやしたりけしかけたりして、三十六計や七十二変化の術[42]まであらゆる技を使ってやっと落とせた人なんだ。クーデターを起こすよりも難しかったんだぞ。母ちゃんが不満なら、俺を煮るなり焼くなり、お好きなようにどうぞ。ただ、彼に変なことを言ってこれまでの俺の努力を台無しにしないで。彼を悲しませると、俺も傷つくから」

お母さんは雷に打たれて魂が抜け出したかのようにふらふらしている。呆然《ぼうぜん》とした顔で餃子の皮を手に取り、機械的に中に餡《あん》を入れていくだけで、しばらくなにも喋らなかった。

「母ちゃん？」

お母さんは呼ばれても聞こえず、一、二分間ほど抜け殻のような状態に陥り、自分がなにをしているのかも、なにが聞こえたのかも分からず、ただ無意識に餃子を包み続けるだけだった。

趙雲瀾《チャオ・ユンラン》に何回か呼ばれると、突然我に返り、深く考えもせずに口を開く。

42　訳注：「三十六計」とは中国の魏晋南北朝時代の兵法書『兵法三十六計（へいほうさんじゅうろっけい）』による。「七十二変化の術」は『西遊記』の主人公孫悟空の技。ここでは恋愛戦術の比喩。

「じゃあ、仕事はどうするの？　周りの人に変なことを言われたりしない？　将来のことは？　そうだ。この間……この間家を買ったって父さんから聞いたけど、お金はあるの？」

趙雲瀾《チャオ・ユンラン》も呆気に取られた表情を浮かべ、カミングアウトの話がいかにして「お金が足りているかどうか」の話に転じたのかよく分からなかった。

お母さんの頭は混乱しているようで、趙雲瀾《チャオ・ユンラン》の話からいくつかのキーワードを抽出して適当に並べて文にし、考えもせずにそれが口を衝《つ》いて出てきたというふうにも捉えられる。

趙雲瀾《チャオ・ユンラン》の母は生活に困ることなく、夫に可愛がられてばかりいて、怒りとはなにかも知らずに人生を送ってきた上流インテリで心も広い。

それを見極めた趙雲瀾《チャオ・ユンラン》が立てたカミングアウト戦略は極めてシンプルだ――。

（まずは母ちゃんを攻略すること。母を制する者は父を制す）

お母さんがどういう反応を示すのか趙雲瀾《チャオ・ユンラン》はいろいろ想像していた。たとえばすぐには受け入れられず聞いたとたん怒り出してしまい、冷静になったら「ゆっくり話し合おう」と言い出してくるかもしれない。あるいは他の人のお母さんのように、刑事みたいに相手のことを調べ、沈巍《シェン・ウェイ》の八代まえの先祖まで探ってくるかもしれない。

こういう想像をしていたのは、趙雲瀾《チャオ・ユンラン》がまだ親になったことがないからであろう。

趙雲瀾《チャオ・ユンラン》は口をぽかんと開けたまま、なんと言えばいいか分からなくなっている。

しばらくすると、お母さんはようやく冷静さを取り戻し、箸で餡を取ろうとする手を止め、「遊びで付き合ってるの？　それともちゃんと考えたうえで決めたことなの？」と訊いた。

「遊びで付き合ってるなら母ちゃんには言わないだろう。母ちゃんを怒らせてなにかあったら、親父に殺されちまうぞ」

お母さんはゆっくりと壁に凭《もた》れかかり、しばらく落ち込んだあと、

「とりあえず父さんには内緒にして。母さんも気持ちを整理する時間がほしい──それはそれとして、彼とはどうやって知り合ったの？　なんのお仕事をしてるの？」と低い声で返した。

趙雲瀾《チャオ・ユンラン》が答えるまえに、お母さんは自分の眉間《みけん》を力強く摘《つま》み、不安そうに続ける。

「ああ、そうだ。うっかりしてた。このまえ言ってたよね。龍城《ロンチェン》大学の教授をやっているって。実家はどこ？　向こうの家族は認めてくれたの？　どんな人なの？　性格はどうなの？　あんたにはよくしてくれてる？　そういやあんたこれまでに何人も彼女を作ってきたでしょう。どうしていきなり……」

「母ちゃんさえ認めてくれれば、世界中誰も反対してこないんだ。親父だって母ちゃんの顔色を覗うだろう？　沈巍《シェン・ウェイ》はどんな人なのかっていうと……」

趙雲瀾《チャオ・ユンラン》は少し笑って話を続ける。

「俺にとっては、この世で互いに寄り添える唯一無二の存在だ。彼と話してみれば分かると思う。母ちゃんに殴られても文句は言えないけど、以前は確かに何人か彼女を作ってきた。でも、実は男の子とも何人か付き合ってきたんだ。彼のためなら、これからは喜んで一途なゲイになるよ」

親にとって、他人が自分の子供に愛情を注いでくれるのはさぞ感動や喜びに値することだろうが、自分の子供が他人に尽くしているのを見ていると、どうもすっきりしないものだ。こんな複雑な心境で、

「信じてたまるか」とお母さんは不機嫌に返した。

趙雲瀾《チャオ・ユンラン》は何一つ表情を変えていないが、心臓が思わず縮み上がってしまった。

その時、お母さんが続けた。

「本当に言った通りの素敵な人なら、あんたのことが目に留まるわけないだろう。メガネの度数が合ってないいんじゃないの?」

二十二

事務所を出たあと、楚恕之《チュー・スージー》はタクシーを拾って、ドライバーに行き先を伝えると、黙って目を閉じ休むことにした。

楚恕之《チュー・スージー》と一緒にタクシーに乗り込んだ郭長城《グォ・チャンチェン》は時折こっそりと楚兄《チューにい》を覗《のぞ》きながら、なんとなく楚兄《チューにい》の顔が灰に覆われているように暗く見える気がしていた。楚恕之《チュー・スージー》が自宅の近くでタクシーを降りた時、自分がまだ楚兄《チューにい》のカバンを持っていると気付き、

「楚兄《チューにい》、カバン!」と叫びながら郭長城《グォ・チャンチェン》も車を降り、楚恕之《チュー・スージー》を追いかけた。

楚恕之《チュー・スージー》は顔も上げずそのカバンを受け取り、

「うん。もう帰っていい」とだけ言った。

楚恕之《チュー・スージー》の家は細長い路地の奥にあり、二人はちょうど風が一番強く当たる路地の入り口に立っている。冷たい北風が楚兄《チューにい》の襟元から入ると、幅広のトレンチコートが膨らみ、まるで今にも風に乗って飛び去ってしまいそうに見える。

郭長城《グォ・チャンチェン》は大慶《ダーチン》の頼みを思い出し、すぐ楚兄《チューにい》の後についていった。

「も・う・か・え・っ・て・い・いって言っただろう。分からないのか」

楚怨之《チュー・スージー》は顰《しか》め面《つら》で言った。

「楚兄《チューにい》が無事に帰宅するのを見届けるまで、戻ってくるなと大慶《ダーチン》さんに言われたので……」

訥々《とつとつ》とした様子の郭長城《グオ・チャンチェン》を見て、楚怨之《チュー・スージー》は足を止め、凶悪な表情で彼を睨《にら》みながら、

「お前なんかに送ってもらう必要があるように見えるか？　俺は人間じゃないって分かってないのか？」

と極めて険悪な口ぶりで怒った。

「うう……」と郭長城《グオ・チャンチェン》は声を漏らした。どうやら怯《ひる》んでしまったようだ。

楚怨之《チュー・スージー》は相手にせず路地を進み家へ向かったが、歩き出したところで、後ろからまた郭長城《グオ・チャンチェン》の足音が聞こえてきた——この間抜け小僧は本当に諦めが悪いなと楚怨之《チュー・スージー》は思った。

そこで楚怨之《チュー・スージー》は突然振り返り、勢いよく郭長城《グオ・チャンチェン》に詰め寄った。すると、その身に纏《まと》う薄暗く陰湿な気配が郭長城《グオ・チャンチェン》を呑み込んでしまいそうになった。


「人肉ってどんな味がするか知ってるか？」

楚怨之《チュー・スージー》は薄い唇から鋭い牙をむき出しにした。

「食感は滑《なめ》らかで脂っこくて、骨の歯ごたえがたまらないぞ。ただ内臓は生臭くて、お腹から引っ張り出された時はまだ温かくてさ」

そう言って楚怨之《チュー・スージー》は悪意に満ちた視線で怯んでいる郭長城《グオ・チャンチェン》を見つめながら軽く唇を舐めた。

「どうして俺が知ってるか分かるか？　俺は人間を喰う僵尸《キョンシー》だからさ」

その話に郭長城《グオ・チャンチェン》は思わず身震いした。郭長城《グオ・チャンチェン》の肝っ玉は生まれた時にへその緒と一緒に切り取られてしまったのかもしれない。なんでもかんでも怖がる彼が楚怨之《チュー・スージー》のことも恐れているのは言うまでもない。そし

て今もすっかり怯えているような様子を見せている。だが、なぜかこの辺鄙《へんぴ》で静かな路地で、人間を喰った時についた血痕がまだ残っているような楚兄《チューにい》の牙を見て、郭長城《グオ・チャンチェン》は覚えられるはずの恐怖感を覚えていなかった。

それだけでなく、彼の脳裏にはさらにこんな場違いな発想がよぎったのだ――どうりで楚兄《チューにい》はえんどう豆[43]を食べないわけだと。

楚恕之《チュー・スージー》はうまく郭長城《グオ・チャンチェン》を怖気立《おじけだ》たせたと思い、鼻で笑うと彼を置いてそこを去ろうとしたが、いつも臆病な郭長城《グオ・チャンチェン》は今日はなぜか肝っ玉が太くなっているようでまたついてきた。

「僵尸《キョンシー》と一緒に棺《ひつぎ》に入る気か？」

「……」

それでも郭長城《グオ・チャンチェン》はいっこうに去ろうとしなかった。

楚恕之《チュー・スージー》はとうとう我慢の限界がきて、「失せろ！」と怒鳴った。

「大慶《ダーチン》さんに家まで送れって言われたからには、ご自宅まで……」

郭長城《グオ・チャンチェン》が悲壮感をたっぷり漂わせて返したが、言い終わるまえに、体丸ごと持ち上げられ壁に押し付けられた。楚恕之《チュー・スージー》の棒鋼のように痩せこけて冷たい手に首をきつく締め上げられ、両足が地面から離れた郭長城《グオ・チャンチェン》は、すぐに息がつらくなってきた。足をバタつかせ、むだに足掻《あが》き続けているが、楚恕之《チュー・スージー》はただ冷酷な視線で彼を睨んでいる。

近くで見ると、楚恕之《チュー・スージー》の瞳孔は少し灰色がかっているように見える。目立たない灰色であるため普段は気付かなかったが、日光に当たると、そこから妙な死の気配が漂ってくるのが感じ取れる。

43　訳注：人気ゲーム「プラントVSゾンビ」でゾンビ（キョンシー）が攻撃プラントからえんどう豆の攻撃を受けていることから

「俺はお天道様にも、自分自身にも顔向けできるつもりだ。この三百年間、ずっと罪を背負って生きてきた。犯した罪もとっくに償《つぐな》いきったろう。あいつらは何様のつもりだ。あんなやつらに有罪無罪を判定される覚えはない」

楚恕之《チュー・スージー》は食いしばった牙の隙間から言葉を絞り出した。

「なんならもっとその罪名に相応しい罪を犯してみせようか！」

郭長城《グオ・チャンチェン》は目が潤み、涙が溢《あふ》れ出てきてしまいそうになっている。彼は元々泣き虫で、ちょっとのことで泣いてしまう、度胸も意気地もないやつだ。楚恕之《チュー・スージー》と互いに目を見合わせている彼の顔には信じられないといったような、哀願しているような、悲しんでいるような表情が浮かんでいるが、怒りの色は微塵《みじん》もない。

郭長城《グオ・チャンチェン》は頑張って口を動かそうとするものの、声は出せない。その口の動きを読むと、なんとか「楚兄《チューにい》」と呼んでいることだけは分かる。

郭長城《グオ・チャンチェン》はまるで泥人形のようで、一発殴っても、殴り応えがないどころか手に泥がついてベタついてしまうようだ。そんな彼を見ていると楚恕之《チュー・スージー》は突然興《きょう》が醒《さ》め、手を放し、彼を地面に投げつけた。そして無関心な顔をして、郭長城《グオ・チャンチェン》が激しく咳き込んでいるのをただ横目で見る。

この若い青年はいつも小さなメモ帳を持って金魚のフンのように楚恕之《チュー・スージー》の後ろについてあちこち駆けずり回ってきた。人が何を言っても、すべてそのメモ帳に書き留める。大慶《ダーチン》がにゃんにゃんと呟《つぶや》いていた「愚かな人間め」なども例外ではなく、一文字も漏らさずにメモに残そうとする。

古代中国でなら、きっと皇帝のそば近くに仕えその言動を記録する宦官《かんがん》[44]をうまく務められるだろう。

普通の人には見えないが、激しく咳き込みすぎて気管がもつれてしまいそうな郭長城《グオ・チャンチェン》の体からは朧《おぼろ》げな光

44　訳注：「宦官」とは去勢を施された官吏。

が放たれている。それは数多くの功徳《くどく》を積んできた人の身にしか現れない光背だ。その白い光を見つめていると、楚恕之《チュー・スージー》は目が眩《くら》んできた。

楚恕之《チュー・スージー》は先ほど郭長城《グオ・チャンチェン》の首を締めていた手を突然持ち上げ、鳥の巣のように絡まっている郭長城《グオ・チャンチェン》の髪の上に置いた。郭長城《グオ・チャンチェン》は本能で身を縮こまらせたが、楚恕之《チュー・スージー》はただ彼の頭を軽く撫で、そしてだいぶ落ち着いてきたような顔を見せた。

「お前、子供の時ちゃんと勉強してなかっただろう。『竇娥冤《とうがえん》』[45]の抜粋、学校で習ったことあるか？　あの言葉、結構刺さるんだよな。『善《よ》いことをする人はたいてい貧しくて短命で、悪いことをする人はたいてい金持ちとなって長生きをする』……覚えてるか？」

楚恕之《チュー・スージー》はやや疲れたような口調で言った。

郭長城《グオ・チャンチェン》は勉強の才能がなく、学生時代は毎年定期的に記憶を消していたようで、学校で習ったことはすぐに忘れてしまっている。その台詞《せりふ》を聞いても、郭長城《グオ・チャンチェン》は地面にしゃがんだまま、当惑顔で楚恕之《チュー・スージー》を見るだけだった。

そんな彼を見て、楚恕之《チュー・スージー》は郭長城《グオ・チャンチェン》の顎を持ち上げて観察し始めた。

「お前は天庭《てんてい》[46]が小さくて狭いから、親との縁が薄いだろう。耳が薄いから、少年時代はいろいろ苦労してたよな。寿上《じゅじょう》[47]がやや突き出てるから、中年になったら年長者の庇護を失い、無事晩年を過ごせるかどうかも分からなくなるだろう。こんな幸薄い顔で生まれてきたんじゃ現世はもうどうしようもないと思え。いく

45　訳注：「竇娥冤」とは元代（1271〜1368年）第一の劇作家関漢卿（かんかんけい）によって書かれた元曲（元の時代の雑劇）。元曲最高の悲劇と評されている。
46　訳注：「天庭」とは人相学でいう額のこと。
47　訳注：「寿上」とは人相学でいう鼻筋の真ん中の部位。

ら功徳を積んだってむだだ。寄付とか慈善活動とか、やっても自分が貧乏になるだけだ。これからはあんな馬鹿な真似《まね》はやめて、安心して高官の二代目でいろ。楽しめることを全部楽しんでおいて、とりあえず楽に生きられるうちに楽に生きろ」

郭長城《グオ・チャンチェン》はわけが分からないといった表情を浮かべた。

「お前って本当にバカがつくほどお人好しだな」

楚恕之《チュー・スージー》はしばらく郭長城《グオ・チャンチェン》と見つめ合ったあと、たやすく彼を引っ張り上げ、

「俺にはどうすることもできない。冥府の手のひらの上で転がされてばかりいるだけの存在だから。心配ご無用。やつらに喧嘩を売れるほど腕っぷしが強くないし、死のうなんて思わない。ただ春節の間に何日か休んで、気晴らししたいだけなんだ。旧暦十五日が過ぎたら帰るからってあの猫妖怪に伝えてくれ」

言い終わると、楚恕之《チュー・スージー》は一筋の水蒸気のように蒸発して宙に上り、瞬く間に郭長城《グオ・チャンチェン》の目の前から消えた。

誰もいない路地は爆竹の破片が残した硫黄《いおう》の匂いで充満している。旧暦元日の龍城《ロンチェン》の道はやや物寂しく感じる。冷たい風は路地に吹き込んで小さな渦を巻き、郭長城《グオ・チャンチェン》のアホ毛も何本か吹き上げられた。顔にまだ涙痕が微《かす》かに残っている彼は鼻をすすり上げた。

先ほど楚恕之《チュー・スージー》が言っていたことは、郭長城《グオ・チャンチェン》に言い聞かせているというより、愚痴を零《こぼ》しているように聞こえた。愚痴というのは、聞き流せばいいだけのもので、大概理屈に合っていない。幸薄い顔をしていると言われても、それは先天的なことであるため、その人がなにをしたいのか、どのような生活を送りたいかなどの後天的なこととなんの関係もないだろう。

郭長城《グオ・チャンチェン》はずっと自分のことを救いようがないろくでなしだと思っている。そんな自分にはもったいないほ

ど多くのものことに恵まれていると思い、だからいつも恐れ多く感じている。この社会のためにできるだけのことをしているのも、「慈」とも「善」とも関係なく、ただ自分が世の中に役立っていると感じたいだけなのだ。

そのことからなにかを得たいなどとは考えたこともない。

それにしても、他人に人相学の見地から根拠まで並べて「幸薄い」人間だと指摘されるのは気が塞ぐことだ。郭長城《グオ・チャンチェン》はそんな憂鬱《ゆううつ》な気持ちを抱えて家に帰った。

❖

沈巍《シェン・ウェイ》は趙雲瀾《チャオ・ユンラン》の実家から出た時、まるでサバイバルを乗り切ったあとのように、心身ともに疲れ果ててしまっていた。趙雲瀾《チャオ・ユンラン》の母の前で馬脚《ばきゃく》を露わさないように慎重に振る舞っていたが、あいにくお母様の視線がX線のように鋭く、繰り返し照射されていると、沈巍《シェン・ウェイ》はあまりにも居心地が悪く、その視線で体が解体されそうに感じていた。

「お母様はなぜ私ばかり見ていたのでしょう。なにか勘付いたのでしょうか？」

沈巍《シェン・ウェイ》が訊いた。

趙雲瀾《チャオ・ユンラン》はまだなにも言っていないが、カツオの炒め煮の弁当箱の上に伏している大慶《ダーチン》は口を挟んだ。

「趙《チャオ》のやつは昔いろんな人と遊んで風評が立ってるから、今回もそうなんじゃないかってきっとお母さんが心配してたんだろうな」

沈巍《シェン・ウェイ》は言いがかりなどつけるつもりはないものの、その言葉を聞いて無意識に表情が曇ってしまった。

「くそデブ、これ以上でたらめを言ったら、窓から投げ捨てるぞ」

運転している趙雲瀾《チャオ・ユンラン》が無表情で言った。

大慶《ダーチン》がしっぽを立て「にゃあーー」と鳴くと、趙雲瀾《チャオ・ユンラン》はルームミラー越しに大慶《ダーチン》を睨みつけた。

「考えすぎるなよ。俺は……コホッ、俺は他の人をお袋に紹介したことが一度もなかったから。さっきお袋が疑心暗鬼になってたのは、君がなにか変なことをしたからじゃない。餃子を作るのを手伝ってる時、俺がお袋にカミングアウトしたんだ」

「おや、なかなかの勇士だね」

沈巍《シェン・ウェイ》が無言になったところで、大慶《ダーチン》は言った。

「君……お母様になにを……」

沈巍《シェン・ウェイ》は訊いた。

「お袋に俺は空が落ちて地が裂け崩れても君のことを愛してるって言ったんだ。認めてくれるなら、息子が一人増えるようなもんで、一つ買うと一つおまけ、お得だろう。認めてくれないなら、心中して見せるから、その時は元も子もなくなるよって言った。お袋はバカじゃないし、算数くらいできるから、安心しな」

「そんな作り話はいい加減にしろ。お前が太后《たいこう》様にそんな口を利けるか。沈《シェン》教授、あいつのズボンを見て。小麦粉がついてるじゃないか。きっとキッチンで太后様に土下座したんだろう――しかもわざと太上皇《たいじょうこう》が留守の日を狙ってカミングアウトするなんて、本当に意気地なし」

少しも顔を立てようとしてくれない大慶《ダーチン》を前に、趙雲瀾《チャオ・ユンラン》は一言も反論できなくなっている。

目の前でイチャつかれると苛《いら》つくので、大慶《ダーチン》はすぐに話題を変えた。

「そうだ、趙《チャオ》。ちょっと話がある。楚《チュー》の功徳枷《くどくか》は今日解かれるはずだってこと、覚えてる?」

「今日？」

趙雲瀾《チャオ・ユンラン》は少しぼうっとしてからようやく思い出した。

「もう三百年経ったのか。で、あいつはなんて言ってた？　功徳枷が解かれたらあいつはもう自由になるだろう。特別調査所を離れるのか？」

「そんな先のことを考えてもむだだ。冥府はまったく解いてくれる気がないんだ」

「なぜだ？」

「知るか。とにかく『積んだ功徳がまだ足りない』とか屁理屈を言ってさ、指標も教えてくれないし、なにを基準に『功徳が足りない』って言ってるのかも分からない。どうせ足りるも足りないもやつらの都合で決められてるんだろう」

「楚《チュー》さんは功徳枷を掛けられたんですか」

その時、沈巍《シェン・ウェイ》が尋ねた。

「うん」

大慶《ダーチン》は頷《うなず》いた。

「鎮魂令《ちんこんれい》に入ってる所員じゃ人手が足りない時もあるから、そういう時、令主《れいしゅ》は冥府からそこに監禁されている罪人を借りるようにしている。ある種の『強制労働』みたいな感じだ」

沈巍《シェン・ウェイ》はその説明を聞いてこう返した。

「仕方ないことかもしれません。冥府に捕まっているのは大体幽霊などの低級鬼で、大して役に立たないし、本当に能力が高い者は、自首しない限り、そんなに簡単に捕まるわけがない。冥府の立場から考えると、せっかく有能な者を捕まえたからには、徹底的に搾取したいのでしょう。功徳枷の解錠を先延ばしにするのは彼らの常套手段です。百年か二百年くらい先延ばしにされるのは珍しくありません」

趙雲瀾《チャオ・ユンラン》は黙って、やや冷ややかな目つきを見せた。

違う立場に立つ者の思惑が違ってくるのは当たりまえのことだ。趙雲瀾《チャオ・ユンラン》はわからず屋の少年というわけではない。冥府との付き合いは大まかな方針が間違っていなければ、細かなことは互いに妥協したり、裏でうまい汁を吸ったり吸われたりしても差し支えない。だが、最近はやつらが幾たびもこちら側のことにこっそりと首を突っ込んできたため、趙雲瀾《チャオ・ユンラン》は少し腹を立てている。

「楚《チュー》さんはどうして功徳枷を掛けられたんですか。よろしければ教えてもらえないでしょうか」

沈巍《シェン・ウェイ》が訊くと、大慶《ダーチン》は後ろの席から微かに輝きを放つ目で沈巍《シェン・ウェイ》を見て、冥府の暗黙のルールなど諸々ずいぶんと詳しいなと感心しながら、彼は果たして何者なんだろうと思わざるをえなかった。

そう思いながら黒猫はゆっくりと語り出す。

「楚恕之《チュー・スージー》は尸道《しどう》[48]の修行をしているんだ。死後、彼は僵尸《キョンシー》になり、偶然が重なって尸道の修行を始めることになった。尸道の修行者は大体性格が歪《ゆが》んでいて、みんなそれぞれ多少型破りなとこがあるっていうか。だから尸道はなにかよこしまな流派ではないかとしばしば勘違いされる。その中で、楚恕之《チュー・スージー》はまだ気立てがいいほうだ。当時、尸道に入ったあと、楚恕之《チュー・スージー》は、尸道の掟《おきて》とか禁忌《きんき》とかよく知らないまま一人で黙々と修行していた。

沈《シェン》教授は博識だから、尸道の修行が修行者自身の墓地で行なわれることはご存じだろう。修行が足りない者はいったん墓が破壊されると、自分の魂魄《こんぱく》まで打ちのめされることだってありえる。

48 訳注：「尸道」とは白骨や僵尸を操る術またはその流派。死後、僵尸になった者が修行を重ねれば、白骨遺体や他の僵尸を操れるようになる。

あの時、ある人がコオロギを捕まえて遊びたいと、楚恕之《チュー・スージー》の遺体が埋葬されていた無縁墓地までコオロギを追いかけてきた。よりによってコオロギが楚恕之《チュー・スージー》の墓の中に逃げていって、それを捕まえるためにそいつは人に命じて楚《チュー》の墓を掘らせた。しかも結局コオロギを見つけられず、そいつはかっとなって無縁墓地に放火したんだ。

幸いなことに、楚恕之《チュー・スージー》は当時『地門《ぢもん》』、つまり地獄の門を過ぎて、『天関《てんかん》』と呼ばれる天にある関所に向かって修行していたところだったから、日光に当たっても平気だった。それでちょうど墓の中にいなかったので、遺体本体だけは傷つけられずに済んだ。だが、修行っていうのは因果応報を重んじる。わけもなく修行が妨げられたわけだから、報復したって理屈が通る。この恨みを晴らさないわけにはいかないって思って復讐したんだろう」

その話は趙雲瀾《チャオ・ユンラン》も初耳だ。

「そのあとは？」

趙雲瀾《チャオ・ユンラン》は訊いた。

「そのあと、楚恕之《チュー・スージー》は自分の墓を破壊したやつを木に吊り下げて、血を抜いて干し肉にして喰ったんだ。だが問題は、楚恕之《チュー・スージー》の墓を掘らせたやつはまだ子供で、それが金持ちの息子でさ、とても傲慢で身勝手なクソガキだったんだ。こんなことを起こした時、そいつはあと一日半で七歳になるところ、つまり七歳未満だったんだ」

趙雲瀾《チャオ・ユンラン》は腑に落ちない顔を見せた。

「七歳未満だからなんだ？　なにか関係あるのか？」

「修行中の者は七歳未満の幼児をなによりも敬遠しているのです。幼い子供はまだ分別がついていないいため、どんなことをしても、お天道様から罰を受けることはありませんから。たとえ悪童に殴られて死んだとしても、その人は自分の悪運を受け止めるしかなく、復讐してはいけないのです。独断専行で幼児の命を奪ってしまうと重罪になります」

沈巍《シェン・ウェイ》は小声で説明した。

修行というのは、そもそも自然の摂理に反することである。どんな流派でも、修行に成功する者は一万人に一人いるかいないかくらいである。成功するには天分、努力、運気、どれも欠かせない。とりわけ運気は重要だ。

もし趙雲瀾《チャオ・ユンラン》がそんな目に遭ったとしたら、いくらガキがわがままで煩《わずら》わしいと思っても、せいぜい夜に悪夢を見させて驚かせるくらいで手を引くだろう。

自分がそのガキのせいで死んだり傷ついたりしたわけではないから、そんなガキとそこまで真剣に張り合うことはない――「お天道様は幼児の罪を問わない」というのも一理ある。ガキになにが分かるのか？　修行中に悪ガキを見かけたら避ければよいだけの話だ。死んだふりをしたり、目くらましの術でごまかしたりしてその場を凌《しの》ぐのはそう難しいことではない。どうしても避けられず出会ってしまうのは、大体前世の因縁で繋がっているからか、誰かに陥れられたかのどちらかだ。こういう場合は、あの決まり文句――「そういう運命なのだ」と嘆くしかないだろう。

残念ながら、尸道の修行をしている楚恕之《チュー・スージー》は小さな恨みでも必ず仕返しをし、日頃から何者にも忖度《そんたく》しない性格だ。

「お天道様の意志には逆らえないっていうならそこまでだが、冥府の意志にも逆らえないのか？」

趙雲瀾《チャオ・ユンラン》はポケットから携帯を取り出し、後ろに投げつけ、

「楚恕之《チュー・スージー》に電話をしてくれ」と大慶《ダーチン》に言いつけた。

黒猫は慣れた手つきで肉球で携帯の画面を押し電話を掛けたが、楚恕之《チュー・スージー》に切られてしまった。

「出るまで電話して」

趙雲瀾《チャオ・ユンラン》は言った。

三回掛けてみると、楚恕之《チュー・スージー》は携帯の電源を切ってしまった。

趙雲瀾《チャオ・ユンラン》は急ブレーキをかけ車を道端にとめ、財布から鎮魂令を一枚抜き出し、そこに素早く伝言メモを書いた――「今夜零時までに、光明通り《グァンミンどおり》四号に来てくれ」と。

趙雲瀾《チャオ・ユンラン》が鎮魂令を鶴の形に折ると、その鶴は窓の外へ飛び出し、一筋の煙と化して瞬く間に姿を消した。

二十三

趙雲瀾《チャオ・ユンラン》は自宅には戻らず、日が暮れるまえに、龍城《ロンチェン》大学の近くに構えた新居まで車を走らせた。

新居は独特な設計を売りにしている庭付きマンションで、龍城《ロンチェン》大学の裏庭と道一本しか隔てていない。

趙雲瀾《チャオ・ユンラン》は一束の鍵を取り出し、その中の一本を沈巍《シェン・ウェイ》に渡した。

「鍵がなくても部屋に入れるのは分かってるけど、これは一つの儀式だと思って」

沈巍《シェン・ウェイ》はなにか熱いものに触れてやけどした時のように、微《かす》かに指を引っ込め、

「これは私への?」と訊いた。

「そうだよ。俺たちの家の鍵だ」

趙雲瀾《チャオ・ユンラン》は部屋に向かいながら話を続ける。

「水道や電気回路の配列、壁の塗装はほぼできた。春節まえにフローリングを敷いてたから、部屋の中がまだちょっと散らかってるけど、あと一か月もすれば全部片付けられるだろう。新築の臭《にお》いが残ってるうちは荷物だけ先に運び込んでおいて、よく使うものは俺のマンションに置いてていいから、春の間に臭いを十分消せたら正式に引っ越してここで一緒に暮らそう——来て。エレベーターはこっちだ」

沈巍《シェン・ウェイ》は自分の心臓が水の中に浸っているように感じて、心が締めつけられて力が抜けていくような感覚に包まれている。

そのマンションは四階建てで、各階に一世帯ずつしかなく、駐車場は地下にある。住民専用の駐車場であるため、直行エレベーターも設置されている。

新居にはまだ内装材の屑《くず》などが残っているが、採光が抜群で、日が沈もうとしている今でも、微かな夕日が部屋の中に入り込んでいる。床に散らかっている内装の廃材さえ、夕日に照らされると、輪郭が金メッキを施されたように輝いている。

窓の外を見てみると片側には古い大木に囲まれた龍城《ロンチエン》大学の民国時代の建築群、もう片側には団地内にある山水庭園が眺められる。冬なので水は抜かれているが、俯瞰《ふかん》してみると、築山[49]に残っている流水に洗われた跡が依然としてはっきりと見える。

「『金屋貯嬌《きんおくちょきょう》』って言葉があるだろう。本来ならば美人は立派な屋敷に住まわせるべきだ。俺はそこまでの大金を持っていないから、金屋なんて造った日には、横領容疑で即処分されちまうだろう。すまないが、し

49　訳注：日本庭園の築山は土砂を盛って築かれたものを指すが、中国庭園の築山は石を積んで築かれたもの。

ばらくはここで暮らしてもらうしかない」

そう言いながら趙雲瀾《チャオ・ユンラン》は顔に笑みを浮かべた。

「少しずつお金を貯めていくから、その時はもっといい家に引っ越そう——俺たちの寝室は南のほうにあるベランダ付きの部屋で、もう一つ好きな部屋を選んで君の書斎にしよう」

沈巍《シェン・ウェイ》はただ深い眼差《まなざ》しで趙雲瀾《チャオ・ユンラン》を見つめている。

彼の淡々とした二言三言で自分が数千年も抑えに抑えてきたその人を懐かしむ気持ちや心底に潜めていた感情に火がついてしまった。虚を突かれて引き出された感情はこのうえなく濃厚だが、それとともに言葉では言い表せない恐怖心と加虐心も一緒に引き出された。この瞬間が永遠に続くように、相手を力任せに懐《ふところ》に抱き寄せ、その人の骨や筋肉をすべて握り潰して自分の手のひらの中で熔けさせたいとすら思った。

だが、内心がどれほど激しく動揺していても、趙雲瀾《チャオ・ユンラン》の前では沈巍《シェン・ウェイ》は息を荒げることすらできず、ただ目だけが密《ひそ》かに燃え輝いている。

幸いなことに、お邪魔虫はいつもタイミングよく現れてくれる。放置しておくと二人がこの勢いでゴミだらけの床で色事を始めてしまいそうな雰囲気を察したのか、大慶《ダーチン》は一気に窓枠に飛び上がり、大声で口を挟む。

「俺も自分の部屋が欲しい！　めっちゃ豪華な木製キャットタワーが欲しい！」

「失せろ」

せっかくの雰囲気を猫に邪魔され、趙雲瀾《チャオ・ユンラン》は腹が立ってきた。

「木製キャットタワーが欲しいだと？　鉄製でもいずれお前の体重で押し潰されちまうだろう！」

「なんだと？　お前の目は節穴か！」

趙雲瀾《チャオ・ユンラン》は顔も上げず、

「お前がデブすぎるって言ってんだ」と返した。

激怒した大慶《ダーチン》は趙雲瀾《チャオ・ユンラン》の肩に飛び上がり、両足でその髪を掴んでひたすらかき乱し始めた。

趙雲瀾《チャオ・ユンラン》が猫と張り合っている間、沈巍《シェン・ウェイ》はゆっくりと息を吐き、窓に凭《もた》れかかった。暖かい夕日がその体に当たると、いつも蒼白な顔も血色がいいように見えてきた。リビングで騒いでいる趙雲瀾《チャオ・ユンラン》と大慶《ダーチン》を静かに見て、思わず微笑んだ。


その時、沈巍《シェン・ウェイ》の袖から突然黒い影が現れた。そのとたん、僅《わず》かに上がっていた口角はまた下がってしまった。沈巍《シェン・ウェイ》が指先を擦ると、黒い影は瞬時に一枚の便箋に変化した。そこには「三十三天《さんじゅうさんてん》[50]の北西側に黒雲が現れ、不吉な兆しかと思われますゆえ、至急お戻りくださいますようお願い奉《たてまつ》ります」と書いてある。

沈巍《シェン・ウェイ》は便箋を丸め、手のひらに握った。

「雲瀾《ユンラン》」

沈巍《シェン・ウェイ》が声を掛けると、趙雲瀾《チャオ・ユンラン》と大慶《ダーチン》は同時に彼のほうに顔を向けた。

「少し急用ができてしまったので、今から出掛けないと……。せっかくの春節休みですから、暇があれば、実家に帰ってご家族と一緒に過ごしたらどうでしょう。目もまだ見えづらいでしょう。ご両親に面倒を見てもらったほうが私も安心です」

「急用って？」

50 訳注：「三十三天」は「忉利天（とうりてん）」ともいう。仏教では、天界の中で人間界に近い下部の六つの天は「六欲天（ろくよくてん）」と呼ばれ、「三十三天」はその第二天を指す。

趙雲瀾《チャオ・ユンラン》が訊いた。

「詳しくは分かりませんが、ただ傀儡《かいらい》から冥府の伝言が届いて、三十三天に黒雲が現れたと。なにか大変なことが起きているのかもしれません。いったん戻って様子を確認してきます」

沈巍《シェン・ウェイ》は手を伸ばし、趙雲瀾《チャオ・ユンラン》の眉間《みけん》のしわを優しく伸ばし、

「そんな顔をしないでください。なにも心配することはないから」と言った。

普通の雲や霧は三十三天までは上《のぼ》れないため、そこに雲が現れたとしたら、吉兆とされる紫雲か、不吉な黒雲かのどちらかしかないのだ。

「前回三十三天に黒雲が現れたのはずいぶん昔のことだ。俺の知ってる限りだと、およそ八百年まえかな」

大慶《ダーチン》は言った。

「前回はなぜ現れたんだ？」

「そんなの俺が知るわけないだろう」

趙雲瀾《チャオ・ユンラン》の質問に大慶《ダーチン》は不思議そうな表情で返した。

一方で、沈巍《シェン・ウェイ》は言葉を呑み、思わず趙雲瀾《チャオ・ユンラン》から視線を逸らした。

趙雲瀾《チャオ・ユンラン》は人の顔色を覗《うかが》う能力を極めており、特に相手が自分の気持ちをうまく隠せない沈巍《シェン・ウェイ》である場合は、その気持ちを汲《く》み取るのはたやすい。彼はしばし思案すると、

「あの鬼面男となにか関係があるのか？　前回ももしかしてそれが原因だったのか？　あいつはいったい何者なんだ。そんなにやり手なのか」と訊いた。

「鬼面男？　誰だ？」

大慶《ダーチン》は訝《いぶか》しげな顔で尋ねた。

夕日に当てられ血色がいいように見えていた沈巍《シェン・ウェイ》の頬からまた血の気が引いてしまった。

「すみません、お答えできません……」

趙雲瀾《チャオ・ユンラン》は一瞬固まり、沈巍《シェン・ウェイ》のそういう顔を見るたびに哀れまずにいられなくなる彼は訊こうとしたことを辛うじて呑み込んで、ため息をついた。

「分かった。行ってきな。気を付けて。今夜君が戻ってくるまで鍵は閉めないでおくから、早く戻ってね」

大慶《ダーチン》もいるため、沈巍《シェン・ウェイ》はなにも言い添えなかったが、ただ趙雲瀾《チャオ・ユンラン》の顔をしっかりと脳裏に焼き付けようとしているような視線で趙雲瀾《チャオ・ユンラン》に目をやり、そして黒い霧の中に入っていった。

趙雲瀾《チャオ・ユンラン》はなにか心配事を抱えているような顔でベランダのほうへ向かい、夕日が沈んで灰色がかった空を眺めながら、タバコに火をつけた。

大慶《ダーチン》は手すりに飛び上がり、心配そうに訊く。

「沈《シェン》教授の正体って、本当に把握してるよね?」

趙雲瀾《チャオ・ユンラン》は頷いた。

「じゃあ、なにを心配してるんだ?」

と、大慶《ダーチン》は首を傾けた。

「いろんなこと」

そう言って趙雲瀾《チャオ・ユンラン》は煙の輪っかを吐き出し、白い煙に包まれながら目を細めた。

「大慶《ダーチン》、あんだけ多くの経典を調べて、神々のゴシップまで掘り起こしたのに、ある人に関する記載は一つも見つからなかったのはなぜだと思う?」

「誰のこと？」

「……崑崙君《こんろんくん》」

大慶《ダーチン》が口をあんぐりさせ、趙雲瀾《チャオ・ユンラン》と見つめ合って無言になっていると、苛立《いらだ》ってきた趙雲瀾《チャオ・ユンラン》はもう一本タバコに火をつけた。

「なんだ？　お前まで答えられないのか？」

「そういうわけじゃないけど……俺ら動物や草木の類《たぐい》は人間と違って、知能が低いから、かなりの強運を持っているやつしか修行の道にたどり着けない。修行で腕を磨き続けて初めて、世間のことやものの道理が少しずつ理解できるようになる。

崑崙君……崑崙君は不周山《ふしゅうざん》が崩れるまえにすでに存在し、大荒山聖《たいこうさんせい》と呼ばれていたんだ。そのあと姿を消してからは少なくとも五千年が経った。正直言うと、お前……つまり俺の前代の主人が俺のそばから離れるまで、俺はただ食うことと寝ることぐらいしか考えていないちっぽけな動物だったんだ。俺のこと、買いかぶりすぎだよ」

黒猫は窓枠に伏して、やや物寂しい口調で話を続ける。

「俺らは人間と違って、バカで頭が悪い。何百年何千年修行しても知恵を手に入れることができず、主人についていくことくらいしか知らない。それ以外のことはよく分からないんだ」

趙雲瀾《チャオ・ユンラン》はタバコの灰を弾き、

「実はあるところで崑崙君の肖像画を見たことがあるんだ」と言った。

それを聞いて大慶《ダーチン》はすぐ顔を上げたが、趙雲瀾《チャオ・ユンラン》はその話を続けなかった。

「ちっぽけな動物か……」

と言いかけて、しばらくしてから趙雲瀾《チャオ・ユンラン》はまた話を続けた。

「そう言えば、お前は何年くらい動物でいたんだ？　いったいどんな場所にいたら、成長を止められ、ずっとちっぽけなままでいられるんだ」

答えは崑崙山だ。崑崙山の絶巓《ぜってん》は諸神の発祥の地であり、無数の太古の神々や魔物が骨を埋めた場所でもある。解けることのない白い雪を頂く山頂に千年に一度しか咲かない花が植わっている。太古から現在に至るまで、片手で握れるくらいの太さしかない幹がたった一本伸びており、くねくねと曲がっている。その幹にできた年輪には語りきれないほどたくさんの並々ならぬ物語が詰まっている。

趙雲瀾《チャオ・ユンラン》の質問を聞いて、大慶《ダーチン》は言いようのない不安を覚えた。まるで見えない手が全人類の背中を押して、ある一定の方向へ進めさせているように感じて、思わず毛を逆立たせた。

「人事に代謝あり、往来して古今を成す」[51]という漢詩があるように、人間の営みというのは次々と入れ替わっていくもので、栄枯盛衰《えいこせいすい》を繰り返しながら歴史は紡がれていく。

無数の神々が現れてまた消え、それはおけらやアリのような凡人とそれほど違いがない。世の中で永遠に高みに立ち続けられる者はいないのである。

（あの時、盤古《ばんこ》は果たして本当に混沌を切り開いたのか？　それとも混沌は別の姿に変わっただけなのか？）

いろいろと考えているうちに、大慶《ダーチン》はふと恐怖を感じた。彼の幼い頃の記憶はほぼ消えてしまっている。

51　訳注：唐の詩人孟浩然（もうこうねん）の『与諸子登峴山（諸子と峴山（けんざん）に登る）』による。

人は永遠に輪廻転生を繰り返していくから、彼の最初の主人も別人かなにかに転生しているのだろう。だが、なぜか今でも時には最初の主人の匂いを感じ取れるように、なにかが大慶《ダーチン》の心の奥深くに埋め込まれているのだ。

その時、ある人の姿が大慶《ダーチン》の脳裏に浮かび上がった。その人は遠くに見える山々のような青緑色の長衣《ちょうい》を羽織っており、袖を振るたびに、新雪や竹枝の匂いが漂ってくる。その人が大らかに笑って温かい手で自分の体を抱き上げる光景が微かに脳裏に残っている……。

すると、そう遠くないところからひときわ鋭い鳥の鳴き声が響いてきた。

大慶《ダーチン》と趙雲瀾《チャオ・ユンラン》が同時に窓の外に顔を向けると、大勢の鴉《からす》が空に向かって飛び上がっていくのを目にした。まるで龍城《ロンチェン》に棲む鴉が一斉に飛び立ち、空を覆おうとしているように見える。

世の中に不吉なことが起きるたびに、鴉は真っ先にそれを嗅ぎつける。

風の音と鴉の鳴き声の中で、趙雲瀾《チャオ・ユンラン》は突然大慶《ダーチン》に言う。

「ちょっとお前に聞いてもらいたいことがあるんだけど、口外しないでほしい」

大慶《ダーチン》は趙雲瀾《チャオ・ユンラン》に真剣な顔を見せ、

「俺の口は貝のように堅いから、安心して」と返した。

「沈巍《シェン・ウェイ》は斬魂使《ざんこんし》なんだ。だから、ちょっと彼のことが心配なんだ」

その話を聞いた大慶《ダーチン》はよろめいて足を踏み外してしまい、失神したかのように真っ直ぐ窓枠から落ちてしまった。

二十四

「なんだと⁉　趙雲瀾《チャオ・ユンラン》、大胆にもほどがあるぞ！」

沈巍《シェン・ウェイ》の正体を聞いて怒鳴る大慶《ダーチン》を前に、趙雲瀾《チャオ・ユンラン》はただ心ここにあらずといった顔で「うん」と答えた。

大慶《ダーチン》は人間界に長年のさばっているうちに、諸々の奇妙な現象は一通り見てきたつもりだったが、欲情に駆られた人間がどれほど大胆になれるのか、ここにきて初めて思い知らされた。

殷《いん》王朝の紂王《ちゅうおう》が自身の寵姫《ちょうき》である妲己《だっき》のために忠臣の心臓をえぐり出したとか、周王朝の幽王《ゆうおう》が寵姫を笑わせるために、兵乱発生の合図である烽火《のろし》を無意味に上げ、諸将の軍勢に何度も無駄足を踏ませたとか、唐王朝の玄宗《げんそう》が楊貴妃に溺れ政務を怠っていたとか――。

（美人のためならなんでもできるのが男という愚かな生きものだ！）

そう思いながら、趙雲瀾《チャオ・ユンラン》と「沈《シェン》教授」が一緒にいる時のシーンが一つずつ大慶《ダーチン》の脳裏をよぎった――沈巍《シェン・ウェイ》が冥府《めいふ》について驚くほど詳しいこと、一挙手一投足《いっきょしゅいっとうそく》に漂うどこかで見たような雰囲気、いつも幽冥四聖《ゆうめいしせい》と関わる場面で現れること、そして王向陽《ワン・シャンヤン》を取り調べる時に言い渡した「判決」……。怪しいと思っていたことはすべて説明がついた。思わず耳を疑いたくなるような話だが、大慶《ダーチン》はそれを受け止めるしかなかった。

「お前、斬魂使《ざんこんし》が何者か分かってるのか？」

趙雲瀾《チャオ・ユンラン》は顔色一つ変えず、

「それを訊きたかったんだ」と返した。

「はるか昔、人間と神の区別をつけるために、『封神《ほうしん》』という神になるべき者を改めて神として任命する儀式[52]が行なわれた。それ以降のことなら、どんな神でも、仏でも、そこら辺の妖族の者だろうと、俺はその起源は大体把握してる。でも、斬魂使のことだけはよく分からないんだ。これがどういうことか分かってるのか？」

大慶《ダーチン》は気が気でなくなっている。

一方で、趙雲瀾《チャオ・ユンラン》はその話を聞いても意外だとは思わなかった。彼は沈巍《シェン・ウェイ》が描いた絵を見たことがある——そこには「鄧林《とうりん》の陰に初めて崑崙君《こんろんくん》に会ひ」と書いてあった。

崑崙君と面識があるというのなら、沈巍《シェン・ウェイ》は太古の昔に生まれたのだろう。その頃の大慶《ダーチン》はまだ知性を持っていなかったため、斬魂使の起源を知らなくてもおかしくはない。

「お前が知ってることだけでいいから教えてくれ」と、趙雲瀾《チャオ・ユンラン》が言った。

「『后土《こうど》』って知ってるか」

大慶《ダーチン》はイライラして前足で窓枠を繰り返し掻きながら訊き返した。

「うん。『山海経《せんがいきょう》』[53]によると、水神共工《きょうこう》の子は『后土』といい、炎帝[54]の子孫だという。『招魂《しょうこん》』[55]では、『后土』は幽冥を司る神となっている。そして後世の民間説話では、『后土』はよく『皇天《こうてん》』、つまり天帝と併称され、とにかく地位が高いとされている……。そのことから、后土は実は女媧《じょか》だっていう言い伝えもある」

52　訳注：封神の儀式は明代の神怪小説『封神演義（ほうしんえんぎ）』に見られる。

53　訳注：『山海経』とは、中国最古の地理書。各地の山脈、河川、風俗などを記すが、空想的な妖怪、神々の記述も多く含まれている。

54　訳注：「炎帝」とは古代中国神話に登場する帝王。『帝王世紀』によれば、初代炎帝の神農から最後の炎帝である楡罔（ゆもう）まで全部で八代、５３０年間続いたという。古代中国伝説で有名な涿鹿の戦いにて炎黄連合軍で蚩尤を破ったのは、初代炎帝の神農ではなく、八代炎帝の楡罔とされる。

55　訳注：『招魂』とは、『楚辞（そじ）』の招魂編を指す。『楚辞』は戦国時代末、楚国で歌われていた歌謡に基づいて詩人屈原（くつげん）とその作風をつぐ弟子や後人の作品を集めたもの。

大慶《ダーチン》は趙雲瀾《チャオ・ユンラン》の話に続けて語り始める。

「当時、共工が天柱《てんちゅう》である不周山《ふしゅうざん》を崩したせいで天に穴が開いて崩れかけていた。そこで女媧は五色の石を精練して、天を修復した。そのあと、女媧は黄土と化して陰と陽の世界を隔てる大地となった。それで初めて幽冥の世界が作り出され、女媧も後世に『后土』と尊称されるようになった」

なぜ大慶《ダーチン》が突然「后土」の話をしてきたのか、趙雲瀾《チャオ・ユンラン》は少し疑問に思った。

「斬魂使の起源について、冥府のほうは『黄泉《よみ》より千尺下』から生まれた者って言ってるけど、問題は斬魂使は不周山が崩れるまえにすでに世に生まれていることだ。その時はまだ幽冥が創り出されていなかったから、もちろん黄泉も存在していなかった。あいつらはなにをもって斬魂使は『黄泉より千尺下』から生まれたと言ってるんだと思う?」

「つまり、斬魂使は幽冥から生まれた者ではない」と、大慶《ダーチン》の分析を聞いて、趙雲瀾《チャオ・ユンラン》は答えた。

「気付いてないのか? 幽冥のやつらは斬魂使のことを怖がってるんだ」

大慶《ダーチン》は話を続けた。

趙雲瀾《チャオ・ユンラン》が手にしたタバコはもうすぐ燃え尽きるが、彼はまったく気付いていない。

「お前……お前ってやつは、なんでよりによって彼と一緒になったんだ。なんでそんな簡単に体を許しちまうんだ」

そう言って大慶《ダーチン》はため息をついた。

なにより悲劇なのは、実際はまだ沈巍《シェン・ウェイ》に体を許してもらっていないことだ。

「もう手遅れだ」

趙雲瀾《チャオ・ユンラン》が黙って窓の前に立つと、夕日に照らされて影が長く伸びた。彼はただ黙然とタバコを吸い続け、周りを煙だらけにし、まるで雲のたなびく仙界を彷彿《ほうふつ》とさせるような光景だった。床に吸い殻が散らかり、ポケットに入れたタバコが空になると、趙雲瀾《チャオ・ユンラン》は手を差し出し、腕に上《のぼ》れと大慶《ダーチン》に合図し、そして外へ歩いていった。

「どこへ行くんだ？」

「光明通《グァンミンどお》り四号に戻るんだ」

趙雲瀾《チャオ・ユンラン》は冷ややかな口調で返した。

「まず楚恕之《チュー・スージー》に会って、そのあと獄卒《ごくそつ》と交渉してくる——あいつが俺の下で働いている限り、他のやつにいじめられてるのを黙って見てられるか」

光明通《グァンミンどお》り四号は日勤所員が退勤したばかりで、楚恕之《チュー・スージー》はまだ来ていない。

趙雲瀾《チャオ・ユンラン》は大慶《ダーチン》にお魚ジャーキーと牛乳を用意したあと、図書室に入った。目がまだ全快ではないため、図書室の入り口に置いてある室内の明るい照明から目を守る特殊メガネをかけた。中に入ってすぐ、図書室の隅に慌てて離れた桑賛《サンザン》と汪徴《ワン・ジェン》が見えた。

「俺に構わず続けていいから」

趙雲瀾《チャオ・ユンラン》がそう言うと汪徴《ワン・ジェン》はなにを言ってるんですかと言わんばかりに、顔を覆ったまま外へ飛んでいった。神経が図太い桑賛《サンザン》は特に恥ずかしいと思っていないようで、髪の毛をかき毟《むし》りながら趙雲瀾《チャオ・ユンラン》のほうに向かってきて、

「まだ、崑崙、いりますか」と訊いた。

趙雲瀾《チャオ・ユンラン》がメガネをかけると、鼻筋がよりいっそう高く見えた。顔を上げた時は顎《あご》のシャープな輪郭線が露《あら》わになり、端整《たんせい》な横顔と相まって、やや冷淡な雰囲気を漂わせている。

「探してもむだだ。有用な情報はすべて消されちまってる」

趙雲瀾《チャオ・ユンラン》は本棚に置かれた本の背を一冊ずつ触りながら前へ進み、

「気になるのは……女媧に関すること。女媧が人間を造り、天を補修した話、蚩尤《しゆう》[56]と炎帝・黄帝《こうてい》[57]の間の戦い、共工と顓頊《せんぎょく》の間の権力闘争、これらすべてに関する情報を探したい。一人の情報を全部もみ消せたとしても、物事のいきさつをすべて隠せるはずはない」と言った。

趙雲瀾《チャオ・ユンラン》は一見すると学識のないチンピラのように見えるが、意外と古文の造詣《ぞうけい》が深く、一読するだけですんなり内容を理解できる。それだけでなく、様々な古代字体にも詳しい。高い鉄製の梯子《はしご》の上に足を組んで、一冊読み終えるとそのまま床に捨て次の本を読み始める。桑贊《サンザン》も彼を邪魔せず、近くに立って黙々と片付けている。図書室の中はパラパラと本をめくる音しか聞こえなくなった。

趙雲瀾《チャオ・ユンラン》は視力がまだ完全に回復しておらず、疲れてくると目の前がなにかの膜に覆われているように見えにくくなってしまうため、彼は時々本を読むのを止め、桑贊《サンザン》と少しお喋りするようにしている。

「言い伝えでは『不周山』は神山で、天への道とも言われてる」

趙雲瀾《チャオ・ユンラン》はジェスチャーを交えながら丁寧に説明し始めた。

「史料の記載によると、共工と顓頊の権力争いは共工の負けに終わったが、共工は頭にきて神龍に乗った

56 訳注：「蚩尤」とは古代中国神話に登場する戦闘神。獣身で銅の頭に鉄の額を持つ。兵器を発明したという。炎帝の世の末期に乱を起こし、のちに黄帝と称される軒轅（けんえん）と闘い、軒轅と炎帝の連合軍に破れ、戦死したという。

57 訳注：「黄帝」は中央の天帝。名は軒轅。蚩尤や炎帝（楡罔）に勝利し、神国の組織を整えた。『大戴礼記』『史記』などによれば、黄帝を五帝時代の始祖としている。

まま不周山にぶつかっていってそれを崩したと」

桑賛《サンザン》はまだ聞き取りが苦手で、反応するにはずいぶんと時間がかかる。しばらく経つと、ようやく分かったように頷《うなず》いた。

「俺はそんな言い伝えなんて信じてない」

趙雲瀾《チャオ・ユンラン》は小声で言った。

「炎帝と黄帝が蚩尤と戦っていた数年間、砂嵐が吹き荒れ、大地も崩れる惨状になっていたというのに、不周山はピクリとも動かなかった。盤古《ばんこ》が斧で天地を開闢《かいびゃく》した時も、不周山は無事だった。そんな山がたかが龍がぶつかったくらいで崩れるなんてことあるのか？」

桑賛《サンザン》は聞き取れない形容詞と名詞を聞き流して分かる言葉だけから相手が言いたいことを汲《く》み取るスキルをすでに身につけている。しばらくすると、彼は面白い訛《なま》りで口を開いた。

「もし……ありえないことがオイ……起きてしまったのなら、きっと誰かがそれを……オク……起こしたいに違いありません」と。

「天への道を断ち切りたかったたってことか」

趙雲瀾《チャオ・ユンラン》は指先で古書を軽く叩きながら、

「誰にそんなことができるんだ？　なぜそんなことを？」と呟《つぶや》いた。

桑賛《サンザン》は顔を上げ、深い眼差《まなざ》しで趙雲瀾《チャオ・ユンラン》を見つめる。

「不周山が崩れたあと、女媧は大きな石で天を補修して、そして后土、つまり大地と化し、その魂魄《こんぱく》も幽冥で散ってしまった。女媧が自分の両手で天を支え、天と地の間を広げたみたいなもんだ。そうか……大地というなら……泥か……」

趙雲瀾《チャオ・ユンラン》の声はますます小さくなり、ほぼ独り言のようになっている。

「ちょっと待って、女媧が人間を造った話を書いた本を持ってきてくれ」

趙雲瀾《チャオ・ユンラン》は突然桑賛《サンザン》に言いつけた。


桑賛《サンザン》が本を渡すと、大慶《ダーチン》が図書室に入ってきて、

「楚《チュー》が来たぞ」と言った。

趙雲瀾《チャオ・ユンラン》がすぐにその本を脇に挟んで梯子から下り、図書室を出ようとすると、桑賛《サンザン》が後ろでこう言った。

「あの時、世の中にはまだ秩序というものがなかったでしょう。みんなもっと多くのケイ……権力を欲したがっていたじゃないですか。あの山……所長が言っていた天への道がもしダチ……断ち切られたのなら、誰かが……あれを終わらせるために断ち切ったのかもしれません……」

適切な言葉が思いつかない桑賛《サンザン》がなにかのジェスチャーをすると、「世の中の争いを終わらせるために誰かが天への道を断ち切った」と言いたかったことを趙雲瀾《チャオ・ユンラン》はすぐに汲み取った。

その話に触発されたように、趙雲瀾《チャオ・ユンラン》は眉尻を微《かす》かに上げた。


天地開闢で混沌とした状態が終わったばかりの頃、神々が戦い続け、炎帝と黄帝が蚩尤を倒し、新たな秩序を創り上げた。しかし、人間が増えるにつれ、女媧が命の息を吹き込んだ泥人形の間に権力というものが生まれた。権力を奪い取るために、人間もその混戦に加わった。

（それならば……不周山を崩し、天への道を断ち切ったのは乱世を終わらせ、諸神の戦いに終止符を打つためだったのか？　世間を万物が生み出されたばかりの頃の生き生きとした状態に戻そうとしていたのだろ

うか？）

趙雲瀾《チャオ・ユンラン》は先日、自分が見た夢を思い出した。夢の中で嘆いていたのはいったい誰なんだろう。

❖

鎮魂令《ちんこんれい》の呼び出しを受け、楚恕之《チュー・スージー》は光明通《グァンミンどお》り四号に来たが、一人で来たわけではなく、もう一人が影のようについてきた——着ぐるみのように温かい格好をしている郭長城《グォ・チャンチェン》も一緒に来たのだ。マフラーを二枚も巻いて顔の大半を覆い、前髪とマフラーの間から目だけが露出したその様は、まるで忍者タートルズ[58]のコスプレをしているかのように見える。

大慶《ダーチン》の言いつけを守ってずっと楚恕之《チュー・スージー》のそばについていた郭長城《グォ・チャンチェン》は楚兄《チューにい》が姿を消したあと、仕方なく家に帰ろうとしたが、タクシーを待っている間に気持ちが揺らいだ。さすがに新年初日から大慶《ダーチン》に頼まれたことを失敗するのは申し訳ないと思い、やはりさっきの路地に引き返し、勇気を振り絞って通行人に楚恕之《チュー・スージー》を見かけていないか訊いて回った。

冷たい風に吹かれながら三十分ほど探し続けると、寒さで鼻も真っ赤になってしまった。幸いなことに、自治会の心優しいおばさんが郭長城《グォ・チャンチェン》を拾って、楚恕之《チュー・スージー》の家の前まで送ってくれた。ところが、おばさんがそこを離れると、彼はドアをノックすることも、帰ることもできず、ずっと外で躊躇《ちゅうちょ》していた。

楚恕之《チュー・スージー》が鎮魂令の呼び出しを受け、光明通《グァンミンどお》り四号に向かおうとした時、ようやく自宅の前で凍えそうになっ

58　訳注：「忍者タートルズ」、全称は『ティーンエイジ・ミュータント・ニンジャ・タートルズ』、アメリカのアニメシリーズ、および作中に登場するグループの名前。バンダナで頭を覆っているが、目が露出している。

ている郭長城《グオ・チャンチェン》に気付き、ついでに特調まで連れてきたのだ。

重苦しい雰囲気が漂う事務室で、楚恕之《チュー・スージー》は机の前に座って、冷厳な顔をして趙雲瀾《チャオ・ユンラン》のライターの火をつけたり消したりして遊んでいる。大慶《ダーチン》もなにも言わず、ただあちこちうろうろしている。静まり返った捜査課事務室は、郭長城《グオ・チャンチェン》が鼻をすする音くらいしか聞こえない。

趙雲瀾《チャオ・ユンラン》が本を脇に挟んでそそくさと壁の中から出てきた時、楚恕之《チュー・スージー》はようやく顔を上げた。


「俺を呼び出してなにか用があるのか？」

趙雲瀾《チャオ・ユンラン》は楚恕之《チュー・スージー》の正面に座り、彼の表情をしばらく観察すると、「ここを離れるつもりなのか？」とずばり訊いた。

楚恕之《チュー・スージー》は答えなかった。

「ポケットに突っ込んだ手を出せ。隠せば臭《にお》いを消せるとでも思ったのか？」

趙雲瀾《チャオ・ユンラン》は冷ややかな口調で命令した。

楚恕之《チュー・スージー》は口角を吊り上げ、気味の悪い作り笑いを見せると、ポケットから手を出した。その手のひらには小さな骨が握られている。先端が微かに青い光を放つその骨は、中が空洞になっていて、表面に四つの穴が空いている。それは「骨笛《ほねぶえ》」といい、僵尸《キョンシー》や亡霊などの類《たぐい》を操る道具である。生前になにがあったとしても死者の尊厳を尊重すべしとされているように、人の遺骨への冒涜《ぼうとく》は不吉を招いてしまうと考えられ、骨笛は古くから妖邪の術と見なされている。

その時、郭長城《グオ・チャンチェン》が大きな音でくしゃみをすると、楚恕之《チュー・スージー》は斜めから視線を投げかけ、「俺の話より、誰か先にこのポンコツを送ってやったほうがいいよ」とゆったりとした口調で言った。

「郭《グオ》くん、大慶《ダーチン》とキッチンに行って板藍根《ばんらんこん》[59]を飲んどこうか」

郭長城《グオ・チャンチェン》と大慶《ダーチン》が事務室を出るまで待つと、趙雲瀾《チャオ・ユンラン》は表情を豹変させ、机を強く叩いた。

「お前、どういうつもりだ。こんな臭いもんを持って、泥の中に潜り込んで尸王《しおう》[60]の身に戻るつもりか？　功徳枷《くどくか》をつけたまま一生逃げまくって、堂々と日光を浴びることもできない生活を続けるつもりなのか？」

楚恕之《チュー・スージー》は首を真っ直ぐ伸ばし立腹した様子で返す。

「三百年まえ、俺は生意気すぎて掟《おきて》を破っちまった。罪を犯したからには、罰が課されても文句は言わない。だからこの三百年の懲役刑を受け入れてやったんだ。無実の罪を着せられたと思ったことは一度もない――本当に不服なら、とっくに大暴れしていただろう。たかが数人の獄卒ごときで暴れる俺をどうこうできると思うのか？　なのに、おとなしくその罰を受け入れてやった結果がこれだ。冥府のやつらはますます調子に乗りやがった！」

「功徳枷の解錠を先延ばしにするのはあいつらの『常套手段』だ。他のやつはみんな辛抱強く我慢して待っていられる。お前には我慢できないのか？」

「俺は他のやつとち・が・う・か・ら！　趙雲瀾《チャオ・ユンラン》、よく覚えとけ。功徳枷は俺のほうから喜んでつけてやったんだ。冥府のやつらの顔を立ててやったんだ。俺が悪かったって頭を下げてあいつらにぺこぺこするつもりはない」

「あんなことしでかして、よく自分は悪くないって言えるな」

「俺は悪くない。それがなんなんだ？　はっきり言って、俺は後悔したことはない。やり直せるなら、も

59　訳注：「板藍根」とは漢方薬の一種、抗ウイルス効果があるとされ、多くの家庭で板藍根エキス剤が常備されている。
60　訳注：「尸王」とは尸道修行の上級段階。

う一回あのガキの皮を剥《は》いで殺してやる。せいぜいもう三百年投獄されるくらいのことだろう。子供だから罪を犯しても殺してはいけないだと？　そんな理屈あるのか？

俺から見れば、世の中には二種類の人間しかいない。殺していいやつと俺じゃ殺せないやつ。あいつらがいつまで経っても解錠してくれないなら、どうせ俺は三百年かけても償《つぐな》えない罪を犯した極悪人ってことだし、なんならもっとその罪名に相応《ふさわ》しい犯行をしてみせようか！　どのみち罰を受けるなら、ガキをもう何人か殺したほうが割に合う。世の中の親御さんたちに自分のお子さんをよく見とけって伝えろ。俺の骨笛を聞いて魂魄が散って呼び戻せなくなっても知らんぞ！」

言い終わるか終わらないかのうちに、趙雲瀾《チャオ・ユンラン》が勢いよく楚恕之《チュー・スージー》の頬に平手打ちを一発食らわせた。力強くて素早いその一撃は小気味のいい音を出しながら、楚恕之《チュー・スージー》の顔を一気に横に向かせた。

心配で戻ってきた大慶《ダーチン》と郭長城《グオ・チャンチェン》はちょうどその瞬間を目撃し、二人が殴り合おうとしていると勘違いして、大慶《ダーチン》は「アオーン」と怒鳴って毛を逆立たせた。

その時、一塊の灰色の霧が窓の隙間から事務室へ潜り込み、趙雲瀾《チャオ・ユンラン》の肩にぶつかった。それは彼の懐《ふところ》まで転がると一枚の手紙に変わった。

沈巍《シェン・ウェイ》が急いで書いた便りだった。

「冥府の者がそちらに向かっています。なにを言われても決して応じないこと。私が帰るまで待ちなさい——巍《ウェイ》より」と。

二十五

黙ったまま沈巍《シェン・ウェイ》からの便りを読み終えると、趙雲瀾《チャオ・ユンラン》の氷のように冷たい表情はようやく和らいだ。

一方で、平手打ちを一発食らった楚恕之《チュー・スージー》は趙雲瀾《チャオ・ユンラン》に目をやり、立ち上がって事務室を出ようとする。その時、三枚の鎮魂令《ちんこんれい》が同時に趙雲瀾《チャオ・ユンラン》の手から飛び出し、火花を放ちながら燃え出した。鎮魂令は空中で絡み合って、重い枷《かせ》のように楚恕之《チュー・スージー》の肩に落ち、有無を言わさず彼を押し付けて椅子に戻らせ、微動だにできないようにした。

動きを封じられた楚恕之《チュー・スージー》はムカついてたまらない様子だ。鎮魂令との契約が解除されない限り、いくら有能だといっても彼は鎮魂令の束縛を受け続けなければならないのだ。

趙雲瀾《チャオ・ユンラン》は引き出しからボイスレコーダーを取り出し、再生ボタンを押すと、楚恕之《チュー・スージー》が最後に言った言葉が流れてきた。

「世の中の親御さんたちに自分のお子さんをよく見とけって伝えろ。俺の骨笛を聞いて魂魄《こんぱく》が散って呼び戻せなくなっても知らんぞ！」

ボイスレコーダーから流れてくると、その声はよりいっそう陰気に聞こえ、聞く者に鳥肌を立たせてしまうような声になっている。

「こんなこと言って、お前それでも人間か！」

楚恕之《チュー・スージー》は一瞬視線を泳がせたが、それでも片意地を張ってそっぽを向き、

「そもそも俺は人間じゃない」と返した。

「楚兄《チューにい》、そんな捨て台詞《ぜりふ》みたいなことを言わないでください」

郭長城《グオ・チャンチェン》が怯えながらも口を挟むと、楚恕之《チュー・スージー》は冷たい視線で彼を一瞥《いちべつ》した。

すると、郭長城《グオ・チャンチェン》は慎重に彼に近寄り、

「ぼ、僕はそれはきっと楚兄《チューにい》の本音じゃないと信じています。詳しいことはよく分かりませんが、楚兄《チューにい》はいい人ですから、わけもなく悪いことをするはずがありません……」と小声で言った。

趙雲瀾《チャオ・ユンラン》はどさりと椅子に背を預け、ライターで机を何回か叩いた。そして、タバコに火をつけ、相変わらず不機嫌な口調で楚恕之《チュー・スージー》に言う。

「お前、怒りの矛先を間違えてないか？　ちょっと焦ったら減らず口を叩くなんて、あの小僧のほうがずっと物分かりがいい。恥ずかしくないのか？」

楚恕之《チュー・スージー》は憎々しげな視線で趙雲瀾《チャオ・ユンラン》を睨《にら》みつけた。

「なに睨んでるんだ。みっともねえ。今はお前に構う余裕なんてないから——郭《グオ》くん、こいつを所長室に連れていって鍵をかけてしっかり見張っててくれ。中の休憩室にシングルベッドがあるから、疲れたらそこで寝ていい」

「じゃあ、楚兄《チューにい》が寝るところは……」

心優しい郭長城《グオ・チャンチェン》が訊いた。

「あいつ？」

趙雲瀾《チャオ・ユンラン》は斜めから楚恕之《チュー・スージー》を一瞥し、

「あいつは座らせせっぱなしでいい。座禅を組んでよく頭を冷やしてもらおう」と返すと、湯呑みを持ち上げ、冷たくなったお茶を揺らしながら、やはり気が済まないと感じて、

「お茶をかけられたくないならさっさと消えろ！」と言い添えた。

それを聞いて、郭長城《グオ・チャンチェン》は楚恕之《チュー・スージー》を縛ったキャスター付きの椅子を押しながらそそくさと消えていった。

そして趙雲瀾《チャオ・ユンラン》はその長い足を机に乗せ、図書室で見つけた本を膝に置いて読み始めた。

❖

女媧《じょか》に関する伝説に言及した書籍は数多くあるが、いずれも断片的なものだった。

趙雲瀾《チャオ・ユンラン》が見つけた『上古秘聞録《じょうこひぶんろく》』という本は、「風氏女媧《ふうしじょか》」という章で女媧の物語を取り立てて紹介している。

作者不詳、原本ではなさそうで、恐らく宋の時代[61]以降に誰か修行をしていた先人が書いたものであろう。

冒頭では『太平御覧《たいへいぎょらん》』[62]における女媧の人類創造神話に関する記載を引用している。

「俗に説く、天地開闢《かいびゃく》して未《いま》だ人民有《あ》らざるとき、女媧、黄土を摶《まる》めて人を為《な》す。劇務ゆえに、力により供《きょう》しうるに暇あらず。乃《すなわ》ち縄絙《じょうかん》を泥中に引き、挙げて以《もっ》て人と為《な》す」

【言い伝えによると、天地が切り拓かれたばかりでまだ人間が存在していなかった時、女媧は黄土を人の形に捏《こ》ね上げ、それに命を吹き込んで人間を造り出した。ところが、人間を造るのはなかなかの激務で、女媧の力だけだと、望ましい数の人間を造り出すには時間が足りなかった。そこで女媧は縄を泥の中に浸し、

61　訳注：宋の時代は960年～1279年。
62　訳注：『太平御覧』とは中国宋代初期に成立した類書（一種の百科事典）の一つである。

それを引き上げた時に縄から飛び散った泥の雫をそのまま人間にしたという】

その後ろに著者は小さな文字で注を入れていた。

「人たる者は、頭面の五官は皆媧皇《かこう》の態を以て肖《に》らせるものなり、能《よ》く言いて語に善《た》ける。泥胎《でいたい》より脱し、天風《てんぷう》は其《そ》の三火を点《とも》し、濁土《だくど》は其の三尸《さんし》を生む。死なぬかぎり滅びず、霊慧《れいけい》なれど不浄なり。嬰孩《えいがい》より耄耋《もうてつ》まで、朝に生まれて暮に死す。媧皇、之《それ》を憐《あわれ》み、因《よ》りて婚姻を置《もう》き、遂《つい》に女媒《じょばい》と為し、之《これ》をして百代息《や》まざらしむ」

【人間という者は、顔立ちはすべて女媧の姿を真似《まね》して作られ、口が立つものである。泥から生まれた人間は、天の風により体内で三毒《さんどく》と呼ばれる火を点され、濁った土から三尸という穢《けが》れたものが移った。人間が死なない限り、体内の三毒の火と三尸の穢れは消えない。そのため、人間は賢いものの、残念ながら不浄である。老若を問わず、命ははかなく短い。女媧はそんな人間を憐れむがゆえに、男女の婚姻を結ばせ、ついには仲人《なこうど》になり、人間を百代にわたって絶えず繁殖させ続けることができた】

趙雲瀾《チャオ・ユンラン》はペンを取り、「天風は其の三火を点し、濁土は其の三尸を生む」という一文の下にしっかりと線を引くと、続きの天地修復神話を読み進めた。

「『淮南子《えなんじ》』曰《いわ》く、往古《おうこ》の時、四極《しきょく》廃《やぶ》れ、九州[63]裂く。天は兼ね覆わず、地は周《あまね》く載せぬ。火は濫炎《らんえん》として滅《めっ》せず、水は浩洋《こうよう》として息《や》まず、猛獣は顓民《せんみん》を食らい、鷙鳥《しちょう》は老弱を攫《さら》う。是《ここ》に於《お》いて女媧、五色の石を煉り以て蒼天《そうてん》を補い、鼈足《べっそく》を断ち以て四極《しきょく》を立てる。黒竜を殺し以て冀州《きしゅう》を済《すく》い、芦灰《ろはい》を積み以て淫水《いんすい》を止めたり。蒼天は補われ、四極は正され、淫水は涸《か》れ、冀州は平《たい》らかになりて、狡虫《こうちゅう》は死に、顓民は生くるなり」

【『淮南子』によると、太古の昔、「四極」と呼ばれる天を支える四本の大黒柱が崩れ、九州の大地は裂けてしまった。天は地を覆いきれず、地は万物を乗せきれない。火は盛んに燃え広がって消えず、洪水は海のように広がってやまない。猛獣は民衆を食い殺し、猛禽《もうきん》は老弱に掴みかかる。そこで女媧は五色の石を煉って天の裂け目を補い、大亀の四本の足を断ち切って「四極」を立て直し、洪水を引き起こした黒竜を殺して冀州を救い、蘆《あし》を燃やしてできた灰を積んで洪水を堰《せ》き止めた。こうしてようやく天は補修され、四極は立て直され、洪水も止み、冀州に平穏な日々が戻り、人に害を及ぼす獣は死滅し、民衆は生き残れたという】

「注：老鼈《ろうべつ》は足を断ち以て献《まつ》り、媧皇は其の大徳《だいとく》を感じ、諸錦衣《きんい》を賜《たまわ》り以て鰭《ひれ》と為す。四柱《しちゅう》を以て四方を鎮め、天は西北に傾き、崑崙《こんろん》は封字す。封曰く、未《いま》だ老《お》いずして已《すで》に衰《おとろ》す石、未《いま》だ冷えずして已《すで》に凍《い》つる水、未《いま》だ生まれずして已《すで》に死す身、未《いま》だ灼《や》かれずして已《すで》に化《と》く魂。此《こ》れ皆《みな》成れぬ事なり、抵《いた》れぬ地を以《もっ》て之《これ》を封じ、それを以て四聖《しせい》と為《な》す。天落ちず、地陥らず、則《すなわ》ち四聖出ずなりにけり——天下は遂《つい》に安《やす》んずるなり」

【注：大亀が自ら足を断ち切って女媧に捧げ、女媧はその大徳に感動し、自分の衣服を引き裂いてその傷

63　訳注：「九州」とは中国全域の古称。中国全土を九つの州に分けたことに由来する。後述の「冀州」を含む。

口を包んだ。それが大亀の鰭となり、足をなくした大亀はそれで再び泳げるようになった。大亀の足を天柱《てんちゅう》として天下の四方を鎮めたがゆえに、今は西北側の天だけやや傾いている。崑崙はその四本の天柱にそれぞれ封印の言葉を書いた。（人を）老いずして衰えさせる石、冷えずして凍る水、生まれずして死ぬ身、灼かれずして溶ける魂と。いずれもありえないものであり、崑崙はそれを誰もたどり着けない地に封印し、四聖とした。天が崩れず地が陥らない限り、四聖は現れることはない——それによりついに天下泰平の世が訪れた】

趙雲瀾《チャオ・ユンラン》は時々大慶《ダーチン》を撫でながらこう言った。

「ここには人間の本性が汚いのは、人間を造った土が元々悪いからだって書いてある。女媧が大亀の足で天柱を立て直して天を補修したあと、崑崙は四本の天柱にそれぞれ封印の言葉を書いた——ここの『崑崙』っていうのは恐らく『崑崙君』のことを言ってるんだろう……。ってか、この封印の言葉は以前聞いたことがあるんだよね」

「どこで？」

「山河錐《さんがすい》の前で……。『此れ皆成れぬ事なり』っていうのが幽冥四聖《ゆうめいしせい》のことを言ってるのなら、四聖を手に入れて、こういうありえないことを実際に起こせば、四本の天柱にたどり着けるっていう意味なのかな」

大慶《ダーチン》は趙雲瀾《チャオ・ユンラン》の手の周りをぐるぐる回って、

「なに意味不明なことを言ってるんだ？　もう頭パンパン」と呟《つぶや》いた。

趙雲瀾《チャオ・ユンラン》は大慶《ダーチン》に構わず、独り言を続けながら考えを整理している。

「五色の石で天を補修した話をしたからには、対句法でいくなら、『天を補う』話の次は『地を鎮める』話がくるはずだ。ってことは、あの四本の天柱は『地を鎮める』ためのものだって可能性が高い。ここの『地』は恐らく『后土《こうど》』じゃなくて、人間を造った時の『地』だろう……。ならつじつまが合う。どうりであの鬼面男がどうしても四聖を手に入れたがるわけだ。四聖さえ手に入れれば、四本の天柱を叩き潰す方法を見つけられるから」

趙雲瀾《チャオ・ユンラン》が大慶《ダーチン》にお魚ジャーキーを取ってあげた時に、指に魚の匂いがついていたため、大慶《ダーチン》はその指の間を嗅ぎ回りながら、

「お前らが言ってた鬼面男っていったい誰？」と訊いた。

趙雲瀾《チャオ・ユンラン》は山河錐で鬼面男に出会った話をおおむね話すと、やや重苦しい顔を浮かべた。

「鬼面男はお面をつけているからその顔を確認できなかったけど、あいつがどんな顔をしてるか心当たりはある」

「もしかして……」

大慶《ダーチン》が続けた。

「もしかして沈巍《シェン・ウェイ》の顔に似てるかもな……。沈巍《シェン・ウェイ》ってさ、いつもあれこれいろんな事を考えてるんだよね。誰にでも優しく接してるけど、自分自身だけは許さないっていうか。なぜか自分のことを恨んでいるような気がして、心配なんだ……」

「どういう意味？」

趙雲瀾《チャオ・ユンラン》はやや目を伏せ、黒猫と視線を交わすと、突然机から足を下ろし、

「来るぞ」と小声で言った。

言い終わるか終わらないかのうちに、拍子木《ひょうしぎ》の音が遠くから響いてきた。音が近づくにつれ、陰湿な気配

はますます濃厚になり、強い北西風に吹かれて窓枠もカタカタ鳴り出した。

趙雲瀾《チャオ・ユンラン》は引き出しから線香を一束取り出して火をつけ、事務机の花瓶に挿した。さらに机の下からセラミック製のボウルと一束の冥銭《めいせん》を取り出し、冥銭に火をつけるとボウルの中に捨てた。ゆっくり立ち昇る煙に包まれながら、趙雲瀾《チャオ・ユンラン》は本をしまって自分用にお茶を一杯淹《い》れた。

獄卒《ごくそつ》は前回のように唐突に現れるのではなく、事務室から離れたところで足を止め、大声で挨拶した。

「突然失礼いたします。幽冥の者でございます。鎮魂令主《ちんこんれいしゅ》にお目にかかりたいのですが、お時間をいただけますか」

趙雲瀾《チャオ・ユンラン》はどんよりした表情を和らげ、「どうぞ」と返した。

捜査課事務室のドアは軋《きし》む音を出しながら開けられた。ドアが開いたとたん、獄卒は所長室に充満した線香と冥銭の匂いを感じ取った。地獄の沙汰も金次第とあるように、その獄卒はすぐに表情を和らげ、笑顔を見せながらお辞儀をする。

「お気遣いいただき大変恐縮です」獄卒が口を開いた。

来た者の顔を確認すると、趙雲瀾《チャオ・ユンラン》は驚いた。

「判官大人《はんがんたいじん》、今日はどういう風の吹き回しですか」と立ち上がって、訝《いぶか》しげに訊いた。

判官は相変わらず和やかな佇《たたず》まいをしており、にこにことしたその顔は冥府の役人というより、福をもたらしてくれる縁結びの神にも見える。所長室に入るなり、どこかからやってきた遠い親戚のように趙雲瀾《チャオ・ユンラン》にひとしきり挨拶すると、それぞれの思惑を抱え込んでいるこの二人は向かい合って座った。大慶《ダーチン》は趙雲瀾《チャオ・ユンラン》の懐《ふところ》に飛び上がり、しっぽをその手首に巻きつけ、黙ったまま翠《みどり》色の目で判官を睨みつける。そして冷ややかな視線を浴びせながら、飼い主を守る体勢をとった。

判官はわざとらしく何度かため息をつき、どうやら趙雲瀾《チャオ・ユンラン》に先に事情を訊いてほしいようだったが、あいにく今日の趙雲瀾《チャオ・ユンラン》は空気を読めず、ただ黙ってお茶を飲むだけでまったくその手に乗ろうとしない。しばらくすると、判官はとうとう我慢できなくなり、先に口を開いた。

「苦しい時の神頼みで申し訳ありませんが、夜分にお邪魔したのは、令主のお力をお借りしなければならない事態が起きてしまったがゆえです。世の中の人々のためにも、どうかお力を貸していただけませんか」

「いやいや」

その話を聞いて趙雲瀾《チャオ・ユンラン》はすぐに手を左右に振った。

「おだてないでください。俺はただの凡人で、ちょっとした術ができるだけです。自分の身のほどくらいちゃんと弁《わきま》えてます。いくらおだてられても、できないことはできないから、困るだけです。なにかあるなら、遠慮なく言ってください。できる限り協力しますから」

「今日の夕方頃、鴉《からす》族が出した警戒信号に令主もお気付きになったでしょう」

判官が訊くと、趙雲瀾《チャオ・ユンラン》はわけが分からないというような顔を見せた。

「いいえ。午後はお袋と年越し番組の再放送を観てたから、全然気付きませんでした」

「……」

判官は思わず絶句した。

「鴉がどうかしましたか」

判官は趙雲瀾《チャオ・ユンラン》が惚けているのが分かっている。鎮魂令主と関わることを、彼もできれば避けたいと思っている。

一つには、鎮魂令主の体には山聖《さんせい》の魂が封印されているため、この大物の癇癪《かんしゃく》を起こすようなことをしたくないし、そんな勇気があるわけもない。

二つには、令主は鉄面皮な人で、世故《せこ》に長《た》けてずる賢い。理不尽な要求を突きつけること、問題をたらい回しにすること、論点をすり替えること——これらが趙雲瀾《チャオ・ユンラン》の三大奥義とも言えるだろう。いずれか一つだけを取り上げても、手に負えるはずがない。

「鴉は従来悲報しか伝えません。やつらが現れたところでよいことは起きないでしょう」

判官は苦虫を噛み潰したような顔で言った。

「現に北西の空に不吉な黒雲が現れました。耳に入った情報によると、誰かさんが崑崙山の絶巓《ぜってん》の湖で陣法《じんぽう》を敷き、すべての人間の三魂七魄から一魄を吸い取ろうとしているのです。天罰を恐れていないのだろうかね」

「すべての人間から？　今、地球の人口は爆発してるんですよ。一人一魄ずつ吸い取ったとして、その量にそいつ持ちこたえられますかね」

「……」

判官がまた絶句しているのを見て、趙雲瀾《チャオ・ユンラン》は笑った。

「俺は見識が狭い凡人です。こんな俺になにか用事を言いつけたいのなら、せめてそれがどういうことなのかをはっきりと説明してもらわないと」

判官は嘆声《たんせい》を漏らし、袖から指名手配書を取り出した。趙雲瀾《チャオ・ユンラン》は手配書に目をやると、それは顔なじみの者——鬼面男だとすぐに分かったが、それでも、

「これはどなたですか」とわざと訊いた。

「話せば長くなりますが、これは世の中で最も穢れたところから生まれた魔物の王で、混沌鬼王《こんとんきおう》とも呼ば

れております。太古の昔、神魔大戦の時、女媧様自らの手で黄泉《よみ》より千尺下のところに封印されたのです。しかし、年月が経つにつれ、女媧様の封印が日に日に緩んでいき、恐らく近々脱走されてしまいそうなのです。聡明であられる令主には遠回しに言う必要はないと思いますので、率直に言わせていただきます――混沌鬼王の力は女媧様の封印に八割くらい抑えられていますゆえ、令主のお力をお貸しいただければ、まだ勝算はありますが、もしも本当に抜け出されてしまったら……」

趙雲瀾《チャオ・ユンラン》はその嘘とも本当ともつかない悩みを聞いても反応を示さず、ただ分からないような顔で、「女媧に封印された魔物って、普段言ってる魔物とは違いますよね。どっちのほうが手強いですか」と訊くだけだった。

「……」

判官はまた無言になった。

「そいつはそんだけの魂魄を吸い取ってどうするつもりですか」

趙雲瀾《チャオ・ユンラン》が興味津々で質問を続けると、惚け続ける令主に絶句した判官は気持ちを整え、こう返した。

「やつの目的は功徳筆《くどくひつ》を手に入れることです。功徳筆は人間の一魄と繋がっており、その一魄にはその人の前世と現世の功徳と悪行が書き記されております。赤字は功徳、黒字は悪行。その一魄を抽出して崑崙山の絶巓に集めれば、功徳筆は自然と現れます。決してやつに功徳筆を手に入れられてはいけません。さもなければ……」

「功徳筆か、それなら知ってます」

趙雲瀾《チャオ・ユンラン》は判官の話を遮った。

「このまえ、鴉族の輩《やから》が功徳筆に似たようなものを使って俺を誘い出してきたんですが、そいつのせいで目に怪我をしたんですよ。未だに目は悪いままで、ものが二つに見えるんです。今の判官大人《たいじん》は普段よりも四キロくらい太っているように見えますすよ。ってことは、鴉族のやつが言っていた功徳筆は偽物で、それを使って俺をおびき寄せたのは、『誰か』が俺にちょっかいを出したかったからですかね」

その話を聞いて判官が顔を上げ、ふいに趙雲瀾《チャオ・ユンラン》と視線が合った。

詰問《きつもん》するような、冗談を言うような趙雲瀾《チャオ・ユンラン》の眼差《まなざ》しを受け、思わず文句を言いたくなってきた——判官は趙雲瀾《チャオ・ユンラン》の身に封印された崑崙君の神霊、すなわちその魂魄を蘇《よみがえ》らせるべく、手下にどんな手を使ってでもその天目《てんもく》を開かせるよう命じたが、まさか無能な手下がよりによって鴉族に頼むとは思わなかった。

鴉族は腐った死体を食料とする一族で、古くから冥府に駆使されてきた。鴉族にやらせると、冥府の仕業だとすぐに見抜かれたに違いない。

（いったい誰がこんなバカげたことをしてくれたんだ）と、判官は心の中で呟いた。

「幽冥四聖が人間界で姿を消してから長年経ちました。こんなにすごいものがなくなったのに、冥府はこれまで気にもせず、探そうとも回収しようともしませんでしたよね。今になって大変だって言われてもな。泥棒を捕らえて縄をなうようなもんじゃないですか——そりゃないでしょう」

判官は無理して笑顔を浮かべ、

「これは……確かに我々の無配慮でございます……」と返した。

「無配慮ですと？」

趙雲瀾《チャオ・ユンラン》は眉を吊り上げ、

「万が一のときは、人を盾に取るつもりじゃないんですか」と続けた。

判官が針のむしろに座っているような気分になっている時、趙雲瀾《チャオ・ユンラン》が机を叩いて、

「大人《たいじん》、俺たちは長年助け合ってきた仲なんだから、率直に話しましょう。いったい俺になにをしてほしいんですか」と訊いた。

判官は拱手《きょうしゅ》の礼[64]をして、

「令主に私どもを崑崙山まで案内し、ともにやつの吸魂陣《きゅうこんじん》を破る役を何卒お願いしたいのです」と返した。

「それはどういう意味ですか。俺は正真正銘の引きこもりで、アウトドア派じゃないし、香山《シアンシャン》[65]すら登ったことがないんです。崑崙山の登山口がどの方向にあるかも知らないのに、案内しろと言われても」

趙雲瀾《チャオ・ユンラン》が淡々とした口調で言うと、判官はとっくに用意できていた台詞をすぐに返した。

「令主は知らないかもしれませんが、実はお持ちの鎮魂令の正体は御札《おふだ》ではなく、木の切れ端で、崑崙山の大神木なのです。大神木は盤古《ばんこ》が植えたものであり、天地と同じくらい長い寿命を持っております。崑崙山の絶巓は神々にとっても禁断の地ですが、鎮魂令はその唯一の通行証なのです」

「なるほど。ってことは、崑崙山への通行証は俺しか持っていないってことですか」

「その通りです」

趙雲瀾《チャオ・ユンラン》は指名手配書の写真を指で叩いて訊く。

「じゃあ、この『魔王』がどうやって崑崙山に登るというのですか。なにかコネがあるんですか。もしかして盤古の義弟だったりして？」

「そんな聖人を冒涜《ぼうとく》するようなことを……」

判官は怯えた様子で返した。

64　訳注：「拱手の礼」とは中国の敬礼の一つで、一方の手で拳をつくり、そこにもう一方の手を被せること。
65　訳注：「香山」とは北京の香山公園にある山で紅葉の名所。

「実を言えば、この魔物は黄泉の下、功徳古木《くどくこぼく》のそばで生まれたものです。功徳古木と崑崙山の神木は同じ起源を持つ双生の木であるため、この魔物も崑崙山とそれ相応の繋がりを持っているのです……。それゆえに……」

「じゃあ、崑崙山の絶巓で陣を敷いて功徳筆を召喚するのも、その木と関係があるんですか」

趙雲瀾《チャオ・ユンラン》は笑っているような、いないような顔で尋ねた。

その質問の意図が掴めない判官は訥々《とつとつ》とした顔を浮かべ、なんと返せばいいか分からなかった。

「黄泉の下か……あれ、それは斬魂使大人《ざんこんしたいじん》の屋敷に近いんじゃないですか」

趙雲瀾《チャオ・ユンラン》が訊くと、判官は目をぐるりと回し、わざと間を置き、

「そうとも言えます」と答えた。

「そうですか」

趙雲瀾《チャオ・ユンラン》はいっそう笑顔を深くしたが、その目つきは相変わらず冷たかった。

「斬魂使がその魔物と深く関わっていることをさりげなく俺に気付かせようとしているんですね、判官大人《たいじん》」

言わぬが花であることをこんなに軽く口にしてしまうなんて、間が抜けているのかわざとなのか分からず、判官は訝しげに趙雲瀾《チャオ・ユンラン》の表情を観察している――。

（すでに黒革の手帳は渡してあるが、果たして沈巍《シェン・ウェイ》が斬魂使だということに気付いてくれているのだろうか？

前回の獄卒の来報によると、この鎮魂令主は目が見えなくなってからも色事には手を抜いていないらしいが、ということは、斬魂使は彼とあまり深く関わっていないのだろうか？　そうでなければ、他人と枕を交

わすなど、斬魂使は許せるはずがない……）

判官はそう思いながら自分の髭《ひげ》をしごき、笑ってその場を凌《しの》いだ。

「またまたご冗談を。裏で上仙《じょうせん》[66]のことを議論するなんて、そんなことできるわけがありません」

趙雲瀾《チャオ・ユンラン》は手探りで自分の腰辺りからなにかを見つけようとしながら、

「鎮魂令を借りたいのならいいですよ。ちょっと探しますので」と言った。

判官はすぐに手を振った。

「いやいや、神木で作られた鎮魂令を私どもが勝手に使うわけにはいきません。ご面倒をおかけいたしますが、私どもとともに崑崙山にお越しいただかないと……」

その話に趙雲瀾《チャオ・ユンラン》は一瞬動きを止め、理解不能と言わんばかりの顔で判官を見つめた。

その瞳は黒く輝きながら、極めて鋭い眼光を放っている。判官は嫌々ながらもその視線を受け止めるしかなく、なんだか割に合わない仕事をさせられている気がした。

二十六

「そういうことですか。あなたたち冥府《めいふ》の方ですら鎮魂令を使うことを恐れているのに、よりによって凡人である私を令主《れいしゅ》に引き立てるなんて。俺はさ、大ぼらを吹くことだけが取り柄で、他になんもできないんです。頭も鈍くて、ほら、こうやってついつい人の口車に乗せられてしまうでしょう」

66　訳注：「上仙」とは最上級の仙人。

判官《はんがん》の頼みを聞いて趙雲瀾《チャオ・ユンラン》は慌てず焦らず返した。

「そんなことはありません」

判官が気まずそうに愛想笑いをすると、趙雲瀾《チャオ・ユンラン》は突然体を前に傾け、判官に近づいた。

「もしかして俺の祖先も崑崙《こんろん》となにか関係があったりしますか」

立て続けに質問されている判官は心の中で悲鳴を上げる一方だが、趙雲瀾《チャオ・ユンラン》は問い詰めるのをやめる気はなさそうだ。

「ここ半年、俺は一連の怪奇事件に関わって一日も休みをとれていないんですよね。まずは輪廻晷《りんねき》、次は山河錐《さんがすい》、今度は功徳筆《くどくひつ》。

もし幽冥聖器《ゆうめいせいき》が麻雀だったら、もう一枚取れば東《トン》・南《ナン》・西《シャー》・北《ペー》揃って槓《カン》できるところなんですよ。[67]

幽冥四聖《ゆうめいしせい》って、いったいどこから来たものなんですか？ 判官大人《たいじん》の話では、功徳筆と崑崙は関連あるんでしょう。

言い伝えでは、輪廻晷の土台は三生石《さんせいせき》で作られたもので、女媧《じょか》が人間を造る時、一回縄を振り回すたびに、一粒の砂が落ち、その砂が溜まって石になったという。その石には人の前世と現世のすべてが刻まれていると言われ、幽冥界ができてから、その石は三途《さんず》の川の横に置かれ、後世の人に『三生石』と呼ばれるようになったらしいです。

こうして見れば、輪廻晷は女媧様と関連してると言えますよね。そして山河錐、それは十万もの山川の精

67 訳注：麻雀牌はすべて四枚ずつあり、一般的なルールでは同じ牌を四枚揃えれば槓して高い点数が得られるが、地方によってルールが異なり、東・南・西・北が各一枚ずつ揃えば槓できる地域もある。

気の塊で、冷えずして凍る水……。そう言えば、陰陽五行説では四霊獣のうち、北の方位を守る玄武《げんぶ》[68]は水属性ですよね。それとなにか関係あるんでしょうか。功徳筆は崑崙と関連があり、輪廻晷は女媧様と関連あるというなら、もしかして山河錐は風氏伏羲《ふうしふっき》[69]に繋がっているんですか？」

その話を聞いて判官は思わず冷や汗を拭いた。

「それに、三十三天《さんじゅうさんてん》に黒雲が現れるほどの騒ぎでしょう。ここまでの大騒ぎが起きているのに、あなた方は自分たちだけで戦うなんて考えてないですよね。

で、どなたと手を組むつもりですか？　妖族ですか？　それとも各密教で修行してる豪傑ですか？

斬魂使大人《ざんこんしたいじん》も当然その大任を引き受けましたよね」

趙雲瀾《チャオ・ユンラン》は目を凝らして判官の表情を観察しながら続ける。

「こんな強者が大勢集まる場に、俺なんか必要ないでしょう。斬魂使以外、知り合いがいないし、わざわざ俺に案内を頼んできたのはまさか……」

心臓が飛び出そうになるほど判官が緊張してきたところで、趙雲瀾《チャオ・ユンラン》は軽く笑い出した。

「まさか斬魂使大人《たいじん》の退屈凌《しの》ぎに俺を呼んでいるとかいうわけじゃないですよね。あの斬魂使大人《たいじん》と世間話してほしいとか」

判官は驚いた。

68　訳注：青龍（せいりゅう）、白虎（びゃっこ）、朱雀（すざく）、玄武（げんぶ）の四霊獣は中国の伝説上の動物、それぞれ東・西・南・北、天の四方を守護し、木・金・火・水を象徴している。そのうち、玄武は亀に蛇が巻きついた姿で表される。

69　訳注：「伏羲」とは三皇の一人。「三皇本紀」によれば、蛇の身体で人の顔をしているといい、『拾遺記』や『抱朴子（ほうぼくし）』『楚辞』によれば、八卦や網、瑟（しつ：大型の琴）などを発明したといわれる。女媧と兄妹あるいは夫婦とされ、壁画や彫刻などに共に描かれている。

一瞬、自分の思惑が目の前に座るこの男に見抜かれたような気がしたのだ。

「判官大人《たいじん》の手口はお袋が俺を騙《だま》して見合いに行かせた時とそっくりなんです。相手とちょっと世間話をしに行くだけのことだからなんて言ってさ。もしかして、斬魂使をお見合い相手として俺に紹介したいんですか」

趙雲瀾《チャオ・ユンラン》はにやにやした顔で話を続けた。

それに合わせて大慶《ダーチン》は「アオーン」とずいぶんと敵対的な口調で鳴いた。それは喉から絞り出されたような音で、猫の鳴き声というより、虎や豹の咆哮《ほうこう》のように聞こえる。大慶《ダーチン》が趙雲瀾《チャオ・ユンラン》のももから立ち上がり、判官に向かって鋭い爪を見せると、首に掛けた鈴が微《かす》かに揺れた。あからさまに大慶《ダーチン》を恐れている判官は、思わず椅子の奥のほうへ体をずらし、

「今のご冗談はさすがに……」と答えた。

趙雲瀾《チャオ・ユンラン》はだらけた姿勢で椅子の背もたれに背中を預けた。

「こんなめでたい春節休みに、俺のような凡人をそんな危ない事に巻き込んで、万が一なにかあったらどうするんですか」

「もちろん令主の身の安全は確保しますので」

その話に趙雲瀾《チャオ・ユンラン》は思わず吹き出した。

「あなた方は自分で崑崙山に登ることさえできないのに、どうやって俺の安全を確保するんですか」

「それは……」

「俺も自分の部下を連れていきます」

まさか趙雲瀾《チャオ・ユンラン》が頼みを引き受けてくれると思わず、判官が呆気《あっけ》に取られたところで、趙雲瀾《チャオ・ユンラン》はまた判官の

頭を悩ませるような表情を見せた。

「ただ、うちは人手が足りなくて、ほら、こっちは低級鬼がほとんどでしょう。せいぜいパシリとして使えるくらいで、役に立つのは最近やっと人間の姿に変われるようになった子蛇、体が三十センチもない子猫、なにもできない実習生、あと自撮りとネットサーフィンにはまってる兄ちゃん一人……」

判官はなにかを思い出し、その言外の意味を読み取った。

「ようやく尸王《しおう》が来てくれましてね、まああできるやつなんですけど、いかんせん……」

趙雲瀾《チャオ・ユンラン》がそう言って嘆声《たんせい》を漏らすと、判官はすぐにその話に乗った。


「それならご安心を。尸王はすでに刑期満了です。ただこちらでは手続きが終わっていないゆえ、まだ功徳枷《くどくか》を解錠していないだけです。令主のご所望であれば、小職は責任を持って優先的に尸王の功徳枷を解きます。残りの手続きはそれからゆっくり進めていっても構いません」

「そうですか！」

趙雲瀾《チャオ・ユンラン》はその話を疑っているのか信じたのか分からない口調で返した。

「てっきり彼が功徳枷を掛けられてもおとなしくしてくれず、俺が見えないところでまたなにか悪いことをしたから解錠してもらえないんだと思ってました。ほら、今やつを縛って隣の部屋に監禁して反省させてるんですよ」

「それはきっとなにかの誤解です……」

「そうですよね。あなた方にもそろそろ手続きを簡素化していただかないと。こんなに仕事の効率が悪いと、事情を知らない人なら、冥府がわざとやつの釈放を先延ばしにしているんじゃないかと勘違いするかもしれません」

「……」

判官はまた絶句した。

趙雲瀾《チャオ・ユンラン》は事務机に置いた固定電話の受話器を手に取り、人事部に電話を掛けた。

「汪徴《ワン・ジェン》、俺だ。さっき送ったメールを見てくれたか。うん、そう、一枚プリントして所長室に持ってきて。お客様に見せるから」

仕事が速い汪徴《ワン・ジェン》はすぐに壁をすり抜け、長い名簿を持って所長室に入ってきた。後ろに数多くの鬼がついてきて、ドアの隙間を通して中の様子をこっそり覗《のぞ》こうとしている。趙雲瀾《チャオ・ユンラン》は汪徴《ワン・ジェン》が机に置いた名簿を判官の前へ突き出した。

「刑期延長と言えば、ここ数年はそういうケースは少なくないですよね。手続きが先延ばしにされたのもあるし、処分が重すぎるのもあるみたいです。思い立ったが吉日、せっかく判官大人《たいじん》がいらっしゃったからには、まとめて処理していただけますか——ああ、そうだ。楚恕之《チュー・スージー》が功徳枷を掛けられた時、なにか『荷物』をそちらに預けていませんでしたか」

「……」

「うん？」

判官がまた無言になったところで、趙雲瀾《チャオ・ユンラン》はその返事を促した。

趙雲瀾《チャオ・ユンラン》の手強さを改めて思い知らされた判官は、しばらく経つとようやく食いしばった歯の隙間から、

「もちろんお返しします」という言葉を絞り出した。

だが、趙雲瀾《チャオ・ユンラン》はまだ満足がいかないようで、

「いつお返しいただけますか。急いで崑崙山に行きたいのなら、せめて荷物を片付ける時間が欲しいんですが」と言った。

判官はもう二度と趙雲瀾《チャオ・ユンラン》の顔を見たくないような顔で、

「夜が明けるまえに」と言い残して、机に置いた名簿を巻き、そそくさと特調を後にした。

趙雲瀾《チャオ・ユンラン》は笑って、燃やしている冥銭《めいせん》でタバコに火をつけた。

「斬魂使はなにを言われても決して応じるなって言ってたんじゃなかったか」

大慶《ダーチン》は顔を上げて訊いた。

「人の便りを勝手に読むな」

趙雲瀾《チャオ・ユンラン》は白目をむいたあと、

「なんと言われても俺は行くから」と真顔で続けた。

趙雲瀾《チャオ・ユンラン》から見れば、沈巍《シェン・ウェイ》は一見すると温順で礼儀正しいが、実は頑固で強硬極まりない者だ。

（たかが冥府の野郎にあんなふうに疑われて、陥れられて、太古の神なのに、なんでそこまで我慢するんだ？）

なぜか趙雲瀾《チャオ・ユンラン》は、沈巍《シェン・ウェイ》が彼自身しか知らないなにかの職責を密《ひそ》かに全《まっと》うしているような気がした。趙雲瀾《チャオ・ユンラン》は余計なことは言わずに、大慶《ダーチン》の頭の毛をぐちゃぐちゃにし、慣れた様子で猫パンチを躱《かわ》した。

「功徳筆を持ち帰って結納品にしたいな……」

趙雲瀾《チャオ・ユンラン》がそう呟《つぶや》くと、大慶《ダーチン》は毛を逆立たせた。

「そんな持って回った喋り方、やめてくれないか」

あいにく趙雲瀾《チャオ・ユンラン》は普通の喋り方が分からないようで、いっそ黙ることにした。

大慶《ダーチン》は趙雲瀾《チャオ・ユンラン》の肩に飛び乗り、

「楚恕之《チュー・スージー》は？」と訊いた。

「知らん。俺に本気で楯突くなんて、あいつ何様のつもりだ――いっそ死んじまえ。死体が冷たくなったら教えて」

❖

所長に楚恕之《チュー・スージー》を見張るよう言われてから郭長城《グオ・チャンチェン》はずっと楚兄《チューにい》の世話をしている。

鎮魂令の拘束が解かれていなかったため、郭長城《グオ・チャンチェン》は椅子に縛られた楚恕之《チュー・スージー》に毛布を掛け、さらに退屈しないよう耳にイヤフォンを掛けてあげ、映画を観られるようにしていた。

楚恕之《チュー・スージー》と一緒に映画を半分まで観ると、郭長城《グオ・チャンチェン》は眠気のあまり寝落ちしてしまった。翌日、趙雲瀾《チャオ・ユンラン》の電話で呼び起こされた時、拘束を解かれた楚恕之《チュー・スージー》が部屋の中に立っていて、毛布が自分の体に掛けられていることに気付いて驚いた。

楚恕之《チュー・スージー》は重苦しい顔で窓の前に立って、空を眺めている――空は真っ暗で、街路灯は消灯時間になって自動的に消えたが、夜はまだ明けていない。

「あとでお客さんが光明通り《グァンミンどお》四号に来るから、楚兄《チューにい》のことをしっかり見ててくれ。今はまだ向こうの顔を潰す時じゃないから落ち着いて対応して。でもなんら気後れすることはない。彼らには遠慮しなくていいから」

趙雲瀾《チャオ・ユンラン》が電話の向こうでそう言うと、郭長城《グオ・チャンチェン》は分かるような、分からないような顔で、

「所長、今どちらに？」と訊いた。

「ちょっと用があるから出掛けてる」

所長は電波が悪いところにいるようで、電波音がしたあと、

「勝手に出歩くんじゃないぞ。必ず楚恕之《チュー・スージー》についていくんだ。あと、家族に心配かけさせないように電話して任務に行っていることを伝えて」と言い付けられた。

電話を切ったとたん、郭長城《グオ・チャンチェン》は寒気立つような拍子木《ひょうしぎ》の不気味な音を聞いた。振り向くと、事務室のドアが軽く叩かれた。楚恕之《チュー・スージー》はドアのほうを向いて、低くも高くもない声で「どうぞ」と言った。

鍵がかかっていたドアは軋《きし》む音を出しながら開けられた。

高い帽子を被った紙人間は大きな荷物を手に提げて入ってきて、恭《うやうや》しく楚恕之《チュー・スージー》の前に置くと、両手を合わせ、低くなにかを呟いた。

すると、楚恕之《チュー・スージー》の身にすぐに変化が起きた。頬に刻まれた文字が浮かび上がり、首や手首、足首に重そうな枷《かせ》が現れたのだ。それらは現れるとすぐに楚恕之《チュー・スージー》の体から脱落し、床に落ちて小さなボールのように固まり、紙人間の手に吸い込まれ、回収されていった。

郭長城《グオ・チャンチェン》は驚きのあまり口をぽかんと開けた。

紙人間が郭長城《グオ・チャンチェン》にお辞儀をすると、郭長城《グオ・チャンチェン》はすぐにお辞儀を返そうとしたが、うっかりして頭をパソコンのモニターに打ち付けてしまった。

楚恕之《チュー・スージー》は自分の前に置いてある荷物を開けた——中の物の多くは骨製品で、冷たく光っている。すべて彼が三百年まえに使っていたものだった。

「うちの令主は？」

楚恕之《チュー・スージー》が訊いたが、獄卒《ごくそつ》はただ恐る恐る首を横に振り、なにを訊かれてもお答えできないと言わんばかりの顔で二人にお辞儀をすると、慌ててそこを後にした。

二十七

その時、斬魂使《ざんこんし》はすでに崑崙山《こんろんざん》の麓《ふもと》まで来ていた――。

ここの空気は希薄で身を切るほど冷たく、太古の昔の荒涼《こうりょう》とした光景とよどんだ雰囲気がまだ残っているように感じる。日の出の時間になったのに、漆黒の夜の帳《とばり》は一向に上がる気配がない。

麓を吹き渡る風の音は人の泣き声のように聞こえる。

斬魂使は思わず腰に下げた斬魂刀《ざんこんとう》を触った。

その時、後ろから誰かの足音が聞こえた。斬魂使は振り向かず、

「着いたなら行こう」と淡々と言っただけだった。

「ちょっと待って」

聞き慣れた声だ。

「まだ人が揃ってない。飛行機が遅れるのが心配で、早めに来たんだ」

その声を聞いて斬魂使が勢いよく振り向くと、後ろにいるのは冥府の輩《やから》ではなく、趙雲瀾《チャオ・ユンラン》だった。彼はしっかりと登山ウェアを着用しており、足元には黒猫がついている。手にコーヒーを持って、喋りながら一口で

ハンバーガーを半分くらいまで食べた。

「大人《たいじん》、ごはんは？　ハッシュドポテト一個余ってるよ、食べるか？」と斬魂使に軽く手を振って挨拶した。

一方で、斬魂使――沈巍《シェン・ウェイ》は目の前の人を平たいハッシュドポテトになるまで叩き潰してやりたいとでも考えているような顔をしている。

自分の忠告を無視してここに来た趙雲瀾《チャオ・ユンラン》を見て、沈巍《シェン・ウェイ》は怒りのあまり、身に纏《まと》う黒い霧も小刻みに震え出した。

趙雲瀾《チャオ・ユンラン》は平らな岩石を見つけて座りコーヒーを飲み切ると、糸切り歯でハンバーガーの中のスライスチーズをくわえて捨てた。自分のせいで斬魂使が膨れ面をしていることにまったく気付いていないようだ。

斬魂使、つまり沈巍《シェン・ウェイ》は風が吹いてくる方向を背にして立ち、趙雲瀾《チャオ・ユンラン》に向かって吹き込む冷たい風を遮《さえぎ》った。

「君になにを伝えたか忘れたのですか」

趙雲瀾《チャオ・ユンラン》は口元を拭いて、

「冥府のやつになにを頼まれても応じないで君が帰るのを待つこと」と返した。

「なら、なぜ、ここに来たんですか」

沈巍《シェン・ウェイ》が一言一言細かく切りながら訊くと、趙雲瀾《チャオ・ユンラン》は周辺を見渡し、黒猫以外誰もいないことを確認してから、彼のほうに手を伸ばし、氷像のように冷たくなった斬魂使の体を抱き締めた。

「どうしたんだ？　怒った？」

大慶《ダーチン》は黙ったまま、見ていられないと言わんばかりの顔でそっぽを向いた。

一方で、沈巍《シェン・ウェイ》は勢いよく趙雲瀾《チャオ・ユンラン》を押しのけた。

「私を怒らせないと気が済まないのか」

趙雲瀾《チャオ・ユンラン》は沈巍《シェン・ウェイ》の手を取り、少し握るとまた手を放し、心を込めて小声で許しを乞《こ》う。

「帰ったらパソコンのメインボードの上で跪《ひざまず》いて謝罪[70]するから、怒らないでくれる？　今回は仕方なかったんだ。大慶《ダーチン》に訊けば分かるよ。楚恕之《チュー・スージー》のやつのせいで、冥府に弱みを握られちまったから……」

「……」

（自分のほうこそ冥府の弱みを握って、楚恕之《チュー・スージー》の功徳枷《くどくか》を解かせたくせに……）と大慶《ダーチン》は心の中で呟《つぶや》いた。

「それに、帰りの便はもうないし」

趙雲瀾《チャオ・ユンラン》は手を広げて仕方ないという仕草をした。

「もう怒らないで。体に障《さわ》るから。怒りすぎて体を壊したら俺も悲しくなっちゃうよ。ねぇ、阿巍《アウェイ》、小巍《シャオウェイ》、ハニー……。無視しないでなにか言って」

大慶《ダーチン》は筋肉が攣《つ》ったように身震いし、今度は聞いていられないと言わんばかりに黙って後ろへ下がった。

趙雲瀾《チャオ・ユンラン》は面《つら》の皮を厚くして沈巍《シェン・ウェイ》に近づこうとしたが、突然なにかを感じ取り、即座に後ろへ退《しりぞ》いた――次の瞬間、判官《はんがん》が牛頭馬面《ごずめず》[71]、白黒無常《しろくろむじょう》[72]をはじめとする無数の獄卒《ごくそつ》を従えて姿を現した。その後ろにはどこの馬の骨とも分からない者たちも数多くついてきている。妖族もいれば、人間もいて、仏像のような顔をしている者も何人かいる。

趙雲瀾《チャオ・ユンラン》と斬魂使は離れて立っており、斬魂使は依然として黒い霧の中に包まれ、趙雲瀾《チャオ・ユンラン》は無表情のままだった。寒すぎるからか、高原に登って酸欠になったからか、趙雲瀾《チャオ・ユンラン》の顔はやや青白くなっており、唇もまったく血色を感じられない。振り向いて判官たちの顔を見ると、趙雲瀾《チャオ・ユンラン》は無意識に眉を顰《ひそ》め、そして冷淡に会釈《えしゃく》

70　訳注：中国では男性が彼女や妻を怒らせたとき、パソコンのメインボードまたはドリアン、洗濯板などの上で跪いて謝罪するという冗談の常套句がある。
71　訳注：「牛頭馬面」とは地獄で亡者を責め苛む獄卒で、牛頭人身の「牛頭」と馬頭人身の「馬頭」を指す。
72　訳注：「白黒無常」とは閻魔に仕える「白無常」と「黒無常」という二柱の獄卒の並称。

した。

趙雲瀾《チャオ・ユンラン》と斬魂使の間になにか異様な雰囲気が漂っているのを判官は感じ取ったが、それがなんなのかは余所《よそ》者が説明できるようなものではなかった。

判官たちと合流するまえに、斬魂使と趙雲瀾《チャオ・ユンラン》を二人っきりで会わせるのは判官が事前に仕組んでいたことだ――趙雲瀾《チャオ・ユンラン》が崑崙山の麓まで来てしまったからには、斬魂使は一人で帰らせることなどできず、趙雲瀾《チャオ・ユンラン》を連れて崑崙山に登るしかなくなることを判官に先読みされたのだ。

趙雲瀾《チャオ・ユンラン》は斬魂使が最も大切にしている人である。たとえ斬魂使が土壇場でこちらを裏切ろうと企んでいても、そこに趙雲瀾《チャオ・ユンラン》がいれば、彼を巻き込まないために行動に出ることはないだろうと踏んだのだ。

ただ、こういう出方は明らかに斬魂使の逆鱗《げきりん》に触れるものだった。今回こそ冥府は間違いなく斬魂使の恨みを買ってしまった。判官は疑っているような、恐れているような目つきで黒い霧に包まれる斬魂使の姿を観察していたが、自分の計画がうまくいくかどうか分からなかった。判官という役職は聞こえがいいだけで、実際は上に彼を制約する十殿閻魔《じゅうでんえんま》がいて、判官自体はほとんど実権を持たない。時には判官自身も面倒なことを丸投げされた自分を憐れに思うことさえある。

判官は作り笑いを浮かべ、

「令主《れいしゅ》、お早いですね」と挨拶した。

そして斬魂使に向けて拱手《きょうしゅ》の礼をし、顔が地面に触れるほど腰を低くして恭《うやうや》しく口を開く。

「小職は……」

判官がまだ挨拶し終わっていないのに斬魂使はそれを無視し、黙ったまま山頂に向かって進み出した――最低限の礼儀さえ守らなくなったことからも斬魂使がどれほど怒っているかが分かるだろう。文句を言えない判官はただ苦笑いし、斬魂使についていくよう一行に呼びかけた。

空がますます暗くなってきた。強風が吹き荒れ、雷が鳴り続ける九重《きゅうちょう》の天《てん》を眺めると、黒い竜が空を飛び回っているようにも見える。

一年中氷に覆われている崑崙山は極めて険しく、雲の上に高く聳《そび》え立っている。古詩で言う「千山《せんざん》、鳥飛ぶこと絶え、万径《ばんけい》、人蹤滅《じんしょうめっ》す[73]【見渡す限りの山々には飛ぶ鳥の姿も見えず、道は雪に埋もれて人の足跡も消えてしまった】」というのはまさにこういった光景を描いているのだろう。

趙雲瀾《チャオ・ユンラン》は一度も崑崙山に来たことがなく、まさか自分がなんらかの理由でこの大雪山に関わることがあるなんて思ってもみなかったが、遠路はるばるここまで訪ねてきて崑崙山に足を踏み入れた瞬間、「血が繋がっている」というのがどういうことなのかすぐに分かった気がした。

それはとても不思議な感覚で、まるで魂の奥にある端子にデータケーブルが差し込まれ、彼と崑崙山を繋げたかのように感じた。

趙雲瀾《チャオ・ユンラン》は心の中の複雑な企みも、周辺にいる得体の知れないやつらも、さらにはまだ怒りが収まっていない沈巍《シェン・ウェイ》のことも忘れてしまい、ほとんど本能だけで前へ進み続けている。胸の内ポケットにしっかり入れられた鎮魂令《ちんこんれい》がやけどしそうなほど熱くなってきている。山の奥に進むにつれ、ずっと趙雲瀾《チャオ・ユンラン》の肩に乗っていた大慶《ダーチン》もなにかを感じ取ったようで緊張してきた。

「……令主、令主?」

趙雲瀾《チャオ・ユンラン》はその呼び声に驚いて我に返ると、後ろから自分を引っ張る判官に気が付いた。

73　訳注：「千山、鳥飛ぶこと絶え、万径、人蹤滅す」、唐代の詩人柳宗元（りゅうそうげん）の『江雪（こうせつ）』より。

彼らは知らず知らずのうちに平地まで進んでいた。周辺にはまだ誰にも踏まれていない真っ白な新雪が積もっており、目の前には人の背丈より高い巨石が六十四卦《ろくじゅうしけ》のような、八角形が重なる形で並んでいる。周辺には時々小さな旋風が通り過ぎ、思わず気持ちが引き締まるような厳《おごそ》かで静まり返った雰囲気が漂っている。

判官は堅苦しく口を開く。

「この巨石群を抜けると、正式に崑崙山の敷地内に入りますので、ご案内をお願いいたします」

趙雲瀾《チャオ・ユンラン》は答えなかった。沈巍《シェン・ウェイ》の顔を見なくても、彼がこちらを見ていることは感じ取れる。だが、趙雲瀾《チャオ・ユンラン》が振り向いて目を合わせようとすると、まったく無関心なふりをしてそっぽを向かれてしまった。趙雲瀾《チャオ・ユンラン》は苦々しく笑い、大慶《ダーチン》のお尻を叩いて自分の肩から降りさせ、そして懐《ふところ》から鎮魂令を取り出し、巨石群の中に入っていった。

判官たち一行は趙雲瀾《チャオ・ユンラン》が一歩一歩前へ進むのを眺めている。彼の足が地面につくたびに、一行は思わず息を殺してしまう。彼が巨石群の真ん中まで進むと、冷たい北風が突然やんだ。

長い足跡の先に立つ趙雲瀾《チャオ・ユンラン》は、一人孤独そうだが落ち着き払っている姿を見せている。そこに立ち留まって目を閉じ、深潭《しんたん》の水面のように穏やかな横顔を見せながら耳を澄ますと、十万もの大山からの呼び声が届いてきた――。

赤水《せきすい》[74]の北にあり、天を承《うけたまわ》り地に接す。万九千の大丘《おおおか》、天人の故里《ふるさと》なり。

【赤水川の北にあるその山は、天と地を繋げている。大勢の大峰からなるその山は、神々の住まいである】

浩然《こうぜん》たる巓《いただき》に、六合《りくごう》を覧《み》て海内を渺《びょう》す。三十六山川の始まり、宇内《うだい》万物の綱《つな》と為《な》り……。

【広々とした絶巓《ぜってん》から天下を眺め見下ろせる。そこは三十六もの山川の始まりであり、世界万物の生成変

74 訳注：「赤水」とは中国神話の中で崑崙山に源を発するとされている川。

化の決まりを示している……】
その名は崑崙という。
【その山の名は崑崙という】

❖

誰に教えてもらったわけではなかったが、ここに来てどうするべきか趙雲瀾《チャオ・ユンラン》はおのずと分かっていた。

まるで心の中で誰かがずっと自分を導いてくれているようだ。ふと目を開けると、周りを囲んでいる巨石が自分の心の揺れ動きとともに回り始めたように見えた。行き先が予測できない流星の如く、すぐには目で追いきれなかった。

沈巍《シェン・ウェイ》は少し離れたところに立っており、その目にはもう趙雲瀾《チャオ・ユンラン》一人の姿しか映らなくなっている。

趙雲瀾《チャオ・ユンラン》はこんな厳かな場に似合わないアノラックを羽織って登山靴を履いており、短い髪が麓の風に吹かれて雑乱な鳥の巣のようになっているが、不思議なことに、沈巍《シェン・ウェイ》の目にはそのだらしない姿は大昔に出会った、あの裾が地面に擦れる青緑色の長衣を羽織る男の姿と重なった。

そう感じた沈巍《シェン・ウェイ》は突然自分を抑えきれなくなりそうになり、袖から黒い霧を立ち昇らせて趙雲瀾《チャオ・ユンラン》を包み、自分にしか彼が見えないように、他のあらゆる者の視線を遮った。まるで天地の間に自分と趙雲瀾《チャオ・ユンラン》二人しかいなくなったようになっている。

そうしているうちに、沈巍《シェン・ウェイ》は自嘲《じちょう》的な苦笑を浮かべた。数千年まえ、あの人が自分のことを少しでも長く見てくれるなら死んでもいいと思いながら、自分のような穢《けが》らわしいものであの人の目を汚したくないとも思っていた。なのに、今は欲が出てしまい、(彼を自分一人だけのものにしたい)(他人に見せたくない)という卑劣な思いに頭の中が占拠された――幾千年もまえに沈巍《シェン・ウェイ》の心の中に植えられた種が知らず知らずのうちに、彼自身では倒せない悪魔にまで育ったのだ。

生まれてきてからひたすら自分の天性や本能に抵抗してきた沈巍《シェン・ウェイ》は、たった一度の偶然の出会いで永遠に輪廻に入れなくなった。

その時、地面が震え出し、空から轟音《ごうおん》が響いてきた。天雷が分厚い雲を切り裂き、すべてを破壊する勢いで地面や崑崙山の絶巓に落ちてきたのだ。空に奇妙な仮面が現れ、雲の間から見え隠れしており、まるで鬼面男がそこから冷たい視線で麓にいる彼らを俯瞰《ふかん》しているようだった。

続いて「ドカン」と大きな石柱が落ちてきた。天宮の柱のような立派な石柱は一瞬でそこにいる人たち全員を乗せ、諸神さえ立ち入れぬ禁断の地――崑崙山の絶巓まで連れていった。

一行が地面をしっかりと踏みしめるまえに、黒猫が凄《すさ》まじい鳴き声を上げた――その視線をたどって眺めると、天地と同じくらい長い寿命を持つと言われるあの大神木が目の前に現れていた。絡み合う幹は半分枯れてしまい、一枚の葉も、一輪の花もなく、濃厚な死の気配を漂わせている。

黒猫は趙雲瀾《チャオ・ユンラン》の懐《ふところ》から抜け出して飛び降りた。地面に落ちた瞬間、背丈が急速に伸びて人間の形に変わった。趙雲瀾《チャオ・ユンラン》は大慶《ダーチン》も人間に変化《へんげ》できるとは知らず、一瞬愕然とした顔を見せた。

人間の姿に変わった大慶《ダーチン》は鴉《からす》の羽根のような長いもみあげを後ろに束ねており、枯れ果てそうな幹をじっと見つめすぎたのか、貴重な猫眼石のような目が赤くなっている。

「崑崙山でこんな無道な真似《まね》しやがって」

大慶《ダーチン》が低い声で厳しく言った。

言い終わるか終わらないかのうちに、数多くの幽畜《ゆうちく》が地下から浮かび上がり、まるで神木の根や茎から養分を吸収してそこから生えてきているかのように見えた。

続いて、強い風が巻き起こると、鬼面男の巨大な顔が分厚い雲の間からはっきりと見えるようになり、数千メートルまで膨らんだその頭で日差しも遮られてしまった。その鬼面には不気味な笑顔が浮かんでおり、四肢と胴体も山のように膨らみ、崑崙山の絶巓を包む雲や霧の間に見え隠れしている。

鬼面男は片手で印を結び、片手を後ろのほうに回すと、数十階の建物に相当する高さの巨大な鼎《かなえ》が彼の後ろに浮かび上がった。鼎は凄まじい勢いで回転し始め、巻き起こった風は耳を劈《つんざ》くほどの轟音を立てている。

「煉魂鼎《れんこんてい》だ！　煉魂鼎だ！」

誰かが悲鳴を上げたその時、鬼面男は鼎が巻き起こした強風の中で後ろに回していた手を出し、大きな斧を持ち上げ、真っ直ぐ下に向かって振り下ろした。

次の瞬間、趙雲瀾《チャオ・ユンラン》は誰かに横へ押された。血腥《ちなまぐさ》い臭《にお》いのする狂風で目も開けられないなか、「キーン」という大きな音がすると、判官たち一行は驚きを隠せない顔で音のする方向を眺めた。

山の尾根のように長い鬼面男の巨斧《きょふ》が三尺三寸の斬魂刀の分厚いみねにぶつかって止められた時に出した音だった。巨斧の攻撃を止めた斬魂使はなにかとてつもなく重いものを担がされた蟻《あり》のように見える。鬼面男のマントの袖が疾風によって引き裂かれ、細長い両手が露《あら》わになった。

続いて斬魂使が手首を返すと、それと同時になにかが割れる軽い音が聞こえ、巨斧の一角が欠けてしまった。そして斬魂使が体を横に向け、斬魂刀を力強く巨斧に突き当てた瞬間、「カキーン」という澄んだ音が響くとともに、巨斧が一メートルほど上へ弾かれた。

細かい亀裂が斧の全体へ広がっていくと、斧は大きな音を立てて崑崙山の絶巓に落ちた。その衝撃で百メートル近い深い淵ができ、まだ地面に這《は》い上がってきていない数多くの幽畜はそのまま主人の巨斧に皆殺しにされてしまった。

「煉魂鼎まで使おうとするなんて、正気の沙汰ではない」

斬魂使の低い声だった。

二十八

「私は正気だ。山河錐《さんがすい》が君に取られたのは仕方がない。ただいずれ君がそれを持って私のところに来てくれることも分かっている。でもな、功徳筆《くどくひつ》はどんな手段を講じてでも必ず手に入れてみせる。四本の天柱《てんちゅう》のうち、二本が折れてくれれば、天下を覆《くつがえ》すのなんてたやすいことだ。その時、世の中にはもう誰も私を止められる者はいない」

鬼面男はその黒い目で周辺を見渡すと、

「止めたければ好きにすればいい。ただ、こんな大勢の野次馬たちについてこられたとはな——君が寝返るのを相当警戒されているみたいだな」と続けた。

鬼面男の言葉による「無差別攻撃」がそこにいる者ほぼ全員に的中し、彼らが隠していた企みがその一言で明かされてしまった。

鬼面男は目をくるりと回し、趙雲瀾《チャオ・ユンラン》の姿に気付くと、よりいっそう奇妙な笑みを浮かべた。

「なるほどね、令主《れいしゅ》もいらっしゃったか。どうりで」

人間の姿に変化《へんげ》した大慶《ダーチン》が冷ややかな表情を浮かべながら、鬼面男のほうに向かおうとすると、趙雲瀾《チャオ・ユンラン》にその長い髪を引っ張り止められた。

大慶《ダーチン》がみだりに動き回らないように、趙雲瀾《チャオ・ユンラン》は片手でその髪を掴んだが、もう一方の手をポケットに入れ、タバコを一本取り出した。大慶《ダーチン》は姿が変わっても、猫が毛を引っ張られた時の本能はまだ残っているようで、反射的に趙雲瀾《チャオ・ユンラン》にパンチを一発お見舞いした。ただ、長い爪がなくなったため、趙雲瀾《チャオ・ユンラン》の手にうっすら擦った痕を残しただけだった。その手に触れた時、なぜか氷のように冷たいと大慶《ダーチン》は思った。

「斬魂使《ざんこんし》の邪魔をするな、デブ」

趙雲瀾《チャオ・ユンラン》は指でタバコをひねり、耳打ちよりも小さい声で大慶《ダーチン》に言った。

「俺もちょっと緊張してきた」

それを聞いて、大慶《ダーチン》は不思議そうに目を見開いた。

趙雲瀾《チャオ・ユンラン》は周囲を見渡し、

「冥府のやつらの後ろについてるのは鴉《からす》族で、他の妖族は自ら徒党《ととう》を組んでるみたいだな。あと西天《さいてん》[75]から阿羅漢《あらかん》[76]も来てる。そっちにいるのは何者だ。道教のやつか？」と大慶《ダーチン》に訊いた。

先ほど鬼面男の巨斧《きょふ》が落ちてきた時、その驚天動地《きょうてんどうち》の一撃でその場にいる者たちはいくつかの群れに分かれたのだ。

75　訳注：「西天」とは「西方の天竺（てんじく）」の略称。中国から見て西方にある仏法の発祥の地、天竺（インドの古称）を指す。
76　訳注：「阿羅漢」とは仏教において一切の煩悩を断って修行の最高位に達し、人々の供養を受けるに値する仏弟子や聖者を指す。

「やつらの中には徳が高く人望のある者もいれば、悟りを開いて神に昇格した者もいる。ただし、斬魂使と鬼面男、彼ら二人の戦いに手を出す資格は誰にもない。お前に連れてきてもらえなかったら、やつらはここまで登ることすらできない。彼ら二人以外、ここで暴れえる者といえば、蛇のしっぽを持つ女以外見たことがない」

大慶《ダーチン》が言う人面蛇身の女は、すなわち三皇《さんこう》[77]のうちの女媧《じょか》だ。

❖

どんよりした空から雪が舞い降りるなか、醜い幽畜《ゆうちく》と各種の神や鬼がはっきりと両側に分かれて対峙しており、一触即発《いっしょくそくはつ》の緊張が高まっている。

大慶《ダーチン》は大神木を見ないようにそっぽを向き、なんとか自分の頭を冷やそうとし、趙雲瀾《チャオ・ユンラン》にも、「後ろに下がったほうがいい」と注意した。

趙雲瀾《チャオ・ユンラン》のタバコは雪で濡れてしまっている。今日の趙雲瀾《チャオ・ユンラン》はどうやらエコ意識が高くなったようで、ポケットからティッシュを一枚取り出し吸い殻と灰を包み、ポケットに入れた。

やつらの攻撃範囲外に退いた趙雲瀾《チャオ・ユンラン》は他の人を避けて大神木の下まで進むと、その枯れた冷たい幹を触ってみた。大神木は先端が見えないほど高く聳《そび》え、地面から露出している根は趙雲瀾《チャオ・ユンラン》の胸元くらいまで伸びている。神木自体がさながらそこに盤踞《ばんきょ》している神様のように見える。

77　訳注：「三皇」とは神話伝説上の三人の帝王のことで、盤古の時代のあと現れたという。諸説あるが、『春秋緯運斗枢』や「三皇本紀」によれば、伏羲、女媧、神農の三柱を指す。

（俺はあなたのことをなにも知らないけど、あなたは俺のことを知ってるよね？）

趙雲瀾《チャオ・ユンラン》は大神木に触れながら心の中で言った。

そう語りかけていた時、趙雲瀾《チャオ・ユンラン》は自分の手になにかが触れたのを感じて、ぎょっとした。大神木に触れている指の隙間から小さな芽が生えてきたのだ。髪のように繊細な茎が伸びてきて彼の指に巻きついた。

趙雲瀾《チャオ・ユンラン》は驚きながらも笑みを浮かべ、自分が背負っている小型登山リュックを触った。

その時、鬼面男が手を伸ばすと、煉魂鼎《れんこんてい》は太陽の光を完全に遮りうるほど大きく膨らんだその手のひらに乗せられた。煉魂鼎の中でうねる黒いガスはその指の青白さに引き立てられ、いっそう恐ろしく見えてきた。

「功徳古木《くどくこぼく》――未《いま》だ生まれずして已《すで》に死す身。令主《れいしゅ》、功徳古木で作られた功徳筆はいったいなんなのかご存知だろうか」

鬼面男が訊いた。

「言ってごらん」

趙雲瀾《チャオ・ユンラン》は大神木に背を向け、仰向いて遠くから鬼面男を眺めながら返した。

「炎帝《えんてい》、黄帝《こうてい》が手を組んで蚩尤《しゆう》と闘うよりもまえの話だが、その時も神々の間に闘争が絶えなかった。伏羲《ふっき》と女媧の二皇《にこう》は世の中の秩序を築くために、崑崙山《こんろんざん》の大神木から枝を一本もらい、それを人間界に挿し込んで戦乱を鎮めようとしたが、女媧は人間を造った時に人間の体に紛れ込んだ三尸《さんし》を憎み、独断で神木の枝を大不敬《だいふけい》の地に挿し込んだ……」

「口を慎め！」

斬魂使の一喝で鬼面男の話が遮られた。

その手に握られた斬魂刀《ざんこんとう》は伝説の如意棒《にょいぼう》のように一気に伸びていったが、柄の部分だけは依然として僅《わず》か二寸弱の長さのままだった。五百キロはありそうな斬魂刀を斬魂使は柄の部分を握っただけで持ち上げた。鋒《きっさき》が空まで届きそうになり、逆巻いている雲がその刀にかき混ぜられると、突然雷が落ちてきた。

空に穴が開いたのではないかと錯覚させるような光景が広がっている。雷は真っ直ぐ鬼面男の頭めがけて突き刺さっていき、あたかも神の裁きを受けたかのようだった。

鬼面男は大笑いし、躱《かわ》すこともせずむしろ仰向いて口を開け、そのまま神雷を受け止めて呑み込んだ。次の瞬間、斬魂刀は振り下ろされ、鬼面男が持っている煉魂鼎を掠《かす》めてその胸元めがけて切りつけた。刀の動きで凄《すさ》まじい風が巻き起こり、拳ほどの大きさの砕氷が至るところで飛び交っている。風が吹き荒れ、砕氷や石が舞い上がるなか、大量の幽畜が崑崙山の絶巓《ぜってん》にいる者たちに飛びかかり、有無を言わさず彼らを襲い始めた。

一方で、大神木の隆起した根に座って観戦している趙雲瀾《チャオ・ユンラン》は特に出番がなさそうだった。斬魂使がどれほど気まずい立場に立たされているのか、彼はようやく理解できた――鬼面男には敵と見なされず、他の者たちには盟友と見なされない――二人の激しい交戦を見て、今度こそ二人とも本気を出しているのだろうと趙雲瀾《チャオ・ユンラン》は思った。鬼面男が手加減をしていなければ、前回、山河錐の下であんなにあっさりと片付けられるはずがなかったのだ。

当時の鬼面男は本気で斬魂使と戦う気はなかったようだ。

「大不敬の地か」

趙雲瀾《チャオ・ユンラン》は先ほど鬼面男が言っていた言葉を小声で復唱した。

ずっと疑問に思っていたことが鬼面男の二言三言で解明した――言い伝えによると、人間の体には「三尸」

が潜んでいる。いわゆる仏教でいう「貪《とん》・瞋《じん》・痴《ち》」[78]だ。前回図書室で見つけた『上古秘聞録《じょうこひぶんろく》』には人間の体にある三尸という穢《けが》れは土から移ってきたものだと書いてあった。鬼面男が言うには、女媧は人間の体に紛れ込んだ三尸を憎んでいたから、神木の枝を大不敬の地に挿し込んだらしい。それが三尸を清めようとするためだというなら、「大不敬の地」はすなわち「三尸」の源だった可能性が高い。

鬼面男が空に飛び上がり、斬魂刀の攻撃を躱すと、再び地面に降り立った衝撃で崑崙山全体が震え出した。

鬼面男は口を慎むつもりは毛頭ないようで話を続ける。

「大神木は慈悲《じひ》の心を持っており、その枝は大不敬の地に挿し込まれて枯れてしまっても『穢れ』を鎮めようと根を伸ばし続け、後世の伝説で『功徳古木』と呼ばれるようになった。のちに、炎帝と黄帝が手を組んで蚩尤と激戦を繰り広げた。その激戦が終わったあと……」

「黙れ！」

斬魂刀は今度は横から払われた。沈巍《シェン・ウェイ》がどこにいるか趙雲瀾《チャオ・ユンラン》は確認できず、彼がいかにして百メートル近くある刀を思うままに振るっているのかも分からなかった。

斬魂刀に容赦なく追い詰められるなかで、鬼面男の話は再び遮られた。鬼面男は突然体を縮小させ始め、元の半分くらいまで縮まった時、斬魂刀がちょうどその頭の真上を掠めていった。すると、煉魂鼎は轟音《ごうおん》を立てて地面に落ちた。

煉魂鼎を中心に、数えきれないほどの幽畜が次から次へと現れたが、鬼面男はどこかへ消えていった。

78　訳注：「貪・瞋・痴」とは仏教において人間の根本にある三つの悪徳、すなわち貪欲、瞋恚（しんい）（自分の心に逆らうものに対する憎悪）および愚痴（愚かなこと）。

淡々とした様子で戦いを傍観していた趙雲瀾《チャオ・ユンラン》は誰かが後ろに近づいてきたのを感じたが、振り向いて確認しようとはしなかった。一方で、いつの間にか大神木に登っていた大慶《ダーチン》は趙雲瀾《チャオ・ユンラン》のように平静を保てず、大神木の枝から飛び降りた。その手には手のひらサイズの短刀を握っている。爪を隠している猫のように、その短刀を手のひらに隠したまま、趙雲瀾《チャオ・ユンラン》に近づいてきた人に向かって密《ひそ》かに飛びかかっていった。

その人——鬼面男は手首だけで大慶《ダーチン》の短刀を止めた。鬼面男の手首はまるで鉄で作られたもののようで、軽い音を立てながら大慶《ダーチン》の短刀を弾き飛ばした。次の瞬間、鬼面男は手首を返し、爪を出して大慶《ダーチン》の首を掴もうとした。大慶《ダーチン》は人間の姿に変わっても依然として動きは機敏で、後ろへ二連続宙返りして躱した。そして大神木の枝に飛び上がり、虎視眈々《こしたんたん》と鬼面男を睨《にら》みながら次の機会を覗《うかが》う。

「猫を殴るまえに、その飼い主が誰なのかを確認したほうがよいぞ」

趙雲瀾《チャオ・ユンラン》はゆっくりと振り向いて薄く浮かべていた笑みを消すと、落ち着いた目つきで鬼面男を見て言った。

「われの左肩の魂火《こんび》のおかげで崑崙山の山頂に登れただけだろう。ここを自分の縄張りと勘違いしないでくれ」

その言葉は斬魂使が起こした神雷よりもずっと威力が強く、先ほどまで調子に乗って偉そうに振る舞っていた鬼面男は咄嗟《とっさ》に足を止め、趙雲瀾《チャオ・ユンラン》の三メートル後ろまで下がったあとは、一歩前へ進む勇気すらなくなったようだ。

慌てて駆けつけた沈巍《シェン・ウェイ》はその光景を目にして唖然《あぜん》とした。

「のちに、炎帝と黄帝が手を組んで蚩尤と激戦を繰り広げた。その激戦が終わったあと、三皇《さんこう》はこのことを不問に付すことができず、お天道様の許可を請い、悪を制裁すべく、功徳古木を削って功徳筆を作ることにした。万物に霊魂《れいこん》があり、功徳筆があればすべての生きものの功徳、悪行、是非を記録できるのだ」

趙雲瀾《チャオ・ユンラン》は鬼面男の話に続いて落ち着いた口調で語り出した。

「その後、功徳筆は幽冥四聖《ゆうめいしせい》の一つとして、女媧が天を補修した時に大亀の四本の足が変化した天柱の封印になった。輪廻晷《りんねき》は人間界から姿を消し、山河錐は地下に埋められ、功徳筆は……」

趙雲瀾《チャオ・ユンラン》は微《かす》かに口角を引き攣《つ》らせ、視線を横に移すと、

「功徳筆は無数の破片にばらされ、落下した破片がすべての生きものの体に付着した——そうであろう？　判官大人《はんがんたいじん》」と続けた。

すると、大神木の後ろに姿を隠していた判官がゆっくりと出てきた。そして、膝の力が抜けたように地面に跪《ひざまず》き、五体投地《ごたいとうち》[79]の礼をしながら震える声で詫びる。

「いろいろ隠していたのはやむをえない事情があるがゆえです。どうか小職をお許しくださいませ、崑崙君」

その時、煉魂鼎が突然震え出し、続いて崑崙山もそれに合わせて震え出した。趙雲瀾《チャオ・ユンラン》の背後にある大神木から無数の新芽が生えてきて、枯れた枝がザワザワと音を立てながらまばらに花が咲き始めた。

趙雲瀾《チャオ・ユンラン》はだらけた姿勢で木の幹に凭《もた》れかかり、

「功徳筆はこのわれ、崑崙のものであったろう。返さぬとはどういうつもりだ」と訊いた。

鬼面男の仮面に描いてある顔は思わず歪《ゆが》んでしまった。

趙雲瀾《チャオ・ユンラン》は彼に目をやり、

「われの前で顔を隠そうとしても無意味だ。そなたの顔は知っておる」と言った。

言い終わると、沈巍《シェン・ウェイ》が分かりやすく固まったのを感じて、趙雲瀾《チャオ・ユンラン》は微かに声のトーンを下げ、

「肉眼で捉えられるものはみな虚妄《こもう》である。誰が誰なのか、われが見分けられぬとでも思っているのか」

79　訳注：「五体投地」とは、両手、両膝、額を地面に投げ伏して礼拝すること。

と一言付け足した。

斬魂使がなにかを言うまえに、崑崙山の絶巓《ぜってん》に突然強風が巻き起こり、それは先ほど彼が鬼面男と戦った時よりも激しい風だった。

大神木の上に座っている大慶《ダーチン》は危うく落ちそうになったが、再び黒猫の姿に変わり、しっかりと幹にしがみついた。趙雲瀾《チャオ・ユンラン》は大神木に凭れかかっていたため風を避けられたが、他の者はそこまで運がよくなかった。判官はつんのめって転んでしまい、数十匹の幽畜は空に吹き飛ばされて旋風の中に吸い込まれていき、空を飛んでいた者も地下に潜っていた者もみな旋風に巻き込まれ、そして勢いよく地面に叩きつけられた。

渦巻の中に大きな筆が見え隠れしている。それはまさしく功徳筆だった！

煉魂鼎は一瞬で崩れ、功徳筆は再び人間界に姿を現した。

趙雲瀾《チャオ・ユンラン》、沈巍《シェン・ウェイ》および鬼面男の三人は互いに牽制しており、しばらく誰も動けなかった。

「令《れい》……山聖《さんせい》がどうしても功徳筆を取り戻したいのなら、お先にどうぞ」

鬼面男が先に口を開いた。

趙雲瀾《チャオ・ユンラン》は強風に吹かれて足をしっかりと踏みしめられないなかで、その俗世間を離れた隠者のような形相をなんとか保とうとし、意味深に言った。

「誰かさんが漁夫の利を期待しているようでな」と。

転んで頭に大きなこぶができた判官は、趙雲瀾《チャオ・ユンラン》が自分のことを皮肉っていると分かっているが、一言も弁解できなかった。

鬼面男が嘆息《たんそく》を漏らし、

「山聖《さんせい》には火を貸してもらった恩があるゆえ、できればこんなことはしたくないが」

と言って指笛を吹くと、数百匹の幽畜が地下から這《は》い上がり、彼らを真ん中に囲んだ。斬魂使は直《ただ》ちに趙雲瀾《チャオ・ユンラン》のそばに駆けつけ、その前に立ちはだかって、刀の柄を強く握り締めた。

功徳筆は突然縮小し始め、稲妻のような速さで大神木に向かって飛んでいった。一行が反応するまえに、功徳筆はそのまま大神木の中に沈んで消えた。

この誰もが予想しなかった展開に、鬼面男は袖を振って判官を突き飛ばし大神木の中に手を伸ばそうとしたが、趙雲瀾《チャオ・ユンラン》に止められた。

鬼面男の腕は硬く冷たく、それを掴んだ時、趙雲瀾《チャオ・ユンラン》は自分の手首が石に打ち付けられたような痛みを覚えた。袖を捲《まく》り上げて確認しなくても、手首にあざができたと分かる。

幸いなことに、鬼面男は正面から「崑崙君」に対抗する勇気はなさそうで、趙雲瀾《チャオ・ユンラン》の横を掠めて爪を大神木の中に差し込もうとした。歯の根が緩んで浮いてきそうなほど不快な摩擦音が聞こえると、鬼面男の手は大神木に容赦なく弾かれ、鉄のように硬い爪がなんと二つに折れてしまった。

趙雲瀾《チャオ・ユンラン》は手首の痛みを我慢して、だから言っただろうと言わんばかりの顔を作り、にやにやしながら言う。

「怪我してしまうだろうと思って親切で止めてやったのに、まったく身のほど知らずなやつだな」

鬼面男はカチカチと奥歯を食いしばり、そこに立ったまま体を回転させると、黒い霧と化して姿を消した。

一方で、幽畜は鬼面男に連れていかれることなく、依然として次から次へと趙雲瀾《チャオ・ユンラン》たちに襲いかかろうとしているが、趙雲瀾《チャオ・ユンラン》の一メートル以内に入ることもできないまま、斬魂刀に皆殺しにされた。

ひとまず胸を撫で下ろした趙雲瀾《チャオ・ユンラン》は大神木の幹に触れてみると、自分をその中に引っ張ろうとする不思議な力を感じた。

斬魂使のマントのフードは功徳筆が現れた時に巻き起こした強風に捲り上げられ、身に纏《まと》わりつく黒い霧も形が崩れ、趙雲瀾《チャオ・ユンラン》の見慣れている沈巍《シェン・ウェイ》の顔が朧《おぼろ》げに見える。

その顔に浮かんだ表情は複雑で、なにかを期待しているような、なにかを確かめようとして緊張しているような表情だった。

「すべて思い出しましたか」

沈巍《シェン・ウェイ》が訊くと、趙雲瀾《チャオ・ユンラン》はにこにこしながら手を振り、

「そんなわけないだろ。鎌をかけてみたり、でたらめを言ってみたりしただけだ……。痛っ、あいつの体はいったいどういう構造なんだ。なんであんなに硬いんだ」と返した。

「……」

沈巍《シェン・ウェイ》は思わず絶句した。

「彼らを止めてくれないか。大神木が俺を呼んでるみたいだ」

趙雲瀾《チャオ・ユンラン》はそう言って大神木の中に飛び込もうとした。体が半分まで没入したところで、なにかを思い出したように振り向いて沈巍《シェン・ウェイ》に言う。

「先に戻ったら鍵を閉めないで俺を待っててね、大好きだよ」

言い終わると、その姿は大神木の中に潜り込んで消えていった。

二十九

沈巍《シェン・ウェイ》が崑崙山《こんろんざん》の絶巓《ぜってん》にいる幽畜《ゆうちく》を片付け終わると、野次馬たちはみな空気を読んでそこを離れようとし

た。判官《はんがん》だけは牛頭《ごず》と馬頭《めず》に両脇を支えてもらいながら、遠くから沈巍《シェン・ウェイ》のことを眺めている。なにかを言おうとしているようだが、近づく勇気がなさそうに見える。沈巍《シェン・ウェイ》は判官に構わず、「帰ろう、一緒に戻るんだ」と言って大慶《ダーチン》へ手を差し出した。

猫の姿に戻った大慶《ダーチン》は少し迷ったが、体が小さくなると気も小さくなったようで、独りぼっちでこんな銀世界に閉じ込められるのはまずいと思い、へりくだった口ぶりで礼を言ってから沈巍《シェン・ウェイ》の肩に飛び乗った。沈巍《シェン・ウェイ》の体つきは趙雲瀾《チャオ・ユンラン》に似ているが、大慶《ダーチン》はなぜか居心地悪く感じて、自分の体を黒い毛糸玉のように縮《ちぢこ》めた。

その時、判官が勇気を振り絞り彼らを呼び止めようとした。

「大人《たいじん》……」

「そなたたちはもう戻ってよい。余計なことを言って私を怒らせたくないなら」

斬魂使《ざんこんし》は斬魂刀《ざんこんとう》を鞘の中に収め、淡々とした表情で判官の話を遮り、足を止めようとはしなかった。

やがて夜が明け、少し遅れて陽光が雲の隙間から漏れて差し込んできた。

❖

斬魂使は神力で距離を縮め、千里の距離も一瞬で移動できるため、趙雲瀾《チャオ・ユンラン》のマンションに戻った時はまだ正午を過ぎたばかりだった。テレビ番組は今朝の異常な気象現象を繰り返し報道しており、各大手メディアも他に話題性のあるネタを掴めなかったのか、いずれも専門家を名乗るコメンテーターを雇って好き勝手に解説させている。

三、四時間ほど待って、太陽が西へ沈み始めた頃、机に置いた沈巍《シェン・ウェイ》の携帯がようやく何回か震動した。電子製品の扱いに慣れていない沈巍《シェン・ウェイ》はそれに気付かなかったが、斬魂使と二人きりでいることで肩身が狭く感じた大慶《ダーチン》が恐る恐る「ニャー」と鳴いて携帯を彼の前に突き出した。趙雲瀾《チャオ・ユンラン》から連絡が来たかもしれないと察した沈巍《シェン・ウェイ》は、突然生き返ったように体を動かした。

携帯を確認すると、メッセージが三通連続で届いている。

一通目は――。

「やっと電波入った。俺は無事だから心配しないで。もう少ししたら帰るから」という一文だった。

一分後に二通目が届いている。

「公安の上官に呼び出されちまった……。今夜は食事会があって、俺も同席しなきゃいけないらしいんだ。たった今メールをチェックして気付いた。俺を待たなくていいよ」と。

続いては三通目――。

「早く寝てね。よしよし」

大慶《ダーチン》はソファーを半周回ったあとようやく勇気を振り絞り、

「大人《たいじん》、うちの令主《れいしゅ》からですか」と恭《うやうや》しく尋ねた。

「はい」

沈巍《シェン・ウェイ》は頷《うなず》いた。

「用があるから、帰りが少し遅くなると」

大慶《ダーチン》は胸を撫で下ろしたが、少し迷ってから、

「では……私は光明通《グァンミンどお》り四号に戻りますので、お先に失礼します」と言った。

沈巍《シェン・ウェイ》が目を伏せ大慶《ダーチン》を見ると、その眼差《まなざ》しに大慶《ダーチン》は本能的に俯《うつむ》いた――まえのように彼のことを「沈《シェン》教授」と呼んで、遠慮せず言いたいことをなんでもズバズバ口にするような真似《まね》はできなくなったのだ。

「気をつけて」

と沈巍《シェン・ウェイ》が頷くと、大慶《ダーチン》はやっと釈放された囚人かのように素早く飛び上がって鍵を開け、小走りでそこを後にした。

❖

龍城《ロンチェン》に戻った趙雲瀾《チャオ・ユンラン》は接待なんかには行っていなかった。沈巍《シェン・ウェイ》へメッセージを送信したあと、彼はどこへも行かず、ぶらぶらと街を彷徨《さまよ》うだけだった。

今年の冬はことのほか雨が多く、雪がよく降るし、霧の日も多い。地面には薄い氷が張り、道端の店舗はすでに閉店し、通行人もだいぶ少なくなり、ややもの寂しい雰囲気が漂っている。目が充血しているからか、趙雲瀾《チャオ・ユンラン》は憔悴《しょうすい》しているように見える。自分がどこへ向かっているかも分からずただ歩き続けていると、携帯が鳴り出した。着信通知をちらっと見て、少し迷ってから電話に出た。

「もしもし、親父」

「うん」

電話の向こうの人が返した。

「なぜずっと圏外だったんだ」

趙雲瀾《チャオ・ユンラン》はちょうど風当たりが強いところに立っており、乾いた寒風に吹かれると目がいっそう赤くなってきた。

「……電波が悪かったからかな」

趙雲瀾《チャオ・ユンラン》は少し間を置いてから返した。

「今どこにいるんだ」

趙雲瀾《チャオ・ユンラン》はうまく場所を説明できず、いっそ電話を切り携帯で位置情報を共有することにした。

道端にしゃがんで二十分ほど待つと、一台の車が隣にとまった。ドライバーが窓から顔を出し、見ていられないと言わんばかりの視線を投げつけ、

「なに物乞いみたいにしゃがんでるんだ、乗れ」と彼を呼んだ。

趙雲瀾《チャオ・ユンラン》はだるそうな顔で白目をむき、しゃがみすぎて痺れた足を踏み鳴らして、全身から禍々《まがまが》しいオーラを放ちながら車に乗った。

趙雲瀾《チャオ・ユンラン》の父はアクセルを踏んで車を発進させると、彼に目をやった。

「そんな格好してどこに行ってたんだ」

「チベット高原」

趙雲瀾《チャオ・ユンラン》は無表情で返した。

「なにしにそこへ？」

「密猟団体を捕まえに」

「いい加減作り話はやめろ」

そう言われて、趙雲瀾《チャオ・ユンラン》はいっそ黙り込んだ。

趙雲瀾《チャオ・ユンラン》の父も少し黙ると、

「先日、母さんから彼のことを聞いた。なにを言っていいのか整理がつかなかったから、ずっと連絡できなかった」と言った。

趙雲瀾《チャオ・ユンラン》は疲れた顔で父親を見た。三界にわたる戦闘を終えたばかりで心身ともに強烈なダメージを受けたあとに、父親にカミングアウトしないといけないと思うと、自分のことをこのうえなく気の毒に感じて、思わず虫の息で「ああ」と嘆いた。

「お前が子供だった時、父さんはやっと仕事が軌道に乗ってきて忙しさのあまり父親としての役割をちゃんと果たせていなかった時期があった。当時はそのことをあまり重く受け止めていなかったが、あとになってお前が学校に通い始めると、母さんに学校が企画した『保護者の会』に連れていかれて、週末には他の親御さんと集まって子供の話をしたりするようになったんだ。その時やっと気が付いた。お前は他の子と違うことに」

趙雲瀾《チャオ・ユンラン》はその話を聞いて苦笑いした。

「いいよ、親父。また別の日に話そう。今日はそういう気分じゃないんだ」

「父さんは普段からずっとお前のことを甘やかしてきたろう——お前が特別調査所に入りたいなんて奇想天外なことを言い出した時も、余計なことはなにも訊かずに取り次いでやった。そういう気分じゃないとか、わがままばかり言うんじゃない」

趙雲瀾《チャオ・ユンラン》はシートに凭《もた》れかかり、

「はいはい。なにか訊きたいことがあればどうぞ」と返した。

「親なら誰しも言うと思うけれど、あの教授と別れてくれないか」

「無理だな」

趙雲瀾《チャオ・ユンラン》は迷わず即答した。

「落ち着いて話し合おう。彼のどこが好きなのか聞かせてごらん。他の誰かじゃ替えが効かないところでもあるのか？　世間からの反対があっても、法律上、結婚が認められなくても彼に拘《こだわ》る理由はあるのか？」

「母ちゃんだって志玲《チーリン》姉さん[80]ほど美人じゃないだろう。親父はなんでたった一本の『木』に拘って『森』を見ようとしないんだ？」

趙雲瀾《チャオ・ユンラン》は苛《いら》ついていて根気よく話し合う気がなく、

「世間の反対ってなんなんだ。法律で認められたからってそんなに偉いことなのか。自分で婚姻届を作って、大学通りのはんこ屋さんに行って五元払えば偽の公印を作ってもらえる。それで婚姻届に印を押せばいいだろ」と続けた。

「なんだ、その態度は？　こっちはちゃんと話し合うつもりだ」

趙雲瀾《チャオ・ユンラン》は俯いて、眉間《みけん》を力強く摘まんだ。

「今はお前の体内のホルモンバランスが乱れているだけだ。いつかホルモンの分泌が正常に戻ったら、今の選択を後悔するぞ」

趙雲瀾《チャオ・ユンラン》の父は焦らず緩まず話を続ける。

「情熱的な恋はもちろんとても素晴らしいものだ。父さんも若い時があったから、そういう気持ちは分かる。でも、障害の多い恋は応援できない。なぜか分かるか？」

趙雲瀾《チャオ・ユンラン》が黙り込んでいるのを見て、趙雲瀾《チャオ・ユンラン》の父は時速三十キロくらいのスピードでがらんとした道をゆっくりと走りながら、

80　訳注：「志玲姉さん」とは林志玲（リン・チーリン）のこと。台湾の人気モデル、女優。親しみを込めて「姉さん」をつけて呼ばれている。

「『アンナ・カレーニナ』[81]を読んだことがあるか？」

と続けた。

「アンナはなぜ死んだか分かるか？　不倫が背徳的なことだというのは言うまでもない。第三者を傷つけてしまうからな。お前たちの場合は第三者を傷つけたりはしていないから、そこはいいとしても、二人の関係が世間に認めてもらえないという点では不倫と同じだ——愛情はとても頑丈でありながら同時にとても脆《もろ》い感情だ。邪魔されたり反対されたりすると、かえって大きなパワーを生み出し、偉大とも言えるほどの感情に昇華する。だから愛は古くから尊いものとして讃《たた》えられてきた。でもこの言葉だけは覚えておいてほしい。『お前を打ち負かせるのは高い山ではなく、靴の中に入った小石だ』」

「それで？」

趙雲瀾《チャオ・ユンラン》の父はため息を漏らした。

「障害の多い恋は二人の強い意志や、犠牲を顧みない努力でその障害を克服することができるけれども、いずれ二人は平凡な日常へと戻る。考えたことあるのか？　その時、お互いの顔を見るたびに、甘いときめきとかではなく、一緒にいた時に浴びた非難や受けた苦痛しか思い浮かばなくなる。そうなった時、どうやって彼と向き合うつもりなんだ？　彼にどうやってお前と向き合えと言うんだ？　考えたことないのか？　人間はみんなそうなんだ。自分だけが例外だなんて思わないほうがいい。子供の時、お前が大好きだったアイスクリーム、覚えているか？」

趙雲瀾《チャオ・ユンラン》は首を横に振った。

81　訳注：『アンナ・カレーニナ』は帝政ロシアの作家レフ・トルストイの長編小説。不倫して恋人と出奔した主人公のアンナが、恋人とのすれ違いが日に日に大きくなり、やがて鉄道へ身を投げて自殺する物語。

「あの時、父さんは出張に行っていて、お前はアイスを食べたがったけど、健康重視の母さんに食べさせてもらえなかったから、毎日食べたいとねだって、絶食までして抗議していたんだ。父さんは出張から帰ってきて、こんな手を考えた——一日三回お前をアイス屋さんに連れていって、好きな味を選ばせて買ってあげる。毎回少なくとも二箱は買ってあげて、食べすぎてお腹を壊しても構わず、必ず一日三回食べさせる。そのまま一か月連続で食べさせていたら、父さんがアイス屋さんに行こうと言うたびに、お前は大声で泣き出して、ドアノブを掴んで行きたくない、行きたくないって騒いでいた」

「……さすが俺の親父だ」

「だからよく考えてから答えてほしい。あの教授とこのまま続けていいのか。本当にいいのか？」

趙雲瀾《チャオ・ユンラン》の父は穏やかな口ぶりで詰め寄った。

趙雲瀾《チャオ・ユンラン》はシートの横からミネラルウォーターを一本取り出し、一気に半分飲んだが、依然として声がかすれている。

「実は沈巍《シェン・ウェイ》とは知り合って長いんだ。そういや、就職したばかりの時に彼と知り合っていたから、もう何年も経ってる。親父の言ってる意味は分かる。でも、世の中にはこういう人がいる。どこから見ても欠点がないというわけでもなければ、その人に対して『彼じゃなきゃダメだ』『一緒にいられないなら死にたい』とか思うわけでもない。ただ、もしその人に顔向けできないことをしたら、自分なんて人間失格だと思ってしまうような人」

趙雲瀾《チャオ・ユンラン》の父はシートに凭れている彼に目を向けた。趙雲瀾《チャオ・ユンラン》は目を半分閉じており、寝不足のせいか、元々人より厚い二重まぶたが三重まぶたのようになっている。

その話を聞いて、父はなにも言わず、少ししてからようやく口を開いた。

「お前はもう大人だ。父親だからといってお前のことに干渉するつもりはない——今度時間があるとき、父さんが家にいる日に彼を連れておいで。一緒に食事しよう」

「ありがとう」

趙雲瀾《チャオ・ユンラン》は一応難関を一つ突破したが、その顔は特に喜んでいるようには見えない。ずっと眉を軽く顰《ひそ》めていた彼は少しすると、

「親父、ちょっと飲みたいから付き合ってくれない?」と訊いた。

趙雲瀾《チャオ・ユンラン》の父は横目で彼を見ると、これまでと違う方向へ車を走らせ始め、地元の人が開いた小さなレストランへ趙雲瀾《チャオ・ユンラン》を連れていった。

それはあまり人目につかないところにある店だった。中に入って席に着くと父はドリンクメニューを広げて趙雲瀾《チャオ・ユンラン》の前に突き出し、自分用に鉄観音《てっかんのん》茶[82]をワンポット頼んだ。向かい合って座っている親子二人はどこか微妙に似たオーラを放っている。お茶好きな父はお茶をすすり、酒好きな息子は酒を飲み、互いに干渉しない。

趙雲瀾《チャオ・ユンラン》は酒を飲んでも顔が赤くならず、むしろ飲めば飲むほど青白くなっていく。お酒を二本空けると、趙雲瀾《チャオ・ユンラン》は店員を呼ぼうと手を伸ばしたが父親に止められた。

「はちみつ水を一杯ちょうだい」

趙雲瀾《チャオ・ユンラン》の父が店員に言った。

「気分がすっきりしないときは少しくらい飲んでもいいが、父親として、お前が飲みすぎてアルコール中毒や胃穿孔《いせんこう》にならないように見ておかないといけない」

82 訳注：「鉄観音」とは中国茶のうち青茶の一種で、広い意味で烏龍茶に含まれている。

趙雲瀾《チャオ・ユンラン》は少し黙ると、

「まだごはん食べてないからチャーハンもちょうだい」と言った。

「なにがあったか教えてくれる気になったか？　あの教授と喧嘩でもしたのか」

趙雲瀾《チャオ・ユンラン》の父が訊いた。

「まさか」

趙雲瀾《チャオ・ユンラン》は無理に笑顔を作った。

「もう、ちょっとしたことで人と喧嘩する歳じゃないから」

「じゃあ、なにがあったんだ」

趙雲瀾《チャオ・ユンラン》は大理石のテーブルを、その不規則な模様からなんらかの法則を見つけ出そうとしているかのようにじっと見つめている。店員がはちみつ水とチャーハンを持ってきてから、ようやく僅《わず》かに目を動かし、

「いろんなことに対して……自分のしてることが正しいのか、間違ってるのか、分からないんだ。俺はいったいどうすればいいいんだ」と独り言のように言った。

趙雲瀾《チャオ・ユンラン》の父はタバコに火をつけ、語り始める。

「父さんはこの歳まで生きてきて、分かったことがある。人生では四つのことに執着しすぎてはいけない。一つ目は永遠、二つ目は是非、三つ目は善悪、四つ目は生死」

趙雲瀾《チャオ・ユンラン》は視線を上げ、話を聞きながら父を見ている。

「執着心はある種の美徳だが、執着しすぎて融通が利かなくなり、『永遠』を求めたがると、損得ばかりを気にして、自分の進むべき道が見えなくなってしまう。

正義感は持っていたほうがいいけれども、なんでもかんでも『是非』を問い、白黒をつけることに執着し

すぎると、どうしようもないことで心を悩ませてしまう。世の中には元々絶対的な『白』や絶対的な『黒』だと言いきれるものは少ない。

人は悪を懲らしめ、善に従うべきだけれども、『善』や『悪』に執着しすぎてそればかり口にすると、少しの悪すら見過ごせなくなり、独りよがりになってしまい、さらに世の中の規則をすべて自分基準で作り直したいと思うようになる。そう思えば思うほど世の中に失望してしまう。

そして『生死』、確かに人間にとって生死は極めて重大なことではあるけれども、あまりに死を恐れて生きることに執着しすぎると、そこまでの人間にしかなれなくなる」

趙雲瀾《チャオ・ユンラン》はなにも言わずに父の話を聞いている。

「世の中には一見頑丈そうに見えるが、問い続けられると簡単に崩れ去るものがある。そういうもののためにいちいち悩むことはない。決心がついているなら、正しいのか間違っているのかに執着する必要はないじゃないか。そんなことで自分を苦しめるより、今後どうすればいいかを考えたらいいんじゃないか？」

趙雲瀾《チャオ・ユンラン》はその言葉に心が揺さぶられ、暗かった瞳がたちまち輝き出した。身じろぎ一つせずにしばらく座っていると、はちみつ水を飲み干し、

「悪い。チャーハンはもう食べられないかも。ちょっと吐いてくる。あとで送ってくれないか、親父」と落ち着いた口ぶりで言った。

そのあと、趙雲瀾《チャオ・ユンラン》の父は彼をマンションの下まで送ったが、家に上がろうとはしなかった。

「彼と一緒に住んでいるんだろう。向こうはまだ心の準備ができていないだろうし、いきなり突撃するのも悪い。一人で上がれ。また日を改めてお前たちを誘うから」

趙雲瀾《チャオ・ユンラン》は父に背を向けたまま手を振ると、急いで家に戻った。

❖

沈巍《シェン・ウェイ》はずっと彼の帰りを待っていた。鍵穴に鍵を挿す音が聞こえると、すぐにドアの前に駆けつけ、趙雲瀾《チャオ・ユンラン》が鍵を開けるまえにドアを開けた。趙雲瀾《チャオ・ユンラン》はまだ意識が保たれているように見えるが、中に入ろうとすると、強烈な酒の匂いが伝わってきて、次の瞬間、敷居につまずいて転びそうになった。

沈巍《シェン・ウェイ》はすぐに趙雲瀾《チャオ・ユンラン》の体を支えた。

「いったいどれだけ飲んだんですか」

「大丈夫」

趙雲瀾《チャオ・ユンラン》は額を彼の肩に当て、

「お風呂に入りたい……。そのまえに、なにか食べるものない？」と訊いた。

「……」

沈巍《シェン・ウェイ》は無言になった。

趙雲瀾《チャオ・ユンラン》が伝言を無視して勝手に崑崙山《こんろんざん》に行ったことを、沈巍《シェン・ウェイ》は不満に思っているものの、つらそうにお腹を押さえるその姿を見て、文句一つ言えなかった。

沈巍《シェン・ウェイ》は仕方なくため息をつき、

「おかずを温めてきますから」とだけ言った。

すると、趙雲瀾《チャオ・ユンラン》は素早くその首にキスを浴びせ、自分の懐《ふところ》から手探りで細長い木製の箱を取り出して沈巍《シエン・ウエイ》に渡した。

「君へのプレゼント」

そう言って趙雲瀾《チャオ・ユンラン》は浴室に入った。

リビングに残され呆気《あっけ》に取られた沈巍《シエン・ウエイ》が、精緻《せいち》な包装が施された木箱を開けると、中には筆が一本入っている。木製の軸に、毛は黄金色で、奇妙で美しい輝きを湛《たた》えながら奥深い味わいが溢《あふ》れている。それはまさに小さくなった功徳筆《くどくひつ》だ！

その時、浴室から大きな物音が響いてきた。驚いた沈巍《シエン・ウエイ》は慌てて聖器《せいき》をしまい、浴室の外に駆けつける。

「大丈夫ですか？」

その浴室には単体浴槽があり、浴槽の上にシャワーが設置されている。水温を上げすぎたのか、ほろ酔い気分だった彼は熱い湯気に蒸されて、一気に酔いが回った。そのうえ浴槽が滑りやすく、不注意でバランスを崩して滑ってしまい、思い切り浴槽の中にひっくり返ったのだ。

趙雲瀾《チャオ・ユンラン》が目の周りにチラチラと星を飛ばしていると、しばらく待っても返事がなく心配になった沈巍《シエン・ウエイ》が思わず浴室のドアを開けた——。

三十

お風呂に入るとき、服を着たまま入る人はまずいない。

転んでしまった趙雲瀾《チャオ・ユンラン》はまだ目が回っており、とめどなく降り注ぐシャワーのお湯に打たれ続けているせいで、ますますのぼせて頭がくらくらしてきた。

両手で浴槽の縁を掴んで、なんとか立ち上がろうとすると、弓なりに曲げた背中からくっきりとした肩甲骨の輪郭線が浮き出た。滑《なめ》らかな筋肉のラインが細い腰回りへ収められ、たとえようがないほど美しかった。沈巍《シェン・ウェイ》はちらっと見ただけで、顔から火が出そうになってしまった。

すぐに視線を外して棚からバスタオルを抜き出し、急いでシャワーを止め、目を背けたままバスタオルを趙雲瀾《チャオ・ユンラン》の体に羽織らせた。そして赤面したまま、厚いバスタオル越しに趙雲瀾《チャオ・ユンラン》を支えるような、抱くような姿勢で浴槽から出るのを手伝った。

幸いなことに、趙雲瀾《チャオ・ユンラン》は頭が回らなくなっているようで、いつものように沈巍《シェン・ウェイ》をからかってそれ以上気まずくさせるようなことはしなかった。

趙雲瀾《チャオ・ユンラン》の濡れた体でバスタオルはすぐにびしょ濡れになった。寝室へ向かうその動きに合わせて揺れるタオルの端から、すらっとした足が見え隠れしている。趙雲瀾《チャオ・ユンラン》を支えて浴室を出た沈巍《シェン・ウェイ》は自分のこめかみから伝わってくる脈拍が完全に乱れているのを感じながら、趙雲瀾《チャオ・ユンラン》をきちんとベッドに下ろし、そして感電したかのように素早く手を引っ込めた。

どうすればいいか分からず隣で突っ立っていると、枕の濡れた跡を見て急になにか気付いたように、趙雲瀾《チャオ・ユンラン》の体に掛け布団を掛けてから、バスタオルの端を引っ張って布団の下から抜き出した。

その時、趙雲瀾《チャオ・ユンラン》が一気に沈巍《シェン・ウェイ》の手を掴んだ。

酔っぱらっているわりに腕に力が入っていて、湿った手のひらが温かく感じる。微《かす》かに開いた目は焦点が合わず、ぼんやりとした目つきで頬を赤らめている。

そんな彼を見て、沈巍《シェン・ウェイ》は喉が焼かれるように熱く感じて、なんとか喉仏を動かした。

趙雲瀾《チャオ・ユンラン》がこもった声でなにかを喋ると、沈巍《シェン・ウェイ》は緊張しながらもすぐに彼の唇に近づいて耳を澄ませた。

「今、なんと言いましたか」

趙雲瀾《チャオ・ユンラン》はさらにきつく沈巍《シェン・ウェイ》の手を握った。

「申し訳ない……」

趙雲瀾《チャオ・ユンラン》は寝言を言っているかのように小声で言った。

「君に申し訳ないことをしてしまった」

その言葉を聞いてしばらく呆然《ぼうぜん》としていた沈巍《シェン・ウェイ》はゆっくりとベッドの縁に座った。布団越しに趙雲瀾《チャオ・ユンラン》を抱き寄せると、彼の背中を軽く叩きながら、

「申し訳ないこととは？」と訊いた。

趙雲瀾《チャオ・ユンラン》が身を翻《ひるがえ》して一気に沈巍《シェン・ウェイ》の腰を抱き締めると、裸の背中が思い切り露《あら》わになってしまった。一方で、沈巍《シェン・ウェイ》は手のやり場に困り、持ち上げたまま動きを止めている。

少ししてから、ようやく趙雲瀾《チャオ・ユンラン》の体が小刻みに震えていることに気が付いた。

沈巍《シェン・ウェイ》は趙雲瀾《チャオ・ユンラン》の両腕から抜け出し、彼の顔を持ち上げようとしたが、いっそうきつく抱き締められた。

その時、自分の服がなにかで濡れていることに気が付き、趙雲瀾《チャオ・ユンラン》の顎《あご》を強制的に持ち上げて見てみると、頬に涙の痕は残っていなかったが、その目が真っ赤になっているのが分かった。

趙雲瀾《チャオ・ユンラン》は帰宅した時はただのほろ酔い状態だったため、さっきまでは普通に振る舞うことができていたが、のぼせたうえに足を滑らせてしまったことで、意識がさらに朦朧《もうろう》としてきている。自分がなにを言っているのかすら分からなくなり、ただ、

「君に申し訳ないことをしてしまった」と繰り返し言うばかりだった。

一方で、沈巍《シェン・ウェイ》は胸に火がついたようで、その火は滔々《とうとう》たる弱水《じゃくすい》川[83]から水を引いても鎮められないほどの勢いで炎々と燃え盛っている。

夜が深まり、辺り一帯がしんと静まり返ると、彼はゆっくりと自分の手を趙雲瀾《チャオ・ユンラン》の裸の背中に置いた。その温かい肌に触れているだけで、沈巍《シェン・ウェイ》の心は震えてきた。趙雲瀾《チャオ・ユンラン》を見つめる彼の瞳は底の見えない淵と繋がっているように見える。

「もし誰かが私に負い目を感じなければいけないというのなら、それは決して君ではなく、君を除いた世界中のすべての人です」

沈巍《シェン・ウェイ》が趙雲瀾《チャオ・ユンラン》の耳元で低く囁《ささや》くと、趙雲瀾《チャオ・ユンラン》はすぐ首を横に振った。そのまつ毛には雫《しずく》がついており、浴室の湯気なのか涙なのか分からない。彼は喋る気力すら失いそうになっている。三十年そこそこ生きてきて、これほど重い気持ちを感じたことは一度もなかったのだ。

沈巍《シェン・ウェイ》は顔を俯《うつむ》かせ、震える唇で趙雲瀾《チャオ・ユンラン》の瞼《まぶた》を覆い、恐る恐る唇をすぼめてその雫を取ると、苦い塩味を微かに感じた。

「私の命、私の目、私のすべては君からもらったのです。なにが申し訳ないと言うのですか」

沈巍《シェン・ウェイ》は聞こえないほどの小声で言った。

「もしこうなると知っていたら……」

趙雲瀾《チャオ・ユンラン》はこもった声で返した。

83 訳注：『海内十洲記（かいだいじっしゅうき）』によると、「弱水」は中国神話で崑崙山を取り巻いて流れる川。ファンタジー小説では、三途の川の水が弱水と呼ばれることもある。また、現代では『紅楼夢（こうろうむ）』の台詞によって「愛情の川」として認識されている。

「こうなると知っていたら、あの時、君を殺せばよかった。決して……」

彼は続きを言わなかったが、それを聞いて沈巍《シェン・ウェイ》は一気に彼を抱き寄せた。めくれた掛け布団はぐちゃぐちゃに一塊になってしまい、掛けていないも同然になった。趙雲瀾《チャオ・ユンラン》の両側に手を置いて自分の体を支えている沈巍《シェン・ウェイ》は息が苦しくなったようで、胸が激しく起伏している。

「崑崙《こんろん》、君《きみ》なんですか？」

趙雲瀾《チャオ・ユンラン》はベッドの上で仰向けになっており、細い涙が目尻から流れてきた。彼は突然目を閉じ、極度の悲しみに浸っているようで、眉尻の辺りも泣いたせいか微かに緋紅色《ひこうしょく》に染まっている。沈巍《シェン・ウェイ》の質問に答えず、ただひたすら、

「君に申し訳ないことをしてしまった」と繰り返すばかりだった。

「神界から人間界に下り、幾千年も歩んできて、私に言いたいのはそれだけなのですか」

沈巍《シェン・ウェイ》は低い声で訊いた。


彼はかつて李茜《リー・チエン》にこのような話をしていた。

「この世の中で、命を捧げるに値することは二つだけです。一つは一族や国のために命を捧げること、それは忠と孝を全《まっと》うするためです。もう一つは知己のために命を捧げること、これは自分自身を全うするためです」と。

古くから「士は己を知る者の為に死す」という言葉があるように、趙雲瀾《チャオ・ユンラン》のためなら自ら命を絶つことも、独りでこの世に延々と生き続けることもできると沈巍《シェン・ウェイ》はそう思っている。彼のためなら喜んで身を捧げられると。

「みんな崑崙君を呼び覚まそうとしています。崑崙君の神霊を蘇《よみがえ》らせるために、君の肉眼を傷つけてまで、むりやり天目《てんもく》を開けさせました。それればかりか、無理強いして君を崑崙山に行かせて、大神木に直接対面させることで記憶を呼び起こそうとするなんて……」

沈巍《シェン・ウェイ》は低い声で話を続ける。

「私も彼に会いたかったです。気が狂いそうなくらい会いたかったです……。だが、彼の姿に戻ってほしいなんて思ったことはありません。崑崙君は十万もの山川、お天道様の意志、大封《だいふう》、輪廻……たくさんのものを背負っていて息もできず、あれほどつらかったのですから……。君にはずっと楽しく幸せに暮らせる普通の人間でいてほしいんです」

「だから君は大慶《ダーチン》の記憶を封印して鎮魂令《ちんこんれい》と俺の繋がりを断ち切ったのか」

趙雲瀾《チャオ・ユンラン》の確信のない声を聞いて、沈巍《シェン・ウェイ》は答えず、ただ敬虔《けいけん》な表情を浮かべて目を閉じた。

「俺が普通の人間のように楽しく幸せに暮らしていて、その代わりに君に大封を背負わせ続けるのか？　なんで君がそんなことをしなきゃいけないんだ」

趙雲瀾《チャオ・ユンラン》の声が完全にかすれてしまい、力の限りを尽くして出したその声は依然としてか細く聞こえる。

「人間の一生は百年くらいしかなく、あっという間に終わっちまう。どうせ俺が死んで輪廻に入ったらまた君のことを綺麗《きれい》さっぱり忘れてしまうんだから——あの日、『あなたの真心を頂きます』なんて言ってくれたのもそう思っていたからだろう。最後に一度人生の旅をともにして、そのあと……女媧《じょか》の真似《まね》をして自分の身を大封に捧げるつもりなんだろ」

趙雲瀾《チャオ・ユンラン》は一気に沈巍《シェン・ウェイ》の襟を引っ張り、指を痙攣《けいれん》するように震わせ、食いしばっている歯をぎしぎし鳴らしながら、

「そんなの、死んでも許さないからな！」と言った。

襟を引っ張られて沈巍《シェン・ウェイ》が姿勢を崩してしまうと、趙雲瀾《チャオ・ユンラン》は気が狂ったように沈巍《シェン・ウェイ》の首に手を回し、彼を自分の懐に押さえ込んでその唇を奪いむちゃくちゃに口づけし始めた。

さらに力強く沈巍《シェン・ウェイ》のシャツを引っ張ると、ボタンが二枚取れてしまい、沈巍《シェン・ウェイ》の蒼白の胸がまる見えになってしまった。

「絶対に……許さないからな！」と、趙雲瀾《チャオ・ユンラン》は続けた。

これまでにない肌と肌の触れ合いはまるで野火のように凄《すさ》まじく、僅《わず》かな「火種」がまかれただけで誰にも止められない勢いで広がった。それは幾たびも沈巍《シェン・ウェイ》を驚かせて真夜中の夢から覚まさせた美しき光景と重なり、まるで世界が滅びゆく夢を見ているような気分になってしまう。

いつその夢から覚めるか、いつ夢が終わるかも分からない。

夢の最後には天が崩れて地が裂け、日差しすら差し込んでこなくなる。それはすべて白昼堂々と人目にさらしてはいけない望みを抱えているからだ……。願うことさえ許されないと分かっているのに、諦める術《すべ》がなく、記憶に残すことさえ許されないと分かっているのに、忘れる術がない、そんな誰にも伝えられぬ思いを抱えているからだ。

沈巍《シェン・ウェイ》はついに我慢できなくなり、身を翻して趙雲瀾《チャオ・ユンラン》を押さえ込み、柔らかい枕でその頭を包み込むようにして一気に攻守を逆転させた。

沈巍《シェン・ウェイ》の中で荒れ狂う洪水が、その心の堤防を根こそぎ押し流して決壊させてしまったのだ。

❖

翌日、カーテンを通して差し込んできた眩《まぶ》しい陽光で趙雲瀾《チャオ・ユンラン》は目を覚ました。

自分の脳みそを酒のつまみと間違えて胃の腑《ふ》に流し落としたからか、一晩中頭が働かず、理性がどこに飛んでしまったかも分からない。

しばらくぼんやりとしたあと、試しに目を開け起き上がってみたが、瞼が重すぎて、僅かに動かしただけで天井がぐるぐる回るように感じて、またベッドに倒れてしまった。

鏡を見てみれば、自分の顔がなぜか不気味な灰色の薄霧に覆われているのに気付くだろう。それは憔悴《しょうすい》しているというより、死の気配が漂っていると言ったほうが相応《ふさわ》しいかもしれない——その時、誰かが趙雲瀾《チャオ・ユンラン》の体を支えて軽く起こし、なにかを飲ませようと彼の口元まで茶碗を運んだ。その茶碗には薬が入っているようで、言いようのない血腥《ちなまぐさ》くて奇妙な匂いを発している。

「なにそれ……」

趙雲瀾《チャオ・ユンラン》は本能的に顔を傾けて避《よ》けた。

「煎じ薬です。昨夜、君に怪我をさせてしまいましたから」

沈巍《シェン・ウェイ》の声はとても優しかったが、その動きは優しさとは無縁だった。彼はむりやり趙雲瀾《チャオ・ユンラン》の顔を戻し、有無を言わさず薬を飲ませた。

薬は飲んだが、趙雲瀾《チャオ・ユンラン》は口の中に残っている煎じ薬の味で気持ち悪くなり、吐きそうな顔で沈巍《シェン・ウェイ》の手を力強く押しのけ、むせるように激しく咳き込んだ。続いて、水の入ったコップが口元まで運ばれてきた。その時、趙雲瀾《チャオ・ユンラン》はようやくすっきり目が覚め、沈巍《シェン・ウェイ》を見て、黙って水を飲んだ。

飲み終わると、趙雲瀾《チャオ・ユンラン》はヘッドボードに凭《もた》れて肘を両膝に乗せ、悶々とした気分で沈巍《シェン・ウェイ》に目をやり、また下を向いた。自省しているようにしばらく俯くと、いっそう悶々としてきてまた沈巍《シェン・ウェイ》に目をやり、やっとのことで言葉を絞り出した。

「今まではタチ一筋でやってきたんだぞ。事前に教えて心の準備をさせてくれなかったのはよしとして、せめてもうちょっと優しくしてくれればよかったのに」

そう言われると、沈巍《シェン・ウェイ》は微かに頬を赤らめ、そっぽを向いて気まずく咳払いして、

「すみません」と謝った。

「俺は……」

腰から伝わってきた痛みで趙雲瀾《チャオ・ユンラン》は表情が一瞬歪《ゆが》んでしまい、「ひー」と痛そうに一息吸い込んだ。しかし、沈巍《シェン・ウェイ》の申し訳なさそうな顔を見ていると、なぜか自分のほうこそうまい汁を吸ったような気がしてきて、文句を言いたくても言えず、さらに悔しくなってきた。

（死に方を選べるなら、美人の寝床で死にたいが、こういう形でではないんだ……。誰かこの悔しさを分かってくれる人がいないか）

と、あまりにもやりきれず、心の中で叫びっぱなしの趙雲瀾《チャオ・ユンラン》だった。

体調不良と悔しさで顔色が青白くなったり真っ赤になったりして、先ほど飲んだ得体の知れない煎じ薬の茶碗を見てその味を思い出すと、趙雲瀾《チャオ・ユンラン》はまた顔を歪めた。

「もう一杯水を入れてくれないか」

沈巍《シェン・ウェイ》はすぐに立ち上がったが、趙雲瀾《チャオ・ユンラン》は視線を壁に移したり床に落としたりして迷ったあと、

「ついでに鎮痛剤も取ってくれないか」と情けない顔をして早口で言った。

「私が煎じた薬のほうが効きます。お体に悪いことはありませんから」

沈巍《シェン・ウェイ》がそう言って茶碗を下げると、趙雲瀾《チャオ・ユンラン》は無表情で返した。

「そもそも死ぬ気で俺をいじめないでくれれば、鎮痛剤も煎じ薬も飲むことないけどね」と。

聖人君子《せいじんくんし》である沈巍《シェン・ウェイ》はそれを聞くと、世間に顔向けできないことをしてしまったというような表情をして隣で突っ立って、まるで不注意で茶碗を割ってしまったことを反省している若い奥さんのように見える。

それは、いじめられていたのは趙雲瀾《チャオ・ユンラン》ではなく、自分のほうだと言わんばかりの表情だった。そんな沈巍《シェン・ウェイ》を見て苛《いら》ついてきた趙雲瀾《チャオ・ユンラン》は顔も見たくないとばかりにそっぽを向いた。

すると、沈巍《シェン・ウェイ》は申し訳なさそうな顔をして近寄ってきて、丁寧に趙雲瀾《チャオ・ユンラン》を支えながら横になってもらった。

「もう少し……寝たほうがいいかもしれません。起きたらなにが食べたいですか？」

「君が食べたい。押し倒して俺がやりたいようにやらせてもらいたい」

沈巍《シェン・ウェイ》を押し倒したい一心で趙雲瀾《チャオ・ユンラン》は言った。

「真昼間からなにを言っているんですか！」

目を伏せ、耳たぶも赤くなった沈巍《シェン・ウェイ》は気まずく感じて口をすぼめた。

（くそ、なにネコぶってんだよ）と、趙雲瀾《チャオ・ユンラン》は思わず心の中で毒を吐いた。

沈巍《シェン・ウェイ》は医師資格を持っていないが、趙雲瀾《チャオ・ユンラン》に飲ませたあの得体の知れない薬は睡眠を促す効果もあるようで、趙雲瀾《チャオ・ユンラン》は横になってすぐ意識が朦朧《もうろう》としてきた。それでも彼は沈巍《シェン・ウェイ》の手をしっかりと掴んで放そうとしない。

「君に心も体も捧げちまったからには、これからは裏でこそこそするのはやめよう。いいか？　お天道様は人を見捨てることはないから、きっと道は開ける。

大封は……俺がなんとかする……なんとかするから……」

そう言っているうちに、声が途切れてしまった。沈巍《シェン・ウェイ》が手のひらを彼の額に乗せると、その呼吸が徐々に穏やかになっていくのが感じられる。

「煎じ薬」が効いたようで、趙雲瀾《チャオ・ユンラン》の青白い顔に血色が戻ってくるのを見て、沈巍《シェン・ウェイ》はようやく胸を撫で下ろして立ち上がり、足音を潜めてキッチンに行って茶碗を洗った。

趙雲瀾《チャオ・ユンラン》はきれぎれの夢を見ながら、その日の夜まで寝続けた。

三十一

あの日、大神木の中に潜ったあと、趙雲瀾《チャオ・ユンラン》はただ単に功徳筆《くどくひつ》を回収してきただけではなかった。

崑崙山《こんろんざん》に聳《そび》え立つ大神木は、太古から現在にかけての幾千年幾万年の歴史の立会人であり、その中に潜ったとたん、趙雲瀾《チャオ・ユンラン》はまるで異次元に入ったような気がした。振り向くと、来た時の道はすでに消えてしまい、目の前に果てのない世界が広がっている。

外の陽光が差し込んでこられず、空気も静止しているような、真っ黒な世界。目を細め遠くを眺めてみて、ようやく闇の中に蛍《ほたる》のような幽《かそ》けき光を見つけた。近づいてみると、光っているのは一般的な書道筆の大きさにまで縮まった功徳筆だった。

趙雲瀾《チャオ・ユンラン》が試しに掴んでみると、思いがけずすんなり掴めて、掌《たなごころ》を返すよりもたやすく功徳筆を回収できた。

不思議なことに、功徳筆にはなんらかの引力が働いているようで、趙雲瀾《チャオ・ユンラン》はその筆に引っ張られるまま進んでいった。

冷静に考えれば、欲しいものを手に入れたからには、すぐに引き返すほうが得策だと分かっているものの、なぜか彼は功徳筆に導かれるように思わず前へ進んでいった。

闇の中でどのくらい進んだか分からず、携帯の画面は真っ暗になり、ライターの火をつけようとしてもつけられなかった――彼の持ちもので照明代わりになりそうなものはすべて使いものにならなくなっていた。

幸いなことに、趙雲瀾《チャオ・ユンラン》は精神力の強い男で、闇の中に閉じ込められるくらいのことで怯えることはなかった。

その奇妙な闇に包まれると、居心地の悪さより、むしろ自分はここで安らかに眠るべきだという錯覚を覚えてしまった。


前へ進んでいくにつれ、趙雲瀾《チャオ・ユンラン》は眠気に襲われ、あくびが出始めた。

その時、耳元でなにかが砕けた音が聞こえた。

なにがあったのか確認しようとしたが、そのまえに、どこからか轟音《ごうおん》が響いてきた。辺りを包む闇がその震動で引き裂かれ、それと同時に目の前に冷たい光が閃《ひらめ》いた。趙雲瀾《チャオ・ユンラン》は俯《うつむ》き加減で跳び上がって後ろへ十数歩退いた。再び顔を上げた時、強烈な光が真上から勢いよく差し込んできた。思わず目を細めると、閉じかけた瞼《まぶた》の隙間から大きな斧が見えた。

その巨斧《きょふ》が闇を引き裂いていたのだ！

再び轟音が伝わってくると、足元の大地に亀裂が入った。その裂け目はどんどん広がっていき、やがて大地は真っ二つに割れてしまった。

巨斧を振り回して闇を切り裂いたのはとてつもなく大柄な男だった。髭《ひげ》や髪の毛が四方八方に向かって曲がりくねりながら大きく広がっているその男が自らの頭で天を支え、大地を踏みしめて怒号《どごう》を上げると、男の声は世の中の隅々まで響き渡っていった。

天よりも神に、地よりも聖なり。天、日に高きこと一丈、地、日に厚きこと一丈、盤古《ばんこ》、日に長ずること一丈。此《かく》の如《ごと》くして万八千歳なり。天数《てんすう》、高さを極《きわ》め、地数《ちすう》、深さを極め、盤古、長さを極む。故《ゆえ》に天、地を去ること九万里なり。後《のち》に乃《すなわ》ち三皇《さんこう》有《あ》り。

【盤古は天地よりも神聖な者である。天は一日に一丈ずつ高くなり、地は一日に一丈ずつ厚くなり、盤古は一日に一丈ずつ背丈が伸びていく。こうしているうちに一万八千年という長い歳月が経った。天は限りなく高くなり、地は限りなく深くなり、盤古の背丈は限りなく高くなった。

それゆえに、天と地は九万里も離れることになった。三皇が世に出たのもそれ以降の話である

【『三五歴紀《さんごれきき》』[84]より】

とあるように、趙雲瀾《チャオ・ユンラン》の前に現れた男はすなわち盤古である。

盤古の力で空が高くなり、地が厚くなり、天地の形が整っていくのを趙雲瀾《チャオ・ユンラン》は大神木の中でずっと見ていた。天を支え続けていた盤古はやがて力尽きて倒れてしまい、その手に持っていた巨斧も手から放れ、柄《つか》と刃《やいば》がそれぞれ別の場所に落ちた。巨大な柄は不周山《ふしゅうざん》となり、重厚な刃は崑崙山となった。それがすなわち、のちに崑崙君を生み出した崑崙山だ。盤古の四肢と頭は三山五岳《さんざんごがく》[85]となり、それらは地面から聳え立ち、空

84　訳注：『三五歴紀』とは三国時代呉（三世紀）の徐整（じょせい）が編集した神話集。
85　訳注：「三山」とはヒマラヤ山脈、崑崙山、天山（てんざん）または黄山（こうざん）、廬山（ろざん）、雁蕩山（がんとうざん）などの説があり、「五岳」とは泰山（たいざん）、華山（かざん）、衡山（こうざん）、嵩山（すうざん）、恒山（こうざん）。

に届くほど高い。

続いて、川、海、太陽、月、諸々の深山《しんざん》や幽谷《ゆうこく》も現れた。

目の前で広がっていく星の海を眺めていると、言いようのない悲しみが趙雲瀾《チャオ・ユンラン》の心の奥からこみ上げてきた。自分と血が繋がっているその男をもっと近くで見ようと思わず近づいてみたが、男は静かに姿を消していった。

男の姿を探して周囲を見渡した時、趙雲瀾《チャオ・ユンラン》はようやく自分が果てのない大荒《たいこう》[86]の地に来ていることに気が付いた。不周山から吹き込んでくる強風の唸《うな》り声を聞きながら、目の前で数万年の歳月があっという間に流れていく光景を見ていた。大地の最奥でなにかが騒ぐ音も聞こえていたが、覗《のぞ》いてみたら何一つ跡を残さず、綺麗《きれい》さっぱり消えていた。

大地の奥に潜んでいる偽りのないなにか、暴虐的ななにか、不敬ななにか、奔放ななにか、傲慢不遜《ごうまんふそん》ななにか……、それらすべてが崑崙君と血が繋がっていると趙雲瀾《チャオ・ユンラン》は感じていた。

一億三千年の長きにわたって大荒の地に聳え立ち続けているうちに、崑崙山には魂が生み出された。崑崙君と称されるその山魂《さんこん》は、すなわち大荒山聖《たいこうさんせい》のことである。

その頃、三皇は幼く、五帝《ごてい》[87]もまだ生み出されておらず、世の中には空を飛ぶ鳥と地面を走る猛獣だけが存在し、人間はまだ創り出されていなかった。

遥か昔の光景を目の前で直に見た趙雲瀾《チャオ・ユンラン》は一瞬、記憶が混乱してしまった。自分がどこから来たのかはっきりと覚えていて、まだ手の中に三界の激戦を経てやっと手に入れた功徳筆を強く握っているのに、なぜか

86 訳注：「大荒」とは極めて遠い荒れ果てた大地、特に太古の昔の大地を指す。
87 訳注：「五帝」とは神話伝説上の五人の帝王のことで、三皇のあと現れたという。諸説あるが、『史記』によれば、黄帝、顓頊、帝嚳、帝尭、帝舜を指す。

自分が山の中で飛んだり跳ねたり騒いだりする子供に戻ったような気がした。
伏羲大神《ふっきだいじん》のしっぽを掴んでおしっこを引っ掛けたことも、大神木に棲んでいた鳳凰《ほうおう》が自分が仕掛けたいたずらのせいで引っ越しを余儀なくされ、梧桐《ごとう》[88]にしか棲まなくなったことも自分の記憶に残っているように感じる。

のちになって女媧《じょか》がどこかで生まれたばかりの小さな獣を拾った。その幼獣《ようじゅう》は白虎《びゃっこ》一族の混血児だったが、変異したようで、全身に黒い毛が生えていた。知性を持っていなかったせいで、一族に受け入れてもらえなかったらしい。

かわいそうなその幼獣は女媧に拾われると、崑崙君のところに預けられた。幼獣はあまりにも脆弱《ぜいじゃく》で、長年氷に覆われている崑崙山にいると、いつも死にかけているように見え、面倒を見るのが大変だった。

崑崙君はこんなに小さくて手がかかる脆《もろ》い生きものに出会ったのは初めてで、ほったらかしにすることはできず、自ら砂金を熔かして鈴を作り、そいつの首につけた。それは幼獣の霊魂《れいこん》を固め、知性を授けるための鈴だった。この幼獣がどうにか生き延びられるように崑崙君は他にもいろいろ手立てを考えているうちに、誰かにいたずらをする暇もなくなった。

毛糸玉ほどの大きさしかない幼獣が走ったり跳んだりできるようになると、崑崙君はそいつを連れて山を下りた。

そこで、ちょうど「泥人形」を造っている女媧に鉢合わせた。女媧が神力のかかった枝を適当に振るうだけで、地上には泥でできた人間が数多く生まれた。その姿は一見すると神や魔物と何一つ変わらない。崑崙君はこんな面白いものを見たことがなく、つい目を奪われてしまい、そこに立ち止まったままになった。

88　訳注：「梧桐」はアオギリの漢名、中国では鳳凰が棲む木とされている。

女媧は振り向いて笑顔を見せる。

「崑崙、少し見ぬ間にすっかり大きくなりましたね」

崑崙君は注意深く近づき、女媧が造り出したばかりの「泥人形」のうちの一人としばらく見つめ合っていた。

そいつはあっという間に幼児から青年に成長し、恐る恐る崑崙君に両手を合わせると、まだ立ち上がってもいないのに、すでに中年男性の姿に変わっていた。続いて白髪が生えてきて、男は徐々に生気を失い地面に跪《ひざまず》き、最後にまた泥と化して土の中に戻っていった。

花火のように、その人の一生はパッと咲いてあっという間に終わってしまった。

崑崙君は突然心の奥から強烈な羨ましさを感じた。自分の寿命が長すぎるからか、この流れ星のように温かくて眩《まぶ》しい命を見ていると、思わず羨ましくなってきたのだ。

「これはなんだろう?」

彼は土を掬《すく》って女媧に訊いた。

「それは人間というものです」

「人間はいいな。体に土の香りがついてる」

他意のない一言だったが、それを聞いた女媧は表情が一変し、まるで崑崙君の言葉から極度の恐怖を感じたように、歪《ゆが》んだ顔を見せた。

その時の崑崙君はまだ幼く、普段からあの毛糸玉のような幼獣と大神木の周りをぐるぐる回って遊ぶようなことしかしていなかった彼は、女媧の表情からその気持ちを読み取ることができなかった。女媧はたった一瞬で、これから世の中に降りかかる諸々の災難を予見していたのだ。

人間は泥から生まれたものであり、女媧が人間を造った際、地下の混沌とした邪気が彼女も気付かないうちに人間の体に染み込んで、三尸《さんし》となった。

女媧がそれに気付いた時、人類はすでにこの世界に根を下ろしていた。彼らは憂いを知らずに元気はつらつと暮らし始め、さらに女媧が定めた掟《おきて》どおりに男と女、二つの性に分かれて婚姻関係を結ぶことで子孫を残せるようになった。泥で造った人類の足跡は山々に広がり、大荒の地の果てにある海にまで人々の姿が見えてきた。

歳月流るるが如し、あっという間に人間界で幾たびもの世代交代が重ねられていた。女媧がふと振り返ってみると、人間が作った集落から炊事の煙が立ち昇り、獣の皮を羽織った人々が騒がしい声を上げていた。子供たちは集まって遊び、みんな楽しそうな顔をしている。その顔つきは神や魔物と何一つ変わらない。

しかし、時すでに遅し。人類を皆殺しにしない限り、これから世に降りかかる災いを止める術《すべ》はない。人間を造ったことでお天道様から大功徳《だいくどく》を授かった女媧は、ふと顔を上げ、星が乱雑に並ぶ空を眺めると、突然なにかに触れられたように感じた——冷たいそのなにかは、どこに行っても彼女を縛りつけ、まるで見えない手のようで、すべての神や人間を前へ進むように押し続け、誰もそれを止められない。

彼女は突然顔を覆い泣き出した……。

崑崙君と幼獣はどうしたらいいか分からずただ隣に突っ立っている。

のちになって、女媧は伏羲大神を呼び寄せ、銀河から三千もの星を借り、その光の下で二人は三十三日の間、昼夜を問わず大きな封印の網を編み続け、作り上げた網を大地全体に覆い被せた。それはすなわち大封《だいふう》の原形である。

崑崙君はあの毛糸玉のような幼獣を抱えて隣に座り込み、その様子をずっと見ていた。大地の下にあれほど多くの炎が渦巻いていることを彼は知らなかった。その炎が一気に噴出し、大地の最奥部から穢《けが》れたものの咆哮《ほうこう》を運んできた。崑崙君とふわふわの幼獣はなにも知らず、自分たちがのちに起こる神魔大戦や封神《ほうしん》の戦いよりも激しい戦を傍観していることを分かっていなかった。

最後[89]に、伏羲大神は八卦《はっけ》を創り、それを大封の上に重ねてさらに封印を強化し、それによって完全なる大封は初めてできあがった。

大封は完成したが、伏羲大神は地下に潜む混沌とした邪気と共倒れになり、それ以降、崑崙君が伏羲大神の姿を見ることは二度となかった。

女媧は崑崙君から大神木の枝を借り、大封に覆われた領域の入り口に立ってその枝を足元に挿し、大封に鎮圧されている地下の最奥部を「大不敬《だいふけい》の地」と貶《おとし》めた。

大封ができあがった時、崑崙君は突如心が空っぽになったような虚しい気持ちになった。地下に潜む暴虐かつ凶悪なものは熱くて危険な火種のようで、少しでも気を逸《そ》らすと、とてつもない厄災を招くと分かっているものの、彼にとって、その「火種」は自由で熱烈なものでもある。

崑崙君は少し未練を感じたのだ。幼い彼はそれがどういう感情なのか言葉にできなかったが、なぜか涙を零《こぼ》した。それが長江《ちょうこう》[90]の源になった。

伏羲がお隠れになったあと、女媧は独りで大荒の地を彷徨《さまよ》い続けていた。人間たちが日が昇れば働き始め、沈めば休む日々を繰り返し、どうにか生計を立てようとしているのを見て女媧は、思わず苦渋《くじゅう》の色を浮かべた。

そののち、女媧は隠棲《いんせい》し誰にも会わなくなり、崑崙君も崑崙山に戻った。時が流れるにつれ、崑崙君も物

89　訳注：中国のファンタジー小説によく見られる戦。「封神の戦い」のあと、「封神」という神になるべき者を神として任命する儀式が行なわれたため、「封神の戦い」とされている。封神の儀式は明代の神怪小説『封神演義（ほうしんえんぎ）』に見られる。
90　訳注：「長江」とは中国中部を東流する中国最長（世界第3位）の川。

事が分かるようになり、大封の中に閉じ込められたものがなんなのか徐々に分かってきて、女媧や伏羲大神の思いも少し理解できるようになった。

崑崙山に戻ってから百年の間に、崑崙君は幾たびも大不敬の地を通りかかり、そのたびにそこに挿し込まれた大神木の枯れ枝を見かけた。好奇心に駆られて大封の中に入ってみようと思ったことはあるが、一度も足を踏み入れたことはなかった。伏羲大神があの大きな八卦を封印網の上に重ねて大封を完成させた時、思い切り真紅の血を吐き出した光景が脳裏に焼き付いているためだった。彼には大神の意志を裏切るかもしれないことは一切できないのだ。

しかし、人々の身にはすでに三尸という穢れたものの種が撒かれてしまっている。

それ以降、人族の皇帝は聖人と称され、神農《しんのう》[91]の勢力は衰え、のちに黄帝《こうてい》と呼ばれるようになった軒轅《けんえん》は人族を統領し、巫族《ぶぞく》と妖族これら二族は後世に「古戦神」と呼ばれる蚩尤《しゆう》を始祖として尊《たっと》ぶようになった。軒轅は蚩尤と激しく戦い合い、落ちぶれかけている神、まだ台頭していない巫族と妖族、そのほか諸々の魔物など、三界のあらゆるものをその災禍《さいか》に巻き込んでいった。それはすなわち第一次神魔大戦である。

伏羲が神去《かみさ》り、女媧が隠棲すると、静寂で荒れ果てた大荒の地を占拠しようと様々な者が先を争って登場してきたのだ。崑崙君の記憶にある幸せそうに暮らしていた小さな泥人間は不可解な存在に変わっていた。あれほど神に敬虔《けいけん》で、気丈で温かい心を持っていた人々なのに、生存や権力のために殺戮《さつりく》や闘争を繰り広げるようになった。

91　訳注：「神農」とは古代中国神話に登場する三皇の一人。初代炎帝ともされる。『淮南子』などによれば、あらゆる植物を吟味して薬効を確かめた。医薬の神でもあるという。『周書』によれば、畑を耕して天から降ってきたアワを植え、斧やまさかり、犂や鋤などの農具をつくって開墾を進めたという。

人間の中には聖なるものと闇なるものが入り混じり、彼らの中から生み出された感情は世界中のあらゆる者のそれよりも複雑で奇妙だ――嫉妬、恨み、偏執、自制心……そして比類なき愛と憎しみ。

なぜ女媧が人間を造ったことでお天道様から大功徳を授かったにもかかわらず、あれほど恐れ狼狽《うろた》えた表情を見せていたのか、崑崙君はようやく理解できた。

当時、盤古に切り裂かれた混沌は消えたわけではなく、天地の間に、万物の間に溶け込み、自ら再生し続けていたのだ。

その時、三界では戦火が広がり続け、九重《きゅうちょう》の天の雲が荒波のようにうねっていた。鯤鵬《こんほう》と呼ばれる伝説の大鳥は西方へ飛び去り、二度と戻ってこなかった。神魔大戦を傍観していた崑崙君はその邪気にさらされ穢れてしまったのか、幾千年幾万年もの間、埃《ほこり》が一粒もつかなかったその潔い心に突然抑えられない悲憤《ひふん》と振り払おうとしても振り払えない寂寥感《せきりょうかん》が湧いてきた。

軒轅との戦いで自分の敗戦を予感した蚩尤は、自分の肉体から霊魂を飛ばし崑崙山の麓《ふもと》に助けを求めに来たが、崑崙君は門を閉じ、まったく取り合おうとしなかった。三つの頭に六本の腕を持つ蚩尤は巫族と妖族を守るために、霊魂の身で麓からそのまま自力で一歩ずつ大雪に覆われた崑崙山に登ろうとした。

衣裳《いしょう》が地面に擦れてぼろぼろになり、体中から血が流れてきても足を止めなかった。蚩尤が流した血は格桑花《ゲーサンメド》[92]と化し、凍土に根を下ろし氷雪の中でも枯れずに生き抜いた。巫族と妖族はみな崑崙山から生み出されたものであることに免じて、救いの手を差し伸べてくれるよう蚩尤は崑崙君に懇願した。

しかし、崑崙君は依然として手を貸そうとしてくれない。途方に暮れた蚩尤は崑崙山の門の外に跪《ひざまず》き、ひ

92 訳注：「格桑花」はチベット語「ゲーサンメド」の漢名、チベット語では幸せの花の意味。高原に咲く小さな野の花を指す。具体的にどの花を指しているのかについて、コスモスやエゾギクなど諸説ある。

たすら稽首《けいしゅ》を繰り返していた。

長年にわたって極寒の世界で暮らす崑崙君の心は崑崙山の絶巓《ぜってん》に凍りついた岩石よりも硬く、いくら拝まれても動じなかったが、いかんせん崑崙君が飼っているあの毛糸玉のような幼獣は妖族出身で、思わずこの巫族と妖族の始祖と崇められる男に気持ちを惹き付けられてしまった。幼獣はこっそりと門を出て、蚩尤の額に残る血痕を舐めた。それがゆえに、崑崙君は不本意にも蚩尤から恩恵を授かったことになってしまった。気が付いた時、自分と蚩尤の間にすでに因果の絆《きずな》が結ばれていた。

やがて大荒山聖も女媧と同じように、目に見えない手に押されながら、定められた軌跡に沿って既定の結果に向かって進んでいき、止まろうとしても止まれなかった。

三十二

結局、蚩尤《しゆう》は黄帝軒轅《こうていけんえん》氏との戦いで戦死し、死体は血のように赤い紅葉の森と化した。黄帝軒轅氏はその勇猛さに感心し、蚩尤に「戦神」の尊号を贈った。

崑崙君《こんろんくん》は自分が飼っていた幼獣《ようじゅう》が蚩尤の血を舐めたことで、蚩尤から恩恵を授かったことになっているため、その恩を返すために巫族《ぶぞく》と妖族を自分の麾下《きか》に収めた。その時から、世の中の巫族と妖族はすべて崑崙君の傘下に入り、山々の庇護を受けるようになった。

それ以降、崑崙君は山を出ず、ただひたすら待っていた。彼は伏羲《ふっき》が神去《かみさ》り、女媧《じょか》が隠棲し、神農《しんのう》が神力を失って姿を消すのをどうすることもできず黙って見ていた。その時から、彼はずっと待っていた。黄帝軒轅氏が蚩尤の首を切り取ったのを見ても、何一つ口出ししなかった。誰でもいいから、世の中を太平の世に戻すことができればそれでいいと思っていた。黄帝が天下を統一し、すべての闘争を鎮めてくれるのを待っていた。

残念なことに、彼が望む日は訪れなかった。

神魔大戦が終わっても、人々は太平の世を迎えることはなかったのだ。

黄帝軒轅氏は生涯をかけて戦い続け、やっとのことで天下統一の希望が見え始めたところで、人知れず他界してしまった。

そして今度は炎帝《えんてい》と黄帝の子孫たちが権力を求めて戦い始めた。東方の地にも平和は訪れなかった。蚩尤の子孫である后羿《こうげい》[93]は縁に恵まれて伏羲大神の大弓を手に入れ、自分に「帝俊《ていしゅん》」という称号をつけ、未開の地に入り、戦で東方の諸勢力を統一し、また巫族と手を組んだ。

崑崙君ははっきりと覚えている——あの時、世の中の鴉《からす》も鳴かなくなり、幾年も姿を消していた神農氏の子孫である水神の共工《きょうこう》と黄帝軒轅氏の子孫である顓頊《せんぎょく》の間にも戦いが起きてしまった。共工は水を司っているため、水底に棲む妖《あやかし》の龍族は共工側につくと真っ先に旗幟《きし》を鮮明にした。そののち、無数の妖族が戦闘に巻き込まれ、巫族と手を組んだ后羿は共工と顓頊の戦いに間に合わず参戦できなかったが、同じく大荒山聖《たいこうさんせい》の庇護を受けている巫族と妖族はすでに袂《たもと》を分かつ気配を見せていた。

この戦争は無数の妖族が戦死し、死傷者の血でできた水溜りに武器が浮くほど悲惨なものだった。

不安に包まれる激動の世界で、逃げ場もなく地上に閉じ込められた妖怪や魂魄《こんぱく》は昼夜を問わず惨めな泣き

93 訳注：「后羿」とは古代中国神話に登場する弓の名手。『帝王世紀』によれば、祖先の名が不明という。本文では蚩尤の子孫とされる。『淮南子』によれば、空に同時に現れた十の太陽のうち一つを残して弓で射落としたという。

声を上げ続けていた。やまない戦火で至るところに焦土が広がっている。蚩尤は死後、生涯の宿敵である黄帝軒轅氏に「戦神」と称えられたが、自分が死ぬ直前まで守ろうとしていた子孫たちに燃やされ、戦神の祠《ほこら》までも失ってしまった。

人族、巫族そして妖族は徐々に蚩尤という祖先のことを、そして自分たちの血の中に残っている暴虐さも勇敢さも蚩尤から受け継いだものだということを忘れてしまった。そして蚩尤は伝説として後世に伝えられていくなかで、徐々に凶悪な邪神に変わってしまった。

崑崙君はやがて失望した。

その時になって、彼はようやく分かった。女媧は人間を造り出したばかりの頃、すでにこんな混沌とした未来を予見していたのだと。だが、彼女はなにもできず、幾千年幾万年にわたって世の中のことに対し、ただ目をつむっているしかなかった。

崑崙君は人間界の十万もの大山を司っており、また、蚩尤の願いを受け入れ、巫族と妖族が山川の恩恵を受け無事生き残れるように、長年にわたって彼らを自分の庇護下に置いていた。彼らが大きくなり、修行に励み、世間に出て、そして、自分の目の前で一銭の価値もない雑草のように次々と戦火の中で燃やされ死んでいくのをずっと見届けてきた。

もし、これが天意――お天道様の意志ならば……。

❖

のちになって、共工は顓頊との戦いで敗北し、いつか返り咲こうと神龍に乗って逃げていった。龍族は崑崙君がずっと大切にしてきた一族だったが、彼らが北西方向にある大きな淵まで逃げた時、崑崙君は心を鬼にして神龍の目を刺して失明させた。

そのせいで共工は神龍とともに不周山《ふしゅうざん》にぶつかり、不周山の下にある伏羲大神が創った大封《だいふう》も衝撃で穴が開いてしまった。大不敬《だいふけい》の地が激動し、地下に閉じ込められた十万もの悪鬼《あっき》が一斉に泣き声を上げると、鬼の邪気は一気に空に向かって立ち昇り、崑崙山の絶巓《ぜってん》にいるあの神のようにお天道様すら恐れず、鋭い音を立てながら不周山を掠《かす》めていった。

そこで崑崙君はさらに左肩の魂火《こんび》を使って、長年地下に眠っていて神龍の衝撃で今再び蠢《うごめ》き出した幽冥《ゆうめい》の世界を完全に蘇《よみがえ》らせた。すると、地下の暴乱で天柱《てんちゅう》が折れてしまい、天が崩れて地盤も陥没し始めた。

【屈原《くつげん》・『天問《てんもん》』[94]より】

斡維《かんい》、焉《いずく》にか繫《つな》り、天極、焉にか加われる？　八柱、何れにか当り、東南、何ぞ虧《か》けたる？

【天体を繫いで回転させる網はどこで繫がれており、宇宙の果てはどこにあるのか？　天を支える八本の柱はどこにあり、大地はなぜ南東に傾いているのか？】

かつて古人が発した諸々の疑問はみなあの頃起こった出来事の中に答えがあるのだ。

崑崙山の絶巓に超然と立つ大荒山聖はやがて先賢たちとまったく違う道を選んだ。時を同じくして、長い

94　訳注：『天問』とは、戦国時代末、楚国で伝承されていた歌謡を基盤にもつ、詩人屈原（くつげん）の作品のほか、その作風を継ぐ弟子や後人の作を集めた『楚辞（そじ）』の天問編を指す。天地創造や国の歴史についての疑問を記したもの。

間失跡していた女媧がようやく再び姿を現したが、見る影もない形相になった彼を眺めて、それが崑崙君だと分からなくなりかけていた――崑崙君の青緑色の長衣は山頂の狂風でめくれ上がってはためいている。その目つきは凛々しく、まるで天地を開闢《かいびゃく》した神斧《じんぷ》のように鋭い。

ずっと自分のそばに付き添っていたふわふわの幼獣を人間界に送ったあと、崑崙君は天柱が崩れたことで騒いでいる人間界を振り返って見た。そこで長年姿が見えなかった女媧を見かけたが、彼は少しも驚かず、ただ手を後ろに組んだまま淡々と口を開く。

「あの頃、あなたが心を鬼にしてできなかったこと、一歩踏み出せなかったこと、すべてわれが代わりにやってきた」

盤古《ばんこ》はありったけの力で混沌を切り裂き、天地を開闢し、どこまでも無が続くだけの混沌状態を終わらせたが、結局天意に逆らえず、力尽きて亡くなった。

大荒の地で雨風にさらされ苛酷《かこく》な環境を耐え抜いてきた神々は、なぜ「天意」という儚《はかな》いものに従わなければならないのか？

なぜ天意に翻弄されたまま逆らわないのか？

なぜ運命に屈服するのか？

「われは顓頊の民の死で大荒の地を清めたい。天地が再び繋がらぬように、未開の地にいるかもしれぬ神が再び人間界のことを覗《のぞ》き込めぬようにしたい。天に昇る道を断ち切り、伏羲が創り出した陰と陽が依存し合う八卦《はっけ》の如く、森羅万象《しんらばんしょう》を一つにしたい……。誰もわれの運命を操れぬように、誰もわれの是非を問えぬようにしたい。大不敬の地で枯れてしまった神木の枝を削って筆を作り、すべての生きものが自分の功徳《くどく》と悪行を自ら書き記せるようにして――世間のあらゆるものを粛清《しゅくせい》したい」

その話に女媧は一言も口を挟まなかった。

「なにかあれば、われが受け止めてやろう——盤古も伏羲もお隠れになり、もうわれら二人しかおらぬのだ。あなたは隠棲し、世の中のことに目をつむって見過ごすことができていたかもしれないが、われは悔しかった」

崑崙君は軽く笑い、その声は風の音に遮られ断片的に聞こえていた。

「天意がそんなに偉いのならば、雷でも落として崑崙山を割り、われを殺すがよい。こんな世の中、われは、認めぬ」

崑崙君は空を指差して言葉を区切りながら話していた。

一文言い終わるたびに、天雷が一本崑崙山に落ちた。崑崙山の絶巓に氷雪が飛び散り、雷の閃光が眩《まぶ》しすぎて女媧は目から涙が溢《あふ》れ、崑崙君の爽やかな笑い声しか聞こえなくなっていた。

その日の夜、雷はひたすら落ち続け、豪雨はやむ気配がなく、地上に魑魅魍魎《ちみもうりょう》が我が物顔でのさばっていた。雷に打たれ続けていた崑崙君は衣裳《いしょう》も破れ、全身黒く焦げた裸姿で翌日まで崑崙山の山頂に座り込んでいた。どのくらい経ったか、彼が立ち上がると、脱皮する蝉のように肌が剥がれ落ち、傷跡は消え、かさぶたも取れて、新しい皮膚が再生してきた。

彼が手を伸ばすたびに、大神木から葉が一枚舞い落ちてきた。

それを身に纏《まと》うと、また青緑色の長衣に変わった。崑崙君は振り乱していた髪を体の後ろへ持っていき、背筋を伸ばした時、血を吐いてしまった。そして彼は口角に拭き取りきれなかった血を残したまま、女媧に傲岸不遜《ごうがんふそん》な笑みを見せる。

「ほらな、天意でもわれを裁けぬだろう」

その笑顔はいつものように、なにも意に介さない天真爛漫《てんしんらんまん》さが滲《にじ》み出ている。

その時、女媧はようやく口を開いた。

「崑崙、天に穴が空いてしまいました。わがままをやめて、わらわとともにその穴を補える石を探しましょう」

崑崙君はただ低い笑い声を上げ、振り向きもせず山を下りていく。


盤古は天地を開闢した時に力を使い果たして亡くなったが、彼が残した創世の神力によって諸神が生み出された。

そして「お天道様」は女媧の手を借りて人族を創り出し、のちの諸々の災いを招く伏線を張った。伏羲は八卦を創り出したことで、「森羅万象は陰と陽のように互いに補い合う存在であるべきだ」と世間に示唆《しさ》したにもかかわらず、結局のところ天意に逆らえずお隠れになり、後世の災いを止めることができなかった。

神農は力が衰えていき、徐々に凡人のように変わってしまい、崑崙君の他に、神として世に残っているのは、常に慎重に振る舞っている女媧だけだった。

お天道様が世間に残る創世の力を消しておこうとしたからか、盤古の神力によって生み出された神々は次々とお隠れになった。そしていつか自分の番になることを、自分の死期が近づいていることを崑崙君は薄々感じ取った。

（だが、なぜなのか？　この世の中では、非力で無知な者たちしか生き残れぬとでもいうのか？　ただ、短くて儚い人生を送るという残念な形でしか、血脈を保つことができぬのか？

なら、この大荒山聖が初めて天意に逆らう者になってみせよう）

❖

崑崙山を下りた彼は大不敬の地から釈放されあちこちで彷徨《さまよ》う悪鬼たちを見かけた。それはいわゆる「鬼族」で、生霊や幽霊の類《たぐい》ではなく、大不敬の地に封印された千尺の邪気が年月を重ねて凝結して具現化したものだ。

おかしなことに、こういうやつらも様々な等級に分けられている。下等なやつらは人間の姿になれず、汚泥のような形相で地面を這《は》い続け、腐った死体を食べることでしか生き延びられない。それよりやや上等なやつは頭も体もあり、真っ直ぐに立つと人間のように見えるが、体中が肉腫に埋もれ、顔も歪《ゆが》んでおり、極めて暴虐な存在だ——それがすなわち「幽畜《ゆうちく》」である。

悪鬼は上等になればなるほど、人間に似てくる。鬼王《きおう》は仙人の姿の持ち主で、まるで血だまりに咲いた花のようで、穢《けが》れていればいるほど美しく見える。

伝説によると、大封の下にはそのように恵まれた鬼王は二人しか生まれなかった。こうして見ると、かの三皇《さんこう》よりも貴重な存在に思えてくる。奇遇なのは、崑崙君が夸父《こほ》[95]の死体が埋まっている鄧林《とうりん》を通り過ぎた時、そのうちの一人に出会ったことだ。

その少年は黒い髪と黒い目をしており、大きな岩に座っていた。

だらしない座り方で髪を振り乱し、見苦しい格好をしている。その身には誰か知らないが人からもらった

95 訳注：「夸父」とは巨人族。『山海経』によれば、炎帝の末裔、共工の曾孫。太陽を追いかけてひたすら走り、ようやく太陽が沈む谷まで追い詰めることができたが、喉が渇いていた夸父は黄河と渭水の水を飲み干しても渇きが癒やされず、さらに北にある湖に行こうとし、途中で渇死した。投げ捨てられた杖が死後、桃の木の森（鄧林）と化したという。

麻で作った粗末な服を纏い、履物は履いていない。突然鄧林に姿を現した崑崙君を見かけて驚いたようで、岩から転んで渓流に落ちてしまい、水浸しになった。

それを見て崑崙君が思わず吹き出してしまうと、突然一匹の幽畜が地面を突き破って出てきて、少年の細くて柔らかいうなじに齧《かじ》りつこうとした。

少年鬼王は咄嗟《とっさ》に通常ならありえない角度から手を伸ばし、幽畜の口を塞いだ。そして振り向いてその頭を渓流に押さえ付け、手のひらにさらに力を入れると、幽畜の頭は半分砕け、噴き出た血で少年鬼王の顔が汚れてしまった。色白のあどけない顔にかかった血は雪の世界に咲いた紅梅のようだった。

少年鬼王はこっそりと崑崙君に目をやると、血だらけの姿を見られて恥ずかしくなったようで、ゆっくりとしゃがみ込んで渓水《けいすい》で手と顔を洗った。そして幽畜の死体を持ち上げ、口を広げて少し尖《とが》った犬歯を露《あら》わにし、幽畜の最も柔らかい部分——首から齧り始めた。

血の色に染まった渓水の中に座り、幽畜の死体をじっくり噛んでいる美貌の少年は、崑崙君がまだ自分のほうを見ていると気付くと、思わず口の動きを緩め、死体の血液が口から流れ出ないように注意深く口を閉じ、軽く唇をすぼめた。さらに口角についている血を舐め取り、少しでも上品に振る舞いたがっているようだった。

崑崙君が自分の魂火《こんび》を鬼族に貸したのは、ただ天への道を断ち切るためで、幽畜を生きたまま食らい、その血をおいしそうに啜《すす》り飲むような、こういった下等な輩《やから》と仲良くする気はなかった。

そもそもやつらのことなど眼中にないのだ。しかし、この鬼族の少年を見かけると、なぜか思わず近寄ってみたくなった。

三十三

「小僧、そなたが鬼王《きおう》であろう。なぜ鬼族の者と一緒におらぬのだ？ 人の姿を装ってまでして」

崑崙君《こんろんくん》にそう訊かれると、少年鬼王は顔を俯《うつむ》かせ、しばらく黙ったあと、小声で返した。

「やつらが汚いから」

「一族の仲間が汚いと？」

崑崙君は興味津々に尋ねた。

少年は彼に目を向ける勇気がなく、ただ水面に映っている崑崙君の影を見つめて真剣に答える。

「殺すことと食べることしか知らないような輩《やから》と一緒にいたくない」

「鬼族は生まれながらにしてそういうもんだ」

崑崙君のその言葉に少年鬼王は一瞬憂鬱《ゆううつ》そうな眼差《まなざ》しを見せたが、顔を上げ崑崙君に目を向けた時は、湧き上がりそうになった残虐ななにかを無事抑え込んだ。その熟練さから、普段からよくそうしていることが分かる。

「僕も鬼族だからといって、やつらと同じように振る舞わないといけないのか」

少年鬼王が真剣に訊き返した。

崑崙君ははっとした。少年鬼王の目尻には幽畜《ゆうちく》の血がついているものの、その目つきは秋の川のように澄み切っている。少年鬼王は渓流の中から立ち上がり、食欲を失ったのか、幽畜の死体を引きずり出して横に捨てた。そして黙ったまま腰を屈《かが》め、麻の服を絞ると、渓流から上がってきた。崑崙君を見つめるその瞳は

白黒がはっきりとしており、真っ白な雪道に鴉《からす》の羽が落ちているように見える。

「僕はそんな生き方は好まない。思うままに生きられないのなら、いっそ死んだほうがいい。そんな生き方じゃ、張り合いがないからさ」

少年鬼王が言った。

彼は渓流の畔《あぜ》に適当に座って、濡れた足を乾かそうとしながら、遠くを眺めている。鄧林《とうりん》の後ろにある霧や雪に霞《かす》む山々、連日降り続けてやむ気配のない豪雨、そして稲妻がうねる空……。

「なにを見ておるのだ」

崑崙君は思わず訊いた。

「綺麗《きれい》なもの」

少年は自分の視線の先を指差した。

「雨のどこが綺麗なんだ」

崑崙君はそう言って大きな石に凭《もた》れかかり、少年の隣に座った。

「晴れの日の崑崙山の絶巓《ぜってん》こそ、綺麗そのものだ。輝く金色の日差しに照らされ、雪の上に浮くその光は白雪に咲いた花さながらだ。氷の下には岩石が重なり合い、夏になって雪が薄くなると、岩の輪郭が現れてくる。そこに細かな草が生えており、名前のない小さな花もいろいろ咲いておる――ああいう名もない花は格桑花《ゲーサンメド》というのだ」

少年鬼王はその話に惹きつけられ、崑崙君をじっと見つめながら聞いているが、崑崙君は突然話をやめ、少し間を置いてから、

「ああいう景色、今はもう見られなくなったが」と続けた。

「なぜ？」

「そなたたちを外に出すべく、天に穴を空けてしまったのだ」

崑崙君は思わず彼の頭を撫でた。少年鬼王の髪はその見た目に違わず柔らかかった。彼は首を強張《こわば》らせて微動だにせず、ただおとなしく髪を撫でさせていた。先ほど幽畜の首を生で噛み切ったばかりで、未《いま》だに唇を拭いていないことを忘れさせるような温順な様子を見せている。

その姿に崑崙君は自分が飼っていたあのふわふわの幼獣を思い出した。

「なぜ……天に穴を空けたの」

「そなたに話しても分からぬことだ、小僧」

崑崙君は彼の頭をポンポンと押さえた。

すると、少年鬼王は生真面目に顔を上げ、

「僕には分かるよ。昔は大封《だいふう》の中に閉じ込められていて、外になにがあるか全然知らなかった。外がこんなにいいと知っていたのなら、僕もきっと大封に穴を空けてしまいたいと思っていただろう」と返した。

崑崙君は首を横に振り、低い笑い声を上げた。

「『思うままに生きられぬのなら、いっそ死んだほうがいい』か……。そなたこそ、われの知己《ちき》だな」

その時、女媧《じょか》の姿がひっそりと宙に現れた。忙しく奔走する女媧は天を修復すべくまだ五色の石を探しているようだ。

天を修復したところでむだかもしれないのに。世の中の生きものが塗炭《とたん》の苦しみを嘗《な》めているのを見て、崑崙君は異様な快感を覚えた。彼が立ち上がってそこを離れようとすると、少年鬼王も立ち上がり、後ろについていった。

崑崙君は後ろからついてこられても嫌がることはなかった。ふと手を上げると、蓬莱《ほうらい》と呼ばれる南東の平地の上に、高い山が轟音《ごうおん》を立てながら地面からせり上がってきた。それはすなわち蓬莱山《ほうらいざん》である。崑崙君が巫族《ぶぞく》と妖族の者たちを蓬莱山に登らせ避難させたところで、連日の豪雨はついに天に届くほどの高い洪水を招いてしまった。洪水は北西の高地から轟《とどろ》きながら東のほうへ流れていき、一向にやむ気配がない。

洪水が千里の荒れ地を席巻し、故郷を失った人々がひたすら号泣しており、顓頊《せんぎょく》は三跪九叩《さんききゅうこう》[96]の礼をしてお天道様に救いを乞い続けていた。

いかんせんお天道様は無情だった。

いつまでもやまない洪水を見て、后羿《こうげい》も巫族を連れて一歩進むごとに一回稽首《けいしゅ》しながら蓬莱山に登っていった。まだ物心がついていない幼児がいて、道中で喚《わめ》き出すと、その親は神を怒らせ一族に災いを招くのを恐れて、黙らせようと手で幼児の口を覆い、結局、自分の子供を窒息死させてしまった。まだ登っている道中だが、洪水はすでに山の中腹まで迫り、山頂を目指して懸命に登ろうとしている者たちの半分が巻き込まれてしまった。九重《きゅうちょう》の天まで届く山頂にいる冷酷な崑崙君は黙って目をつむった。

続いて、西方からみすぼらしい身なりの人たちが小箱を背負い靴を引きずって訪れた。薬草の入った篭《かご》を背負った老人が前で案内し、彼らを率いて蓬莱山の方向へやってきた。北帝の顓頊は民を連れて恭《うやうや》しい表情で老人の後にしっかりついている。

崑崙君は崑崙山の絶巓から人間界を覗《のぞ》いており、老人の姿を見かけると、

「神農《しんのう》か」と呟《つぶや》いた。

神農が人混みの中から顔を上げると、濁った両眼が電光が閃《ひらめ》くように輝いた。

96 訳注：「三跪九叩」とは三回跪き、その都度三回稽首するという拝礼方式。

崑崙君は人々を蓬莱山へ導いていく神農を止めようとしなかった。崑崙君はただ天命に従いたくないだけで、自分の手で殺生したいわけではない。神農は幸運にも生き残った人族を連れて辛うじて蓬莱山に登った。そこに崑崙君の神像があり、顓頊は神像に向かって三跪九叩《さんききゅうこう》の礼をし、その庇護に感謝した。

周りに人がいなくなると、崑崙君はようやく神農の前に姿を現した。そのとたんに、この髪も髭《ひげ》も白くなった老人に勢いよく頬を平手打ちされた。崑崙君についてきた少年鬼王は獰猛《どうもう》な爪を露《あら》わにし、一回咆哮《ほうこう》すると、神農に襲い掛かろうとしたが、崑崙君に止められた。

「あなたはもう神ではあるまい。じき死ぬだろう」

年老いて醜くなった神農を見て崑崙君は低い声で言ったが、神農はただ濁った目で彼を見つめている。

「死に花を咲かせることができるのならば、願ったり叶ったりだ。そなたは大山から生まれたものであり、地下に潜む混沌のもの、暴虐なものを生まれながらにして持っておる。

さらに天地を開闢《かいびゃく》した神斧《じんぷ》の三魂も体内に融け込んでおるゆえ、生まれながらにして不吉な存在であり、いずれ大きな災いを招いてしまうと、わしはとうに予言しておった。それを防ぐために、崑崙山の絶巓に常に雪を降らせ、そなたの魂を磨こうとしたが、まさかそれでもこのようなことをしてきたとは。

永遠の真義を悟れず、是非を見分けられず、善悪を弁《わきま》えず、生死とはなにかも分からぬそなたは、なぜ自分が天意に逆らえると思うのか。そなたは……はあ……！」

神農は一言ですべてを言い当てた。

崑崙君に目を潰された神龍が不周山《ふしゅうざん》にぶつかってから三日目、星空が崩れ、鬼族が世の中に巣くい始めた。四日目、洪水がさらに勢いを増し、各族は蓬莱山の山頂に向かって再び動き出す。巫族と妖族が集まると、その間に積み重ねられてきた矛盾がついに爆発してしまった。

七日目、巫族と妖族は戦い続け、双方半分ずつ死傷者が出てしまった。炎帝《えんてい》と黄帝《こうてい》の子孫は蚩尤《しゆう》の子孫と手を組み、どうにか生き残ろうとしていた。

十二日目、女媧はようやく連日豪雨が降り続く天を補修し、大亀の四本の足を新たな天柱《てんちゅう》として天を支えることができたが、その頃にはすでに疲れ果てていた。

十三日目、巫族と妖族は依然として戦い続けていた。お天道様が世間を見捨て、鬼族が大陸にのさばるか、四柱《しちゅう》は揺れ出し、北西の空もぐらつき始め、崩れかけている。

このままでは、天と地が再びくっつき、鬼族にあらゆる生きものを呑み込まれ、三界が再び混沌とした世界に戻るだろう。

「女媧から便りが届いた。四柱には改めて封印を施したが、自ら后土《こうど》と化し、伏羲《ふっき》が拵《こしら》えた大封の裂け目を補いたいと」

神農は疲れた口調で言った。

「崑崙、そなたがやり方を過《あやま》ったわけではない。盤古《ばんこ》も過っておらぬ。誰も過っておらぬ。諸々の災いに見舞われることも、世間の闘争があとを絶たぬこともお天道様に定められたことである。伏羲のような、ものを言わぬ者は黙ったまま死に、そなたのような、不満がある者はそれを抱えたまま死ぬ。わしのような者は凡人の如く老いて死ぬ。これらはみな決められたことであり、誰も逆らえぬ。あえて誰かが悪いというのならば、様々なことを知りすぎたそなた自身が悪いのだ」

崑崙君はそれには答えず話をはぐらかした。

「蚩尤は巫族と妖族をわれに託した。いかんせん両族が不仲で、蓬萊山という小さな避難所しかないのに、それでも共存したがらぬ。お天道様はわれに両族のいずれかを滅ぼすか、ともに滅ぼすかを選べとでも言いたいのか」

神農は答えず、黙って彼を見つめるだけだった。

「……妖族を残そう」

どのくらい経ったか、崑崙君はやがて小声で言った。

神農は長いため息をついた。崑崙君が途方に暮れ、お天道様に妥協しなければならないところまで来ていると神農は分かっている。

洪水がついに鎮まり、盤古の真似《まね》をして巨斧《きょふ》を持って世の中にのさばっている鬼王に重傷を負わせたあと、女媧は后土と化し、伏羲が施した大封の裂け目を補い、鬼族を改めて四柱《しちゅう》の下に鎮圧した。だが、天を補修することでありったけの気力を消耗したうえに、鬼王との戦いで巨斧に傷をつけられたため、女媧の力で伏羲大封《ふっきだいふう》は辛うじて修復されたが、中に閉じ込められたものは依然として蠢《うごめ》き続けていた。

神農は崑崙神殿の中に鎮座し、なにも言わなかった。

「われが神龍の目を刺して失明させたせいで、神龍が不周山にぶつかってしまった。その結果、世の中にとてつもない災いを招いたわけであるゆえ、天罰として雷に打たれて死ぬかと思っておった」

崑崙君は突然口を開いた。

「即死こそしなかったが、思いがけなかったのは、神龍の目を潰した時から、われの墓がすでに用意されていたことだ」

神農は年老いた目を上げ、太古からの四人の先聖のうち唯一神として残っている崑崙君を見てなにも言えなかった——崑崙君はできないからそこを離れ世間を見捨てないのではない。彼がしたければ、大荒山聖《たいこうさんせい》の強大な神力で崑崙山の門を強制的に閉め、世の中の生きものを見殺しにすることさえできる。たとえそれで世間が再び混沌状態に戻ったとしても、誰も崑崙君のことをどうこうできないだろう。

だが、崑崙君は天地を開闢した盤古の斧から三魂を受け継いだ者であり、彼は唯一絶対に盤古の意志に背かない存在なのだ。

それは崑崙君自体が、盤古の遺志そのものであるからだ。

「もう一回……われが飼っていたあのふわふわのやつに会ってみたいな」

崑崙君はただそう言った。

一方で、神農は薬草が入った篭を背負ったままゆっくりと山奥に向かい、女媧の姿も徐々に消えていきほとんど見えなくなっている。

もうなにもかも行き詰まったようだが、物寂しい神殿に戻った崑崙君がふと振り返ると、隣には依然としてあの黒い髪と黒い瞳を持つ繊弱《せんじゃく》そうな少年が残っている。

「僕をも再び大封の中に封じ込めるつもりなのか」

少年鬼王はか細い声で訊いた。

「いいや、われにはもうなにもできぬが、せめて……せめてそなただけは守りたい」

崑崙君が低い笑い声を上げると、その体は激しく痙攣《けいれん》した。そして崑崙君は微《かす》かに震える声で言った。

「そなたが鬼族として生きたくないのなら、その願いを叶えてあげよう」と。

少年鬼王はその言葉に驚いて、思わず崑崙君の肩を掴んで彼を引っ張ろうとしたが、崑崙君の体は透明になりかけ、顔は雪のように蒼白になっていた。崑崙君が手を上げ、大きく広がった袖で清らかな風を巻き起こすと、星のように燦爛《さんらん》と輝く火が彼の手のひらの中に現れた。

「……受け取るのだ」

少年は両手でその火を受け取った。

「これはわれの左肩の魂火だ」

崑崙君は汗だくの顔に、依然として微笑みを浮かべようとしている。

「もう一つ……あげよう」

そう言いながら、崑崙君の体は激しく震え出した。

銀色の長い背筋がその体から引き抜かれたのだ——この世で生きながらにして皮を剥がれ筋を引き抜かれることより苦しいことはないだろう。それを見て、少年鬼王は涙が溢《あふ》れ出そうになっているが、崑崙君はまったく痛みを感じていないように話を続ける。

「崑崙の神筋《しんきん》さえ持っていれば……、そなたは大……大不敬の地の縛りから逃れ、神籍に入ることができる……。われの代わりに……四柱を鎮めてくれ。女媧の輪廻晷《りんねき》、伏羲の山河錐《さんがすい》……そして功徳古木《くどくこぼく》で作った功徳筆《くどくひつ》があるから、最後にこれをそなたに授ければ再び四柱を封印できる……」

「崑崙！」

崑崙君は親指と人差し指で少年鬼王の顔を持ち上げ、小声で続ける。

「未《いま》だ老《お》いずして已《すで》に衰《おとろ》す石、未《いま》だ冷えずして已《すで》に凍《い》つる水、未《いま》だ生まれずして已《すで》に死す身……。神農氏が自ら望んで神籍を諦めて凡人になったのならば、この聖器《せいき》を以《もっ》て最後の最後まで世のため、人のために祈り続けてもらおう……」

崑崙君は言い終わると同時に心臓の最奥から血を吐き出してしまい、その血は手のひらに落ちたとたん、赤々とした灯芯に変わった。鬼王の前にいる大荒山聖はますます透明で弱々しくなっていき、やがて姿が消えてしまうと、そこには白い灯油ランプしか残っていなかった。灯油ランプの隅に「鎮魂」という二文字が刻まれている。

それはすなわち「未《いま》だ灼《や》かれずして已《すで》に化《と》く魂」、鎮魂灯《ちんこんとう》である。

こうして、四聖《しせい》が集められ、天柱が改めて立てられたが、大荒山聖は姿を消し、三皇もお隠れになってしまった。天と地を繋ぐ四本の天柱は否応《いやおう》なしに神籍に入れられたばかりの少年鬼王が背負うことになった――それは崑崙君のお天道様への最後の抵抗だったのだろう。

そして少年鬼王は幾千年幾万年もそれを背負い続けることになった。それはいつになったら果てが見えるかも分からないものだった。

❖

大神木の中で遥か昔の過去を目の前で直に見た趙雲瀾《チャオ・ユンラン》は脳が爆発しそうになった。皮を剥がれ筋を引き抜かれる苦しみ、十万もの大山を背負わなければならない苦しみ、お天道様に窮地に追い詰められ、束縛される苦しみを再び嘗《な》めさせられているようだった。

目の前の世界が急速に移り変わっていくなか、大神木から低い嘆声《たんせい》が伝わってきた。それは誰がいつ漏らしたものかは分からない。

「そこまですることなかったのに……」と。

「盤《ばん》……古《こ》……なのか……」

目の前に白い光が差し込んでくると、趙雲瀾《チャオ・ユンラン》は突然頭が重くなり、足から力が抜けていくのを感じた。再び目を開けると、彼は賑《にぎ》やかな祝日気分が溢れる龍城《ロンチェン》に戻っていた。

光明通り《グァンミンどお》り四号の灯りは消され、庭の中で青松が生い茂っている。

趙雲瀾《チャオ・ユンラン》は頬が冷たく感じて、触れてみると、いつの間にか自分の顔が涙で濡れていたことにようやく気が付いた。

第三部　功徳筆　完

第四部へつづく

作中に登場する神々

盤古（ばんこ）

天地を開闢した神。盤古ののちに三皇が生まれる。『五運歴年記』によれば、盤古が臨終を迎えたとき、左目が太陽、右目が月、四肢五体が四極、五岳となるなど、その身体からあらゆるものが生じたという。

三皇（さんこう）

神話伝説上の三人の帝王のことで、盤古の時代のあと現われたという。諸説あるが、『春秋緯運斗枢』や「三皇本紀」によれば、伏羲・女媧、神農の三柱を指す。

五帝（ごてい）

神話伝説上の五人の帝王のことで、三皇のあと現れたという。諸説あるが、『史記』によれば、黄帝、顓頊、帝嚳、帝尭、帝舜を指す。

伏羲（ふっき）

三皇の一人。「三皇本紀」によれば、蛇の身体で人の顔をしているといい、『拾遺記』や『抱朴子』『楚辞』によれば、八卦や網、瑟（しつ：大型の琴）などを発明したといわれる。女媧と兄妹あるいは夫婦とされ、壁画や彫刻などに共に描かれている。

女媧（じょか）

三皇の一人。人類を創造した女神。人の頭に蛇の身体をしているという。他の神と共同で人類をつくったという説のほか、『風俗通義』には黄土をまるめて人をつくっていたが、力を費やす暇がなかったので、組紐を泥の中で引き回し、それを引き上げて人をつくったという説がある。『淮南子』によれば、四極（天を支える四隅の柱）が崩れた際、五色の石を錬って蒼天を補修し、鼇《おおがめ》の足を切って四極を立て直したという。

神農（しんのう）

三皇の一人。初代炎帝ともされる。『淮南子』などによれば、あらゆる植物を吟味して薬効を確かめた。医薬の神でもあるという。『周書』によれば、畑を耕して天から降ってきたアワを植え、斧やまさかり、犂や鋤などの農具をつくって開墾を進めた。

炎帝（えんてい）

『帝王世紀』によれば、初代炎帝の神農から最後の炎帝である楡罔まで全部で八代、五百三十年間続いたという。古代中国伝説で有名な涿鹿の戦いにて炎黄連合軍で蚩尤を破ったのは、初代炎帝の神農ではなく、八代炎帝の楡罔とされる。

黄帝（こうてい）

中央の天帝。名は軒轅（けんえん）。蚩尤や炎帝（楡罔）に勝利し、炎帝（楡罔）に代わって帝となったといい、『大戴礼記』『史記』などによれば、黄帝を五帝時代の始祖としている。

蚩尤（しゆう）

炎帝の子孫で戦神。『述異記』によれば、鉄と石を食い、身体は人、蹄は牛で、目が四つ、手が六本あり、髪の毛は剣や戟のようで、頭に角が生えているという。また、『世本』によれば、五種類の兵器を発明したという。『周書』によれば、炎帝（楡罔）の世の末期に乱を起こし、炎黄連合軍（炎帝楡罔とのちの黄帝である軒轅）と涿鹿の野で闘い、戦死したという。

祝融（しゅくゆう）

炎帝の子孫で火神。『山海経』によれば、獣の身体で人の顔をしており、共工を生んだという。

共工（きょうこう）

炎帝の子孫で水神。『帰蔵』によれば、人の顔で蛇の身体、赤い髪の毛をしており、『山海経』によれば、下界に下りた祝融が長江のほとりで共工を生んだ。『淮南子』によれば、顓頊と帝位を争った際に怒って不周山にぶつかり、天柱が折れたという。

顓頊（せんぎょく）

黄帝の孫あるいは曾孫で、北帝とも呼ばれる。『淮南子』によれば、共工と帝位を争っていた。共工を破り、黄帝の跡を継いで五帝の二代目となる。

后土（こうど）

諸説あるが、本文では女媧の尊称として使われている。『山海経』によれば、后土は共工の子、すなわち炎帝の子孫。『楚辞』所収の「招魂」への王逸の注によれば、后土は地下にある幽都を治めていたという。道教では、大地山川を司る地母神として厚い信仰を集めている。

夸父（こほ）

巨人族。『山海経』によれば、炎帝の末裔、共工の曾孫。太陽を追いかけてひたすら走り、ようやく太陽が沈む谷まで追い詰めることができたが、喉が渇いていた夸父は黄河と渭水の水を飲み干しても渇きが癒やされず、さらに北にある湖に行こうとし、途中で渇死した。投げ捨てられた杖が死後、桃の木の森（鄧林）と化したという。

后羿（こうげい）

弓の名手。『帝王世紀』によれば、祖先の名が不明という。本文では蚩尤の子孫とされる。『淮南子』によれば、空に同時に現れた十の太陽のうち一つを残して弓で射落としたという。

参考文献：『中国神話・伝説大事典』（大修館書店、一九九九年、袁珂著、鈴木博訳）など
※ここに挙げた神々は文献によっては記述が大きく異なることがあります。

「Priest先生にとっての『鎮魂』とは？」

あの頃は仕事の研修が始まったばかりで、これからはきちんと仕事に向き合い、小説を書くのはもうやめようと思っていました。

ところが、配属されたプロジェクトチームはちょっと都会から離れた場所で、しかも同僚やルームメイトたちも早寝だったんです。

毎晩暇を持て余していたので、起きてホラーなお話を書くしかなくて……それで、『鎮魂』という物語が生まれたんです。

私にとっての『鎮魂』、というのであれば、たぶん私を小説を書くという道へ連れ戻してくれた、ちょっとした「アクシデント」でしょうね。

著者紹介

Priest　プリースト

中国人作家。現代からSF、古代、ファンタジーなど、様々な背景のBL、女性が主人公の冒険小説など幅広いジャンルの作品で世界中で愛されている。多数の作品がドラマ、アニメ、コミック等メディアミックスされている。
代表作には『鎮魂』、『殺破狼』、『黙読』、『残次品』、『有匪』など多数。

訳者紹介

許源源　キョゲンゲン

2018年北京外国語大学修士号取得。自動車、コンサルティング、華道、伝統楽器、美術、芸術分野の翻訳・通訳、国際フォーラムの同時通訳などフリーランスとして従事。
日中訳書に『長不大的父母』、『格調』などがある。

監訳者紹介

内野佳織　うちのかおり

2009年広島修道大学法学部国際政治学科卒業。2014年から2017年まで中山大学外国語学院、北京外国語大学中国語言文学学院で中国語を習得。現在フリーランス日本語教師、中国語教師として活動中。日中翻訳・校正実績多数。

本書は各電子書籍ストアで連載配信中の『鎮魂 Guardian』47～79話までの内容に加筆・修正をしたものです。

伝説的中華BL小説、
待望の邦訳書籍化
壮大な愛と戦いの物語がついに始まる——。
鎮《ちん》魂《こん》
Guardian
第1巻
Priest 著
柳ゆと 絵
許源源 訳　内野佳織 監訳
プレアデスプレス（すばる舎）
定価 本体2200円＋税　ISBN978-4-7991-1058-4　C0090

鎮　魂 Guardian 2

2023年5月16日　第1刷発行

著　者　Priest
訳　者　許源源
監　訳　内野佳織
発行者　徳留 慶太郎
発行所　株式会社すばる舎
東京都豊島区東池袋3-9-7 東池袋織本ビル　〒170-0013
TEL 03-3981-8651（代表）　03-3981-0767（営業部）
FAX 03-3981-8638　https://www.subarusya.jp/
印　刷　ベクトル印刷株式会社

ISBN978-4-7991-1126-0